吴湘韩 刘万永◎编

开掘真相 2

中国青年报

WWW.CYOL.NET

“特别报道”精选

语文出版社

· 北京 ·

目录

底层记录

政改脉动

序一

上达天听　下接地气
不断提高新闻报道的影响力

中国青年报社党组书记、总编辑　陈小川

2009年是中国青年报报道影响力大增的一年。而特别报道是提升本报影响力的核心版面之一。

由于2009年报道影响力大增，使得我们在年底年初的时候有所收获。2010年零点刚过，梁长春（中国青年报社副总编）兴奋地告诉我，报纸发行量比上一年同期增长了近10%，我在家禁不住老泪纵横，因为这几乎是不敢想象的。在全国传统媒体下滑的情况下，中国青年报逆势上扬，说明我们的报道影响力还是能够创造出我们的发行空间来的。

近25年来，报纸发行量一直下滑，每年聊以自慰的是我们下滑的幅度比别人小，但是从2007年以后，发行量开始稳了，没跌。这个成绩，给我们看到了更好的希望。在经营工作的总结会上，徐文新社长说，这个成绩首先归功于我们生产内容的部门，因为我们有了越来越大的影响力，因为我们的报道充分体现了中国青年报几十年传承不变的一种价值取向，使得这种增长成为可能。

在2009年全球金融危机，甚至发展成为全球经济危机的时候，我们小小的中国青年报在海运仓2号这1万平方米的地上，还能创造出这样的业绩来，真的是扛过来了，真不错。我和老徐（徐文新）感触很深。老徐说，一家报纸的影响力的根本就在内容，我们没有比别人更有力的武器，我们没有比别人更大的本事，我们只有发现新闻，生产内容，创造思想，创造观点。这个是别人不具备的。

我们这几年就是要通过我们的努力使中国青年报的影响力越来越大，使这块金字招牌的含金量越来越高。

这本书是2009年中国青年报特别报道版的报道精选。这些报道和其他版的许多报道一样，之所以在社会上产生了很大的反响，推动了问题的解决或制度的修改、社会的进步，是因为：

一是坚持了本报的价值取向。2009年全年是我们编采部门全体同志通过我们的报道坚持本报价值取向成功的一年。我们有一个比较突出的特色，就是中国青年报关注的事情是有普遍意义的典型新闻事件。我们报道有普遍意义的典型事件，而不是报道耸人听闻的个案，这就是本报和一些都市类报纸的区别。由于我们报道有普遍意义的典型事件，因此而形成社会舆论的关注点，推动社会进步。这类报道在2009年有很多，比如收入本书，由记者刘万永所写的《公安局政委女儿冒名顶替上大学》，这篇报道影响非常大。这是一个青年维权的典型报道，其实不光是维了这么一个权，不是只为罗彩霞维了权，罗彩霞现象是带有普遍意义的典型事件。罗彩霞事件，构成了2009年舆论新名词，而这种名词都是因为我们的报道产生的。

在很多年前我看过一个故事，有位伟大的科学家获得了诺贝尔奖，介绍他的时候，介绍他的人说我非常崇敬他，因为他的每一次研究常常能够结束一个研究方向。有一个学者站起来说，能够结束一个研究方向的科学家是好的，但是我更敬重能开创一个研究方向的科学家。中国青年报报道的价值常常在于我们开创了一个社会思考的方向，这更有价值。所谓推动社会进步，我们推动的是什么呢？当然是让我们的社会更加公平，更加民主，更加开放，更有正义，大家生活得更好。

二是顶住了压力。我们为了维护社会的公平正义，为了推动社会进步，服务青年成长，还是顶住了一些压力的。中国青年报整个

2009 年的报道不是因为胆大，老有人说你们胆大，你们敢干，我说光胆大不行，要有分寸，要有很强的综合判断能力。要有政治判断，要有大局判断，而且还要把它们综合起来判断，你才能知道这个稿子究竟发出去是一种什么结果，是一种什么分量。不能形成一种恶性循环，不是胆儿越大越好，绝对不是。

许多有影响力的报道，发表前或发表后都会受到一些或大或小的压力。没有任何线索和信息源，有的只是模糊的“传言”，这是本报记者陈强调查习水多名公职人员嫖宿幼女案时面临的情况。陈强经过艰难的排查和暗访，终于揭开了此案的真相。这是一个舆论直接监督即将审理的案件的成功案例。正是本报的报道及掀起的舆论监督热潮，推动案件升格一级法院审理，判决公正，使案犯得到应有的刑罚，维护了社会正义。该报道获南方周末 2009 年度调查性报道致敬。中国青年报之所以关注这一事件，是因为有多名国家公职人员参与，社会对国家工作人员有更高的守法和道德要求。如果是一般刑事案件，中国青年报就不报道了。

此外，还有另外一种形态的压力，大家可能没注意，就是戴袁支写的《25 岁副处任职始末——一次任前公示引发的网络热议》，这种压力也很大，压力来自网上。记者用非常细致的调查和呈现，体现出这个 25 岁副处任职是正常的，这也有很大压力。现在比如说哪一个地方发生了群体性事件，二三百人聚集，那是大事啊，但是网上动不动就聚集数万人啊，网上群体性事件反倒没引起重视。

三是彰显社会主流价值，维护青年利益。真善美，公平、正义、良知永远是这个社会的主流价值。叶铁桥写的《8 条生命的最后拐角》，采访迅速，角度独特，真实地还原了踩踏事故的现场，给社会以警示。田国垒写的《手机黄祸背后的利益链》，引起了中央高层的高度重视，是不是由我们引发了全国大规模重拳打击手机黄祸行动我们不敢确认，但至少我们的报道是依据之一。我曾经讲过一件事情，20 年前我第一次去日本，发现电梯里经常会有非常新的色情杂志，非常暴露的。我不理解，就问一个社会学家，他说这个很简单，这是孩子的父母喜欢看这种东西，但是又不愿意把它带到家里去毒害自己的孩子，所以在进家门口之前把它扔在电梯里。人的两重性就表现在这个地方，他说单身的或者没有孩子的人会把它带回家里去放在卫生间里，上厕所的时候继续看，但是家里有孩子，他就扔电梯里了。有哪一个手机黄色网站的主持人把网址告诉自己的孩子？说"儿子，没事勤上这网啊，这网好看"，有这样的吗？肯定没有！所以我们这篇报道揭露了利益链这个深层次的东西，非常狠的。田国垒、来扬、唐轶写的"蚁族"专题系列报道，典型的青年新闻，关注了这一群体的生存状况，引起了社会广泛关注。

收入本书的大都是调查性报道。在当前资讯泛滥，媒体竞争非常激烈的情况下，我认为调查性报道是中国青年报安身立命的新闻报道样态。这种报道样态是中国青年报要保持的特色，使中国青年报在竞争中能够有比较强的竞争力，日本媒体称我们为"有力纸"，认为是有影响力的。中国青年报在上个世纪 80 年代中期在新闻界最有影响的，就是深度报道。当时也是我们编辑记者尝试的新的报道样态。大家都认为消息制胜的时候，我们以深度报道取胜。我认为，我们现在调查性报道的成功范例就是深度报道在新时期的一种重现。《一个教育局长的"职务后"突击》系列报道就是一个很好的例证。河北武安市教育局长冯云生在卸任的当晚调动数百名教师，有的媒体根据网上的反映打几个电话就发表了报道，给读者的真相不明，反响不大。中国青年报记者叶铁桥、来扬赶赴现场，艰难突破，追寻真相，连续追踪报道，引起国家领导人和纪检部门的重视，冯云生被查出权钱交易而被检察机关批准逮捕。

我认为，成功的调查性报道都坚持了以下选题原则，一是国家利益至上。当国家利益和局部利益有冲突的时候，一定是国家利益至上。二是宏大关注。宏大叙事是我们很讨厌的，但是选题一定要有宏大关注。现在有这种情况，就是媒体就怕没事。一有什么事儿就兴奋，这是“媒体盛宴”啊，中国青年报在这种情况下，一定不能给人这种印象。一定要看宏大背景，看对推动社会进步有没有意义？三是要符合中国当代核心价值观。四是要富有建设性。我们的报道不一定要有很大的建设性，但是不要有摧毁性。

我对记者的人身安全很担心，不希望记者为了新闻冒太大的人身风险。安全和新闻比较，宁可不要这个新闻，也要保证记者的安全。自我保护一方面是采访过程中的自我保护，再一个是法律上的自我保护。尽可能用被采访人的第一人称来叙述，这是做调查性报道很重要的。

此外，舆论监督固然重要，敢于揭露社会问题也确实是中国青年报特色，是中国青年报履行媒体责任、打造报纸影响力、核心竞争力的重要方面，但不等于中国青年报只倡导舆论监督，中国青年报“推动社会进步、服务青年成长”的办报宗旨只靠舆论监督实现，更不等于社会负面现象就是中国青年报报道的衡量尺度。中国青年报报道的衡量尺度应确立为，这个事件、人物、现象对中国进步，对民主、法治、公民社会建设和人民表达自由是否有推动作用、作用有多大，而不是事件越离奇、现象越黑暗、情况越反常，报社就越关注。进行舆论监督，也必须对所监督事件产生的环境、原因有深刻了解，你批评拆迁的时候应知晓地方官员为什么要拆迁，揭批黑砖窑的时候要知道砖窑工人是怎么劳动，总之要下大功夫深入实际、了解国情，不断增强认识社会的全面性、深刻性、准确性。

总之，中国青年报的编辑记者一定要有大局观，要深入研究经济社会发展中的重大问题、重大趋势、重大进步，对各地改革开放的中心工作一定要了解，而且要有热情。中国青年报的报道要“上达天听，下接地气”。

是为序。

序二

调查性报道与中青文化

中国青年报社副总编辑　毛　浩

中国传媒业的发展进入了全媒体时代，报纸不仅要跟报纸竞争，还要跟电视、网络竞争；体制内的媒体不仅要跟体制内的媒体竞争，还要跟市场化的媒体竞争。

在媒体竞争日益白热化的背景下，今天的中国青年报还能在业内赢得口碑，还能够保持一定的领先。以调查性报道为代表的深度报道是其核心竞争力之一。而调查性报道的长盛不衰，与中青报的文化、核心价值密切相关。

中国青年报的核心价值，我将其归纳为以下几点：追求公平、公正、公开的新闻理想；不唯上，不唯下，只唯实的大报气质；铁肩担道义、经时济世的家国情怀；勤于探索，引领风气的先锋意识和崇尚民主、尊重个性的团队精神。

借助报纸的广泛传播，可以用笔去遏制一些罪恶，推动一些问题的解决，甚至改变一些人的命运，这种成就感可能是每一个新闻从业者都曾经有过的。但是，在中国青年报，这种人性中的崇高感在一个强大的气场中被有效地凝聚，相互感染，不断强化，内化为传统，树立为标准，使这里终成一块理想主义的高地。

中国青年报理想主义传统的形成，有一定的历史原因。因为中青报的青春期正值中国思想解放的黄金时代。那个时候自由地讨论，追求新观念、新思想，是整个社会普遍的风气，只不过在中青报可能更强烈些，又正好处在她性格养成的青春期。这个传统也可能是跟这家报纸独特的年龄构成有关，因为这里长期以来年轻人占绝大多数。这些历史的机缘造就了一笔宝贵的精神财富。我们现在还能用它去赢得新闻的竞争，这是我们的幸运。

中国青年报50多年的新闻实践也使这种传统不断得到强化，为追求公平、公正，突破新闻的遮蔽，中国青年报打过许多经典战役。有过被当地政府收缴的经历，也有过缠讼10多年最终败诉的纪录。但更多的记忆是胜利的喜悦和职业的快感。张建伟写出《第五代》的时候，有人在报社的门口贴出了“中国青年报万岁”的标语；刘万永坚持不懈追踪报道退休高官王亚忱依靠余权侵占他人财产，直至最后王被法办。这样的故事很多，每个故事都会产生巨大的激励，从而催生新的故事。

在今天，理想主义仍然是我们新闻决胜的一个重要的保证。SARS期间，我们的记者会逆大多数人流的方向进入重症病房；汶川大地震发生的时候，众多记者争着要去那些最危险的地方；正是因为执着的新闻理想，我们的记者才冒着风险去揭开一个又一个事件真相，把阜阳“白宫”主人、签发突击调令的武安市教育局局长送进了监狱，弘扬了社会正气……

不唯上，不唯下，只唯实，中国青年报从一创刊就有这样的大报气质。1978年本报刚刚复刊，本报文艺部的记者顾志成开始调查手抄本《第二次握手》的作者张扬被姚文元陷害的情况。当时“四人帮”虽然已经垮台，但是大规模平反昭雪的工作还没有开始。因为记者出去调查的时间太长了，中间想抽个空去邮局给家里寄封信，在邮局看到报纸，才知道十一届三中全会正在召开。由于张扬是被时任湖南省委书记的华国锋同志批准逮捕的，而这时候华国锋正是中共中央主席，因此虽然这个案情很清楚，但是平反工作还是遇到了重重阻力。正是抱着不管是谁错了就要改的信念，中青报刊出了记者的调查报道，并连续三个月连载《第二次握手》。一时洛阳纸贵，中青报复刊之后的第一次战役取得了圆满成功，声威大震。

细说起来，本报刊登“四五诗抄”的时候，天安门事件还没有平反；搞民工潮报道的时候，公安部还在下“封堵盲流”的通知；刊发《第五代》的时候，也正是留学生政策正在收紧的时候。这就是大报，胸有定见，卑亢有度，敢为先声。

不唯下，不从众，这也是大报的重要特质，可能有时候做起来还更难。2008年本报奥运报道组去日本采访，日本同行还能记得本报2004年亚洲杯决赛时的一篇评论。当时小泉参拜靖国神社，引起了国内民众高涨的反日情绪。就在这个背景下，在中国举办了亚洲杯足球赛，而且当时不知道为什么，平时技术很差的中国队居然踢进了决赛，就在北京跟日本队进行最后的决赛。其实当时大家都知道，中国队很大程度上可能要输的，但是因为当时这种情绪在那儿，所以网上很多球迷呼吁要去球场，要给日本人一点颜色看看。决赛的当天，本报在一版刊发了一篇《我们看着日本世界看着我们》的评论，提出了要把政治和体育分开，别让世界看中国笑话的这样一个观点。这篇评论在网上招来了一片骂声，因为当时的情绪在那儿呢，但也有许多人表示了警醒。当时日本的几大报纸都报道了本报的这篇评论。几年过去了，日本同行提到这件事的时候，对本报还是充满了敬意。本报在日本有非常高的声誉，他们把中青报叫作“有力纸”。

中青报核心价值的第三条，是铁肩担道义，经时济世的家国情怀。本报1978年的复刊本身就肩负着拨乱反正、思想解放的使命。刚一复刊，就报道真理标准问题讨论，刊登刘心武的小说《爱情的位置》。尤其是为“天安门事件”平反这件事，本报发挥了急先锋的作用，整版刊登了“四五诗抄”，报道了贺延光、王立山等一批“四五”青年英雄。这为此后中央正式为四五运动平反营造了良好的舆论氛围。此后的整个80年代，本报都是站在思想启蒙的前列，呼唤新体制，传播新观念，涌现了一大批影响巨大的鸿篇巨制。到上世纪90年代中期，本报的这种经时济世、兼济天下的家国意识和为天地立心，为生民立命的悲悯情怀，被提炼、固化为“推动社会进步，服务青年成长”的办报宗旨。到现在为止，这仍然是我们信守的一个办报宗旨。

中青报早期的优秀作品，大多浸淫着这种强烈的家国情怀。卢跃刚写的《半个世纪的论证》，讲述的是三峡工程的论证过程，但是他一定要赋予民主与科学的主题，一定要升华到这个高度，一定要呼吁尊重反对派，尊重少数人的声音。张建伟写的《第五代》其实只是一个赴美招聘留学生的一个小组负责人的访问，采访只进行了半天，结果洋洋洒洒写了1万多字，整段整段都是直白地论述“人的现代化”。

任何时代都需要媒体来充当社会的良心、前进的航标和主流价值观的代表。就本报而言，走市民报纸路线毫无优势可言，唯有坚守兼济天下、悲天悯人的核心价值，同时及早完成报网融合等器物层面的改进，才可能在全媒市场赢得一席之地。

所以当前我们最需要抵抗的压力和诱惑是止于民生、止于琐细、止于个案。也许像中青报早期作品那种为了启蒙把思想附加到新闻上，让思想远远大于事实的那种表达方式已经过时了，但是思想大报的理念还应该在。或者我们选取的事件本身有标本意义，或者我们写作的角度有思想的取向。就像川总曾经说过的，中青报的报道不能宏大叙事，但必须宏大关怀。

中青报第四条核心价值是勇于探索、引领风气的先锋意识。引领风气，我想可能这里包括两层意思，一层是领时代风气之先，一层指的是报道方式、表现形式的开拓创新。在相当长一段时间，中青报都是社会新潮的代言人。“四人帮”刚刚倒台，本报就刊登了刘心武的小说《爱情的位置》。当时我还是一个高中生，班里只订了一份中国青年报，同学们之间争相传看这篇当时来说振聋发聩的小说。

吴苾雯现在已经离开报社了，当时是挺有名的一个女记者，写过一篇《胭脂厂长》，为一个爱打扮的女厂长打气撑腰，当时另外一家同样是中央级的媒体发表评论，指名道姓批评中青报这种导向错误，现在看来这是多么可笑。麦天枢甚至写过一组《定远农村青年恋人私奔系列》，就是为了逃避包办婚姻和改革开放初期已经出现的那种索要彩礼的压力，定远大批的青年恋人为追求自由的爱情选择私奔这种形式。当时这甚至是违反婚姻法的，但是本报率先为这些追求自由爱情的青年讲了公道话。

至于报道方式的探索创新，本报更是有极为宽松的环境，历史上也成果丰硕。本报是中国深度报道的鼻祖，最早的深度报道就是张建伟的那个《大学毕业生成材追踪记》。本报是星期刊的首创者，率先把民意调查引进报道，率先设立评论版等等。

中国青年报社原社长兼总编辑徐祝庆在50年报史长廊的前言里写过这样一段话：五十年来，我们向读者捧出了一万零二百期报纸，六万多块版面，时代的印记清晰可见，幼稚之处一目了然，但敏锐、活泼、严肃、求实，激情可鉴。这是对中青报创新活力和探索精神的最中肯的评论。

至于崇尚民主、尊重个性的团队精神，这一点我想凡是在中青报工作过的同事都感同身受。在有深厚民主传统的中青报，再弱小的一方，哪怕你就是刚来报社一个月的实习生，也有争辩的权利。在争辩中才能最大限度地克服个人的局限，使报道的张力达到极限。

这本书所收集的报道，大多是2009年特别报道版刊发的调查性报道。许多有影响力的报道就是在这种中青文化氛围中诞生，走出海运仓2号的。

追寻真相

事实的全部真相，也许无穷接近却不可及，但他们怀揣对新闻的理想，对真实的信仰，对价值的坚守，依然不懈努力追寻。

"三鹿事件"真相大曝光

□ 叶铁桥

【记者简介】叶铁桥，与改革开放同龄，生长于潇湘之农村，本科受教于岳麓山下之湖南大学，后负笈北上，在燕园修成"小硕"，本硕皆习新闻专业，2006年毕业，得进倾慕已久的中国青年报，并工作至今。代表作：《一个教育局长的"职务后"突击》、《女开发商举报市委书记的前前后后》、《我不能让一辈子交的个税被考察团糟蹋了》、《逯军"替谁说话"事件溯源》等。

2008年的最后一天，河北省石家庄市中级人民法院的门口人头攒动。一大早，警察就在法院外拉起了警戒线，严格审查旁听者资格。

上午8时，庭审开始。从田文华的答问中，可以描述出她的成长轨迹：她出生于石家庄，1966年8月毕业于张家口农业专科学校，1968年开始从事奶业工作，并将一个名不见经传的小厂逐渐发展成为集奶牛饲养、乳品加工、科研开发为一体的三鹿集团。

而其余3名被告，也是在三鹿集团工作了多年的老员工，他们见证了三鹿的成长与辉煌，但三鹿也毁在了他们手中。

随着庭审的持续进行，"三鹿事件"真相大白于天下。

为保密，他们将三聚氰胺称为“A 物质”

据公诉机关指控：2007 年 12 月以来，被告单位三鹿集团陆续收到消费者投诉，反映有部分婴幼儿食用该集团生产的婴幼儿系列奶粉后尿液中出现红色沉淀物等症状。

被告王玉良供认，2008 年 3 月，接到问题奶粉的投诉后，他向奶事业部汇报，让其查一下原因，他这边也查了一下，他给田文华汇报过，田文华当时说让技术部监测、检测，看是不是孩子上火了等其他原因造成的。当时的确没有引起我们重视，一直到 4 月底，消费者投诉奶粉质量问题增多，当时可以认定是奶粉质量出了问题，田文华决定当即成立质量小组，他负责技术小组、攻关小组的领导、协调。

田文华在庭审中供认，她是在今年 5 月中旬才获知三鹿奶粉出现问题的，这也是下面的人报告给她的。

田文华说，当她得知这一消息后，马上组织成立了由副总经理王玉良负责的技术攻关小组。通过技术小组的排查，确认该集团所生产的婴幼儿系列奶粉中的“非乳蛋白态氮”含量是国内外同类产品的 1.5 至 6 倍。

但由于当时对三聚氰胺这一物质不太熟悉，所以不敢肯定里面含有什么东西。王玉良说，由于去年我国曾发生过出口宠物食品致动物死亡的事件，有证据显示宠物食品中含有三聚氰胺，她当时也怀疑是三聚氰胺。

田文华说，三鹿集团将系列样品送往多家检测机构检测，但都没检测出问题，都声称产品正常。

7 月 24 日，三鹿将 16 批次婴幼儿系列奶粉送往河北省出入境检验检疫局检验检疫技术中心检测，当时考虑到产品的声誉问题，三鹿并没有向该中心说明是自己的成品，而仅表示是原料或其他东西。在送审过程中，三鹿集团还想方设法予以保密。

当时，全国有许多婴幼儿因食用三鹿婴幼儿奶粉出现泌尿系统结石等严重疾患，部分婴幼儿住院手术治疗，甘肃等地还出现多例婴幼儿死亡事件。

公诉方当庭出具的证据显示，河北省出入境检验检疫局检验检疫技术中心有关人员对三鹿送检的产品颇为吃惊，表示这种产品即使牲畜食用都会导致严重后果。

田文华说，8 月1 日下午5 时许，她得到检测报告：送检的16个批次奶粉样品中，15 批次检出了三聚氰胺。于是，她紧急召开了集团经营班子扩大会进行商议，会议由当日下午6 时一直开到第二天凌晨4 时。

然而，正是由于这次会议错判了形势，并通过了一系列错误决议，让三鹿集团走上了绝路。

田文华说，新西兰恒天然公司在三鹿集团的董事要求召回产品，但参加会议的许多高管认为，召回产品会造成声誉受损，于是决定以悄悄换回的方式取代召回。“当我们说了这一建议后，新西兰方代表没有反对，所以这个提议就通过了”。

杭志奇则在法庭上供述，在这次会议上，大家研讨形势认为，当时正处于奥运前夕，且消息泄露后将极大影响三鹿的声誉，所以决定对奶制品中含三聚氰胺一事在扩大会议的范围内严格予以保密，对外将三聚氰胺称为“A 物质”。

王玉良供认：“我们在化验单上发现有“A 物质”，“A 物质”是什么，“A 物质”实际上就是三聚氰胺，为什么这样写？我公司在检验时，发现奶粉中有三聚氰胺后，2008 年 8 月 1 日，当晚召开了会议，会上，企业考虑到品牌的影响，田文华总经理要求已经知道的部门和人员不要再传播了，所以在以后的化验单上就出现了“A 物质”或者不写名称只写含量的现象，这也很正常。谁规定的三聚氰胺写成“A 物质”？集团公司没有具体规定，可能是分层的实验室或质检部门自己规定的……”

问题奶被调转入液态奶，知毒卖毒

作为公司中层管理人员的被告人吴聚生也声称，杭志奇在其后打电话把他叫进办公室，要他将因“非乳蛋白态氮”检测不合格而被加工三厂拒收的原奶转送他处时，杭志奇也仅仅告知他原奶中含的是“A 物质”，并表示这个物质属于“非乳蛋白态氮”，对人体有害，但掺杂在液态奶中问题不大。

随后几天，三鹿集团的质检中心研制出了检测三聚氰胺的方法，但为了保密，三鹿集团还委托杭志奇的妻子代买相关设备，并在杭志奇妻子的公司由设备提供方培训三鹿集团员工。

然而，由于当时临近中秋节和国庆节，市场上对于奶制品的需求异常大，田文华说，即使开足马力生产，三鹿集团也无法用不含三聚氰胺的奶换回已销售出去的含三聚氰胺的奶。

在此情况下，8 月 13 日，三鹿集团班子开会时，她拿出一份从新西兰恒天然公司获得的资料（原件是英文，但关键点已经被翻译成中文），这是欧盟关于食品中含三聚氰胺的标准，这个标准是一个人，按体重来衡量，每公斤每天耐受三聚氰胺的量是 0. 5 毫克，如果将其换算成奶粉，那么，每公斤中含 20 毫克三聚氰胺不会有影响。

王玉良说，他在会议上表达了不同意见，认为欧盟的标准是 20 毫克的话，为慎重起见，还应该在这个标准上打个 5 折，于是班子决定，对已经被封存的奶粉，三聚氰胺含量在 10 毫克以下的予以放行。但到了后来，由于市场的需求量越来越大，这一标准又被放大到了 15 毫克。

会议还决定：调集三聚氰胺含量 20mg/kg 左右的产品换回三聚氰胺含量更大的产品，并逐步将含三聚氰胺的产品通过调换撤出市场。

经检测和审计，2008 年 8 月 2 日至 9 月 12 日，被告单位三鹿集团共生产含有三聚氰胺婴幼儿奶粉 72 个批次，总量 904. 2432 吨；销售含有三聚氰胺婴幼儿奶粉 69 个批次，总量 813. 737 吨，销售金额 4756 万多元。

“如果不收，我们就将从此丧失这部分奶源”

不能不说，三鹿集团出事的一个重要因素，是恶性竞争。

田文华说，蒙牛、伊利等巨头涌进河北省市场以后，奶源市场就越来越紧张了，尤其是从 2003 年下半年以后，她感觉公司奶源形势日益严峻。

据了解，河北省是产值仅次于内蒙古的奶业大省，然而，由于奶源竞争激烈，恶性抢奶事件频发，导致奶价一直高企不下。

河北省食品工业协会发布的数据显示，2008 年第一季度，因为原奶收购价争抢严重，导致今年一季度河北省液体乳及乳制品利润总额同比下降 49. 02%，全行业 64 个企业中有 23 个出现亏损，亏损总额达 4471 万元。

而三鹿高管这次以生产、销售伪劣产品罪被提起公诉，公诉方所提供的一个重要证据就是：在三鹿查出原奶有问题后，仍将原奶收购加工并销售到市场上。

事情的原委是这样的，三鹿加工三厂主要生产婴幼儿奶粉，毒奶粉事件出来后，加工三厂加大了对原奶的检测力度，并在随后的检测中检测出多批原奶含三聚氰胺。然而，虽然查出问题后，三鹿加工三厂拒收了这些奶站提供的原奶，但是，随后，杭志奇却授意吴聚生将这些奶转至其他奶厂。

就这样，先是有因“非乳蛋白态氮”检测不合格而被加工三厂拒收的 29 吨多原奶被转往行唐配送中心和新乐闵镇配送中心，这两个配送中心又先后向保定三鹿、加工二厂和三鹿乐时奶制品公司配送原奶 180. 89 吨。

这些原奶与其他原奶混合后，进入了加工程序，分别生产出原味酸奶、益生菌酸奶、草莓酸酸乳等含有三聚氰胺的液态奶269吨多，且全部铺向市场并且销售完毕。

当被公诉方问及为什么明知这些原奶有问题，三鹿公司仍然要收奶时，杭志奇说，没有办法，竞争实在太厉害了，如果我们不收，我们就将从此丧失这部分奶源。

吴聚生也说，如果三鹿拒收，这些原奶仍然会流到别的地方去。

王玉良也说，虽然在8月4日他们就研制出了三聚氰胺的检测方法，但是该设备在各个分公司的配备并不均衡，主要生产婴幼儿奶粉的加工三厂最早配备，其余的地方，对奶源的控制并没有那样严格，同样是基于市场压力大：奶制品销路好，原奶的供应却时时感到紧迫。

吴聚生说，发现问题奶后，三鹿公司采取了“人盯奶厅”的办法，就是每个奶站派驻工作人员进驻，监督产奶、收奶的全过程，以保证质量，公司甚至还直接租赁了几个奶站，以控制奶源。当然，为了掩人耳目，他们打的是奥运的招牌，声称是为了奥运考虑要加强食品的监督。然而到了此时，事情已经无法弥补。

沉重的思考

田文华称，8月1日，在她获知三鹿送检的16个批次奶粉样品中有15批次检出三聚氰胺后，于8月2日以书面报告的形式向当地政府部门作了汇报。

8月29日，她再次以书面报告形式上报市政府。然而，市政府对此事却迟迟未能作出反映。

在今天的庭审中，三鹿集团的辩护人也多次提出，田文华及时向政府部门汇报信息，说明三鹿集团在此事的反应上是迅速的，当地政府部门难辞其咎。

据媒体报道，此前，石家庄市一位王姓秘书长说，之所以石家庄市政府向上级迟报信息，以致酿成事态扩大到全国，该市市政府对此事很不敏感，另外更多地考虑了对企业的信任和支持。当时只是向媒体做了一些简单说明。

据了解，三鹿是石家庄市数一数二的企业，其税收占到了该市财政收入的相当比例，所以当地政府部门在此事的处理出现了问题。

而事实上，企业和政府部门出现的问题也给当地造成了重大损害。12 月 31 日晚，记者从庭审现场回住地途中，正好赶上出租车司机邵松超带着妻儿回家。途中，他告诉记者，他 6 岁的儿子从 1 岁半就开始喝三鹿液态奶，“我儿子不爱喝水，就爱喝奶，他每天能喝 1 公斤奶，而且，他从 1 岁半就开始这样喝，结果在三鹿出事后，去医院检查，查出了肾积水。”

邵松超说，这还是最近几次的检查结果，医院要求他们过 10 多天以后再去检查。

“这些人太邪恶了，连小孩子吃的东西都敢掺这些乱七八糟的玩意儿，也不知道他们的心是怎么长的。”邵松超的妻子气愤地说。

刊发日期：2009 年 1 月 1 日

“鹿”死谁手

□ 叶铁桥

从 1956 年只有 32 头奶牛和 170 只奶羊的幸福乳业合作社，发展到品牌价值近 150 亿元的大型企业集团，三鹿用了整整 50 年时间。

然而，从一个年销售收入亿元的企业走向破产，三鹿却只用了不到一年时间。

其实，从 2008 年 5 月 17 日三鹿高层接到产品出了问题的报告算起，到 9 月 12 日三鹿被封，这 100 多天才是三鹿真正的生死抉择期。

“中国搞市场经济的时间短，企业生存、发展环境复杂多变，决策稍有不慎，就可能影响企业的发展，甚至生存。”2006 年，三鹿集团成立 50 周年之际，企业的长期掌舵者、董事长田文华如是说。没想到两年后，企业竟然真的遭遇生与死的挑战。

更让她没有想到的是，正是她及相关部门的决策失误，竟让她苦心孤诣经营了整整 40 年的乳业王国如泥腿巨人般轰然倒地。

三鹿，究竟“鹿”死谁手？

2008 年的最后一天，田文华和三鹿集团原副总经理王玉良、杭志奇，原奶事业部部长吴聚生一起站在了石家庄市中级人民法院被告席前，经历了长达 14 个小时的庭审（详见《中国青年报》1 月 1 日《“三鹿事件”真相大曝光》等）。

再次回顾这次庭审，记者却发现，被告人的陈述、公诉机关的起诉书和出具的证人证言，以及辩护方的辩护意见，勾画出了三鹿集团由出现问题到走向崩塌的全过程。其代价之沉重，其教训之惨痛，令中国企业界乃至政府部门反思。

6 个质检部门未检测出“三聚氰胺”

法庭上，石家庄市人民检察院指控，2007 年 12 月以来，三鹿集团陆续收到消费者投诉，反映有部分婴幼儿食用该集团生产的婴幼儿系列奶粉后尿液中出现红色沉淀物等症状。

三鹿集团党委副书记、副董事长刘承德 2008 年 9 月 21 日在接受公安机关的调查时称，早在 2008 年年初开会时，就曾听到王玉良说，接到投诉，说有小孩喝了我们的奶粉出现尿红、结石等现象，当时还开会决定看原料是否出了问题，或者案发地是不是结石高发地，并要求对发病人员详细跟进，掌握情况。

但直到 2008 年 5 月 17 日，三鹿集团客户服务部才书面向田文华、王玉良等集团领导班子成员通报了此类投诉的有关情况。随后，田文华组织成立了问题奶粉处理小组，她自己担任组长，并在 5 月

20日成立了由被告人王玉良负责的技术攻关小组。同时还成立了奶源管理小组，由杭志奇担任组长，负责生产过程管理和奶源质量问题。一向重视公关工作的三鹿在此期间还成立了市场信息处理小组，由副总蔡树维和张振岭负责，针对消费者的投诉开展应对工作。

技术攻关小组在6月份初步发现了问题。田文华说："我记得是在6月，领导小组开会听取汇报时，王玉良进行了汇报，他说，咱们的奶粉与国内外其他的奶粉相比，'非乳蛋白态氮'含量高，但根据国家标准来看，这个方面并没有相关标准。"

田文华说，在技术小组查出问题后，她指示技术组要查"非乳蛋白态氮"高到底是出了什么问题，同时还建议技术小组组织专家进行研究，看小孩出现肾结石、尿结石是否真的是因为喝三鹿奶粉引起的。

2008年6月，三鹿又派人直接与出现婴幼儿结石病患的医院联系，试图找出原因。

与此同时，三鹿集团还与消费者共同委托湖南省食品质量监督检测所、长沙市食品质量监督检查中心、徐州市产品质量监督检验所进行抽查。三鹿集团则自行委托了国家乳品质量监督检测中心、国家环保产品质量监督检验中心和农业部乳品质量监督检测中心对市场相应的产品进行了送检。

但田文华说，非常可惜的是，不论是在事故发生地进行检测，还是国家权威部门进行检测，这些送检的产品，不仅未能检测出已被"三聚氰胺"污染的情况，而且检测的结果都被认定为合格产品。

然而，大量的案例显示，这些婴幼儿出现问题，与三鹿的产品直接相关。法庭上，公诉机关出具的一份三鹿原副总经理张振岭（现董事长）的证言也显示，此时他们"尽管不知道出了怎样的问题，但知道肯定出了问题"。

通过投放广告控制媒体曝光

公诉方称，三鹿集团在2008年7月召开了多次会议，其中的7月17日会议和18日会议，所讨论的问题可以证实，企业高层当时已经意识到是奶粉出了问题。

公诉方提供的证言显示，三鹿集团党委副书记、副董事长刘承德曾谈及7月17日会议的情况。“我们在二楼会议室召开会议，参加人员有田文华等人，会议通报了兰州大学第二附属医院发生了十几例婴儿患肾结石的情况，说大部分都食用过三鹿婴幼儿配方奶粉。同时，我们也了解到，江西、湖南、湖北、河北等地也出现了类似情况。”

田文华也说：“在2008年6月，我们就把2007年12月之前生产的产品全部收回来了，因为发现出现问题的产品是2007年10月份的产品。”

然而，即使意识到是自己的产品出了问题，三鹿集团首先想到的却不是及时上报，而是考虑怎么应付舆论的压力。

因此，在这次会议上企业高管们作出的一个决策：封锁媒体。为此，三鹿集团安排了副总经理张振岭和蔡树维来负责这方面事务。其中，张振岭负责处理媒体事务，蔡树维负责处理消费者事务。

两人在此方面早有经验，2004年阜阳毒奶粉事件中，三鹿品牌就曾被列入媒体公布的不合格奶粉和伪劣奶粉的黑名单中，当时负责灭火的正是张振岭和蔡树维，他们成功地让三鹿避过了声誉之灾，并成就一个企业危机公关的著名案例。

这次也不例外。公诉方出具的证言显示，张振岭承认：“在7月的一次会上，田文华让我负责做面对媒体的工作，当时已经有传言食用三鹿奶粉后出现问题，不断有记者要采访我，我们怕问题曝光，所以田文华让我负责（这方面）工作。”

张振岭说：“当时主要是湖北、湖南地区（反映问题较多）……

通过给媒体广告费用，让他们不报道，封锁消息，控制媒体。（我们）做消费者工作，防止消费者向媒体反映问题和情况，怕媒体曝光后影响公司利益。”

公诉机关出具的另一份证言也显示，三鹿奶粉事业部经理付新杰说，在2008年7月他参加的一次经营班子会上，会议要求，要为消费者换货、退货，让消费者情绪稳定，“不要让媒体知道消费者投诉三鹿奶粉情况，不能影响公司的利益”。

“这事一定要保密”

在三鹿集团开展危机公关的同时，技术攻关小组仍然在努力查找问题。7月下旬，他们终于找对了方向。

公诉方出具的证言显示，三鹿集团技术中心应用研究部一位姓王的副部长称，大约在7月20日，他们开始怀疑奶粉中含有三聚氰胺，“是我和张志国在网上查的资料，发现2007年年初在美国发生的宠物死亡事件中，宠物饲料中含有三聚氰胺，我们怀疑婴幼儿奶粉中可能也掺有三聚氰胺”。

公诉方出具的三鹿集团技术保障部部长李朝旭的证言也称：“7月24日上午10点多，我去王总（王玉良）办公室，王总正在说要派人去北京检测三聚氰胺，因为我知道河北省出入境检验检疫局可以检测三聚氰胺，所以我就跟他说了。”

李朝旭称，王玉良吩咐，送检时一定不要说是我们的产品。“下午6点多，我和张志国将16批样品送到检疫局，登记时，我们说是市场打假收回的奶粉，以及山东来的原料。26日上午，我打电话（给检疫局）问检测情况，对方告诉我说其中有样品含三聚氰胺，我跟王总汇报情况，王总让我配合检疫局做好保密工作。”

三鹿集团技术中心副部长张志国则证实：“7月24日，我和李朝旭将16批产品送到检疫局检测，送检产品上没有三鹿的标志，因为王总吩咐过，这事一定要保密。”

8 月 1 日下午 5 时，王玉良向田文华汇报了河北省出入境检验检疫局技术中心的检测结果，说 16 批次奶粉样品中，15 批次检出了三聚氰胺。田文华说，“听到这个以后，我决定立即召开经营班子扩大会”。

会议由 8 月 1 日傍晚一直开到第二天凌晨 4 点。田文华说，会议最终还形成了几项决议：一是对已有奶粉立即进行封存，暂时停止产品出库；二是收回市场上的产品并购置检测三聚氰胺的设备，由王玉良负责对库存产品、留存样品及原奶、原辅料进行三聚氰胺含量的检测；三是由杭志奇加强日常生产工作的管理，特别是对原奶收购环节的管理，并决定派出 400 多名检测人员到各收奶站，以“人盯奶站”的方式监督各奶站，确保原奶的质量；四是召开董事会，公布已经出现的问题，制定收回的方案，对通过检测的和没通过检测的产品进行抽查。

但这次会议做出的决定中，没有包含向社会坦诚问题的内容，反而做出了保密的决定。公诉方出具的证言显示，杭志奇 2008 年 9 月 22 日供述称，在这次会议上，“田文华要求严格保密，说这是为了控制事情的局面……田文华就是害怕奶粉中含有三聚氰胺的事情泄露出去。”

杭志奇同时称，为了保密，田文华甚至要求部分内容不进入会议记录。

同年 8 月 2 日上午，三鹿集团的高层又与新西兰恒天然公司派驻三鹿公司的董事一起召开了董事会，田文华等人将产品被污染等情况告知了外方董事，外方董事表示愿意接受经营班子扩大会的决议。

8 月 1 日，还在杭州出差的张志国，接到了王玉良的电话。王玉良告诉他检测结果，并让他在上海购买到检测三聚氰胺的试剂盒后，赶紧回来研制检测三聚氰胺的方法。

“8 月 3 日，我在做这项工作时被告知，不能让任何人知道这些试剂是用来检测三聚氰胺的。”张志国说。

8 月4 日凌晨，张志国经查阅农业部关于饲料中含三聚氰胺的检测方法后，成功研制了原奶中含三聚氰胺的检测方法。

8 月4 日上午，王玉良组织开会，“会议同样要求保密，不要写三聚氰胺。如果检测出有三聚氰胺，就用‘A 物质’或者‘B 物质’上报。8 月5 日，我检出16 个产品中都含有三聚氰胺。”

杭志奇则表示，只说“非乳蛋白态氮”或者只说“A 物质”、“B 物质”，不说三聚氰胺，是由田文华决定的。

政府部门要求“拿钱堵嘴”

田文华说，8 月2 日，三鹿集团将奶粉被“三聚氰胺”污染的情况书面报告给了石家庄市政府，并恳求市政府出面，迅速查办投放“三聚氰胺”的不法奶户和奶站经营者。

石家庄市政府在收到三鹿的报告后，当即派了主管安全生产的副市长赵新朝和市政府秘书长赵文峰来到三鹿集团。但他们并没有要求企业停产。

据《财经》杂志报道，他们是8 月2 日下午5 时许来到三鹿的。同行的还有石家庄市质监局、食品药品监督管理局、工促局、农业局等部门的官员。他们随即开会商讨应急措施。田文华没有参加会议，王玉良代表三鹿集团向市政府请示提出实行产品召回，但王的提议遭到与会政府官员的明确反对。他们还提出，要以人盯人的方法，安抚家属，“拿钱堵嘴”，并专门强调注意保密，防止出现消费者上访的情况，同时要尽力避免“媒体炒作”。

8 月20 日，田文华、杭志奇等再次向石家庄市政府做了口头汇报。

8 月29 日，第二次以书面形式向石家庄市政府进行了汇报。在书面报告中，不仅将企业收到的有关婴幼儿患病的情况作了如实反映，而且还恳请石家庄市政府考虑可否逐级上报。但9 月13 日河北省副省长杨崇勇在国新办召开的新闻发布会上称，河北省政府是9月8日得到这样一个报告的。由此可见，直到此时，石家庄市政府才向河北省政府报告了情况。

“不能让企业遭受太大损失”

三鹿集团原奶事业部部长吴聚生说，2008年8月3日，他接到副总杭志奇的电话，让他到办公室去一趟。下午3点多，他来到杭志奇办公室，杭志奇让他将生产奶粉的加工三厂拒收的问题奶，调配到生产液态奶的厂子去。

杭志奇说，当时集团内部都知道，“非乳蛋白态氮”是人工添加的对人体有害的物质，既非原奶中正常含有的物质，也不是原奶中允许添加的物质。但既然知道这是有害物质，为什么还要往其他奶厂调配呢？这是因为当时接到的报告，造成婴幼儿结石主要是奶粉的问题，“我想，对这种奶，不能加入到奶粉中，可以调剂到生产液态奶的企业当中”。

他还说，三鹿集团以生产奶粉为重，对液态奶的要求没有奶粉的高，当时生产液态奶的厂子没有检测三聚氰胺的设备，为了不让其他企业抢走奶源，保证原奶的供应，他们决定内部调配。

于是，他提醒吴聚生在收购鲜奶时要保证质量，但同时也要保证数量。“对部分工厂拒收的原奶，要想办法调剂到液态奶企业，以保证鲜奶的供应，防治奶源的流失”。

杭志奇说，当时中秋节、国庆节将至，这段时间是奶制品销售的高峰期，“蒙牛、伊利等乳品企业也在争取我们集团的奶源，为了持续的奶源供应，防止退奶后奶农卖给其他乳品企业，所以我们想办法在内部搞定。吴聚生具体怎么做我不知道，我只告诉这是领导的指示，我没有告诉吴聚生奶粉中含有三聚氰胺，这是我们集团内部的绝密，不能让集团领导以外的人知道。”

杭志奇说，此事田文华也是心知肚明的。田文华则承认，在一次会议上，“我印象中是杭志奇大概说了说，别人没有反对，我也就同意了”。

对于同意的理由，田文华的理由与杭志奇的一样，她说，当时只是觉得问题奶生产奶粉有问题，而生产液态奶没有问题，“主要考虑的还是不能让企业受到太大的损失”。

这些原奶与其他原奶混合后进入了加工程序，分别生产了原味酸奶、益生菌酸奶、草莓酸酸乳等含有三聚氰胺的液态奶。经对其中12个批次液态奶检测，均含有三聚氰胺（含量最高为199毫克/公斤，最低为24毫克/公斤），共269.44吨，并已经全部销售，销售金额合计181万元。

问题产品悄悄召回

2008年8月1日到2日的经营班子扩大会上，三鹿集团作出了召回产品的决定。根据国际惯例，召回产品应当采取公开召回的形式，然而，三鹿集团最终采取的却是悄悄换回的方式。

这一决策是在8月2日上午的董事会上通过的。田文华回忆决策过程时说：“会上，外方董事提出来要公开召回，但当时有董事提出来说，公开召回产品会对公司声誉造成重大打击，因此建议通过以合格产品换回不合格产品的方式解决问题。”

田文华说，这一建议提出后，新西兰方面的董事没有反对，所以该决议就这样通过了。

发现三聚氰胺后，三鹿集团曾短暂中断奶粉封包，也曾暂停销售，但液态奶的生产并没有停止。在8月3日下午5时三聚氰胺检测方法研制出来并配备到三厂后，三鹿又开始生产奶粉，并将生产出来的奶粉进行检测，检测出没有三聚氰胺的进入市场销售，含有三聚氰胺的则存入仓库。

但到了8月中旬，由于市场销售的压力，再加上换奶返货所需量大，三鹿集团高管们再次面临难题：到底该怎样减轻市场压力。

王玉良说，恰在这时候，三鹿集团中一个来自新西兰恒天然公司的郭姓董事拿出一份欧盟关于食品中含三聚氰胺的标准，该标准称根据体重来衡量，每公斤体重每天耐受三聚氰胺的量是0.5毫克。经过推算后，他们认为，奶粉中每公斤三聚氰胺含量不超过20毫克，婴幼儿食用后不会出现问题。

8月13日，三鹿集团再次召开了经营班子扩大会。会议决定，将三聚氰胺含量不高于15毫克/公斤的奶粉，换回三聚氰胺含量高的奶粉。

在8月13日之前，王玉良等人带领的检测小组就已经对2008年7月31日之前生产的产品检测完毕。他们发现，三聚氰胺含量在20毫克/公斤以下的产品很多。13日的会议结束后，他召集有关人员开会，宣布对经检测三聚氰胺含量在每公斤10毫克以下的产品准予检测部门出具放行通知单，即准许销售出厂。

公诉方提供的数据显示，2008年8月2日至9月12日，三鹿集团共生产含有三聚氰胺婴幼儿奶粉72个批次，总量904.24吨；销售含有三聚氰胺婴幼儿奶粉69个批次，总量813.737吨，销售金额4756万元。

田文华认为外方作为公司集团董事会成员，在奶粉事件中全程参与问题奶粉的生产、检测过程，他们应当承担相应的责任。她说，“8月1日后，外方进驻公司，帮助进行含有三聚氰胺的检测，协助我公司进行沟通联系。8月15日，我们集团召开扩大会，外方当时没有要求公开曝光问题产品，同时认为问题奶粉影响不大，我方认为奶粉含氮量高，国内没有检测标准，我记得他们认为这个理由好，同时决定9月20日之前，不要把问题婴幼儿奶粉的事放大。”

9月11日，就在《东方早报》率先点出“三鹿奶粉”问题的同一天，三鹿集团传媒部长崔彦锋仍在接受《兰州晨报》的采访表示，“我们可以肯定地说，我们所有的产品都是没有问题的。”但当天晚上，三鹿终于承认奶粉被三聚氰胺污染的事实，说经公司自检发现

2008年8月7日前出厂的部分批次三鹿婴幼儿奶粉受到三聚氰胺的污染，市场上大约有700吨。

9月12日，三鹿被政府勒令停止生产和销售。

2008年12月31日的庭审中，公诉人问："被告人田文华，你知道三鹿现在的经营状况吗？"

"三鹿的经营状况？"田文华停顿了一下说，"我因为在二看（石家庄市第二看守所）那住着，我不清楚。"

她不清楚的是，就在一个星期前，石家庄中院已经向三鹿集团送达了破产清算《民事裁定书》，三鹿已经进入法定破产程序。（实习生马慧娟对此文亦有贡献）

刊发日期：2009年1月7日

记者手记：为知情权而战

叶铁桥

三鹿高管的庭审，与跟我听过的许多"敏感"的庭审一样，果然也是一场"猫鼠游戏"，虽美其名曰"公开庭审"，却总在想出千百种招数让你没法充分报道，而记者为了知情权，却是脑筋费尽，各出奇谋。

2008年的最后一天，一大早，我就来到了记者堆满门口的石家庄市中级人民法院，作为有证记者，我在同行羡慕的眼光中进了大门，却瞅见有证的记者都在排队安检。法院要求：不能带手机，不能带纸笔，不能带录音摄影设备——我想，记者带纸笔录音录像工具，不就是为了报道的公正客观吗？什么都不让，不就是摆明了不让做充分深入报道吗？这能叫公开？

我先履行了程序，向法院作出申请，但法院的人说他们也不能做决定，需要请示省高院，但他又不愿请示，无奈，我只好将 MP4 塞到了鞋子里，忐忑不安地去安检。幸好，安检没有想象的严格，顺利带了进去。

窃喜着进去，找了个第二排的座位坐下。坐在我旁边的是中国日报的，我试探着问不能录音怎么办啊，他嘿嘿地笑了几声，我立刻心知肚明了，这小子，肯定也是带了录音设备进来的。

但坐在第一排的记者让我傻眼了，他们架着两台摄像机，一看台标，原来是中央电视台的，再打探，是中央电视台 12 套社会与法《庭审实录》栏目组的，我心想，原来上面需要的是有选择的公开、可控的公开。

庭审开始后，我偷偷地从鞋子里摸出 MP4，然后悄悄地打开，用两只手交叉着遮掩。我心里想，虽然音箱不远，但效果可能不会好，所以就用几个手指将薄火柴盒大小的 MP4 拎在手里，让它四面透声。但我的 MP4 也有问题：它的屏幕始终有蓝色的荧光。

上午终于是有惊无险，但结果也让我遗憾，由于 MP4 电池不够好，自动关机时没能保留，录音文件也没自动保存，竹篮打水一场空。

下午，我带了一支录音笔入场，如法炮制地拿在手中，但这一次，却没能逃脱五步一岗十步一哨且不停走动巡视的法警们的“法眼”，没录多久，一个胖胖的警察发现了，走过来拿走了我的录音笔，把录音消得干干净净，我只能徒呼奈何。

到了傍晚，庭审进行了大半的时候，法院突

然通知领通稿，我愈加明白这是有关方面需要的一次“可控”的报道，但通稿的质量可想而知，我向主编请战，即使没有录音，凭借深刻的记忆，我也能写出比通稿好十倍的稿子。

从2008年12月31日晚上10点多，写啊写啊，一直写到了12点多，不知不觉2008年这个承载着太多含义，太坎坷也太有故事的年度，就在奋笔疾书中度过了，但也成就了《“三鹿事件”真相大曝光》这篇报道，第二天，我打开网页，看到几乎所有的新闻网站都是转载这篇报道，觉得功夫总算没白费。

但我觉得还不够味，还有进一步挖掘的必要，于是，又多方向同行打探，终于找来那次庭审的大部分录音，最终又做了一个更深入的报道——《“鹿”死谁手》，才觉得比较没遗憾地完成了这次报道任务。

考研答案是怎样传进考场的

□ 田国磊

【记者简介】 田国垒，华中科技大学首届新闻评论班毕业，大学期间在全国各大媒体发表时评数百篇。2009 年大学毕业后进入中国青年报社特别报道部工作，主要从事调查性报道的采访写作。代表作有《260 多万元封住了哪些记者的嘴》、《贵州松桃警方严查高考舞弊——本报记者暗访发现当地高科技舞弊现象严重》等报道。

互联网是一把双刃剑。互联网在为我们的工作、生活带来许多便利的同时，也为不法分子提供了传播工具。

1 月 10 日上午，2009 年全国硕士研究生入学考试第一场正在进行中，考试科目是政治。

9 时刚过，小王的网友“阿明”通过 QQ 传来一张政治试卷的图片，图片显示的是选择题第 17 题到第 19 题的内容。一刻钟后，又一张图片传过来，这次显示的是一个图形题。大约又过了一刻钟，“阿明”传来一份政治简答题答案。上午 10 时 43 分，主观题答案发送完毕。紧接着，单选题和多选题的答案也陆续发送过来，离考试结束前 10 分钟时，“阿明”发来“完毕”二字。

10 日下午是研究生考试的第二场，考试科目为英语。

14时51分，“阿明”的头像又开始闪动了，这次首先发送过来的是小作文的范文。27分钟后，英语试卷作文题的扫描照片也发送了过来，照片上经过加工出现了一个小广告，内容为：“永辉出品、金牌品质”以及QQ号码。随后，翻译题、大作文和选择题的答案陆续传来，离考试结束还有13分钟时，答案发送完毕。最后，“阿明”还补充了一句：“成绩低于70分可以找我们。”

这是2009年硕士研究生入学考试第一天，发生在北京航空航天大学一男生宿舍的真实一幕。

“阿明”传过来的是做题高手做的硕士研究生考试答案。小王要做的就是将这些通过QQ接收到的答案，复制粘贴到安装在电脑上的信息发射软件里，然后点击“发送”，将答案经发射器和摆在阳台上的天线传输到正在考场考试的吴科（化名）戴的特制手表上。

这是小王的短期兼职。9日晚上，吴科试图到离考场最近的宿舍找人给他发送答案，吃了几次闭门羹，最后，小王接过了吴科递过来的200元，答应帮他这个忙。

经对照，QQ发送过来的试题与真题一致

事后，笔者将“阿明”发送过来的照片上的试题与网络上出现的2009年硕士研究生入学考试政治真题和英语真题作对比，发现“阿明”通过QQ发送的两张政治科试题照片确为考试真题。

在将“阿明”提供的政治答案和英语答案与网络上提供的参考答案对比后，笔者惊讶地发现，网络上发表的名为“新东方：09考研英语小作文范文和大作文范文”中的大作文范文，与“阿明”在QQ中提示的那篇大作文范文内容完全相同，只是在部分标点符号的使用上略有差异；同在网络上发表的名为“海天教育：解析2009考研政治真题（主观题）”的参考答案，与“阿明”于10日上午通过QQ提供的主观题参考答案，除36题不同，37题第二问、38题第二个选做题缺失外，其余文字几乎全部相同。

值得注意的是，在发布上述与“新东方”雷同的大作文范文26分钟后，“阿明”又发过来一篇大作文范文，并用感叹号特别提醒“大作文用这个!”

笔者在考前曾暗访过“阿明”背后提供答案的机构，在与其交谈中，“阿明”曾对笔者说：“我们答案的质量之所以好，是因为我们聘用的做题者是一些著名教育机构的老师和大学的教授。”

“阿明”的背后是谁?

元旦前后，北京航空航天大学、北京科技大学、北京大学医学部等多所北京高校的宣传栏都出现了一张传单，该传单的内容为：“09考研，通过率100%，不过全额退款”，后面提供了QQ、手机号码、网站等详细的联系方式，正中间是这家公司的名称“北京金诚永辉教育咨询有限公司”。

从宣传内容上看，这很像是一张普通的考研冲刺班宣传单，可随后的调查却证实，这个“教育咨询有限公司”并不简单，已从事了多年提供包括研究生考试答案在内的各种答案的业务。

笔者首先将传单上的QQ号加为好友，刚一咨询，“永辉教育”（QQ网名）便开门见山地说：“我们是提供考中答案的。”

接下来，“永辉教育”便不厌其烦地推荐作弊所需的设备并用很肯定的语气保证答案的正确度，“我们做这行（提供答案——编者注）已经5年了，去年正式成立了公司”。

笔者将传单上显示的单位全称“北京金诚永辉教育咨询有限公司”输入北京市工商行政管理局网站查询，果然有这么一家公司，该公司2008年3月成立于北京市海淀区，法人代表朱勇，注册资金3万元，注册地址为北京市海淀区北三环西路48号1号楼。

在“北京金诚永辉教育咨询有限公司”网站的显要位置，笔者看到一段有关这家公司的介绍：前身是成立于1997年的清华大学考研辅导班，以专业的特色课程、高学术水准的教师队伍、敬业严谨的教学态度，在现代教育市场中树立了经典品牌。

实地暗访交易现场

在查询北京金诚永辉教育咨询有限公司的资料时，一个名叫“北京地狱天堂科技”的网站进入了笔者的视野。

在北京地狱天堂科技网站的中间位置有一个“站内公告”栏目，栏目的链接之一就是北京金诚永辉教育咨询有限公司。

从网页提供的内容看，北京地狱天堂科技主要从事间谍设备的销售，如无线隐形耳机、反屏蔽反探测系统、车载电台发射器和手表短信接收器等。据介绍，这些都是作弊者经常使用的工具。

北京地狱天堂科技网站显示，该公司的地址位于北京市海淀区中关村当代商城。然而，笔者走遍了整个商城也未发现这家公司，只好拨打网站所提供的联系电话。按照电话中男子的指示，笔者来到了中关村双榆树西里 2 号楼的 803 房间。

房间里有 5 个人，靠近房间门口的一边，一个学生模样的人正拿着一块黑色手表向一个梳着分头的年轻人咨询。这款黑色手表正是北京地狱天堂科技网站上介绍的可接收无线传输信息的特制手表。

“2008 年 12 月的四六级考试，我们试验了无线耳机、机械表、可显橡皮和这款可呈相手表，最终的结果证明还是这款手表的性能最佳。这款手表信号好，可逐条显示信息，遇到危险情况还可以一键锁定。”“小分头”指着这款表面上看起来很普通的黑色手表说。

“现在的货可紧张了，北京的很多高校都有人来买。”一个年纪稍大者操着浓重的南方口音说。

据“小分头”介绍，手表 700 元一块，但要正常使用还需搭配购买信息发射器等装置，60W 标准的 2500 元一套，30W 标准的 1900 元一套。

“既然是熟人推荐过来的，我们肯定给你最优惠的价格，你的作文不好，我们可以找一个过了英语专业八级的给你写。”房间另一边，一个抽着“南京”牌香烟的中年人对一个戴着眼镜的学生模样的人说道。

见笔者凑过去听话，这名戴着眼镜的学生模样的人对笔者说，“是以前的同学推荐我来这里的，听说他们做这一行好几年了，答案的质量好，去年我同学考研时用的是他们的答案，英语和政治都在80分以上。”

抽烟的中年人非常自豪的对笔者说：“去年的英语考研试题，选择题加翻译题的分值总共70分，依照我们提供的答案写，可以得62分。”

经询问得知，答案的价格为单科3000元，双科5000元，买全套还可以优惠。

“别的机构聘的做题枪手都是学生，我们聘的是新东方的老师、大学教授和老外。让这些人做题半个小时就是8000多元，加上扫描试卷、双安商场和这边的房租费用，做一次答案下来总成本得10多万元，成本这么高，当然我们的价格也就要高一些。”抽烟的中年男子说。

谈话中笔者得知，“小分头”、捏烟卷的中年人和那名年纪稍大者为一个临时组建的团伙。3人分工明确，“小分头”负责卖设备，捏烟卷的负责卖答案，年纪大的负责宣传——趁晚上到各高校偷偷张贴传单。

戴眼镜的是北京某著名大学的本科毕业生，今年准备考同济大学的研究生。“去年考研时，我几个买了答案的同学都上了非常好的学校，而我落榜了。这次不能再傻了，准备下血本放手一搏。”戴眼镜的这名学生准备购买设备和包括英语、政治、专业课在内的全套答案，“我算了一下，差不多得8000多元，但如果能考上，花这么多钱也值了”。

交谈中，“小分头”的电话响了，几分钟后，又一名学生模样的人进了房间。

“我是在学校看到你们宣传单的，今天特意跑过来买设备，包里还装着你们的传单呢。”刚进门的这名学生指着自己的挎包说。

这名自称是华北电力大学毕业的学生十分健谈。交谈中得知，他和上述那名学生一样，有过一次考研失败的经历。“我不甘心，现在很多人都在搞这个，况且我的英语又很差，不搞这个肯定不行的。”

这名学生说，自己的英语四级考试就是别人替考的，“那时监考还不太严，找个长得像点的混进去就行了”。

“你的头脑还挺灵活的咧，现在这个社会头脑灵活的人才吃得开。”旁边那名年长者跟着说。

见笔者问东问西而没有买设备和答案的意思，“小分头”警惕地高声说，“买就买，不买就不买，问那么多废话干嘛?”

见气氛不太好，捏着烟卷的中年人把笔者招呼过来看他的博客。博客显示了去年硕士研究生考试的政治科答案。据日志发布时间显示，从9时44分开始发第一份答案，到10时44分全部答案发布完毕，这段时间正是政治科目考试进行的时间。

“看我们的政治答案多么有条理，别人的答案和我们根本没法比。”中年人说。

“你们是哪个机构的?”笔者问。“永辉教育!”对方回答。

在北京地狱天堂科技的“办公地点”，竟然碰上了“永辉教育”，笔者很纳闷。临走时，“永辉教育”给笔者留了个字条，字条显示，此人名叫何帆，上面的电话号码正是在北京各高校的传单上出现的那个号码。

在暗访近一个小时的时间里，笔者注意到，共有3名学生模样的人登门购买设备和答案，而此间打来电话咨询的不少于5个。

刊发日期：2009年1月12日

【补白】

该文章发表后，新东方来函：据该机构调查，腾讯网和搜狐网发布的所谓《新东方：09考研英语小作文范文和大作文范文》均出自“来我网”文章，与新东方没有任何关系；只是因为新东方酷学社区和新东方在线进行了转载，但未注明“转载”，所以被腾讯网和搜狐网误认为是新东方撰写并发布的作文范文。

镍铬烤瓷牙致病悬疑

□ 田国磊　叶铁桥

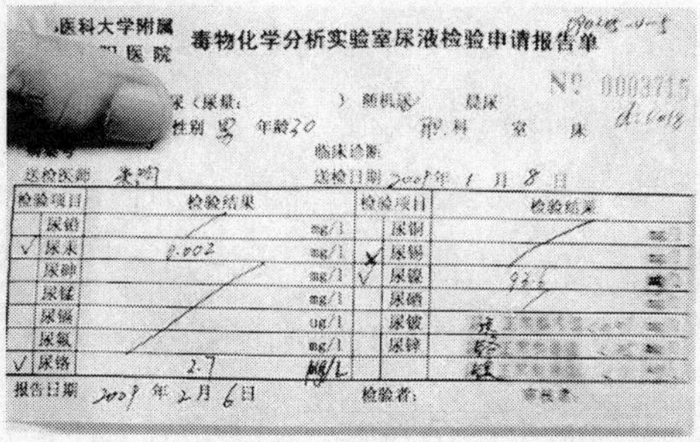

2009 年 2 月 6 日，刘原进行的镍含量化验结果显示，他体内的镍含量已达到 93.6 个单位。

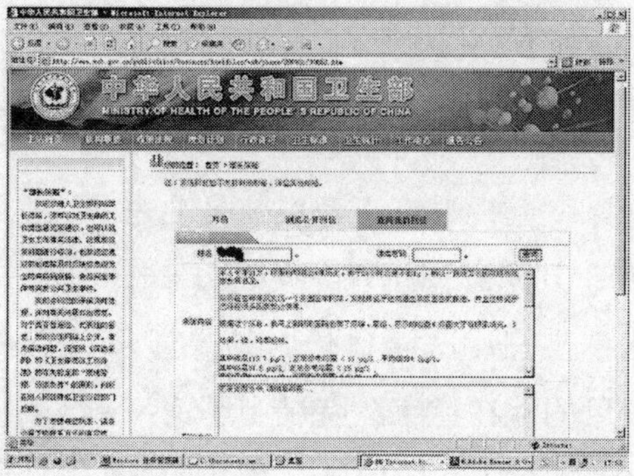

在卫生部网站，不少网友发帖讲述自己装上镍铬烤瓷牙后出现的各种不良症状。

刘原在接受采访前，提了几个要求，一不准对他本人拍照，二不准公开他的个人信息，三可以拍化验单，但得把名字隐去。他说，虽然他现在处于失业状态，但他知道，企业一旦得知员工有肾病，大都会立即辞退员工，“我还得为我以后找工作考虑”。

他肾脏本没有问题。然而，2006 年年底的一次诊断中，他却意外被告知患上了慢性肾炎，这让他百思不得其解。直到有一天，他偶然看到一篇美国医学论文，称镍铬合金会导致肾病，才猛然惊觉，原来问题来自牙齿。

2004 年和 2005 年，他先后安装了两颗镍铬烤瓷牙。要不是看了那篇文章，谁会把烤瓷牙和肾病联系起来？但正是这篇文章，以及随后查阅的大量资料，让他对自己的病因深信不疑：正是这两颗义齿，才导致了自己的慢性肾炎。

2009 年 2 月 25 日，他在某知名论坛发帖，讲述自己的故事，呼吁禁止使用镍铬烤瓷牙。让他始料不及的是，不到 1 个月时间，这个帖子已经有超过 10 万人次的访问量，并有 4000 多个跟帖。

不少跟帖的网友，讲述了自己安装镍铬烤瓷牙后出现的不良症状。他们呼吁，国家有关部门，应组织力量对镍铬烤瓷牙可能带来的副作用进行检测，必要时，应禁止镍铬烤瓷牙这个项目。

慢性肾病来自新装的义齿？

现居北京的刘原，一米七五以上的身高，身材瘦削，头发有些凌乱，戴着一副深度近视眼镜，他目前是北京各大医院的常客。

2004 年年底，刘原辞掉了在华为的工作，进了一家外企。换工作当年，他在北京某三甲医院体检，结果显示一切正常。也就是在这一年，坏了门牙的他在这家医院装上了第一颗镍铬烤瓷牙。

“装上去的第一年没有任何不良反应和不适感觉，2005 年就又装了一颗。”他说，装的两颗烤瓷牙均为门牙。为了可以使下牙能妥帖地放在上牙后面，安装时，医生对烤瓷牙进行了打磨，但这样一来，这两颗烤瓷牙都有了金属暴露。

但他不承想，看起来漂漂亮亮的两颗义齿装上后，他的梦魇也随之而来。

2005 年年底，他开始咳嗽，“非常严重，一咳嗽就是大半年，怎么治都治不好”。随后，他身上又起了很多小包，一开始他以为是普通的皮肤过敏，但到医院一检查，却被诊断为荨麻疹。

2006 年，他再次做体检时，又被告知，体内的尿蛋白含量严重超标。更让他沮丧的是，2006 年年底，他竟然被诊断出患上了慢性肾炎！

究竟是什么原因，会让自己原本健康的身体患病呢？百思不得其解的刘原偶然在看到一篇美国医学论文后，才恍然大悟，这篇文章指出，镍铬合金会导致肾病！

文章很短，只有几百字，但刘原说，他认认真真地读了好几遍，而且对结论深信不疑。

接下来一段时间，他开始疯狂查阅医学论著，“发现不少论文说，对大鼠和犬的试验结果都表明，镍植入动物体内后会发生镍离子的游离，游离出来的镍离子会在肾脏发生堆积，进而对肾脏造成损害”。

随后，刘原到北京朝阳医院做了尿镍检测。一周后，当他拿到检查报告时，被上面显示的数字吓住了。检测报告显示，刘原体内的镍含量为 113 个单位，而检测报告给出的正常参考值是不超过 11 个单位。

更可怕的是，《镍毒性与中医药防治研究》一书中说，正常人一般都是 4 个单位，11 个单位已经是极值了。

朝阳医院职业病科一位副主任医师诊断了刘原的病情后，认为他的肾病可能与镍铬烤瓷牙有关，但不敢肯定。他建议刘原到北大医院做肾病检查，并将两个镍铬烤瓷牙摘掉，再做几次尿镍检测。

2009 年 1 月 8 日，在取下两颗镍铬烤瓷牙整整 1 个月后，刘原再次到朝阳医院做尿镍检测，结果镍含量变成了93.6个单位——比前一次检测下降了将近20个单位。在北大医院做的肾常规检查结果也出来了，去掉镍铬烤瓷牙后，反应敏感度的指数下降了200多个单位，24小时尿蛋白定量也下降了一倍。

这个结果让刘原和他的家人高兴万分，然而，一家人没料到的是，这并不代表刘原的身体从此正常了。

3月10日，刘原到朝阳医院领取第三次尿镍检测报告单，化验报告单显示，尿液中镍含量为120个单位，比第一次测量的结果还要高7个单位。

两颗镍铬烤瓷牙都取下来两个月了，为什么先降下去，又升高了呢？刘原非常不解。

两天后，他再次来到朝阳医院，并特意挂了建议他摘除镍铬烤瓷牙的那位副主任医师的号。然而，刚到职业病科，一位护士就随口问道："是不是烤瓷牙啊？今天都来了好几个烤瓷牙的了。"

那位副主任医师解释："镍离子一旦在体内聚集，很难排出去，你这次检测镍含量比上一次高也是正常的。"

随后，刘原将肾常规检查的报告给这位医生分析，医生对他说，现在我们这边的意见也不统一，得写一份能提交到上面的报告，至少要得到三位医生的统一意见，"所以你再等等看，反正烤瓷牙已经摘除了，各项指标也下降了"。

这样的答复很难让刘原满意，尽管频繁就医，让这位曾经月薪近万元的白领失业一年多，每月的房贷也只能由父母偿还，但他仍然坚持在北京各大医院奔波，为的是给自己3年来遭的罪讨个说法。

怎会有如此多相似病症？

刘原在网络论坛上发表了镍铬烤瓷牙会致肾病的帖子后，有不少于100位网友给他回信，讲述自己安装了镍铬烤瓷牙后出现的病状。

这些病状的发病部位多集中在皮肤、呼吸道和肾脏。

这其中就有赵远。赵远起初并不愿意面对媒体，担心万一被公司知道自己得了什么病，“搞不好会被辞退”。但一天晚上，他看到刘原的帖子及后面的跟帖后，心惊肉跳，因为很多网友留言叙述的症状和他的症状完全相同。

当时正患重度荨麻疹的他，在看帖子的当天就到医院打麻药拔掉了3颗烤瓷牙。第二天，又专门请假到朝阳医院做尿镍测试。几天后，他拿到了一份让他“一下子懵了”的报告单，单子上显示：他尿液中的镍含量为144个单位！

巨大的恐惧之下，他赶紧把剩下的4颗烤瓷牙全部拔掉了。

这7颗烤瓷牙是分两次装的。2005年在北京某口腔医院先装了3颗，2007年在西安某医院又装了4颗。和刘原一样，由于在安装时有过被打磨和烤瓷破裂的原因，赵远的几颗烤瓷牙都有不同程度的金属暴露。

2007年上半年，赵远手上开始出疱疹，长期得不到根治。2009年元旦，他又患上非常厉害的荨麻疹，连春节都没有过好。

赵远说，他以前不管是打青霉素还是吃药，从不过敏，而最新的检测报告单显示，其尿蛋白呈阳性，反映体内过敏程度指数异常高，医生说他现在是高致敏状态。

令他惊讶的是，一天，他在和朝阳医院口腔科医生讨论镍铬烤瓷牙有没有危害时，身边有一位50多岁的男士一直在听。讨论完后，这位男士把他拉到角落里，对赵远说他也装了两颗镍铬烤瓷牙，装完后没多长时间就得了过敏鼻炎，怎么治都治不好，而且近段时间手上还起了手癣，“他脱下手套给我看，那手癣严重得吓人”。

事实上，除了刘原和赵远，在网络论坛中，类似的病例随处可见。

一位叫“水蓝”的长春网友说，2004年，他在长春安装了12颗烤瓷牙，均为镍铬合金，2005年就感觉咽部不适，后来又有鼻炎。

“这几年鼻咽炎不时发作，不管冬天还是夏天，现在咽部仍然有炎症，每天早上必须要咳出许多黏痰才会舒服”。

北京网友“瓶子宝宝”也说：“我装了两颗镍铬烤瓷牙，2002年装的第一颗，不久就出现了牙龈黑线，2006年又装了一颗，后来就突然患上了玫瑰糠疹。”

这些具有相同症状的网友，已经开始在网上组建讨论群，每天数百名网友在群里讨论安装了烤瓷牙后出现的病症，并且开始质疑：为什么没有相关部门出来回应？为什么给卫生主管部门写信没有答复？

（应要求文中患者皆为化名）

刊发日期：2009年3月20日

【补白】

2009年5月8日，国家食品药品监督管理局新闻发言人颜江瑛总结初步评估结论：“镍铬烤瓷合金是国际通用的口腔修复材料之一，目前尚未发现安全性问题。卫生部、国家食品药品监督管理局至今也尚未收到使用镍铬合金烤瓷牙引起的‘肾病’报告，但极个别患者使用镍铬合金烤瓷牙可能会出现一些过敏表现，一般到医疗机构检查、处置后不会导致伤害。”

这则发言被称为能让烤瓷牙问题“尘埃落定”的政府回复。但事实上，这一发言并未平息烤瓷牙引起的风波。一则长达3万字的“民间版”烤瓷牙安全性调查报告，针锋相对地对此前中华口腔医学会口腔材料专业委员会完成的一份558字的调查报告提出质疑，并受到广大网友的热捧。镍铬烤瓷牙到底安不安全，在官方和民间，最终酿成了一场各说各话的争论和纠纷。

两笔地震捐款去向调查

□刘 芳

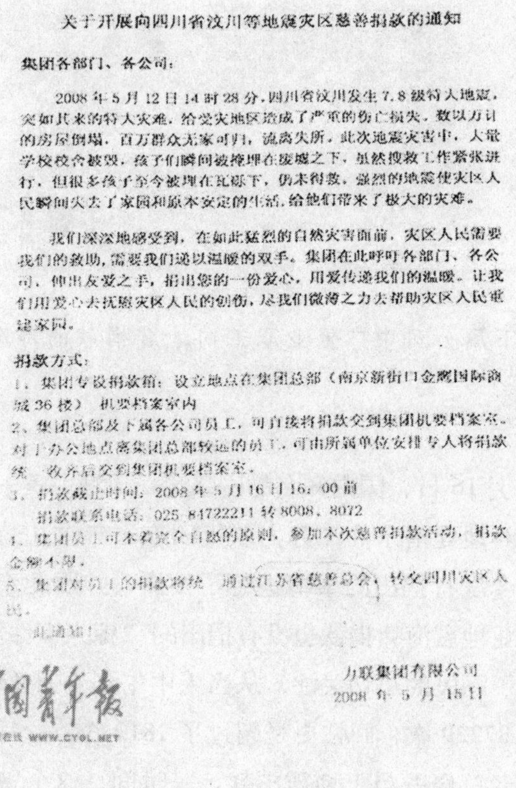
关于开展向四川省汶川等地震灾区慈善捐款的通知

集团各部门、各公司：

2008年5月12日14时28分，四川省汶川发生7.8级特大地震，突如其来的特大灾难，给受灾地区造成了严重的伤亡损失，数以万计的房屋倒塌，百万群众无家可归，流离失所，此次地震灾害中，大量学校校舍被毁，孩子们瞬间被掩埋在废墟之下，虽然搜救工作紧张进行，但很多孩子至今被埋在瓦砾下，仍未得救。强烈的地震使灾区人民瞬间失去了家园和原本安定的生活，给他们带来了极大的灾难。

我们深深地感受到，在如此猛烈的自然灾害面前，灾区人民需要我们的救助，需要我们递以温暖的双手。集团在此呼吁各部门、各公司，伸出友爱之手，捐出您的一份爱心，用爱传递我们的温暖。让我们用爱心去抚慰灾区人民的创伤，尽我们微薄之力去帮助灾区人民重建家园。

捐款方式：

1、集团专设捐款箱：设立地点在集团总部（南京新街口金鹰国际商城36楼） 机要档案室内

2、集团总部及下属各公司员工，可直接将捐款交到集团机要档案室。对于办公地点离集团总部较远的员工，可由所属单位安排专人将捐款统一收齐后交到集团机要档案室。

3、捐款截止时间：2008年5月16日16：00前

捐款联系电话：025-84722211转8008、8072

4、集团员工可本着完全自愿的原则，参加本次慈善捐款活动，捐款金额不限。

5、集团对员工的捐款将统一通过江苏省慈善总会，转交四川灾区人民。

此通知！

力联集团有限公司

2008年5月15日

2008年5月15日，力联集团发出的捐款通知，明确提出将捐款通过江苏省慈善总会转交四川灾区人民。◎刘芳摄

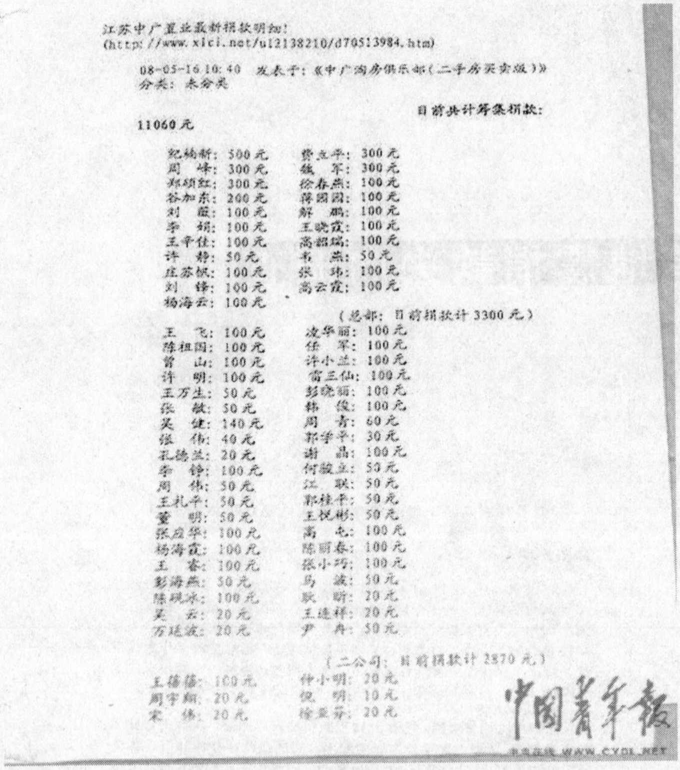
江苏中广置业最新捐款明细!
(http://www.xici.net/u12138210/d70513984.htm)

08-05-16 10:40 发表于:《中广淘房俱乐部(二手房买卖版)》
分类:未分类

目前共计筹集捐款:

11060元

纪榆新: 500元	费立平: 300元
周 峰: 300元	钱 军: 300元
郑顺红: 300元	徐春燕: 100元
谷加东: 200元	薛园园: 100元
刘 薇: 100元	解 娟: 100元
李 娟: 100元	王晓霞: 100元
王平佳: 100元	高韶瑞: 100元
许 静: 50元	韦 燕: 50元
庄苏帆: 100元	张 玮: 100元
刘 锋: 100元	高云霞: 100元
杨海云: 100元	

(总部:目前捐款计3300元)

王 飞: 100元	凌华丽: 100元
陈祖国: 100元	任 军: 100元
曾 山: 100元	许小兰: 100元
许 明: 100元	雷三仙: 100元
王万生: 50元	彭晓丽: 100元
张 敏: 50元	韩 俊: 100元
吴 健: 140元	周 青: 60元
张 伟: 40元	郭学平: 30元
孔德兰: 20元	谢 晶: 100元
李 铮: 100元	何敏立: 50元
周 伟: 50元	江 联: 50元
王礼平: 50元	郭桂平: 50元
董 明: 50元	王悦彬: 50元
张应华: 100元	高 屯: 100元
杨海霞: 100元	陈丽春: 100元
王 蓉: 100元	张小巧: 100元
彭海燕: 50元	马 波: 50元
陈砚冰: 100元	耿 昕: 20元
吴 云: 20元	王连祥: 20元
万廷波: 20元	尹 冉: 50元

(二公司:目前捐款计2870元)

王倩倩: 100元	仲小明: 20元
周宇翔: 20元	倪 明: 10元
宋 伟: 20元	徐亚芬: 20元

力联集团下属公司中广置业职工向地震捐款的部分明细清单。◎刘芳摄

2009年4月16日，国内知名的网络论坛天涯、奥一等网站上出现一个帖子，对地处南京的江苏力联集团在去年汶川特大地震期间募集捐款后至今没有捐出的事情进行了披露，并因此牵出了曾经有一笔印度尼西亚地震海啸捐款也没有捐出的“惊人事件”。

帖子引起了网民的热切关注，从当天中午到4月22日凌晨，点击量就达到了87229次，回帖更是超过了1812个。之后，国内有媒体质疑该企业老总侵占员工地震捐款。一时间，这个曾经有“江苏慈善第一人”美誉的力联集团掌门人翟韶均成为公众关注的焦点。

该帖子说，涉及的捐款总额有383157.42元，其中汶川特大地震捐款 41423. 1 元，海啸捐款及退税合计 341734. 32 元。

翟韶均，曾因巨额慈善和亿万身家数年名列胡润百富榜和胡润慈善排行榜。其中，2005 年的胡润中国内地慈善家排行榜上，翟韶均由2004 年的第38 位上升到第23 位。当年，其身价更高达16 亿元人民币，有媒体报道称："力联集团向社会公益事业的累计捐款额高达4000 多万元"。

一个曾经向社会如此大方捐赠的企业家，如何会为几十万元的捐款而引出风波，地震捐款是否被侵占？其中有着怎样的内幕？中国青年报记者前往南京调查。

员工举报捐款没有捐出

中国青年报记者在南京见到了举报人王雨。这是一个重度小儿麻痹症患者，面部腿部严重残疾，上下楼梯都需要有人抱。1984 年，王雨创建了南京市青年协会，该协会 1990 年并入南京市残联。此后，他一直在为残疾人维权奉献心血。

"力联集团里面的人不敢举报，我拿着他们整理出来的材料去上告，我不怕报复，如果我死，事情就可以出来"，这是王雨和记者说的第一句话。

有一次，王雨和力联集团的几个员工也是自己多年至交的好朋友一起吃饭。"听他们说自己公司的老板贪污了地震捐款，到现在还没有把款项捐出去，大家都很气愤，我就更来气，表示要出来处理这个事。这是救命钱，这么做丧尽天良！"

从2008 年 10 月 28 日开始，王雨就开始在各部门奔走，"先去了南京市公安局和省公安厅、南京市人民检察院投诉报案，几次都递不进去"，"2008 年 12 月 24 日又在白下区公安分局报了案，经侦大队接待后立案调查。"其后的 4 个月"没有眉目"。

2009 年 2 月中旬，白下区公安分局约见王雨，并做了详细的询问笔录。据王雨说，他看了笔录后，情急之中将重要段落用短信的方式存在了自己的手机里。记录显示，“因2008年12月22日三大队已对该公司进行了立案侦查，因此要求我大队将此举报材料交给三大队并案处理，并已于2009年2月4日将此材料交三大队办案人殷、谢两位警官。”王雨希望能够尽快处理此案。

王雨给了记者一份自称代表力联集团217名员工、由14名力联集团员工写的投诉信。上面有详细的投诉人代表名单和联系电话，还附有力联集团内部财务报表复印件、员工地震捐款名单等文件。

中国青年报记者多次采访了其中的一名员工刘燕宁。刘燕宁告诉记者她就是捐款的经办人。2008年5月15日，汶川特大地震发生后，经请示力联集团负责人翟韶均，力联集团发出了《关于开展向四川省汶川等地震灾区慈善捐款的通知》，号召广大员工向灾区捐款。这一倡议得到了广大员工的响应和支持，很快，捐款源源而来。在指定的捐款截止日期——5月16日16：00前，公司募集到了地震捐款41423.1元。

刘燕宁向记者出示了一份2008年10月24日入账并盖有南北建设实业有限公司红章的收据复印件。上面写有“集团地震捐款（刘燕宁交来）41423.1元”的字样。

南北建设实业有限公司为力联集团下属公司。

2008年10月21日，她还写了一份补充说明：“5月15日，集团员工捐款，由集团行政部总经理朱菊花负责收取并保存；5月20日，集团领导包一致、莫秋敏、莫迅向翟主席汇报捐款事宜，当时翟主席考虑准备将2004年海啸发生时全体员工捐献的一日薪资款计58531元以及2005年的个人所得税返还款112336.06元，与本次员工的地震捐款一并捐献给四川灾区。但因当时集团账面资金情况不佳，翟主席表示该项捐款暂缓，而且对捐款到底是从南京市红十字会还是江苏省慈善总会渠道捐赠没有确定。5月15日，朱菊花提出该笔捐款一直由个人保存存在风险，于是将捐款41423.1元封装好后暂时存入机要档案室的保险箱中。由于该笔款项属于员工个人捐款，不宜入公司账户，所以当时没有交给集团出纳室”。

10 月 24 日，刘燕宁向南北建设实业有限公司交了地震捐款后，这笔捐款入账后就成了该企业的账面款项。她心中一直打鼓，这笔捐款没有在灾区最需要的时候捐出去，到底要等到什么时候呢？

当记者向刘燕宁询问后来这笔捐款是否已经捐出去时，她说，她已于去年年底前离职，在离职前，这笔款项一直都没有捐出去。但她一直关注着事态的发展，并与公司其他在职员工保持联系。她后来听说，大概在今年春节后，力联公司似乎已将 4 万余元的地震捐款捐出，只不过没有按照当时张贴的员工告示上所说捐给江苏省慈善总会，而是捐给了红十字会。

6 家有关单位没收到捐款

力联集团有限公司发出的《关于开展向四川省汶川等地震灾区慈善捐款的通知》说，集团号召员工将所有捐款直接交到位于南京新街口的金鹰国际商城 36 楼的机要档案室内，集团将对员工捐款统一通过江苏省慈善总会转交四川灾区人民。

为调查清楚捐款的去向，4 月 20 日，中国青年报记者先后走访了江苏省慈善总会、省红十字会，南京市慈善总会、市红十字会以及力联公司所在地的南京市鼓楼区慈善分会和红十字会等 6 家单位。

南京市红十字会业务部长李晓明告诉记者，捐款者有四种人：企业、企业员工、企业老总，还有匿名人士。去年地震后，南京市红十字会接到大量捐款，但每一笔款项都会给对方开具以“江苏省捐赠专用收据”为抬头的红十字会发票，并可以此享受在计算缴纳所得税时全额扣除的优惠。而且每一项捐款无论多少他们都一视同仁，逐条记载到该会网站中予以公示。他们查遍了所有的记录，均未发现有“力联集团”、“翟韶均”等交来的捐款。

在南京市慈善总会，财务部主任蒋勇详细查询了截至目前的所有地震捐款，没有找到“力联集团”、“翟韶均”等交来的捐款。

江苏省红十字会赈济救护部副部长严晓明说，经查实，自2002年起，他们从没收到过力联集团以及同名公司、翟韶均个人的任何捐赠，如果以其他名义捐赠那就不得而知了。

江苏省慈善总会财务部一位姓李的女士告诉记者，她也没有查到该会截至现在的所有地震捐款中有“力联集团以及同名公司、翟韶均个人的任何捐赠”。她还现场询问了江苏省社会捐助服务中心的钱主任，对方那里也没有查到。钱主任解释说，印度尼西亚地震引发的海啸是2004年年底发生的，而江苏省慈善总会是2005年5月11日才成立的，之后接受的社会对海啸的捐赠总共只有100多万元。但其中并没有找到“力联集团以及同名公司、翟韶均个人的任何捐赠”。

记者又走访了鼓楼区红十字会和与鼓楼区民政局合署办公的区慈善分会。两个会都是编制紧张，也就只有一个人具体负责捐赠事宜，但都表示没有听说过这件事。区慈善分会的一位人士说，他们的捐款，基本上都归到南京市慈善总会，统一进行管理。

力联集团对捐款去向不作任何解释

4月17日18时，在等待了两个多小时后，力联集团一位姓吴的负责人在金鹰国际商城力联集团36楼电梯口的沙发上接受了中国青年报记者采访。

一个60多岁、头发花白的老者，脑袋靠在沙发上，跷着二郎腿。

“请问您怎么称呼？”记者问。

“你别问我，我来问你，你们是干什么来了？”

“关于你们询问的两笔捐款的去向问题，我不好回答，过两天我们会有一个专门的新闻通稿，会给你们一个正式的答复。”

吴说，这是一起诬告事件，他们将追究诬告者的法律责任。他同时警告中国青年报记者，不要乱报道，否则文责自负。随后，吴让记者离开。

4 月 21 日，记者再次来到力联集团求证。但等待多时接近下班的时候，才从前台小姐手中拿到一份“新闻通稿”——这次，他们没有对慈善、捐款等事作出任何解释。

这份“新闻通稿”的内容是：“事实的真相：我们最近注意到一伙别有用心的人，利用媒体捏造事实四处诬告、诽谤力联集团以及负责人。这伙人是因为要干扰公安机关对×××的调查。2006 年到 2008 年，×××在担任力联集团总裁期间，滥用职权内外勾结，非法侵吞公司数以亿计的财产，2008 年 12 月案发，×××被南京市公安局立案侦查并被采取强制措施。这伙人对力联集团及其负责人别有用心的诽谤，我们将保留追究其法律责任的权利。”

刊发日期：2009 年 4 月 24 日

【补白】

2009 年 7 月 13 日，中国青年报记者与南京市鼓楼区红十字会秘书长取得联系，证实江苏力联集团仅于 2009 年 2 月 5 日将职工为汶川大地震的 41423.1 元捐款转给了该会。该会已将这笔捐款与汶川大地震一周年的捐款一起转寄到了地震灾区。2004 年的海啸地震捐款 11 万多元该会截至当时没有收到。

“史上最牛硕士论文抄袭”调查

□来　扬

【记者简介】来扬，2009 年 7 月毕业于清华大学，现为中国青年报社特别报道部记者。

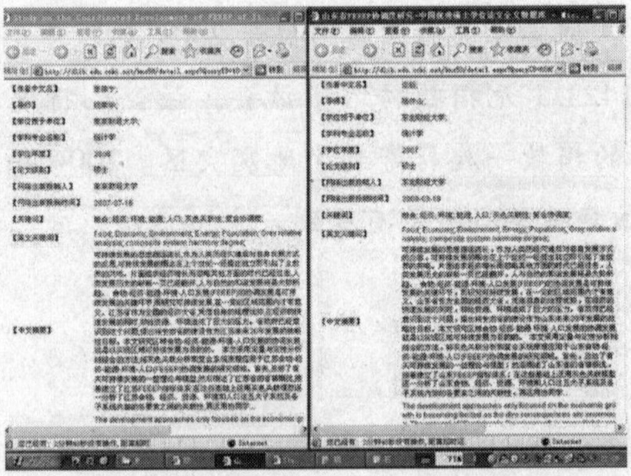

两篇硕士论文的对比。图中“中文摘要”部分基本相同。

2009 年 5 月 21 日中午 12 时 31 分，有网友在“天涯社区”论坛的“天涯杂谈”版发表了一篇题为《史上最牛硕士论文抄袭，直接用替换键搞定，我无语了》的帖子。发帖人写道：

“昨晚在期刊网上查资料的时候，无意中下载了这两篇硕士论文，看着题目就觉得有点诡异，打开来细看，我K，原来真是抄袭的啊，而且抄的还特别夸张，直接用替换键搞定。学术造假的新闻、论文抄袭的故事咱也听多了看多了，但看到这样抄袭的还是第一次，这可是硕士论文啊……”

“也不带这么抄袭的吧?”

发帖人小萧所指的“史上最牛硕士论文抄袭”，是东北财经大学2007年的一篇硕士学位论文。这篇被指“抄袭”的论文题为《山东省FEEEP协调度研究》：“作者：袁×；指导教师：杨××教授；答辩日期：2007年11月；网络出版投稿时间：2008年3月19日”。而被抄袭的对象是南京财经大学2006年的一篇硕士学位论文：“《江苏省FEEEP协调度研究》，作者：曾××；指导教师：胡××教授；答辩日期：2006年12月27日；网络出版投稿时间：2007年7月16日。”

小萧在帖子中描述了两篇论文的比对情况：

“这两篇论文整体框架完全一样，除了把‘江苏’两字替换成‘山东’，把江苏的统计数据换成山东的统计数据，以及一些统计指标的对比排序结果稍微改变之外，从摘要到目录到文献综述到正文分析再到后面的对策几乎完全一样，就连参考文献的排列顺序也TMD一模一样，就差后面的致谢不同了，太夸张了。”

随后他写道：“虽然说现在所谓的学术论文多是垃圾，除了自己之外没几个人看，但也不带这么抄袭的吧?”他从两篇论文中摘出了一些段落，“让大家看看怎么个满篇抄袭法”。

小萧一共列出了5处内容，分别摘自论文的中文摘要、第一章、第三章、第四章和第五章。从贴出的内容看，两篇论文的内容几乎完全一样。

小萧告诉笔者，他发现这件事是“挺偶然的”。他目前正在看一些劳动经济学方面的书，5月20日晚，他在学校图书馆看到一本

《劳动经济学——理论与中国现实》的书，其中第23页提到的一篇论文——《丢失的女人与茶叶价格——与特定性别有关的收入对性别失衡的影响》引起了他的兴趣，就想上网查一下这篇论文。回到宿舍后，他在中国知网搜索系统里输入“丢失的女人与茶叶”后，并没有查到该论文。于是他更换了搜索词条，转而搜索“人口与经济”这一主题的相关论文，在检索结果的基础上进一步搜索“人口结构”后，他找到了一些论文，就把它们下载下来。其中包括《江苏省FEEEP协调度研究》和《山东省FEEEP协调度研究》，它们都作为“引证文献”，被显示在一篇题为《区域人口与经济、社会、资源环境协调发展评价研究》的论文的下载界面上。该页面还显示，这两篇硕士学位论文都被收录在“中国优秀硕士学位论文全文数据库”中。

根据小萧的介绍，笔者从中国知网上下载了这两篇硕士学位论文。经过仔细比对，笔者发现，除了省份名称不同外，两篇论文的章节结构完全一样。而论文的内容，正如小萧在帖子中所描述的那样，“除了把‘江苏’两字替换成‘山东’，把江苏的统计数据换成山东的统计数据，以及一些统计指标的对比排序结果稍微改变之外，从摘要到目录到文献综述到正文分析再到后面的对策几乎完全一样”。

小萧在下载完相关论文后，很快就注意到上述两篇学位论文的题目相似性。他先看了山东那篇的摘要，再打开看江苏那篇的，发现摘要很相似，于是开始对两篇论文的内容进行认真对比。小萧发现，尽管两篇论文的数据和一些分析指标排列存在一定的差别，但是论文的结论和其他部分完全一样。他感到十分震惊，于是就想发到网上去。他还在网上查了一下该怎么举报论文抄袭的，但没查到，并且那天晚上他上不了“天涯社区”，所以就没能在当天把帖子发出来。

5月21日上午10时，小萧的导师找他谈事。在谈正事前，小萧把发现抄袭论文的事告诉了导师。“她听我说之后说可以去举报，我说不知道在哪里举报啊，发到网上算了。”小萧说。他最后选择了在天涯社区的“天涯杂谈”、经济论坛和凯迪社区的“猫眼看人”板块上发这个帖子。

这个被冠以“史上最牛硕士论文抄袭”的帖子很快在互联网上流传开来。截至5月24日晚7时，“天涯杂谈”上的该帖子共被访问35650次，有292个回复，其中5月21日当天就有超过100个回复。许多回帖者对抄袭现象表示了惊讶和愤怒，甚至贴出了从网上搜索到的当事人的个人信息；但也有回帖者表示，目前论文拼凑和抄袭的现象很常见，甚至有人认为发帖人将此事“曝光”的做法“损人不利己”，还可能“别有用心”。

小萧对质疑他发帖动机的回复进行了回应：“没想到有那么多人骂我，土壤如此丰厚，也难怪学术如此腐败，抄袭如此猖狂了。”但他同时也在反思，“我就是在反思为什么会有那么多人对我这种行为进行指责谩骂。”小萧说。

“当初发帖，就是因为觉得实在太夸张了，拿给大家看，希望以后即使抄袭，也不要抄得这么过分，很容易被发现的。”小萧告诉笔者，“像我这种非本专业的人都能发现抄袭，那些专业的更容易发现了。”

谁为抄袭论文顺利过关负责?

在互联网搜索引擎上输入“论文抄袭”4个字，用户可以得到几千万条搜索结果。近年来，因论文抄袭引发的新闻事件也比比皆是。2008年10月21日的《人民日报》曾报道了华中师范大学学生贾某因抄袭被检举而受到取消硕士研究生资格的处罚；今年也发生了云南中医学院院长被指抄袭论文、广东商学院一名副教授被指抄袭重庆长江师范学院一名学生的本科毕业论文的事件。还有一些论文抄袭事件虽未被媒体报道，却被举报人发到网上“曝光”。在小萧发出"史上最牛硕士论文抄袭"的帖子前，有网友将另一学位论文抄袭的例子发在博客中，题目取名为"奇闻：居然有如此大胆抄袭的学位论文!"。也有网友在小萧发的帖子后回复说，"名字都没改的我都见过，这个算啥最牛。"

"所有的抄袭都是剽窃他人成果，对其他不抄袭的人造成不公平，但学位论文抄袭能过关，这才是最大的问题。我觉得学位论文抄袭能通过，责任最大的不是抄袭者而是把关的人。"小萧告诉笔者，"把关的人，不单单是导师，还有盲审专家、答辩委员会等，如果不好好把关，那谁不想抄袭啊，毕竟认认真真写，真的很辛苦。"

他在帖子里也写道："据我所知，不是说一般学校都要求导师对自己学生的论文严格把关吗？这是怎么把的关啊？自己学生完全抄袭了别人的论文导师都没发现？据我所知，硕士论文答辩前不是要送出去盲审吗？这盲审的专家就真是瞎审了？据我所知，硕士论文答辩委员会都有 5 个以上的专家吧，怎么就没有一个人知道这是抄袭的呢？眼下又将是各个学校硕士学位论文答辩的时间了，不知道又将有多少篇抄袭的论文会轻松通过。"

网友"明月光"在帖子后回复道："我觉得这个学生太离谱了，几乎连一个字都不改，他的老师绝对有责任。如果我指导学生论文，我肯定会看看相关文章的。另外，这个人几乎一个字都没改，说明他的导师估计也没改过一个字，如果真的指导过，怎么可能一个字都不改？"

清华大学新闻与传播学院金兼斌教授指出，在讨论抄袭的现象时，要区分商业作品的抄袭和学术作品的抄袭。前者主要涉及作者著作权保护的法律问题，而后者主要是学术道德问题。要杜绝学位论文抄袭的学术不端现象，除了学生要自觉遵守学术规范之外，论文指导教师也应当起到监督和教育的作用。

小萧告诉笔者，"我的导师对我的论文要求挺严格的，我们这个专业，都是要求实证分析的，都要有一定的调研。"但他也坦承，对学位论文进行盲审的制度本来是好的，但是在有些高校成了“走过场”，没有真正做到。“我上回拿到学院去交，他们说是让我自己送，我还问他们说不是盲审吗，怎么现在是自己送了？”他还指出，在学位论文评审中，也存在很多人情关系。“评审的都是互相评的，你评我的学生，我评你的学生，这样的话就难以保证客观性了。”

当然，学位论文通过与否的关键在于论文的答辩，实践中也存在学生的学位论文因涉嫌抄袭而当场被答辩委员会否定的例子。北京某高校的赵老师告诉笔者，他有一次在做答辩委员的时候，发现一位学生的论文中有“拼接、抄袭”的嫌疑，于是便在网上输入相关的文句，结果发现确实存在抄袭的现象。他当场向该学生提出了这个问题，那位学生无法作出回答，后来他的学位论文也没能通过该次答辩。赵老师指出，尽管目前有一些硕士研究生以后并不打算做学术研究，但硕士学位本身就是一个学术学位，硕士学位论文写作是一个学术研究行为，因此，本着最基本的契约精神，学生一旦选择了攻读硕士学位，就应当遵守基本的学术道德和学术规范，杜绝抄袭、拼接等学术不端行为。而作为答辩委员会，也有义务对学生提交的学位论文进行认真审核，严格把关。

小萧告诉笔者，他之所以发帖，就是觉得这样抄袭的都能通过层层审核与答辩，最后拿到学位，对那些辛辛苦苦写论文的人太不公平了。“我想举报，就是希望学校以后把关严一些，当然是希望所有的学校。”

西北政法大学讲师褚宸舸指出，目前高校学生论文抄袭很普遍，像感冒一样，不治理就会成为H1N1，也是要传染和死人的。他认为，造成这一问题的症结有许多。如果就事论事从具体行为者的角度分析，论文抄袭者（学生）并未养成尊重学术、敬畏学术之心。知识结构欠缺、写作能力低下是内因，指导和审阅教师把关不严是外因。问题都出在教育上，教育难逃其咎。

不能完全寄希望于“抄袭检测系统”

在小萧发布的帖子后有不少回复认为，现在高校论文抄袭的现象比较普遍。“抄袭这种现象，在现在是有一定的普遍性的，但严重抄袭的还是比较少。”小萧说，“如果发现了这样严重的抄袭，都没有一点想举报的心，人人都这样，那么以后抄袭就更泛滥了”。

但是，事后追惩并不能从源头上解决学位论文抄袭的问题。恰逢中国学术期刊（光盘版）电子杂志社于2008年年底完成了对“学位论文学术不端行为检测系统”的开发，因此，部分高校在今年启用了“学位论文学术不端行为检测系统”，帮助完成对学位论文的检测。

西南政法大学是启用“抄袭检测系统”的高校之一，如果论文与已有文献的相似度被检测出超过10%，就会被要求修改。这让一些毕业班的学生惴惴不安。由于担心检测结果显示相似度超过标准，有些学生还提前开展了“反侦查”，即通过网上的其他检测系统先作一次“预测”，再针对预测的报告对论文进行“整改”。

研究生小张采取的整改方式主要有三种，一是通过注释的形式注明出处，二是再换一种说法，变得更加“委婉”，三是干脆把不重要的删掉，省得留下“后遗症”。经过“预测”和整改后，小张提交了硕士毕业论文的定稿。5月21日，学校将论文的检测结果反馈给每位毕业生，小张的论文“初审”过关，她也松了一口气。但对面寝室的小王则没那么幸运，她的论文被“标红”（即被标注与其他已有文献相似的内容）的部分超过了10%，被退回要求修改。但小王认为，该“抄袭检测系统”的科学性和稳定性有待改进。首先，她自已编的500余字的案例被“标红”，让她感到十分不解；其次，她引用的一些法律条文和法律术语也被“标红”，而她认为这些内容应属于公共资源，不应属于已有文献的内容。此外，“抄袭检测系统”将小王已经做了注释的内容也“标红”，并记入“相似度”统计的总量，这让她对系统统计的科学性也产生了怀疑。

但小王和小张都表示，“抄袭检测系统”的应用本身是一件好事，这至少对所有毕业生形成了一种威慑，所以大家在完成毕业论文时的心态是宁可质量差点，也尽量不要抄袭。小萧也认为，尽管他所在的高校并没有这个系统，但“有这么个系统还挺好的，不在于这个系统能检测多少，而在于它至少能起到震慑作用”。

曾在西南政法大学就读的褚宸舸老师也认为，“抄袭检测系统”能起到一定的作用，他的一些师弟师妹也告诉他，“抄袭检测系统”给写毕业论文的学生敲响了警钟。但他认为，技术手段不是万能的。技术手段和刑法一样，只是一种威慑和事后措施，杜绝论文抄袭的关键是如何进行事前预防。他担心采用“抄袭检测系统”后，高校会对学位论文的检查环节投入过大，却放松了对论文写作环节的把关。“杜绝抄袭的关键在于预防，不能把所有希望都寄托在‘抄袭检测系统’上。”（文中部分人名为化名）

刊发日期：2009 年 5 月 25 日

除了“致谢”不同 其他内容一字不差

比“史上最牛硕士论文抄袭”还要牛

□周 凯

本报 5 月 25 日报道了《“史上最牛硕士论文抄袭”调查》后，引起广泛关注。2009 年 5 月 26 日，上海某高校一位博士研究生小唐向中国青年报记者举报，他在做博士论文的时候，在中国期刊网上发现一篇比“史上最牛硕士论文抄袭”还要牛的论文抄袭事件，除了“致谢”不一样外，两篇论文的标题、中英文摘要、中英文关键词、内容、注释、参考文献一字不差。

小唐告诉记者，他在做博士论文查资料时偶然搜到了两篇标题都为《试论财经领域的新闻舆论监督》的硕士学位论文，作者分别是华中师范大学的胡春林和广西大学的黄晓慧。胡春林的专业是现当代文学（新闻学方向），指导教师是刘九洲和员怒华，获得学位的年度是2004年；黄晓慧的专业是新闻学，指导教师是曾建雄，获得学位的年度是2003年。

略感好奇的小唐仔细对这两篇论文进行了比较，结果发现，除了"'致谢'不一样，从头至尾完全是'复制'+'粘贴'，也太嚣张了吧"。

中国青年报记者从小唐处拿到了两篇论文，经过仔细比较，发现确实如小唐所说。

小唐分析，有两种可能：从时间上看，最大的可能是胡春林抄袭了黄晓慧的论文，因为前者比后者晚一年毕业；而另一种可能是两人抄袭了同一篇论文，或者找了同一个"枪手"。

记者随即分别致电两位论文作者的导师进行调查。

黄晓慧的导师曾建雄教授在2002年7月就从广西大学调至暨南大学任教，他表示对黄晓慧有印象，"她不属于投机取巧的学生，比较本分"。

曾建雄告诉记者，他调动工作后，还坚持带完了最后一届研究生，黄晓慧就是其中之一。但由于2003年正好遇到SARS流行，因此曾建雄并没有参加黄晓慧的论文答辩，"不过写论文过程中我和她还是有很多交流的，从选题，到拟提纲，到确定内容，都花了一些心思，她找'枪手'不太可能。"

记者也注意到，在黄晓慧硕士论文的"致谢"部分中提到，她曾经在北京《财经时报》实习，"了解了一个全新的财经报道领域"，"舒展了财经报道的多种思路"，也"奠定了论文基础"。黄晓慧的这篇硕士论文也入选"中国优秀博硕士学位论文全文数据库（硕士）"。

而华中师范大学文学院新闻系的刘九洲教授在接受记者电话采访时则表示，自己并不是胡春林的指导教师，因为当时员怒华老师还没有硕士生指导资格，所以才挂在其名下。

刘九洲告诉记者，此事学院已经知晓，正在处理过程中。“我们要找专家鉴定，也要找他本人谈”。刘九洲说，胡春林是湖北工业学院（现湖北工业大学）的老师，当年参加的是华中师大的研究生学位班，而不是统招的硕士研究生，“一般是自修，通过考试后可以申请学位”。他表示，可以抄袭的地方太多，老师也很难查，“现在有检测系统可能会好一些”。

华中师范大学文学院新闻系的员怒华老师则在接受记者电话采访时回忆，胡春林当年在申请学位时第一次没有通过，“实在太差了，基本的学术规范都没有，那一批就他一个被卡”。员怒华告诉记者，学位班的学生一般都是在职人员，工作都很忙，大多是自修。她对胡春林也“丝毫不了解”。她回忆，胡春林在第一次没通过后很痛苦，甚至还喝醉了酒，“但还是必须重新写，重新答辩”。

后来，胡春林交上了第二篇论文，员怒华看后觉得好一些，“最起码基本规范符合了，当时时间也比较匆忙，而一年只有两次答辩机会，过了时间当年就拿不到学位了，我们觉得达到硕士水平了，就让他过了。”员怒华坦言：“我也没想到他会这么做，我们做导师的也有责任，唯一的把关是看看规范上有没有问题。”员怒华告诉记者，现在学校已经取消了学位班，“就是因为有很多问题，太水，太乱”。她透露，学校正在联系胡春林，如果经专家鉴定抄袭事件属实，他的学位肯定会被取消。

有意思的是，胡春林在其硕士论文的“致谢”中表示：“使我受益匪浅的是在论文写作阶段。员怒华老师及时地、耐心地点拔我、指导我。使我充分看到自己的浅薄和无知，加深了我对‘为师之道’的理解与认识。由于工作原因，因此我与员怒华老师传阅论文和交流感想，只能通过邮寄和打电话的形式，但员老师给予我充分的理解和支持，她曾多次在百忙之中抽出时间对我的论文进行从头到尾的审阅，不厌其烦地教我如何调整结构，删加内容。对此我心存感激，并因无法报答而深感愧疚，我只能向各位老师们致以诚挚谢意。”

刊发日期：2009 年 6 月 1 日

【补白】

本报报道后的第二天，华中师范大学认定胡春林的硕士学位论文系抄袭，决定撤销胡春林的硕士学位，并收回硕士学位证书。

据华中师范大学文学院主管研究生工作的陈副院长介绍，5 月 27 日，该院接到举报后组织两名副教授对胡春林的论文进行鉴定。两位副教授的鉴定结论分别为“个人认为两篇文章除字体大小、页码顺序、致谢辞以及部分排版差别外，雷同部分超过 90%”、“高度雷同”。

谁该为错案负责

——湖北郧县“鸳鸯判决书”事件调查

□雷 宇 陈世昌

【记者简介】 雷宇，2008年6月从中国传媒大学研究生毕业后进入中国青年报社，先后在湖北记者站、教育科技中心工作。代表作有《湖北高考生民族成分造假事件调查五道关口为何卡不住民族成分造假》，《南京大学一桩公案扯出的学术“江湖”》，《西安交大六教授举报长江学者造假事件调查》系列报道等。

姚定国在郧县人民法院门口，展示同一文号内容却大不相同的两份判决书。◎雷宇摄

在湖北省十堰市郧县城关五粮巷内，两间瓦房在一栋4层小楼的衬托下，显得愈加低矮和简陋。8月17日中午，记者走进瓦房，里面没有一件像样的家具，一台破旧的缝纫机被盖上桌布充当桌子，竹床则成了客厅的“沙发”……这就是郧县个体工商户姚定国的家，旁边的楼房曾是他的财产。

一起简单的房屋买卖合同纠纷案，耗费了姚定国3年心血，他变卖了部分财产，栖居在狭小的瓦房内，通过诉讼换来三份判决书，其中有两份是同一文号内容迥异的判决书。直到上级法院发回重审，检察机关多次抗诉，公正的判决才姗姗来迟。

眼前的姚定国早没了当年的豪气，“只希望这桩官司快点结案，能要回房产，让我早日过上普通人的生活！”

据了解，这起案件已引起湖北省人大常委会领导的高度重视，责令湖北省高级人民法院督办此案。也许用不了多久，这场官司就会尘埃落定。

而一位法学专家则表示忧虑，姚定国这段马拉松式的诉讼经历，改变的不仅是他的人生，更应引起全社会的反思：怎样保证司法公正，最大限度地避免下一个姚定国案出现。

买房子引出官司

直到现在，姚定国仍“固执”地认为，他的人生轨迹是因为那三套房改变的。

2004年5月的一天，曾经的好友王中林告诉他：“我在郧县农科所旁边开发了一栋房，每套4.5万元。”尽管当时这栋楼还没竣工，但基本的框架已经形成。

姚定国经过一番考察后，决定帮家人买下其中的3套。当年5月6日，姚定国和王中林签订购房合同，首付11万元，入住前付1.9万元，剩余的6000元待两证办好后一次性付清。

让人意外的是，2005年年底，眼看要收房了，姚定国突然得到消息："王中林跑了，撂下那栋房子不管了，很多债主要上门抢房子。"他赶到现场一看，很多空房子已经住上了人。幸运的是，他买的3套房子还空着。

2006年1月9日，姚定国正式向郧县人民法院提请对这3套房子进行财产保全。当天，法院同意了他的申请，查封扣押了这3套住房。

"法院都将房子查封了，肯定就没有问题了！"姚定国当时这样想。没想到，事情随后竟急转直下，法院的封条被人撕毁，当地人冯某抢占了其中的两套房。

2006年6月，郧县人民法院公开审理这起房屋购买合同纠纷案。尽管姚定国认为冯某持有的购房合同系伪造，但主审法官将冯某列为第三人，认定他持有的购房合同也有效。

当年7月9日，郧县人民法院作出"（2006）郧民一初字第119号判决书"，认定王中林不具有房地产开发经营的主体资格，判决王中林和姚定国、冯某的购房合同无效；并责令冯某退出其所占的两套房子，由法院查封变卖后偿还姚定国和冯某的购房款。

"鸳鸯判决书"出炉

姚定国拿到判决书后，第一反应就是：一定要上诉，争取自己的合法权益。

几天后的一个上午，姚定国接到审理此案的郧县人民法院法官杨兴华打来的电话："刚给你发来的判决书，出现了文字错误。我们改一下，就给你。"

姚定国没多想，随后将这份判决书送回了郧县人民法院。但是，他同时留了个心眼：找了家复印店，将这份判决书复印了一份，准备做上诉资料用。正是这份复印的第119号判决书，日后让他的这起购房合同纠纷案"峰回路转"。

"当我将判决书送到杨兴华办公室后，他说下午就可以来拿。可我下午再去时，杨却改口称领导还要商量，过几天才能来拿!”姚定国说，至今他还清晰地记得，当时自己还追问了一句：“改几个字这么难吗?”

让姚定国没想到的是，半个月后，他等来的竟是郧县人民法院送给他的一份“开庭通知书”——法院要重新审理这起购房纠纷案。

2006 年 8 月，郧县人民法院更换了法官，继续审理这起案件，这次审判全部推翻了上次审判的结果。法官不仅驳回了姚定国主张购买 3 套房屋的请求，还判决冯某所占的两套房屋合法有效。而姚定国购买房屋首付的 11 万元，则由已经失踪的王中林返还。

8 月 23 日，姚定国拿到判决书后，他才发现两份判决书竟同为 119 号，证据内容没有发生变化，结果竟大相径庭。

为何同一起案件，出现两份判决书呢? 8 月 17 日，郧县人民法院分管民庭工作的庹副院长在接受中国青年报记者采访时，详细解释了“鸳鸯判决书”出笼的详细原因。

庹副院长介绍，王中林在房产开发后期，由于资金不足一走了之，众多债权人开始哄抢房屋，由王中林引发的房屋纠纷案件有数十起，分布在几个法庭，当时县法院怕出现法庭间判决冲突，决定统一受理。

当时，法院将涉及王中林的 26 起案件交给了 50 多岁的老法官杨兴华。“这是一位非常扎实、卖力、能吃苦的法官。”庹副院长评价说，在第一份判决书出来后，当事人冯某便找到法院，指出判决书中将法官的名字署错了。就在第一份判决书收回后，冯某继续在法院纠缠不休，要求杨法官回避此案，为了避免冯某纠缠，法院决定更换法官重新审理。

关于两份判决书的判决结果不一致，他解释：“由于当时很多债权人都抢占了王中林的房屋，考虑到当时的社会影响，为避免引发一些麻烦，法官便没判冯某腾出所占的两套房。”

在采访中，这位负责人还特意强调：“从法律上讲，判决书送出去后又收回，等于没有送达，即是无效判决书。因此，两份判决书用了同一文号。真正生效的只有第二份判决书。”

中院发回重审，法官违法撤诉

对于姚定国来说，“鸳鸯判决书”的出现，只是噩梦的开始，他由此开始了一场马拉松式的诉讼之路，来回奔波于武汉、十堰和郧县之间。

2006 年 12 月 20 日，姚定国因不服第二份 119 号判决书，向十堰市中级人民法院上诉，该院裁定：原审判决违反法定程序，可能影响案件正确判决；撤销一审判决，发回郧县人民法院重审。

一年后，郧县人民法院重新开庭审理此案，却上演了滑稽而诡谲的一幕：

郧县人民检察院的一份民事行政检察提请抗诉报告书显示，2007 年 10 月 30 日，郧县人民法院再审此案时，姚定国和律师参加了诉讼，在法庭调查、质证、辩论、调解等所有的庭审程序均已进行完毕后，法院又决定择日再开庭审理。

姚定国回忆：“当年 12 月初，法官要求我赶紧找到被告王中林，才能结案。”已经被这起官司缠了两年的姚定国，急匆匆地带上两名同伴赶往王可能藏身的襄樊和武汉。可他在武汉却接到家人的电话，法院已经开庭审完此案，作撤诉处理。等到姚定国赶回郧县，拿到民事裁定书才知道，法院认定他经传票传唤，无正当理由拒不到庭参加诉讼，作撤诉处理。

姚定国随后从自己的诉讼代理人处了解到，当天该代理人赶到了法院，却在被一名法官告知不具备代理资格后返回。

2008 年 6 月，郧县人民检察院向郧县人民法院发出《检察建议书》，认为郧县法院民庭法官违反法定程序，案件审理完毕并下达判决书后，又收回判决书，随意指定重新组成合议庭重审此案，导致判决错误。

郧县人民检察院有关部门负责人说，郧县人民法院把此案作撤诉处理，等于将已被中院撤销的119号判决书又宣判生效，姚定国1年来的辛苦奔波完全无数。

2008年6月16日，十堰市人民检察院就此向十堰市中级人民院提出民事抗诉书，认为“姚定国虽然因在外地没有到庭，但他的委托代理人张庆勇已按时到庭，郧县法院漠视代理人到庭的事实，以原告本人未到庭按撤诉处理，严重违反了法律规定。”

6月26日，经郧县人民法院院长提交审判委员会讨论决定，另行组成合议庭再审此案，中止撤诉的裁定。

今年8月17日，记者在郧县人民检察院了解到，经调查，在法院的庭审笔录中，还有人伪造书记员陈星星的字迹，也明显违反了庭审的相关法律规定。

三年诉讼换来第三份判决书

2009年4月，在姚定国的期盼中，郧县人民法院又一次开庭审理了这起原本并不复杂的房屋买卖合同纠纷案。

在这次庭审中，案情有了重大进展。据中南财经政法大学司法鉴定中心做出的司法鉴定，冯某所提交的购房协议系伪造，其房屋要求的主张不能支持。

一份假的购房协议又是如何在一审过程被认定成真的呢？郧县人民法院负责人说，在当时的庭审中，曾委托十堰市司法技术鉴定中心对购房协议书进行过司法鉴定，认定是双方所签，因此作出了相关的判决。

4月27日，郧县人民法院作出判决：撤销该院“（2007）郧民一初字第191号民事裁定书”；王中林于本判决生效后五日内返还姚定国购房款11万元及相应利息。驳回姚定国其他诉讼请求；驳回第三人冯某的诉讼请求。

5月19日，郧县人民检察院就姚定国一案发出的简报称：“一起并不复杂的房屋买卖纠纷案，由于多种原因导致当事人经历3年多的诉求，前后三次判决、四个裁定，最终在检察机关的监督下，法院作出了公正的判决，还姚定国公道。”

错案无人负责

8月17日，在那间简陋的瓦房内，姚定国捧起一堆案卷，仔细回味这3年多的诉讼之路，感慨良多。他说，法律终于给了他公正的判决，这里面凝聚了众多正义人士的心血。

据了解，在姚定国3年多的诉讼中，十堰市中级人民法院高度重视此案，两次作出裁定要求发回重审。十堰市人民检察院和郧县人民检察院也分别提起抗诉，要求重审这起案件。

今年7月，湖北省人大常委会副主任周洪宇获悉姚定国的遭遇后，参与了湖北省人大常委会、省高级人民法院相关负责人的联合接待，研究督办此案，并已形成相关意见。

然而，姚定国的维权之路还要继续。

记者从郧县人民法院了解到，由于被告王中林深陷多起官司，已无力偿还姚定国的11万元购房款。更让姚定国不解的是，原本属于他的房子，现在已被冯某转卖给他人。

与此同时，第三份判决书中，虽然同时驳回了第三人冯某的诉讼请求，然而对于房屋的处置，判决结果中却只字未提，而在第二份判决书中，称“冯某依据两份合同取得的两套房屋没有必要返还给王中林”。

8月17日下午，沿着坎坷不平的山路，姚定国带着记者来到那栋惹下官司的楼房前，稍加粉刷的墙体、斑驳的楼道，和周围环境极不协调。只有那大门上贴着的大大喜字，带给了这栋楼房一些生活气息。姚定国站在门前，久久不语，满眼惆怅和无奈。

回顾3年多的诉讼之路，姚定国仍然疑惑的是，自己走正常的法律途径保全自己的财产，结果一无所有，而当初一些债权人抢占房屋却能得到法律的“默认”，“错误到底发生在哪里?”

郧县人民法院院长杨为祖向中国青年报记者表示，他虽然刚调到郧县法院任院长，但已多次召开党组会议，研究落实姚定国案件的执行问题。尽管此案的执行难度很大，法院仍将积极采取措施，维护好姚定国的权利，“我们绝不会让老百姓吃亏!”

郧县人民检察院有关负责人介绍，去年，检察机关针对法院在审理姚定国一案时出现的法官违法行为，向郧县人民法院发出过《检察建议书》，建议该院对相关人员批评教育，严肃法纪，但至今没有反馈。

在接受中国青年报记者采访时，郧县人民法院负责人称，经过调查，没有发现当事法官有违法违纪行为，“如果真有问题，检察院早就追究了。”

姚定国案引发的多个问号依然没有拉直。

刊发日期：2009 年 8 月 21 日

河南省新密市一高三学生自杀

遗书透露不满学校不正之风

□ 潘志贤 代 聪

【记者简介】 潘志贤，主任记者，毕业于河南大学，文学硕士。1998 年开始从事新闻宣传工作，2002 年调入中国青年报社工作至今。作品曾获中国新闻奖等省部级以上奖项 20 余次，多次被《读者》、《青年文摘》等转载，并有作品入选中师语文教科书和大学新闻教材。代表作品主要有河南陕县透水事故大援救现场连续报道、《23 岁大学生洪战辉携妹求学 12 年》、《一个人口大省的应试教育困局 河南学生从初中起靠拼时间换成绩》等。

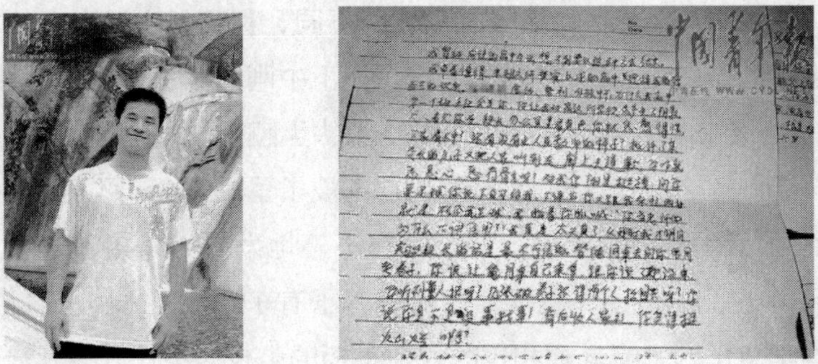

李金川及其遗书 ◎潘志贤摄

2009 年 11 月 8 日晚，李建彬有生以来第一次感到坐立难安。作为父亲，他永远不能忘记那晚在抢救室外的苦苦等待，因为，他最终等来的是小儿子的永别。

事情发生在河南省郑州市新密市实验高级中学。11 月 8 日晚，该校高三 5 班学生李金川在学校服毒自杀，经抢救无效，于当晚死亡，年仅 19 岁。正当人们对他的离去充满疑惑之时，一封遗书的出现瞬时激起千层浪。

11 月 14 日，记者见到了面容憔悴的李建彬，他礼貌性地和记者握了握手，接着就坐在椅子上陷入了沉思。

李建彬介绍，李金川是个懂事的孩子，长这么大，家长从来没有打过他。每次放假回家，李金川都要给家里带水果、蔬菜。一次，李金川还专门买了 10 斤鸡蛋带回家，因为他知道，爸爸妈妈平时舍不得吃。

但就是这样一个懂事的孩子，却没能懂得这个世界，最终选择了永远离去。

“我以自己的方式，寻求自己的解脱”

晚上 10 点，如果在往常，正是李金川和他同宿舍的 4 个室友坐在床边用热水泡脚的时候，他们会边泡着脚边讨论白天发生的事儿。但 11 月 8 日的这个时间却与以往有所不同，直到很晚，李金川才慢腾腾地回到宿舍，一进屋就爬上床，把下午刚从家里带来的鸡蛋卷、瓜子分给大家吃，紧接着就盖上被子蒙头大睡，没再说一句话。

不到一分钟，其他 4 个同学就看见被子里的李金川不停地颤抖，问他怎么了，他却说没事，但还是在不停地发抖。紧接着，室友们掀开了李金川的被子，发现他的嘴和鼻子有东西流出来，全身出汗。4 个同学急忙跑去喊老师和校医，但不巧的是校医不在。随后，几个孩子赶忙拨打 120 急救电话。救护车来了后，师生们把李金川抬上车，赶忙送往医院。

经过一个多小时的紧急抢救，李金川最终还是没能活过来。

据李金川的二姑李建婷回忆，当晚10点多，学校高三年级长吴伟杰突然跑到她家，说她的侄子李金川在学校出事了，现在正在医院抢救，赶快去看看吧。到医院后，李建婷在学校的催促下交了391元抢救费，并赶紧打电话通知她三哥李建彬。

“我是8日晚上11点多得知孩子在医院抢救的，听到消息后，我们一家人连忙赶到医院，结果医生告诉我，孩子已经抢救一个多小时，还是准备后事吧。”李建彬伤心地说。

当晚，李建彬和亲友们连夜赶往学校了解情况，但没有任何结果。

记者了解到，新密市实验高级中学每晚9点50分下自习，但在此之前，同学和老师并没有发现李金川有任何异常。因此，李金川确切的服毒时间，应该在晚上9点50分到10点05分这段时间。

11月9日，事情突然发生了新情况。当天，警方通知李建彬，说有同学在李金川的课桌上发现了一份遗书。在刑侦队办公室，李建彬的家人在电脑上看到了扫描的遗书照片，随后，李建彬要求复印一份，但遭到警方拒绝。

李金川78岁的奶奶听说孙子自杀前留有遗书，哭着喊着要家人带她到刑侦大队去看。看到屏幕上的遗书，李金川的奶奶顿时泣不成声，几近昏厥。当天下午，悲痛欲绝的奶奶被家人送进了医院。

李金川留下的遗书，目前已被新密市公安局刑侦大队作为物证提取。警方拒绝向李金川的家属提供遗书原件，经过努力，警方同意李建彬拿一份复印件。

11月14日，记者看到了这份遗书，共有8页纸，分别在11月5日和8日写成，从复印件的痕迹来看，遗书是一个32开的日记本。

“爸、妈，对不起，最对不起的是你们，儿子无法报答你们的养育之恩，无法为你们养老送终，对不起……关心过我的亲人们，关心过我的好朋友们，对不起！辜负了你们的期望，辜负了你们的情

遗书透露不满学校不正之风

谊……我以自己的方式寻求自己的解脱！祝活着的人们活得幸福！”

这是李金川11月5日写的遗书，在这一页的最下方，他还用简单的三笔勾画了一个大大的笑脸。

“我曾向往的高中生活想不到要以这种方式结束”

李金川在遗书的第一页写道：“我曾向往的高中生活想不到要以这种方式结束。我带着憧憬来到这所梦寐以求的高中，迎接我的（是）残酷的现实。（即下文提到的刘伟——编者注），虚伪、势力，外强中干。为什么我的高中第一个班主任会是你，你让我对这所学校产生了阴影。有人看见你在段长（年级长）办公室看黄色（录像），你就恁憋得慌，在家看不中？还有没有人民教师的样子？批评了某局长的儿子又把人家叫到走廊上去道歉，你咋就恁恶心，恁有骨气……还有（即下文提到的郭文——编者注），你更不是东西，谁知道一个高中的校长是怎么开上北京现代的？看看这所学校成什么样子了，她似乎只有两种功能：一是当地政府的形象工程；二是当地强势阶层家庭子女的御用学校。”

李建彬告诉记者，李金川平时很少回家，学校半个月放一次假，而每次放假他都是到二姑家住。据二姑回忆，11月8日下午，李金川和两个同学来家里打台球，之后，三个人高高兴兴地一起去了学校。“金川出事的前几天，一点异常现象也没有，那天他和同学们玩得很高兴。”李建婷说。

据李金川的同学反映，出事的前几天，李金川在学校确实没有发生什么和往常不一样的行为，仍然是上课、踢球、休息。

“都是学校给逼的，俺孩儿受了委屈，结果寻了短见。”李建彬愤怒地说。

据李建彬回忆，在李金川读高二的下学期时，一次考试，由于要交189元考试费，李金川没钱交，结果副校长郭文（在遗书中提到的）没让他参加考试。两科考试过后，李金川找到郭文保证一定把考试费补上，郭文这才让他参加了下面科目的考试。

“俺们家是农村的，条件很苦，听孩子说，学校前几天刚让交过200元的材料费，才几天的事儿，孩子确实再拿不出189元了。”李建彬说。

而据李金川的二姑夫刘忠义回忆，那段时间，孩子一回来就愁眉苦脸，问他怎么了，他也没好好说，只说了一句“一言难尽啊”。

“我们后来才知道孩子受了委屈，但是没有办法了，孩子还是被分到了‘平行班’。”李建彬说。

李建彬所说的“平行班”，其实就是学校搞的“快慢班”中的“慢班”，而李金川正是因为缺考两门课才导致成绩大幅下滑的。

李建彬介绍，当地有一个说法，在新密市实验高级中学，如果能进“快班”，就意味着能考上本科，但如果进了“慢班”，最好的学生也只能去上大专了，因为两个班的成绩确实差了一大截儿。

“我认为，孩子的死和这个有很大关系，是学校给逼出来的！”李建彬说。

李建彬告诉记者，李金川学习非常好，中考，李金川考进了新密市前50名，在刚上高一的一次考试中，李金川更是因为成绩优秀得到了学校发的50元奖金和奖品。

“俺这娃从小学习就好，上小学和初中时，他得的奖状在家里贴了一面墙，”李建彬说，“这孩子学习根本不费劲，从来不死抠书本，但成绩一直在前几名。”

谈起这些，李建彬忧愁的脸上突然闪现出一丝自豪的喜悦，但随后他告诉记者，有件事他感到很后悔。

按照成绩排名，李金川被老师（尚某某）安排坐在了教室的前排，但之后，李建彬每次去学校看孩子，就发现孩子的座位一次次地靠后。“俺娃回来告诉我说，班级里其他条件好的同学家长，给老师送了礼，还请老师到外面吃喝，结果一些原本坐在后面的学生坐在了前面，而他只能一次次地往后调。”李建彬说。

遗书透露不满学校不正之风

每次听孩子抱怨“老师唯利是图，家长请客就给学生调到前边坐”时，李建彬总是说：“你在学校的目的是学习，老师怎么样不关咱们的事，好好学习吧！”现在李建彬最后悔的，就是当时没把孩子的话当回事儿，“如果俺也给老师送点礼，孩子就不至于从最前边坐到后面了，也不会有这么大的心理压力，就不会去做傻事儿了。”

李金川在遗书中还写道：“我想让时钟回到2006年的夏天……英华中学复读班三（七）班，一个曾给我带来集体温暖的班级，永远难忘那一张张可爱的面孔，难忘班主任的谆谆教诲……”

“孩子的死不可能是因为抑郁症”

11月11日下午，经过公安部门侦查，李金川死亡原因为自杀，法医在检查后得知，李建川的血液中存有莠去津、甲草胺、敌敌畏等有毒物质。

11月18日，新密市教体局向中国青年报记者提供了一份名为《关于新密市实验高中学生李金川死亡事件的有关情况说明》（以下简称《说明》）。在11月12日，已有媒体根据此《说明》发布了李金川死亡是因为抑郁、厌世、逃避生活而自杀的消息。

但据记者调查，李金川的自杀并非抑郁厌世那么简单。

《说明》指出：“在李金川的遗书中，有对社会不满、厌世等多处情节，表现出明显的自杀倾向。如：一直以来，我都是个悲观的人，考个好大学，找个好工作，娶个好老婆，好好孝敬父母，教育子女，一辈子就这样过去了。为什么那么多人喜欢钱，喜欢权力，为什么要为了这些而争得你死我活，为什么社会越发达成长出来的人却还不如原始社会人类的纯真？跟虚伪同在一个社会里真的没意思！”

“也许我太颓废、太悲观，语文老师说抱怨后要懂得奋起。奋起，奋起干什么呢？奋起和别人争个你死我活？或是通过自己的奋起实现自己的理想吗？我对这个社会已不抱有什么幻想……”

而《说明》完全没有涉及李金川遗书中反映学校、老师不良作风的内容。最后，《说明》还写道："据熟悉李金川的老师、同学介绍，李金川平时性格比较孤僻、内向，很少与人交流。有神经内科医生认为，如性格过分孤僻，心理压力过重，易诱发抑郁症，让人走向极端，也可能导致自杀倾向。遗书中所涉及的情况正在调查中。"

对此，记者专门采访了国际一级心理咨询师彭熠。彭熠认为，如果仅凭遗书就得出李金川患有抑郁症，进而走向极端而自杀的结论，不够妥当、严谨。

但彭熠表示，从遗书的内容可以看出，李金川有可能存在抑郁倾向，如果孩子上高中之前，一直是乐观开朗，而进入高中后，产生抑郁倾向，学校应负有很大责任。同时，学校个别老师的不良行为、不交考试费就不让孩子考试等事情的发生，很可能会在孩子心中留下很大的伤害，久而久之就会形成心理阴影，进而对孩子以后的学习、生活产生影响。

彭熠认为，可以看出李金川是一个渴望上进的孩子，因此，从"快班"转到"慢班"肯定给孩子造成了很大的压力，因为在"慢班"只能上个大专，孩子很可能因为身在"慢班"而感觉前途无望，进而导致悲观、厌世情绪。

看到网上的新闻后，李建彬很失望。他说："俺娃的死不可能是因为抑郁症，他们是在诬陷俺娃，推脱责任。"

目前，李金川的尸体还停放在医院的太平间，而李建彬也决定要为孩子的死讨个说法。

11 月 18 日，李建彬告诉记者，新密市政府一位办公室主任找到他，还带着一份教育部颁发的《学生伤害事故处理办法》，并答应给家里 6 万元抚慰金。对此，李建彬当场拒绝。"他们必须给孩子的死一个恰当的说法，不能光说俺娃是因为抑郁、厌世自杀，并且给的钱必须是赔偿金。"

学生反映学校有不正之风

李金川自杀事件发生后，新密实验高中贴吧顿时成了舆论风暴的中心，同学们在一边倒似地咒骂的同时，还反映出学校个别老师的不良行为。而李金川在遗书中多处提到老师收学生家长礼物的情况，记者在调查采访过程中基本得到了证实。

李金川的同学吴帅告诉记者，学校政教处老师如果发现有学生违反纪律，当场就会让学生停课回家。但是，只要家长及时请老师吃顿饭，之后再送点礼，学生第二天就可以回来上课了。

“这样的事在我们学校很正常，很多被停课的同学都跟我说过。”吴帅说。他还讲述了发生在另一名同学身上的事：一次这个同学因违反纪律被一位校领导停课了，无奈之下，这名同学的家长送给那位领导 1000 元才算了事。

而李金川的大伯告诉记者，他一个朋友的孩子几年前在新密市实验高级中学上学时，因为翻墙被学校开除，最后家长请一校领导吃了 5 次饭，送了 6 回礼，但这位领导还是不让孩子上学。最后，这个孩子只好被迫转学。

同学小王告诉记者，上高二时，他们班的学生如果有事要请假，就得给班主任塞钱，少则几十元，多则 100 元。“这是俺同学郑斌亲口告诉我的，他为了请假给老师塞过钱，但如果不给钱，老师肯定不批假。”

小王还向记者透露，他上高二的那个班是当时年级里的“差生班”。“不为别的，就因为我暑假没参加学校的补课，结果就分到了这个班，当时高二 2 班、3 班、8 班都是这种情况，”

“我们如果被劝退，需要二次入学，家里就得给学校交 6000 元。”小王说。

“有一回，俺班的一个同学因违纪被劝退了，但他很机灵，当场给了班主任 300 元，老师马上就让他上课了，这下省了好几千，像这样的肯定是没上报到学校，不然这点钱是解决不了问题的。”

记者在采访中了解到，同学们反映新密市实验高级中学在京密还办有一个复读班，这一情况得到了李金川的父亲及亲属的证实。李建彬告诉记者，李金川自杀后，一次副校长郭文来到李建彬和家人所住的宾馆谈话，在谈话中郭文亲口说学校在京密办了一个复读班，为此，学校每年要交20万元的房租。

“给复读班上课的老师都是俺们本校的老师，这个全校都知道，”小王说。

但当11月18日，记者采访副校长郭文时，他对此情况矢口否认，并说他从来没说过这些。

李建彬告诉记者，孩子能在遗书中提出学校的不正之风，说明他已经认识到了个人的力量是不行的，所以他是用死来呼吁大家来关注的。（文中李金川的同学及刘伟、郭文均为化名）

刊发日期：2009年11月23日

记者手记：谁来拯救滑坡的师德

潘志贤

学生违纪，家长请客送礼就能不了了之；学生按成绩排列座位，家长可以通过打点老师把座位从后往前调；学生有事请假，要先给老师塞现金……这些学生反映的问题虽未经证实，但我相信，此类现象在某些学校确实是存在的。

而不少学生对此已司空见惯，认为老师收礼、接受家长请吃很正常。我们不禁要问：中小学校园这是怎么啦？社会不正之风难道连这片净土也不放过？

必须承认，近年来，校园里一些应当为人师表的“人类灵魂的工程师”，由于受到社会上行贿、受贿风气的影响，千方百计地用不正当手段牟取私利。

高三学生李金川似乎在以自杀的方式发问：谁来拯救一些地方在滑坡的师德？

这是我们所有人都不愿意看到的一起校园悲剧。一个老师的言行，改变了一个学生对一所学校的看法。学校是教育人、培养人的地方，老师的是非观念和价值取向，很可能成为学生长大后为人处事的标准和尺度。老师对学生的影响，不管是直接影响还是间接影响，一旦形成惯性，成为一种思维定式，就很难扭转和纠正，甚至会伴随学生一生。

师德滑坡的社会危害显而易见。李金川的自杀固然有多种因素，但校园不正之风和师德滑坡也是诱因之一。不少学生表示，最痛恨的就是自己的老师、自己的学校存在各种腐败行为，这些不正之风会导致学生对老师的怀疑和不信任，会导致学生对学校的不信任，会导致学生学习兴趣的丧失。

在当下多元的文化背景中，极个别学生本来就缺乏信仰，思想混乱。如果再遇到唯利是图的老师，师生之间缺乏有效沟通，得不到很好的言传身教，就会加剧他们思想的混乱，甚至会颠覆学生的人生观和价值观。

教育是一个民族的灵魂，关系到整个国家的命运。教育部门有必要建立严格的监管制度，对教师的道德标准作出严格规范，谁道德滑坡谁就应该受到惩治，甚至被清除出教师队伍。

底层记录

新闻人要有悲天悯人的情怀，目光对底层人的生存状态不离不弃。关注他们，特别是关注他们所遭遇的不公平，也就为社会打造了一道安全阀。

乱搭乱建　交通拥挤　安全隐患多

“超载”的北京唐家岭

□ 田国垒

唐家岭，地处北京北五环外，原本是海淀区西北旺镇一个不知名的普通村落。可最近三五年间，由于这里距离中关村、上地等企业密集区比较近、房租便宜，大量外地来京人员选择在此租住，唐家岭由此变得著名起来。

据唐家岭村委会提供的数据，目前唐家岭外来人口总数已超过5万，而本地人口仅为2800多。

一个不大的村落容纳了数万人居住生活，彻底打破了这个村子原有的宁静——道路坑坑洼洼、每逢大雨积水可以淹没膝盖；危房林立，地基是平房标准的房屋被加盖到五六层高；火灾隐患突出，过道狭窄致使消防车无法通过，动辄居住上百人的楼房只能靠仅有的两个灭火器……

“村里的楼房大部分都是违章建筑”

村内合法建筑与违章建筑的比例已达1:5。村委会知道这些房子存在极大的安全隐患，但村委会没有执法权，只能说服，但与每年数十万元的租房收入利益相比，说服根本不起任何作用。

在唐家岭公交站一下车，记者马上陷入了市井的喧闹中。卖水果、煎饼和日用品的小摊，沿着唐家岭中街两旁密密麻麻地延伸着，本来就不宽敞的道路显得更为拥挤。两辆对开的公交车几乎可以将整个路占满，行人只有在车流的缝隙中或拥挤在路边商铺的台阶上小心翼翼地行走。

在唐家岭的大街小巷，见到最多的就是“房屋出租”小广告。民宅的大门上，路边的墙体和电线杆上，甚至饭馆、理发店和水果店的标牌和玻璃上，都可以看到出租房屋的小广告。

贯穿唐家岭村南北的唐家岭中街，两旁大都是四五层高的小楼房，一楼是理发、餐饮、超市等门面店铺，再往上是被隔成小房间的出租屋。有很多小胡同将东西两侧的街道与中街连通，胡同的两侧都是高达五六层的楼房。和临街的楼房一样，这些楼房无一例外都被隔成了密密麻麻的小房间，“房屋出租”的小广告随处可见。

作为唐家岭的交通要道，唐家岭中街的宽度不过十几米，村内的其他街道更窄。很多街道刚够一辆人力车通行，不少地方仅可供两个人并排行走。因为过道过于狭窄，再加上过道两旁都是五层以上的楼房，所以，即便是正午，很多夹道仍显得黑漆漆的。

在唐家岭，随处可见成堆的建筑砖石、沙土、脚手架和小型搅拌机，众多操着外地口音的农民工正在紧张施工。一位来自河南驻马店的农民工告诉记者，“这两年我们一直在这个村里盖房子，盖好一家就立即转移到下一家，根本不用换地方找活儿。”

和操劳的农民工形成鲜明对比的，是当地悠闲的村民，很多村民三五成群地坐在背阴处聊天乘凉，看见有陌生面孔的人，就会主动询问是不是在找房子，并招呼到自己的楼房里看看。

家住唐家岭西北二街27号的刘军对中国青年报记者说，“我们家只有十几间房子出租，每月可以收近万元的房租，但这在唐家岭算是小规模的了。”

刘军家的出租房是在原有自用的两层楼房上加盖起来的。在楼房前的空地上加盖了两层，临街的一层当做门面出租，二层和在原有房屋之上加盖起来的第三层做住宿用，一条简易的楼梯将这些出租屋连接起来。

“看你这房子都是加盖的，安全吗?”

“我这儿只加盖了两层怎么能不安全呢？你看看那些新建的楼房，哪个不是六七层高，不出事儿则已，要是发生个地震什么的，先塌的保证是他们。”

唐家岭村委会提供的数据显示，村内合法建筑与违章建筑的比例已达1:5。很多加盖到五六层的房屋，其地基的承载能力仅为两三层，有的甚至是平房标准的地基。

唐家岭村党支部副书记董建华对中国青年报记者说，村委会知道这些房子存在极大的安全隐患，但村委会没有执法权，只能说服，但与每年数十万元的租房收入利益相比，对放租的村民来讲，说服根本不起任何作用。

按照规定，加盖房屋需要经过村委会的登记审批，以前还有人来走走盖章的程序，现在连章都没人来盖了。“村里的建筑大多都是违章建筑，他们每盖一个我们就发一个违章通知书，尽管起不到作用，可一旦出了事儿，至少村委会的责任就少些。”董建华说。

“大祸随时可能从天而降”

“房东只想挣钱，把房子盖得严严实实、密不通风，不出事才怪。”

房屋过密、通道太窄、消防设施不完备……种种因素为唐家岭密密麻麻的出租楼房埋下了火灾隐患。

西北二街27号的户主刘军，坦承自家2008年曾发生过一次火灾，“不知哪个小子把烟头扔到被褥上了，火苗噌的一下就起来了，来不及下楼接水，我就拿大锅盖往火上盖，还挺管用的，一盖火就灭了。”

虽然没有造成重大损失，但刘军承认，“这主要得益于发现得早，火还没有真正着起来，火要是蔓延开来了，报警也没有用，消防车根本进不来，只能眼睁睁地看着烧。”

在唐家岭，由于通道过于狭窄，消防车触及不到的消防盲点占全村建筑面积的绝大部分。正是考虑到这一点，唐家岭村委会在2008 年春节前给每家购置了两个灭火器。

“一旦发生火灾，很多地方消防车进不来，就全靠灭火器灭火，没有别的更好办法了。大祸随时可能从天而降。”唐家岭党支部副书记董建华说。

村委会发下去的灭火器，在唐家岭东南三街前不久发生的一起火灾中起到了重要作用。

一位见证了此次火灾但不愿透露姓名的人向中国青年报记者描述了 8 月 2 日发生火灾时的情景：

晚上 10 时多，我听到有一男子喊“救命啊，救命啊”。刚开始我以为有人打架，往外一看才发现，竟然是着火了，不一会儿就见大批人冲了出来，并喊着让楼里的人赶紧出来。混乱中，一个女孩儿从 2 楼的窗户翻了出来。更多人选择往天台上躲，但去天台只有很窄的一个楼梯，有很多人的拖鞋都被踩掉了。之后有人拿盆端水往火上泼，但不起什么作用，有个人拿着灭火器进去喷了一阵，火势才得到控制。

“房东只想挣钱，把房子盖得严严实实、密不通风，不出事才怪。”这位知情人说。

董建华也知道此事，“火没烧起来，也没往上报，消防车来的时候火已经被扑灭了，没有造成多大损失。”董建华承认，“打 119 其实起不到多大作用，消防车来了也进不去，只能干瞪眼，这次灭火全亏村里发给每户的两个灭火器。”

8 月 12 日，记者打听了数位当地村民，转过好几道狭窄的胡同才找到了东南三街 35 号。记者以租房者的身份见到了房东，并被带进了出租房。记者看到，该楼房的一层和二层，刚刚用白涂料粉刷过，楼梯扶手上的红漆还未干。

记者表示想在一层或者二层租住一个房间时，房东称，一楼和二楼正在装修，装修好了才放租。记者追问“为何只装修一层和二层而不装修三层”，房东没有正面回答，只是称“看起来太旧了，装修一下更好看”。

从外表看，楼房大部分已经被刷了一层淡蓝色的涂料，已经看不出烟熏的痕迹。但在楼房入口处的门楹，大大的一片烟熏痕迹非常明显，春联的横批整个被熏成了黑色。

35 号房东承认前段时间这里出过事，“一辆放在门口的摩托车着火了，没什么大事。”房东不愿多讲，同时否认正在进行的装修与这起火灾有直接关系。

但住在 35 号对面的一个租房者对中国青年报记者说，因为烟熏得过于厉害，火灾后 35 号楼的一层和二层基本上不能住人了，原来的住户也都主动搬了出去。

一里路走了半个多小时

每次上车的过程都是以费力挤到车门口的人被交通协管员用双手硬推进车里，喊一声“关门”为止。

除了林立的违章楼房外，唐家岭的另一个特点就是早晚上下班时段拥挤的公交车。

工作日的每天下午 6 时，唐家岭站的公交车便骤然多了起来，高峰时不足两分钟就有一辆从城区方向驶来的公交车，犹如卸货一般，将满车厢在中关村、上地工作的上班族从车厢中吐出来。

3 年来，每天搭乘 365 路上班的刘树毅将挤公交车比作一场没有硝烟的战争。

8 月 12 日，记者目睹了这场每天都在唐家岭上演的“战争”。

从早上6时30分左右开始，就陆续有人在唐家岭车站等车。因为距离上班的时间还早，这个时段走的人还可以较为轻松地搭上车，运气好的话，还可以找到一个空座位。

但从7时开始，一切就变得不同了。居住在背街小巷的上班族开始逐渐聚集在唐家岭中街，然后聚集在唐家岭站。车站周围摆满了各种卖早点的摊铺早已将站牌湮没，大多数等车的人，都是买一份饼和豆浆边吃边等。人多了，车接着也多了，记者粗略统计了一下，从早上7时到8时这一时段，平均一分钟就有一辆公交车驶来。

等车的人太多，遵守秩序已没有可能，在唐家岭站附近沿着中街20多米的地方都成了事实上的等车区。车一来，人群就紧贴着车门按着车行的速度往前跑。每次上车的过程都是以费力挤到车门口的人被交通协管员用双手硬推进车里，喊一声“关门”为止。

除了公交车，一些私人中巴车也载起了客，每过10多分钟就有一辆开往上地城铁站的中巴车停在路中间喊客，一停就是五六分钟，后面的公交车只得绕到另一侧与对开过来的公交车共用一条车道。

不仅如此，在车站周围停着十几辆本地村民的私家车，也拉客到附近的城铁站，每人10元，因价格偏高一直等不到人，车就一直占着通道不动。

狭窄的唐家岭中街显然承受不了如此大的交通压力，堵车不可避免，越是上班高峰越是拥堵，从唐家岭北站到唐家岭站不过六七百米的距离，一辆车牌号为京A93485的365路公交车用了34分钟才走完。

两位在唐家岭北站执勤的交通协管员对记者说，“公交公司知道这边人多，特意加开了很多车次，但还是抵不上人多，而且集中在一个时间段出行，不挤是不可能的。”

唐家岭党支部副书记董建华承认拉客的中巴车和私家车都是黑运输，“区交通队来过、城管来过，但还是管不好，人太多了，谁也没有好办法。”

在唐家岭北站跑黑运输的面的司机对记者说，“前段时间交通队来整顿，扣了车也拘留了人，现在还有好几个人在里面呢。”

“住在这儿的人，得有少活几年的思想准备。”

“每次收水费时，据说要动用200多人，村里的每个路口都有两三个人把守，一手交钱一手给水票，不给就不让走。”

本地人口不足3000，外来人口超过5万。如此人口构成，彻底打破了唐家岭原有的宁静，也引发了本地人与外地人不太和谐的关系。

从表面上看，矛盾的集中点在于唐家岭村委会“综合治理办公室”每月按人头收取10元的水费。

唐家岭的水费并没有按照水表显示的额度缴费，而是按人头收缴，每人每月10元。每月上中旬的某个周一是收水费的日子，居住在这里已经3年的刘树毅称，“每次收水费时，据说要动用200多人，村里的每个路口都有两三个人把守，一手交钱一手给水票，不给就不让走。”

刘树毅告诉记者，村里有人不定期检查水票，不管是否租住在村内的人，被检查水票的人见到了就得接受检查，也不管此前是否已经缴纳，如果当时无法出示水票就得重新补一张，不补的话就会有麻烦。

2009年4月，刘树毅的一个朋友在他这里借宿了一晚上，早上走的时候刚好赶上收水费，“我朋友不想交钱，几个人拦着他就是不让走，差点打起来。”

8月12日上午，记者亲眼看到一起因查水票发生的争执。

在通往唐家岭中街的一个胡同口，两位身穿印有“综治”字样制服的妇女和一位身着便装的中年男子在检查水票，一个急着赶公交车上班的男生走过这个路口时被要求出示水票。

“前几天我已经交过了，但今天没带（水票）。”

“那不行，没带就回去拿。”

“我住的有点远，现在急着赶车上班。”

“没有水票就不让你过去。”

争执约3分钟后，该男子还是很不情愿地掏了10元拿到一张水票才得以通行。

“每月收那么多钱都干什么用了？”这位男子嘟囔着说。

“管那么多干嘛，交了就得了。”中年男子回应。

“说话注意点。”

“不注意怎么了？”

“有什么了不起的，过段时间我就到别的地方租房子。”

“要走快点走。”

……

在“唐家岭吧”，很多人对这样收水费的做法感到不满，有人甚至称收水费的人为“强盗”、“流氓”。

唐家岭多位村民称，“水源是本村打的深达好几百米的地下水，水质纯净、口感好，跟城里自来水公司的水比那绝对是没得说，10元其实并不算贵。”但他们承认，“收费的方式有些不太好。”

党支部副书记董建华对此的解释是：“租房户多，逐户安装水表不现实。以前尝试过让住户主动缴费，但每次都收不上来钱，供水的开销只能从村民的福利费中扣除，这样就给当地村民造成了很大的负担，实在不行只好采用强制措施了。”

董建华介绍，收取的10元不仅包括水费还包括卫生费。“虽然每人交了10元，但对村里每月的管理支出来讲仍是杯水车薪，每月村里还得为每位租房者补贴20元。2000多人养活了5万人，卫生、安全、供水花钱的地方多着呢。”董建华称，唐家岭有一个由100多人组成的卫生队伍，仅清理村内公共厕所的车辆就有六七辆；治安人员 70 人，而且在村内主要路口都安装了监控器；因人口激增，已远超出多年前铺设的供水和排水管道的承载能力，管道都需要改造。“要给员工开工资，还要投资买设备，花的不都是钱嘛！”

至于唐家岭目前的状况，董建华称，“说实话，现在唐家岭已经不适合人居住了，很多户整天见不到一点太阳，更甭提随时从天而降的危险了。住在这儿的人，都得有少活几年的思想准备。”

虽然不少唐家岭的村民靠租房一项，每年就可获得一笔不菲的收入，但他们对目前这里混乱的状态也感到不满意。2009 年即将上高三的本地村民小李对记者说：“以前唐家岭不是像现在这个样子，我们小的时候街上没这么脏，每天我们可以开着水龙头灌水玩水枪，现在开着泵都没什么水；以前唐家岭没这么多房子，出门也不用担心小偷；以前附近的公园是开放的，我们能去那儿散步踢球……”

东南三街 35 号的户主称，“靠租房挣的钱都是辛苦钱，没有人真正愿意常年生活在这里，我们村里的人都盼着有一天能拆迁，得到补偿后直接到城里去买房了。”

2009 年 7 月，北京市向社会公布了 50 个市级挂账整治督办重点村（点）名单，要求属地党委政府集中开展整治，唐家岭赫然在列；北京市政府法制办主任周继东近期在视察唐家岭村时表示，现行的《北京市房屋租赁管理若干规定》、《北京市旅馆业治安管理规定》已经不能适应当前的管理需要。因此，法制办应会同有关部门探索解决政府管理职能缺位和管理力度不足等问题，确保出租房屋行为的规范有序，保障在此居住的人员的生命、财产安全。

但董建华对此并不乐观，“要想彻底整治好唐家岭绝非易事”。“很多村民靠收房租年收入 10 多万元，现在都跑到外面买别墅了，村里的事情他们也不太热心了，他们心里想的就是：把这个烂摊子留给外地人折腾吧。”董建华说。

刊发日期：2009 年 8 月 17 日

“要是有个像样的工作，谁愿意住这儿”

□ 田国垒

关门的一刹那，小左有些伤感，“这栋楼住的都是大学毕业后留在北京找工作的人，每天都有人离开这里，又有人搬进来。”

作为海淀区流动人口最多的村庄，大学毕业生占唐家岭流动人口总数的1/3，约1.6万人。很多毕业的学生住在类似“公寓”的出租楼里为自己的理想打拼。

在唐家岭东北角的一处民宅，记者见到了正在搬家的小左和小赵。光着膀子、一边将零碎物件打包一边叼着烟头的小左摇着头对记者说：“想回家待一段时间，也可能就留在老家发展，永远不回来了。”

今年（2009年）25岁的小左是吉林珲春人，2008年毕业于中国农业大学文史类专业。毕业后一直在上地一家民营企业家协会工作，给很多协会的领导做过秘书。

“我还给清华同方的创始人做过秘书呢。”小左吐着烟圈，不无自豪地说。

但给名震全国的企业创始人做秘书并没有让小左过上自己想要的生活。“住的很艰苦、生活很单调、没有任何积蓄”，这是小左对一年来在京工作的评价。

小左租住的地方，是唐家岭一户村民在自家宅基地上盖起的专供出租用的小楼中的一间。在一片不过一亩多的地皮上，这座四层小楼被密密麻麻隔成了70多个房间，每个房间不足10平方米，房间内部又被隔成了三部分：卧室、厨房和卫生间。卫生间和厨房只隔着一层透明的玻璃。

这家房东告诉记者，在唐家岭，这样的房子已经算不错的了。在房门外的墙上，一张招租广告这样形容小左租住的房间：“带厨房、独立卫生间、宽带入户”。

“刚开始还雄心壮志地想在北京闯出一片属于自己的天空，但现在觉得当时的想法太天真了。”小左叹着气说。

小左每月拿不足3000元的薪水，除去吃穿、交通、房租以及水电上网等费用外所剩无几，“连恋爱也不敢谈，如果再加上谈朋友的支出，基本生活都成了问题。”

谈话间一直在收拾东西的小赵是小左大学时的同宿舍同学。2008年毕业时他们宿舍6个人中，1人出国、2人考研、1人回老家发展，他和小左留在北京打工。

小赵是江西南昌人，个子不高、身材瘦弱，毕业后在国贸附近一家私营企业做市场调查，前不久刚辞了工作准备跳到一个更好的地方，但一个多月过去了，新工作仍然没有着落。

“一定不要死守着自己的专业找工作，那样的话范围太狭窄了”，说起自己找工作的经验，小赵说，“不要过于迷信工作经验，用人单位其实看重的是你的性格和可塑性，只有感觉到你这个人可培养才会要你”，“不要想太多，给自己设定一个小小的目标慢慢往前走，前几年要吃苦，但一定要挺过来”。

因为已经有一个多月没工作了，小赵的住所从地上挪到了地下，现租住在通州一处地下室。虽然马上就要送一位“想过稳定生活”的好友踏上回家的火车，但小赵目前还没有离开北京的打算。

谈话间，小左打电话叫的搬家公司的车已到了楼下，不一会儿他在北京的家就变得空空荡荡。关门的一刹那，小左有些伤感，“这栋楼住的都是大学毕业后留在北京找工作的人，每天都有人离开这里，又有人搬进来。离开，我不难过，说不定我还会回北京，但再也不会来唐家岭这个破地儿住了。”

对小左来讲，选择离开北京，或许是一种解脱。但对于更多的人来讲，可能还要承受着生活的艰辛为理想打拼。

刘树毅在唐家岭村内换过好几个住处，一直都在往楼层低的地方搬，他认为楼层高的地方太危险了，“一旦出什么事儿，想跑都跑不出来”。

见到刘树毅是在唐家岭公交站附近的一处烧饼摊，刚挤公交车下班回来的他买了一张一元五角的“公婆饼”作晚餐，沿着唐家岭最繁华地段——小摊林立、车辆拥堵的唐家岭中街——边吃边走。身边不时有公交车擦着他的身子驶过，刘树毅也不急着躲闪，“每天都是这样，早就习惯了”。

在路边的一处即开即奖的私彩点，摊主正在用扩音器大喊着中奖信息招徕路人，刘树毅侧身小声对记者说，“这都是假的，我以前买过很多，但从来没中过他们说的大奖。”

不过，刘树毅每周都会买一注双色球，他希望“凭借偶尔的运气改变命运”。

从北京现代经济管理学院毕业3年来，刘树毅换了3次工作：做过招生代理、从事过软件维护、当过房产经纪人，他最新的一份工作是在海淀区苏州桥附近的一家软件公司做维护，但月收入一直在2000元左右徘徊。

今年（2009年）24岁的刘树毅感觉“压力太大了，以后的生活不敢想太多，一想人就觉得很烦。”刘坦承自己早就有想法回山西老家发展，“在北京生活没有任何人帮忙，只能靠自己，但家乡人都知道我在北京读了大学又上了几年班，没有带着任何成绩就回去，会让家里人感到非常没面子，所以还是想再拼几年，攒点钱回家开个小门市。”

毕业3年来，刘树毅一直住在唐家岭。“3年前我来的时候，这边住的人还不多，最高的房子也不过两三层，但现在很多房子已经加盖到六七层了，越来越疯狂。”

刘树毅在唐家岭村内换过好几个住处，一直都在往楼层低的地方搬，他认为楼层高的地方太危险了，“一旦出什么事儿，想跑都跑不出来”。

曾有朋友劝刘树毅“别住这儿了，太危险”，但他苦笑着说：“要是有个像样的工作，谁愿意住这儿啊。眼下除了这儿，哪儿还能找到这么便宜的房子租呢？”生活不易，但刘树毅认为，自己挣的钱虽然不多，但足够满足基本生活，而且每月还可以存500元的生活费，这在唐家岭算得上中等了。“在这儿有很多人没工作，每天窝在房子里或者靠兼职度日的大有人在。”

“回家有什么好啊，还是在北京待着机会多一些。王宝强、范冰冰以前不也是这么熬过来的吗？”

在离唐家岭村委会不远的出租楼一间不足10平方米的房间里，记者见到了3个来自河北邯郸的女孩儿。

她们年纪都不大，最大的不过21岁，但她们自中专毕业后，已经结伴来京3年。

以前她们在一家半导体公司上班，一个多月前，她们失业了。眼下，她们每天干的活儿，要么是到人才市场找工作，要么待在家里看网络电视。

一位女孩儿告诉记者，“前段时间找到一份接线员的工作，但一天到晚不停地接电话，不仅耳朵疼，头都快炸了，实在受不了就辞职了。”

没有工作也就没有了收入，为了节省开支，3个人的大部分时间是关着灯待在小小的家里看网络电视。她们都不愿意回老家，“回家有什么好啊，还是在北京待着机会多一些。王宝强、范冰冰以前不也是这么熬过来的吗？”一位女孩儿说。

刊发日期：2009年8月17日

青春靠站“聚居村”

——对话“蚁族”研究学者廉思

□来 扬 唐 轶

【记者简介】唐轶，毕业于中国人民大学，在校期间曾任《青年人大》副社长、院学生会主席，发起成立首都高校学生媒体联盟。毕业后进入中国青年报社、中国高校传媒联盟秘书处工作。代表作品：《青春靠站“聚居村”》《让“蚁族”融入城市是解决问题的起点》等蚁族系列报道；《恐归族：妈妈只想让你回家吃年夜饭》等。

随着《蚁族》一书渐为人知，“蚁族”这个新词成为社会关注的热点。有人惊叹：“原来我们就是‘蚁族’！”也有人开始思考：原来还有这么一群“蚁族”。

学者廉思和他的团队，历时两年，对北京市唐家岭、小月河、马连洼等多个大学毕业生聚居村进行了调研。“蚁族”这一群体是怎么形成的，他们的生活状况怎样，他们是否会成为社会不稳定因素？中国青年报记者日前专访了廉思。

绝大多数是“80后”

中国青年报：“蚁族”是个比喻，你能否给这一边缘青年群体画一个像？

廉思：“蚁族”这个名字是在2009年3月团队的一次讨论时提

出来的。我在申请国家社科基金项目时，使用的是“高校毕业生低收入聚居群体”。

从名称上可以看出，这个群体具有三个特点：高校毕业、低收入和聚居。这三个特点使该群体区别于“校漂族”。后者虽同样也是高校毕业生，但主要以考研为目的，多半散住在学校内或校园周边。“校漂族”仍会使用自习教室、食堂等高校的部分资源，但我们的调研发现，“蚁族”多半是全职工作的高校毕业生，不再使用高校的资源，住的地方一般远离高校，且居住方式呈“聚居”状态。

如果让我来给这一群体画像，他们绝大多数是“80后”，收入不高，生活拮据，工作不稳定。具体来说，他们有的毕业于名牌高校，但更多来自地方和民办高校；拿着1000元左右的工资，租着每月300元的床位，每天吃两顿饭，到工作单位要坐两个小时以上的公交车。绝大多数从事保险推销、餐饮服务、电子器材销售等低收入工作。有的完全处于失业状态。他们生活条件非常差，缺乏社会保障，绝大多数没有“三险”和劳动合同。

中国青年报：你的团队曾对这一群体进行过问卷调查，是否有一些数量上的精确表述？

廉思：根据我们对546份有效问卷的统计，“蚁族”群体的年龄集中在22～29岁之间，以毕业5年内的大学毕业生为主，税前月平均收入主要集中在1000～2500元。同时，“蚁族”的基本生活消费相对较低，每月的房租平均为377元，饭费为529元，月均花费总计1676元。多数被调查者都处于收支平衡或略有结余的状态。

就工作单位来讲，“蚁族”大部分成员（89%）任职于私、民营企业；其中有16.5%的群体成员的工作单位性质为个体经营。有32.3%的调查对象并没有与工作单位签订正式劳动合同，36.4%没有“三险”的保障。

绝大多数来自农村或县城“弱势阶层”

中国青年报：他们大都来自哪里？

廉思：被访者绝大多数来自经济欠发达地区，其中河北、河南、山东等地最多，大部分系外地高校毕业后到北京找工作。从户籍来看，绝大多数人来自农村或者县城，但多数通过升学取得了城镇户口，又以外地城镇户口为主。

中国青年报：他们的家庭背景又是怎样的？

廉思：从群体整体情况分析，“蚁族”中较低阶层家庭的子女更多地获得较低水平的高等教育资源。整体中父亲职业阶层为管理人员、专业技术人员的比例分别只有3.5%和8.5%，其中管理人员的比例低于全国的该阶层比例；家庭年收入在10万元以上的只占到8.2%。可见，这个群体是以中下等阶层家庭为主，他们的现状似乎是父辈的再现。同时，从就读学校质量来看，超过90%的毕业生毕业于非重点大学。

从群体内部情况分析，父辈家庭背景影响子女教育获得，分化路径沿着本/专科、热门/冷门专业、国民教育/非国民教育系列三个维度进行。管理阶层、专业技术人员等优势阶层的子女在更高学历中（如本科和研究生）的辈出率更高；而个体、失业退休者以及工人等较低阶层的子女在较低学历（如专科）中的辈出率更高；此外，商业服务业、农民等较低阶层的子女在各个学历中的辈出率都很低。

“帘子里隔着的性”

中国青年报：我们在走访小月河“聚居村”时发现，许多公寓对外出租的床位“男女有别”。女性居住的楼层入口贴着“男士止步”的告示，但走进一些男性居住的房间，有时会不经意看见床边的高筒皮靴。

廉思：课题组在调研中也曾遇到在男性宿舍留宿女性的情况，

一个十几平方米的宿舍里同时居住四个男人和一对情侣。虽然居住空间隔着帘子，但是性生活的质量以及对他人的影响不容忽视。

调查显示，“蚁族”中未婚人数占调查对象的93%，在未婚者中有49%没有恋人。与异性同居的人占到被调查对象的23%，但最近一个月内有性生活的人占到被调查对象的33%。从这些数据对比可以看出：“蚁族”结婚的比例小于与异性同居的比例，与异性同居的比例小于最近一个月有性生活的比例，最近一个月有性生活的比例小于有恋人的比例。

中国青年报：“蚁族”是否存在“婚恋困境”？

廉思：“蚁族”经历过大学阶段，有恋人的比例应该明显高于大学生群体，但与大学生群体对比分析后发现，该群体与大学生群体在此方面差距很小。“蚁族”的收入水平较低，社交圈子小，恋爱对象的选择范围小，整日忙于找工作或工作，谈恋爱的机会也少。如果经济条件允许，该群体的结婚比例应该比较高，但目前只有7%。可见，“蚁族”绝大多数正处于生理旺盛期，渴望同异性交往，在恋人或夫妻方面得到感情上或生理上的支持和安慰，但由于没有稳定的收入来源，没有固定的住所，他们无法在婚姻和恋爱的问题上考虑更多，所以大部分毕业生选择了单身或同居的方式来生活。

“性—爱情—婚姻”的现状影响了“蚁族”对生活的满意度，性需求难以得到满足影响身心健康。即使有性生活的人，其性生活的质量也要受到性生活的地点和环境的影响。如果长期压抑，可能导致犯罪，影响社会的和谐与稳定。

青春为何停靠“聚居村”

中国青年报：“蚁族”到底有多少人？

廉思：没有确切的统计数字。课题组研究表明，仅北京地区保守估计就有10万人以上。此外，上海、武汉、广州、西安等大城市也都大规模存在这一群体。

中国青年报：在你看来，唐家岭、小月河等地聚居的“蚁族”是怎样形成的？

廉思：原因可能有很多。从宏观原因来看，像北京这样的大城市对人才的吸引力很大。另一方面，“蚁族”的形成也受到就业形势变化和就业政策调整等因素的影响。例如，我国高校自1999年开始扩招，自2003年起，每年都有较前一年更多的毕业生涌向社会。但近年来，社会对高校毕业生需求的增长速度并没有赶上毕业生数量增加的速度，同时，毕业生就业的市场需求情况并没有及时成为专业设置、招生人数划定的“风向标”，使得许多接受了大学教育但却没有一技之长的高校毕业生面临就业尴尬的局面。

中国青年报：他们为什么要聚居呢？

廉思：现有的“聚居村”所在地房租低廉、交通便利，同学、老乡相对集中，群体间容易形成认同感等。此外，由于环城带地区交通便捷，生活成本低廉，可开发利用土地相对较多，开发建设速度加快，就业、创业机会相对较多，加之这些地区大量合法和违法建设的出租房屋，使刚刚毕业的大学生在此落脚成为可能，因而形成聚居。

中国青年报：说白了也就是房价的问题？目前北京市对外地来京大学毕业生的住宿方面有无相应的规定，如是否将这个群体纳入廉租房的受惠范围？

廉思：据我所知目前还没有，因为户口限制，廉租房制度惠及不到该群体。北京市已经意识到相关问题，正在积极地通过立法解决。

他们不应被社会忽略

中国青年报：我们知道，蚂蚁的群居是有组织的，工蚁采集食物，兵蚁保卫家园，它们各司其职，都听蚁后的调遣。但在“蚁族”里，实际上并没有一个“蚁后”式的人物，而是各行其是。你怎么看待这种差别？

廉思：这种差别确实存在，但我们采用“蚁族”一词来命名该群体，主要是基于两者之间的共性，而共性是主要的。我们调查的情况是，“蚁族”目前并没有类似蚁群中蚁后地位的“带头大哥”存在，而这也是我们要极力避免的问题。

中国青年报：我们在采访中发现，聚居村中的大学毕业生不仅是松散的，而且是流动的。

廉思：“蚁族”存在“转折年”现象。“聚居村”是一个流动者的聚居地，主要以毕业三四年内的“蚁族”为主体，第四年后的毕业生人数会大幅度减少，毕业五年以上仍然住在聚居村中的“蚁族”只占了6.8%。因此，毕业后第三年或第四年是“聚居村”中“蚁族”的“转折年”。所以，我们应高度关注毕业三四年内高校毕业生的心态和动态，这对于消除社会隐患是相当重要的。

中国青年报：“蚁族”成员平时怎样表达他们的利益诉求？

廉思：“蚁族”作为“80”后社会群体，对网络的熟练程度是整个社会中较高的一个群体。“蚁族”在遇到与自身利益相关的事情的时候，大多会选择采取行动来进行自身利益诉求，而不会选择沉默。而且，这一群体大多倾向于通过媒体，特别是网络媒体来表达自己的利益要求。但同时，这一群体对于罢工、游行示威等较为激烈的集体行动方式的赞同程度都较低。

虽然这一群体目前参与集体行动的倾向不高，但这不意味着他们没有参与集体行动的倾向，也并不意味着如果任由这一问题扩大，他们未来参与集体行动的倾向依然很低。

在相对剥夺感强烈，生活满意度低的情况下，如果我们不采取措施改善中国高校毕业生低收入聚居群体的生活状况，任由其不满情绪累积，那么，未来各种怨恨高度积累、叠加达到集体行动的临界水平时，一旦出现某一特定事件，在特定情境下，大规模的集体行动可能就会发生。

中国青年报：他们希望政府或社会提供哪些方面的帮助？

廉思：29.27%的受访者把“平等的工作机会”作为希望政府提供帮助的首选，其次是“住房政策的倾斜”和“平等的户口政策”，其他方面有“医疗政策的倾斜”、“职业技能的培训”和“充分的就业信息”。

刊发日期：2009年11月18日

记者手记：我们关注错了吗？

唐 轶

过年前再去唐家岭。走到十字路口，当地村民指着我的相机戳戳点点：又是记者。就是你们这帮记者，拍拍拍，把我们的房子拍没了！我心里发虚，低着头像逃跑一样离开了那个路口……

近两三年来，随着周边经济的发展，唐家岭地区以低廉的租价吸引了大量房客，只有不到3000人口的唐家岭村，房客就有3.7万多人，其中大学毕业生就有上万人，就是之前报道的“蚁族”。

本地人多以出租房屋为生，乱搭乱建现象十分严重，房屋间距狭窄，存在严重的火灾隐患。这一状况已引起本市有关部门的高度重视，被列为整治督办重点村。

当地村民纷纷担忧村里收入从此将无法保证。

也有毕业大学生担忧，房子拆迁后自己再找不到便宜的住所。一个旁边的女同学就对我说：“房子拆了，我们以后住哪啊？贵的地方住不起，我们只能住得更远了。”

某些政府部门的行事逻辑挺有意思的。不是媒体呼吁关注蚁族住宿条件艰苦有安全隐患吗？不是大学生找工作难薪水低吗？住房上，不是聚居村有隐患吗？那我拆掉好了，拆掉就不能聚居了嘛？不能聚居不就没有隐患了嘛。那拆掉了，大学毕业生们住哪啊？好，舆论上，发动媒体号召大学生毕业不要留在大城市，都回小城市工作吧。

据说政府现在要把违章建筑拆掉，让村民集体搬迁，圈地盖白领公寓。到时候，免不了又是一场头破血流啊。

我们的报道，让村民没有了收入，让大学生没有了地方住。我们的关注，是不是错了？

让我们继续为大学毕业生鼓与呼吧……请政府盖廉租房给大学生，请政府开放户籍政策，纳税七年，即应取得北京户籍。好在，有人大代表已经这样提案啦。

为苦命孩子做点什么

——志愿者解救被拐儿童的故事

□ 田国垒

一个小女孩突然跪在她面前，双手端着一个大铁盆向她伸去。她背上紧紧套着一道绳索，绳索的另一头是一架木板车，一个一条腿的青年男子坐在上面唱歌。

这是2009年5月19日上午，呈现在宋婷面前的一幕。

宋婷是一个两岁孩子的妈妈，同时也是福州“宝贝回家”志愿者组织的一员。

宋婷说，小女孩那张悲哀绝望的脸经常在她脑海里闪现。“我感到非常内疚，那个小女孩很有可能是被拐卖，然后被控制乞讨的，当时我应该打电话报警才对。”

福建“宝贝回家”志愿者组织负责人薛健告诉中国青年报记者，目前福建全省有宋婷这样的志愿者200多名，他们利用工作之余发现并搜集流浪乞讨或被拐卖儿童的信息，并将信息传送给当地的公安机关和“宝贝回家”寻亲网建立的数据库。

“宝贝回家”志愿者组织创办人张宝艳日前向中国青年报记者介绍，目前在“宝贝回家”登记注册的志愿者已超过1.4万名，遍布全国大多数省份。

仅有的两次妥协

张宝艳的儿子5岁时曾遭遇过“被拐”，从那以后，她开始关注被拐儿童。

1992 年的一天，张宝艳的母亲带孩子去市场，只顾逛市场的张母回头一看，发现孩子不见了。张母赶忙让人帮忙在市场中找，但没有找到。

“当我妈跑到单位告诉我孩子没了时，我一下就懵了，感觉天都要塌了。”张宝艳说。

幸运的是，当天晚上，张宝艳找到了自己的儿子。“透彻体会到丢失孩子的父母焦急、痛苦、绝望等心情”的张宝艳，从此开始留心儿童走失、被拐卖的事情，并为寻子的家长提供帮助。

起初，张宝艳提供的帮助主要是动员自己的亲戚朋友到处打听被拐儿童的相关信息，帮助张贴寻人启事，或者到派出所报警。后来，她意识到这种方式太原始了，不但浪费人力财力，取得的效果也不理想。

于是，她开始寻思一个“更快捷、更方便的寻找方式”。

一次偶然的机会，张宝艳发现互联网上有一些专门发布寻人信息的网站。这个发现让张宝艳感到非常惊喜。通过网络将寻人信息都展示出来，通过对比核查，能极大地提高寻找儿童的效率。

但她发现，当时几乎所有寻人网站发布信息都要收取费用。“很多家长常年在外奔波寻子，经济已相当困难了，这个时候就是让他们掏五六百元也很不容易。”

她和在通辽师范学院网络技术部门工作的丈夫商量，决定建一个公益性的寻子网站。

2007 年 4 月 30 日，“宝贝回家”公益寻子网站诞生了。

刚开始，网站的设想非常简单，只是供被拐儿童的家长将自己孩子的照片、特征描述等信息发布到网上。逐渐地，一些经常奔波于全国各地寻子的家长，主动将在寻子过程中得到的其他被拐儿童的信息也发布到网上共享。

后来，一些浏览过“宝贝回家”网站的普通网友开始主动到福利院、街头将被收留、流浪、乞讨儿童的信息也发布到网络上。

2008年1月18日，“宝贝回家”志愿者组织在张宝艳的家乡——吉林省通化市民政局登记注册。张宝艳现在成了一名全职志愿者。每天，她早上六七点就会上线，维护网站内容和管理全国近70个志愿者群，搜集新闻。发现需要求助的信息时，她会立刻与对方取得联系，遇到紧急情况时，她会立即发到全国的各个群中。

张宝艳始终坚持网站的公益性。到目前为止，在“宝贝回家”网站上共出现过两个商业性链接：一个是某商业网站，该网站为“宝贝回家”开通了一条热线，全国各地的家长和志愿者可以通过这个热线和张宝艳取得联系，无需支付长途通话费；另一个是山东某生物食品公司的网站，该公司制作了几十万张印有丢失儿童头像和信息的小卡片，并将小卡片贴在该公司生产的饮料瓶上。

张宝艳说，这是她仅有的两次妥协。

“拖车党”、“昏睡党”、“求助党”

提起志愿者“仔仔”，大多数福建志愿者都会对其竖起大拇指。

“仔仔”是志愿者曹先生在“宝贝回家”中的网名。“仔仔”是一位曾协助公安部、国家工商总局打掉特大传销团伙的四川小伙子，现在，他是“宝贝回家”的一名志愿者。2009年8月，他从互联网上搜索到一则被拐儿童的线索后，孤身前往漳州协助当地警方解救出这名儿童。当时，他在接受福建当地一家媒体采访时称，“这是我参与解救出来的第41名被拐儿童。”

事实上，大多数志愿者都不是如“仔仔”那般的“孤胆英雄”，而是像宋婷那样的城市上班族。囿于时间和精力有限，他们主要把精力放在了对城市流浪乞讨儿童的救助上。

“解救被拐儿童，志愿者面对的是穷凶极恶的人贩子，技术性强且危险性大，而救助在城市中流浪乞讨的儿童却是相对容易做到的。”张宝艳对中国青年报记者说，后者是目前“宝贝回家”志愿者的行动重点。

街头流浪乞讨儿童形形色色，通过长期的观察，福州的志愿者将城市流浪乞讨儿童的形象划为了三类：

一是“拖车党”：一个小孩儿拖着一辆板车，车上绑着个大音箱，还有一个“残疾”成年人坐在上面唱歌。那大人就是监工，要挟、指令拖车的孩子去要钱。

二是“昏睡党”：在市区的繁华位置，一个成年人抱着一个昏睡的小孩儿，以此博取路人的同情乞讨。

三是“求助党”：一个成年人带着几个小孩儿跪在街上，指使小孩儿不停地磕头、哭泣乞讨。

遇到上述情况，志愿者一般会先在附近观察，看周围有无监控，盯梢。然后再试探性地询问行乞的成年人一些情况，如家在哪里，小孩的名字、年龄等。

而更多的志愿者，是将网上的各种信息进行搜集对比，帮助儿童回家。2009 年 9 月 11 日，北京“宝贝回家”志愿者“小精灵”（应其要求用网名）在“宝贝回家”网站的论坛看到“寻儿石小乙”的寻亲信息，该信息显示，石小乙是 2005 年在北京与家人走失的。

随后，“小精灵”便将该信息转帖到北京“宝贝回家”志愿者 QQ 群中。当天便有群中的志愿者反映称，北京市未成年人救助保护中心曾在“宝贝回家”论坛中，发过为一个在京和家人走散的名叫“张小毅”的寻亲信息。

“小精灵”一方面动员志愿者从浩如烟海的帖子中找出“张小毅”的帖子，一方面联系北京市未成年人救助保护中心反映情况，并把从该中心拿到的“张小毅”的照片和寻亲帖中“石小乙”的照片传给了“宝贝回家”志愿者信息对比组。对比组反馈的信息是：极有可能是同一人。

9 月 14 日，“小精灵”辗转与寻亲者取得了联系。“我一眼就认出这个‘张小毅’就是我儿子。”为寻子在北京沿街乞讨、睡大街，一度曾攀上北京站前的天桥想了断生命的河南汉子石新旺激动地说。

9 月16 日上午11 点，石新旺在北京市未成年人救助保护中心见到了分离4 年的儿子，“他一看到我就跑过来喊爸爸。4 年不见，在该保护中心的照顾下，他长高了很多，我非常感激他们。”石新旺说。

石新旺说他还有一个遗憾：至今没有和帮他找到孩子的志愿者们见过面，甚至不知道志愿者“小精灵”的真实名字，“他们只让我称呼他们‘志愿者’，他们是群好心人。”

“我们的价值不是通过干出什么惊天动地的大事来体现的，如果街头没有流浪乞讨的儿童了，我们更愿意从志愿者组织‘下岗’。”福州志愿者金剑辉说。

志愿者行动遭遇困境

在张宝艳看来，让更多被拐儿童回家的坚实基础是志愿者搜集的信息充分可靠。但信息的充分可靠意味着志愿者在行动中要遭遇更多的危险、误解和指责。

2009 年6 月，厦门“宝贝回家”志愿者黄佑明和10 多位当地志愿者一起在市内搜寻“拖车党”的行踪。他们在跟踪一段时间后发现，每天晚上11 点多，会有三轮摩托车将分散于厦门各地的“拖车党”拉到厦门马垅的一处停车场。该停车场停着一大一小两辆安徽牌照的卡车。晚上，控制着10 多个小孩儿的“拖车党”就在车厢内休息。凌晨时分，小孩儿又会被三轮摩托车拉到厦门各条繁华的街道上。

“拖车上的成年人和拉拖车孩子的关系十分值得怀疑，没有哪个父母会狠心让自己的孩子在烈日和风雨中拉着沉重的拖车乞讨。”黄佑明说。探清“拖车党”每日有规律的集结和分散后，黄佑明认为这些人是“有组织，流动的职业乞讨者，而孩子们很有可能是被控制起来的。”

跟踪过程时刻面临危险。一天，一名志愿者在石鼓山立交桥附近发现了一辆经常停放在马垅停车场的卡车。当这位志愿者靠上去想掀开车厢后帘时，车内突然站出几个大汉向这名志愿者逼了过来。

为了便于志愿者沟通，福建“宝贝回家”志愿者创建了一个 QQ 群，但加入这个 QQ 群需要经过非常严密的验证和核查，“我们要保证群里的人都是志愿者，这样我们相互交流的信息才不会被泄露。”薛健说，在行动时，志愿者也只是以网名相称。有时还会装扮成情侣、陌生人等对乞讨儿童进行监视跟踪。

除了不可预测的危险，志愿者们还会因“无法提供有效证据”而遭受别人的误解和指责。

2009 年 5 月 24 日下午，金剑辉在福州大洋百货门口发现一例“昏睡党”：两个男孩躺在毯子上昏睡，一个中年妇女跪地乞讨。

金剑辉观察一段时间后拨打了 110。约 10 分钟后，福州市鼓楼区东街派出所的民警赶到现场，并将这位妇女和小孩儿带到了派出所。

在东街派出所，民警询问那个妇女，小孩子是从哪里来的，叫什么名字？而这位妇女除了说“从贵州来”外，只是摇头，表示听不懂也不会说普通话。

金剑辉通过当地正在直播的广播节目找来了一位在福州工作的贵州人做翻译，但仍旧毫无突破。

晚上 10 点，东街派出所所长亲自来询问情况，并“开始面露不悦”，值班民警也开始指责金剑辉在没有确凿证据下就报警，不分青红皂白就怀疑对方是人贩子，是滥用警力。

又过了 1 小时后，福州东街派出所决定放人，并要求金剑辉向那位妇女道歉。

“连普通话都不会讲也听不懂的这个妇女，怎么能从贵州来到福州呢？”金剑辉至今仍认为那个妇女有问题。他说，之后他在广达路一个路口又见过那名妇女带着两名儿童乞讨，而且“那两个儿童也不是上次被带到派出所的那两个”。

“再遇到这样的情况，我还是会报警，能查出一例是一例，每查出一例，就是挽救了一个儿童的幸福啊。”金剑辉说。

刊发日期：2009 年 10 月 12 日

这一年，他们站了起来

□张　国

在站起来的那一刻，龚桂林的知觉是矛盾的，刺骨的痛与前所未有的快意结伴而至。

那是2008年8月3日，震后第三个月，19岁的龚桂林给双腿穿上假肢，一咬牙站了起来。

地震过后，龚桂林就读的四川省东汽中学突然出了名。这所建在绵竹市汉旺镇、蔷薇盛开的校园变成了废墟。镇上的钟楼，指针一直停在地动山摇的14时28分。

东汽中学失去了大约五分之一的学生、14名教师。死者包括龚桂林的政治课教师谭千秋，他张开双臂趴在桌上护住了4名学生。

许多天之后，龚桂林才知道这些。他被压在废墟下长达26个小时，送到多家医院就诊，经过10多次手术，双腿还是没能保住。

在两条冰冷的假肢上，龚桂林各贴了一张标语，“站起来”。同样的话还出现在他的拐杖和衣袖上。

“看到这3个字，心里会很舒服。就像心也站起来了一样。”他说。

既然挺过了“5·12”，前面就再没什么可怕的了

地震泄露了龚桂林的一个秘密——早恋。

女友在隔壁班。地震时他飞快地冲去通知她，不料自己反被压倒。那时，他伸着被压的双腿，安静地看着同学慌乱地从身边跑过，坐姿就像平时坐在操场上那样。

当那个女孩从他身边经过时，他突然想到自己可能再也站不起来了，冲动地喊了一句："我们分手吧。你出去找个更好的。"

他被送到医院后，医生说需要锯掉他的小腿。他的父母——汉旺镇祥柳村的两个农民，听后泪如雨下。儿子拍拍父亲说："没事，还有大腿。"

不久，左大腿因为感染也要截掉，这次是他先哭，父母跟着哭。他擦了擦泪说："没事，还有命在。"

格外严重的伤势，让龚桂林成了东汽中学高三年级唯一没能参加2008年高考的人。这年秋天，一些同学进了大学，一些同学外出打工，而他所能做的，只是走下病床，让自己站起来。

他与女友依然交往，在他需要的时候，她陪在病房。不同的是，她成了一名大学生。

在离地震一周年还有3周时，他俩的感情走到了尽头。女孩提出分手，没有给出理由，男孩哭得十分厉害，"感觉比失去双腿还要疼"。

他仍会偷偷看她的照片，但已接受分手的事实。"她肯定承受了很大压力，家庭的、社会的。"

两人不久前发生过口角，他不假思索地嚷了一句："我现在这个样子，你要分手我不会挽留。"

从19岁到20岁，龚桂林这一年的生活发生了很多事情：他去了北京残奥会的开幕式，为燃烧的火炬所鼓舞；应一个公益组织邀请，他去过一次香港，并在海边捡到10万元，将它还给失主。

在老家祥柳村，龚家住在冬天格外冷而夏天格外闷热的帐篷里。这个劫后余生的家庭正想办法盖一栋结实的房子。儿子让妈妈再生一个孩子，妈妈的回答是："有你一个就够了。"

此时的龚桂林，又有了新的烦恼——假肢不但不听使唤，也不够长。他发现身高下降了，不再是令他自豪的1.80米。

这还不是最让人沮丧的。

当他终于鼓起勇气去逛街，人们总是忍不住偷偷观察他的机械腿，“回头率很高”，这让他很不习惯。

不过，能重新站起来，是过去一年发生在他身上最美好的事。他总是嘻嘻哈哈地同人们说笑，也从不介意将裤腿撩起来。

就像突然长大了一样，他觉得自己既然挺过了“5·12”，前面就再没什么可怕的了。

地震中的每一个细节，无论声音还是画面，在他心里都一清二楚。但在一年后，它们已不足以给这个开朗的年轻人造成痛苦。

只有一件事他记不得了，那就是究竟遇见过多少好心人。“地震让我懂得很多，好多人关心我们。别人帮助过我，我也想帮助别人，把爱传递下去，不要让它中断。”

“地震很难忘掉，不要总想起很多人受伤或自己成了残废，要想以后怎么创造一个好的未来，至少要有能力帮助别人。”他说。

他清楚地记得那个下午。当死神来到教学楼，他决定唱首歌，是《水手》，肢残歌手郑智化的作品。

“在半睡半醒之间仿佛又听见水手说/他说风雨中这点痛算什么/擦干泪不要怕/至少我们还有梦……”

轮椅网球队员，都有了新的理想

2009年4月，龚桂林参加了新组建的四川省轮椅网球队，在成都市郫县的一所大学里集训，有时回省医院接受康复治疗——还将有一台手术在等他。

这是四川历史上第一支轮椅网球队，即使在全国，轮椅网球选手也仅有数十人。

14名队员中，年龄最大的22岁。其中8人因地震致残，无一例外，他们都是失去腿的少年，左腿、右腿或是双腿。

虽然省残联提供了一些基本费用，但由于经费短缺，球队的许多开销还得靠四处化缘。4 名志愿执教的教练员均来自“查理网球训练营”，每人每天只领 30 元补贴，还不够往返的路费。起初无力购买比赛轮椅，队员们就坐在木头椅子上练习。

主教练陈林说，组建这支球队的初衷是，希望用网球运动让他们的身心得到康复，从中发现运动苗子。就算成不了国手，至少也掌握一技之长，将来能以教练网球谋生。

孩子们多数没有见过网球，但集训一个多月后，就能滑着轮椅旋转自如，像蝴蝶一样穿梭在球场了。

一个半月的初次集训后，他们将回到原来的生活，继续求学或工作，而下次集训还不知何时。

多数人曾忧心前程暗淡，但眼下，都有了新的理想。一些人想当运动员，另一些人的目标是网球教练。

青川县观音乡董家村的谢海峰在大地震中失去了左腿，他把参加残奥会列入人生规划。假如无法胜任网球手的角色，他还将在两年后报考美术学院。

残奥会也是董顺江的梦想，他与谢海峰同村、同校。一年来，为了追赶那些健全的同龄人，好动的他在家里用坏了 5 辆轮椅。来到球场后，他如鱼得水，被视为球感最好的选手。

现在，教练们正在设法出售这支球队的冠名权，以换来更好的训练和比赛条件。他们还计划到北川等地震重灾区挑选新的选手。

对于这些队员来说，最令人兴奋的是比赛，每击出一个漂亮的球，这些男孩和女孩就坐在轮椅上笑得前仰后合。

16 岁的谢海峰说：“地震不可怕，可怕的是我们放弃自己。”

对 22 岁的羌族男孩刘畅来说，能够坐上轮椅已是一种胜利。2008 年北京奥运会开幕式那天，他借助臂力支撑，第一次坐上轮椅，“终于不用再躺着看世界了！”

地震吞噬了古老的北川县城。刘畅被埋了100多个小时，随后他发现自己不但失去了双腿，也没了家庭。

刘畅的左腿截到大腿一半，右腿截到只剩半个臀部，在比赛轮椅上，他容易因坐不稳而翻下来。

不过他说："坐着和躺着，对于普通人来说可能是两个不明显的概念；但对我而言，却代表着两种截然不同的人生。我有完好的双臂和双手，我知道我可以做很多事情。没有了双腿，不等于失去了一切。"

"日子还是有法过"

如果没有必要，36岁的蒋志明绝不会出门。他多数时间是在床上度过，这让他那张英俊的脸白得出奇。

他怕给别人添麻烦。

蒋志明一家如今住在紧邻北川县城的任家坪板房区，有7个村子的5000多口人在这里聚居，附近就是县城的废墟。

和当地许多同龄人一样，蒋志明15岁那年就出了远门，在北京、江苏等地，炼过铁，挖过煤。

这个壮劳力的高位截瘫先是由于2005年的一场车祸，3年后的那场地震再度给他造成重创，他躺在家里，眼看着房子塌了。

出院后，他离了婚，与年迈的父母一起生活。前妻时常带着5岁的儿子来看他。这间板房里没有玩具，儿子就坐在他的轮椅上，滑来滑去。

"离婚是我先提出来的，她还年轻，不想拖她（后腿）。"蒋志明的语调很轻。

地震让蒋志明一家告别了田地和林地，三口之家每月的生活费需四五百元，"啥子都要买"。家庭支柱是61岁的父亲，他打零工，做木匠活儿。

"我要照顾他（蒋志明），又不能出去找点钱。"蒋母一边说着，一边将家里唯一的橙子递过来。

她的长子高位截瘫，幼女一家 6 口全部遇难，可她面对外人，还是带着羞涩的善意和微笑。

平时尽量不外出的蒋志明，正月初四那天，还是坐着轮椅登上了“望乡台”，从那里能够俯瞰北川县城，“还能看到我们的老家，看到我的树林”。

他说，远处的山上有自家一片 20 多年的树林，仔细辨认的话，还会发现邻家的楼房沉了半截。

对整个村庄来说，2008 年原本应该是个好年头，因为盼了多年的公路这一年就要通到村口了。

蒋家的那片树林，生长着杉树、桦木、黄柏和杜仲，都已成材。当初种树是为了防老，前几年有人出 20 万元，蒋家没舍得砍。他们本来盘算着，等路修通了，就能卖个好价钱。

这家人希望早点搬进新房，不过他们能够理解，“这么多人，要一下子安置，也不是件容易事”。

躺在床上，蒋志明最常做的事是看电视，最关心的是灾后重建的进度。他盼望着回到那片茂盛的树林。他说：“日子还是有法过。”

没想到一份工作送上门来

当再次坐在电脑前，24 岁的唐莎在网上买了一注彩票。

是朋友们怂恿他买的，大家起哄说，大难不死必有后福，试试你的运气。

地震那天，唐莎在青川县一家网吧做技术维护员，地震中他被压坏了脊椎。医生先是认定“这孩子活不了”，接着认为“可能成为植物人”，后来又说“要一辈子坐轮椅”。

唐莎吓坏了，一度起过自杀的念头。不过好运接踵而至，他起初躺都躺不下，现在已能下地走路，尽管有些吃力。

他万万没有想到一份工作自己找上门来。国内最大的个人交易网站淘宝网请他做客服人员。这份工作需要员工为一些客户在线解惑答疑，而这正是他擅长的。

2009 年 2 月，占地 40 平方米的“阿里之家”宣告成立，暂时租用城里的两间板房，招募了两名业务主管和 4 名客服人员，都是 20 多岁的年轻人。

住在隔壁的灾区群众不知道谁是“阿里”，只看到这些小青年将两间办公室分别命名为“侠客岛”和“蝴蝶谷”，墙上贴着卡通笑脸，而他们每天对着电脑。

当“阿里之家”的业务主管李莎——此前在青川做大学生村官的 25 岁姑娘，从残联提供的 6000 多本残疾人证中，用一周选出 65 人，逐个打电话约见、面试。一些人接到她的电话后，还以为遇上了疯子或骗子。

乔庄镇茶树村 22 岁的聂凤莉是在心情糟到极点时，接到这个电话的。这名中专毕业生地震时在一家单位做临时工。当时听到隆隆的声音，她以为大街上过装载机，刚跑到门口就被掉落的水泥板砸中。

听说自己做完手术也会瘫痪，她闷闷不乐。一次，医生抱她起床，没有抱动。她无意间扶着床杆，一下子站了起来。“一个巨大的惊喜!”

出院后，她失业了。“没想找工作，人家都招四肢健全的，我也就能在家煮煮饭。”接到李莎的电话时，她想：“淘宝？这么奇怪的名字!”

由于青川正在重建，到处都是工地，“阿里之家”还要继续搬家。不过，到年底这里预计能达到 15 人至 20 人的规模。县里即将修建的 2000 平方米的残疾人康复中心，愿意为“阿里之家”提供场地，由于政府欢迎这样的项目，因此“不考虑场地费用”。

站起来的故事还有许许多多

四川省绵竹市汉旺镇的舞蹈老师廖智失去了双腿和女儿，却没有丢掉舞姿。她参加义演、逛街、开博客，还上了电视，漂漂亮亮地活着。这个川妹子最有影响的作品是在鼓上跳的一段舞，名叫《鼓舞》。

59 岁的李银珍大娘再也没有回过北川，那是个她不愿意去的地方。老伴儿的性命丢在那里，连一张相片都没带出来，而她截掉了左臂。这位嫁给了一个炊事员后，就没做过饭的老太太，现在自己开起了灶。她有儿子，但她说：“我自己努力，不想依靠别人。”

带着腿里的钢板，30 岁的司机范安旭在家耐心地养伤。百无聊赖的时候他就盯着电视看节目，这台外壳伤痕累累的电视机，是地震 100 天后从废墟里掏出来的。接通电源，电视台的欢声笑语照常传出。可看电视的人大都不在了。他背着父母的骨灰爬过大山，把两位老人合葬在老家的麻窝山上，墓碑上刻着：“两老死于 2008 年 5 月 12 日 14：28”。

范安旭的同学尤涛也必须面对而立之年的这场磨难。母亲、妻子和尚未满月的儿子遇难之后，他截去了左腿，与父亲相依为命。经营了 18 年的农机配件店埋葬在一场泥石流里，留下的只有一笔欠款。他盘算着新县城建起来后再做点儿生意，毕竟要面对生活。

在板房社区，36 岁的残疾人张孝全与人合伙开了一家只有 10 台电脑的网吧，生意兴隆。

室内设计专业的大学生甘瞿霞，原本在 2008 年 5 月 18 日要参加北川县的公务员考试。为了保命，她的左脚脚掌剪掉了一半。哭过一场后，她打算改做一名设计师，这样就无须东奔西跑了。她还想在茫茫人海中找到逃命时背过自己的那个山村男孩，即使只知道他的外号—“米缸”。

在青川，诞生了一句“灾区最动人的标语”，人们将它张贴在很多显而易见的场合：“有手有脚有条命，天大的困难能战胜”。

在成都，著名画家周春芽发起的“五彩基金”，教一些地震致残的孩子绘画，还为他们办了作品展。有一件作品的名字令人心动，就叫《站起来》。

站起来，这里没有什么与众不同的故事，在同一场灾难过后，人们的遭遇大同小异，都遵循着跌倒后的本能，疗伤，积蓄，然后发力，爬起来，坐起来，站起来。

遍地都是站起来的故事。甚至不用走进唐家山的深处，在灾区的公路两侧就会发现，最熟悉的风景是沙子、红砖、木材、水泥，以及正在垒起的房子。这一次，人们铆足了劲儿，让以后的生活更能抗震，更加牢靠。

刊发日期：2009 年 5 月 10 日

艾滋病咨询员：不能承受的心理之重

□ 张文凌　梁　苹

【记者简介】张文凌，主任记者，从事新闻工作16年，曾获全国法制好新闻、金鼎新闻奖、中国残疾人事业好新闻等奖项。代表作品：《云南烟农生存状况调查》、《仇和新政》，《云南大姚救灾款是否被截留挪用》、《从死刑到无罪——看一起错案是如何发生的》、《云南孟连警民冲突调查》、《170万神警缉捕马加爵》、《真相不能“躲猫猫”》、《普洱茶价格疯涨摘茶如摘人民币》等。

长期关注毒品、艾滋病问题。曾多次前往“金三角”地区和老挝、缅甸等国家采访毒品及罂粟替代种植情况。代表作：《探访金三角今日变局》、《用甘蔗驱逐罂粟》、《云南戒毒所告别监狱式管理》、《农民工不是艾滋病“高危人群”》、《大量合法药物正被用于制造毒品》、《一个禁毒官员眼中的“金三角真相”》、《防止艾滋病，媒体如何承担责任》、《艾滋病咨询员：不能承受的心理之重》等。

豆子做咨询员一年多了，在这一年多里，她接待的300多名求询者让她仿佛阅尽了人间的悲欢离合，巨大的精神压力使她不得不依赖安眠药才能入睡。

“2008年5月，四川汶川发生了大地震，疾控中心决定派人到抗震前线救灾。我是第一个报名参加的女医务人员。有人问我，你背得动45公斤重的喷雾器吗？我说，45公斤重的喷雾器能比我心理的压力更重吗？我想去抗震救灾，卸掉咨询工作的心理压力，哪怕只是短短的几天。可惜，我没有被批准。”

豆子的话让人无言以对。

在云南，有3000多人从事着和豆子一样的工作：艾滋病咨询员。他们有的是医务人员，有的是一些特殊人群：性工作者、有10多年吸毒经历者、艾滋病病毒感染者或艾滋病病人。但无论有着怎样的经历，他们都在做着同样的努力：帮助被艾滋病困扰的求询者重建信心，帮助他们坚强而有尊严地活下去。

然而，很少有人知道，长期以来，这些在一线工作的艾滋病咨询员，不仅面临着待遇低、工作繁杂、精神负担重等问题，还因为他们所从事的工作而遭到同事、家人和社会的误解。国家艾滋病专家咨询委员会委员李建华说：“我们关注艾滋病，关注那些可能和已经感染艾滋病病毒的人群，却忘了关注那些为艾滋病防治工作辛勤工作的人们。我们以前很少知道，这样一群人在默默奉献的时候，还承受着巨大的心理压力。他们需要宣泄、理解和支持，需要自我价值的体现，也需要平平常常的生活。”

“1000元可以治好艾滋病吗？”

“姐姐，我出1000元可以治好艾滋病吗？”17岁的小花天真地问李曼，李曼愕然地半天说不出一句话。

李曼是妇女健康活动中心的咨询员，针对性工作者进行艾滋病预防和治疗的行为干预是她的工作之一。在一次大规模筛查中，李曼见到了“属于低档次站桩一类”的性工作者小花。

这名来自贵州贫困山区的女孩儿，14岁时被逼嫁给自己的表哥，因生下一个残疾男婴而被赶出家门，被同乡诱拐到云南从事性工作。在这里，老板把客人带来，钱由老板收，工资由老板保管。老板告诉她，来月经接客可以止痛，得了尖锐湿疣用刀片刮，用烟灰来止血，是否用安全套，由客人决定。小花向李曼述说自己的遭遇时，一直在哭，伤心地连说话都结结巴巴。小花不仅感染了艾滋病病毒，还患有其他一些性病，但她对这些病的危害一无所知。

在李曼等人的帮助下，小花逃了出来，在一个小镇上接受治疗，并且有了一份工作。因为没有文化，她不知道艾滋病会给她的生活带来怎样的改变，她只想着多挣些钱给远在贵州山区的残疾儿子。直到今天，李曼对她的咨询还在继续。

“我总会不由自主地走进她们的世界，并希望自己有超凡的能力，这让我的身心很累很累。”李曼说：“眼看着一个个弱小的姐妹先后离开人世，我总在想，她们去了哪里，以什么样的形态存在于什么样的空间?”

与李曼一样从事咨询工作的凤洁也有同样的感受：“她们的病是我心里永远的痛。”

凤洁是一名有过吸毒经历的女性，借助戒毒药品“美沙酮”的帮助，她彻底远离了毒品，2006 年，她注册了自己的“浴火工作室”，专门帮助那些女性性工作者。

在凤洁帮助的人群中，有 9 人先后发病离开人世，她们中只有两个人死在病床上，其他有的死在厕所里，有的死在路边田间，每次都是凤洁给火化场打电话，殡葬人员过来时，总是脸色阴沉，眼露厌恶，并且不断地诅咒。

“普通人去世，可以得到一个黑色的装尸袋，而她们只能被小小的塑料袋草草裹起来，然后扔到车里。”凤洁说：“到了火化场，我央求他们，能不能给她们化化妆，换件衣服。他们总用鄙视的眼神拒绝我。我说，我来做，我不怕。但是他们根本不理我的请求。火化场的焚烧炉有两种规格：一种是 660 元的，喷洒的是气体，身体化成骨灰时，是平平整整的一片，很干净很完整。可是我的姐妹们却只能进入廉价的的焚烧炉内，被喷洒上焦油，不停地来回翻滚，鼓风机发出巨大的声响，把烧化的骨灰吹得漫天飞舞。那个时候，我觉得我的耳鼓膜都要破了。”

一个叫灵巧的女孩临终前对凤洁说，死后想和妈妈待在一起。“只要用一个小盒子或矿泉水瓶装上一小捧骨灰，在妈妈的坟前，挖一个小洞，把我放进去，就可以了。”在火化场，凤洁哀求殡葬工人给一烟盒骨灰，可工人冷冷地说：“艾滋病，还想去传染别人？别浪费土地了。”在凤洁的再三哀求下，工人终于说：“100 元一烟盒，200 元两烟盒。要多少，你看着办。”凤洁递给他 100 元，从他手里接过一个裂着大口子的装着骨灰粉末的塑料袋，而那些粉末正哗哗地往地上漏。

“在我的姐妹眼中，死亡是‘寒冷、无助、孤魂’。她们中很多人生前被人唾弃和歧视，死后也得不到家人和社会的宽恕和谅解，这是人世间最悲哀的事。”说这话时，凤洁的眼睛一片迷茫。

这些年来，凤洁穿 10 元的 T 恤，30 元的球鞋，不断用自己的积蓄帮助那些孤苦的姐妹。尽管常常入不敷出，常常陷入困境，凤洁依然为了“浴火”的生存苦苦支撑着，这是她拯救别人也是拯救自己的救命稻草。“我不愿把‘浴火’弄成一个宣传有关部门政绩的地方，我得保护我的小姐妹们，艾滋病患者不应该成为秀场的玩偶或谈资。”

在“浴火工作室”的墙上，有这样几句话：“在很多人眼里，我们是一群卑微的异类，可我们知道自己依然有价值。我们犯过错，但依然怀有做人的良心，拥有被尊重的权利。我们期待理解，但不需要怜悯；我们期待支持，但不需要施舍。我们是一群受伤的凤凰，我们经历过或正在经历着难以言说的苦难，即使命运不再眷顾我们，我们依然对生命怀有热切的期待。我们渴望经过浴火般的历练，成为涅磐的凤凰。”

纯净的校园也抵挡不了 HIV

一名年轻人怯生生地走进咨询室，看着他那躲躲闪闪的目光，咨询员邱峰打破常规，直接问他是不是学生。年轻人惊讶地点点头。

他吞吞吐吐地说："最近，我长时间地拉肚子，体重急剧下降，我怀疑自己得了传染病。"

邱峰知道，来咨询室的人，很少有人主动提到艾滋病。他问："在学校，学习过艾滋病的传播途径和防护知识吗？"令邱峰意外的是，年轻人对此很清楚，但却"认为学生不接触社会，总体上很"干净""。

这名大学生在学校有几个固定的性伙伴，因为认为学生不大与社会来往，不会有传染病，所以从不采取防护措施。当检测出 HIV 抗体为阳性时，年轻的大学生痛哭流涕。

而另一名 23 岁的大四学生也面临了同样的遭遇。这名身高 1. 8 米、担任学校篮球队队员的大学生是一名男男性行为者，在学校有几个性伙伴，他们之间从不使用安全套。当看到自己的 HIV 抗体检测是阳性时，他一下子昏倒在地。幸运的是，与他有过性关系的 6 名大学生"同志"经过检测，结果都是 HIV 抗体阴性。这名大学生不久后因为冲凉感冒导致感染不幸去世。他有一位坚强而宽容的母亲，从获悉病情到儿子去世，她都没有松开握着儿子的手。因为母爱的无私，这名大学生没有感到太多的压力和孤独。

"学生是一个容易被忽略的群体。由于在学校得不到系统完善的性教育，不少学生对性传播疾病的认识肤浅。学生群体的高危行为是一个亟须重视的问题。"作为一名医生和母亲，雅丹在工作中常常有种心惊肉跳的感觉，看着被感染的人群中越来越多的年轻面孔，雅丹觉得自己的心很痛。

一天，雅丹的咨询室里走进一个年轻人。他告诉雅丹，高中时，他就有了性生活史，到大学毕业，已经有过 10 个以上的性伴侣。每次，他都很注意保护自己，但有一次他和一个在酒吧里认识的女孩做爱时，没戴安全套，之后便出现了一些感染症状。当他的 HIV 抗体检测为阳性时，男孩瘫坐在地上，他哭着说："我的学习成绩一直很好，我正准备考研究生，想去北京念书。现在一切都没意义了，我没脸再见父母了。”之后，他又来找过雅丹几次，每来一次，人都瘦一圈。最后一次他是来向雅丹告别的。他说：“我要去赚很多钱给我的父母，用来弥补我的罪过。”

看着和自己儿子年龄差不多的这名男孩，雅丹心如刀割。她决定通过 QQ 视频给在外读大学的儿子和宿舍里的男生做一次艾滋病防治的专门教育。令她吃惊的是，聊天中，男生们居然问了一些很无知的问题。“我们的许多父母还不知道，家庭教育或者性教育是帮助下一代远离艾滋病的最有效办法。在这方面，政府和学校所做的工作还远远不够。”她说：“如著名防治艾滋病专家桂希恩所说，我们提出在大学设置安全套自动售卖机，提出给吸毒者提供一次性注射器，只是出于安全防护的考虑，并不代表认同其行为。”

“我一边鼓励着同伴，一边又不断地动摇”

每天早晨 8 点，伊穆都会准时走进办公室，泡上一杯热腾腾的绿茶，然后开始一天的工作。此外，他还在电台主持着一档节目，为 HIV 感染者提供心理支持。

伊穆自己也是一名 HIV 感染者，他是因吸毒感染上的。戒毒后他在戒毒中心的积极工作和突出贡献，使他成了艾滋病患者中的一名代表，受到许多领导和外国官员的接见，参加过各种大型活动，不少人把他当作知己、老师，给他写信、打电话。

2008 年 3 月，伊穆患上了急性肺炎，被送往医院治疗。“一下子，我身上所有的光环、荣誉，都显得虚无缥缈、无足轻重，我连 5000 多元的医疗费都拿不出来。躺在病床上，我又一次感到深深的绝望。我不知道，下一次如果遇到更严重、更残酷的感染或并发症，我该拿什么来面对？”

伊穆的月收入只有 700 元，这是一个感染者在防治艾滋病的非政府组织工作所能得到的平均收入水平。虽然他尽心帮助着那些和他一样的感染者，但他自身的保障却没有得到太多关注。每月的工资，除去房租所剩无几。他有一个女朋友，也是感染者，但她的工资比伊穆高很多，他们的生活主要依靠她。“我们不敢奢望结婚，也不敢憧憬未来，这种没有物质保障的生活，与精神上的巨大满足形成了强烈的反差。”

“其实在做 VCT（艾滋病自愿咨询检测）工作中，我一边鼓励着和我一样的同伴，一边自己又在不断地动摇，有时候自己说出的话自己都不相信。”伊穆说，当一个人被查出感染了艾滋病时，VCT 是他黑夜里的一盏明灯。但是，一个人要想在社会上生存下去，仅有奉献精神是不够的，他还需要生存的阳光和泉水。一个有着良好社会背景和工作岗位的感染者，是不会自愿加入到防治工作中来的，虽然在这里，他可以得到心灵上的慰藉，但和他所拥有的社会地位相比，这一切显得太微不足道了。

和伊穆一样，人到中年的燕子也常常在忍受着这种无法诉说的煎熬。

燕子是通过丈夫感染上艾滋病病毒的，可是她没有埋怨丈夫，她的父母兄弟也没有嫌弃她，她的妹妹和妹夫不仅承担起养育她女儿的任务，还在国家“四免一关怀”政策没出台前承担了他们夫妇两人每月 6000 多元的药费。在家庭的支持下，燕子成了一个非政府组织里的艾滋病咨询员。这几年，她不停地奔走在一个又一个医院，帮病人擦拭身体、洗头、换衣、伺候大小便，把自己的爱传递给那些和她一样深陷痛苦的人。

尽管燕子用阳光般的笑容对待着病友，可心里却时常泪水翻涌。她一直对 11 岁的女儿瞒着自己的病情，不想让女儿承受她的痛苦和绝望。无忧无虑的女儿总是在夜里抱着枕头跑到她的床上和她睡在一起，燕子问她：“你那么大了，还和妈妈睡一起，你到底要睡多久？”女儿不假思索地说：“睡一辈子。”燕子说：“如果妈妈死了呢？”女儿说：“那我就抱着妈妈的骨灰盒一起睡。”

“我一直觉得自己是个双面人，我看不清哪个是真正的自己。得病以后，我渐渐和以前的朋友断了联系，我害怕他们知道我的病。我的生活圈子越来越小。在病友面前，我要把乐观向上的生活态度传递给他们，并随时接收他们倾倒的心灵垃圾；在家人面前，我要强打精神，以免他们担心。我很想像一个麻疹或心脏病患者那样活着，即便生活有痛苦，那也是平凡的普通人的痛苦，不至于视为异类，不至于被孤立和歧视。”燕子说。

最大的不幸是孤独

医生施兆芸面前坐着一对来自边远山区的年轻夫妇，妻子在怀第二胎产检时发现是 HIV 感染者，妊娠终止。这次，她带来了丈夫和 3 岁的孩子一起来做检测，当得知丈夫和孩子的 HIV 抗体检测也是阳性时，施兆芸看见，含泪的妻子轻轻拉着丈夫的手说：“这样也好，省得谁先走了都伤心，我们开心地过好我们的日子就行了。”

“那一刻，我真想流泪，不知道是为她的坚强、她的爱，还是她的无奈和无助。”施兆芸说。

“艾滋病带来的强大破坏力远远超出了公共卫生专家和社会学家的预计。”在艾滋病咨询员这个岗位多年的他听到过太多的哭泣，而哭泣的背后是众多被疾病折磨的家庭。

医生黄亚萍的咨询室里曾来过一个美丽的女人，她在孕期检查时，检查出 HIV 抗体呈阳性。在做了母婴阻断后，孩子健康出生。可是丈夫一直不能忍受，天天吵架要求离婚。在黄亚萍的帮助下，女人进入了一个专门为艾滋病病毒感染者提供心理支持的机构，和同伴们在一起，她慢慢变得开心乐观起来。可是有一天，她和丈夫发生争执后，在路上与一辆大货车相撞，没有挣扎，没有呻吟，她倒在血泊中。她所做的最后一件事，就是在两车相撞的一瞬间，将身上的孩子远远抛开。孩子大声地啼哭着，满脸是血。

咨询员燕子曾帮助过一个病友，每次他都是一个人来医院打针，

8 个月里从没有亲朋好友陪伴和探望，他也从不对燕子谈论自己，总是与燕子客气地保持着距离。直到他奄奄一息、卧床不起的时候，他的妻子才终于出现。燕子建议她把丈夫转到云南省艾滋病关爱中心接受更专业的治疗，可是话没说完，这个漂亮的女人就打断了她："我们一家，无论如何不会让人知道他得了艾滋病，宁可死，也不会。"

几个月后，燕子接到这位妻子的电话，她说，丈夫已经走了，她恨他，因为他把病毒也传染给了她，但是，她还是放不下他，所以一直陪他走到生命的最后，现在，轮到她自己等待时间作出"最后的审判"了。

燕子黯然神伤："他的病其实并不重，完全可以控制住。疾病最大的不幸是孤独，如果说艾滋病病毒感染者对活着失去信心，不如说他们是害怕失去人间平等的权利与关爱。"

刊发日期：2009 年 1 月 14 日

赌球大案与一个家庭的命运变迁

□ 叶铁桥

失踪

黄海明失踪了。

他失踪得很突然，没有留下任何口信、字条，也没有打过任何电话，甚至连一件衣服都没带走，就突然不见了。

这一天是 2009 年 5 月 25 日，距离他 2 月 15 日举办婚礼才 99 天。距他即将到来的 30 岁生日，也只有短短 57 天。

按说他没有任何失踪的理由，新婚燕尔，生活富足。失踪之前，还在父母开的店里上班。

最先发现他失踪的是他的妻子小凡。

当天中午，小凡打电话给黄海明，语音提示关机。她隐隐觉得出了问题，因为丈夫的手机从不关机。到了晚上，黄海明没回家，手机仍然关机，她基本确定出事了。

“那天晚上我一整晚都没睡着。”小凡说她心急如焚。

这一天，黄海明本应该去湖南省湘潭县中医院看他的妈妈刘桂芳，55 岁的老人摔伤了脚，小凡陪着她住院。刘桂芳给黄海明打电话，也是关机。

到了第二天，小凡仍不敢告诉婆婆黄海明失踪的事，“婆婆心思太重”，她只告诉了公公黄学华。

两天后，家里人觉得再也瞒不住了，才告诉了刘桂芳。刘桂芳说，那一刻觉得天旋地转。

最先想到的自然是绑架。5 月 26 日下午，一家人去派出所报了案。

风言风语也开始多了起来，有人试图让小凡相信，自己新婚的丈夫可能是跟别的女人跑了。

在报警的同时，黄学华四处打探，想看儿子是否与别人发生过经济纠纷，结果一打听不要紧，各路消息传来，黄海明竟然欠下了七八十万元的巨额债务！其中一笔 5 万元的高利贷，月息高达 16 分。

“肯定是被绑架了，因为他还不起高利贷。”心急如焚的一家人觉得只有这种可能性。

但他们不明白的是，黄海明为什么会需要这么大数额的贷款？

“我们家境不差。”刘桂芳说，家里一直做啤酒批发生意，在湘潭有门市房，在湘潭县城还参股了一家酒店。儿子结婚后，老两口给小两口买了房。而且儿媳妇的家境也不错。

“他还跟着我们一起做生意呢。”黄学华说，黄海明长期在自己身边，没看到有什么地方需要钱，怎么蹊跷地借了这么多笔巨债？

找人

报案以后，警方刚开始也没什么线索。

黄学华一家发了疯似的到处找人问，在湘潭的大街小巷里找，几天后，毫无结果。

6 月初的一天，滂沱大雨让整个城市都笼罩在茫茫水汽中。傍晚，一家人一无所获地奔波了一天，在市区的建新广场碰头，几近绝望的黄学华突然扔掉雨伞，跪在雨中撕心裂肺地喊：“儿啊，你回来啊！回来啊！”

刘桂芳也多次想寻死："儿子都没有了，我活着还有什么意思?!"

她说，全家人最不能接受的还在于验尸。

由于黄海明是无端失踪的，所以公安部门发现了与黄海明体形外貌特征相似的尸体，就会通知他们家。

有一次，公安部门通知说湘潭某个地方出现一具男尸，黄海明的姐姐去验尸了，老两口在家里悲痛欲绝，晕死过去。

在找人的过程中，突然有人找到黄学华家，这个人自称是阿敏，黄海明的高中同学，来的目的是要钱：原来，黄海明在赌球，欠了阿敏35万元的赌债没还。

全家人这才明白过来，黄海明欠巨债是因为赌球!

而这个时候，公安部门也有了信息：黄海明的银行账户在他失踪期间有过动静，取过钱，是在珠海的一家银行里。

6月的第一次珠海之行以失败而告终，当时去的是刘桂芳和她的弟弟，还有两个警察，几个人在取钱的那家银行附近转了几天后无功而返。

回来后，他们再次通过公安部门，运用技术手段，锁定了黄海明的手机，并且弄到了这个手机上的新号码。他们委托上海的一个朋友，假装是汽车经销商，以推销汽车的名义给这个号码打通了电话。

结果一听声音，他们确定正是黄海明。

7月初，刘桂芳和她的弟弟及小凡等人再次赶赴珠海寻人。

这一次，他们在那家银行等了整整两天，终于在7月10日等来了让他们牵肠挂肚近两个月的黄海明。

黄海明对他们的出现极为惊讶，但他没有说话，低着头，面无表情。

刘桂芳也没有说话，因为她早已泣不成声。

小凡在来之前，一肚子怨气，本来还想打黄海明一顿，但看到丈夫之后，心肠突然软了下来，也没有说话，“我在努力忍着让自己不哭。”

赌球

让黄学华和刘桂芳想不通的是，儿子明明就在自己身边，从来没有看到有什么异常举动，怎么就干了件这么惊天动地的事？

黄海明的岳母也觉得不可思议，“这个孩子平时挺老实的啊！”

小凡也说，自己从来没有看到过黄海明赌过球，至今不明白他什么时候开始赌的，为什么能酿成这么大的祸。

“我第一次赌球是在 2008 年的欧洲杯上。”黄海明说。他脸庞圆圆的，看起来仍然像个大男孩。

2008 年 6 月 8 日至 6 月 30 日，简称欧洲杯的欧洲足球锦标赛在奥地利和瑞士举行。

“那时候赌球的人很多。”黄海明说，有一次他在外面与一群朋友喝茶，其中有人在赌，他并不爱好足球，但一时心血来潮，刚好当晚有荷兰队比赛，他说，要不你也帮我来 500？

第二天，这个朋友打来电话，说他赢了，“赢了 460 多元钱”。

他开始心痒痒了，决定继续投入，但他自己在赌博网站上没有账号，都是打电话让朋友帮忙投。

“那时候就是玩一下，玩得很小，最多一场也就五六千元钱。”说起往事，他一脸满不在乎的表情。

整个欧洲杯下来，他投入的两万多元钱只剩下了几千元。“这没什么，平时打点小牌，输赢也会有几百上千元。”

欧洲杯结束以后，黄海明没有继续再赌，但一次与高中同学阿敏的偶遇改变了这一切。

这次见面出现在他婚后不久的 2 月 28 日。他也知道阿敏在赌球，而且传言赢了不少钱。这一次，阿敏给了他一个账号，每天最高赌金可达 10 万元。

这10万元是授信，也就是说，黄海明可以头天拿10万元赌，赢了第二天有进账，输了也是第二天才掏钱。

这次赌的不是他没兴趣的足球，而是他自认为研究颇深的篮球——美国的职业男篮联赛NBA。

3月6日，从香港度完蜜月回来的黄海明开始操作这个账号。此时他不知道，自己已身陷6亿元的赌球大案中。

一开始投入不大，但第一个星期后，他赢了7000多元。

黄海明说，慢慢地，他投入的赌资越来越大，到了4月初，好运仍在继续，账号里赢的钱差不多有35万元。“最多的一天，我赢了64000元”。

“赢了这么多钱，自然很高兴，阿敏说，你对这个东西比较有研究，看得准。”黄海明说，他也觉得自己能靠这个挣钱。

他到银行去查过，看到那么长一串数字，觉得真爽。“钱多了以后，觉得一切都无所谓了”。

接下来，他每天招呼朋友出去吃饭、唱歌，“用几万元都觉得无所谓，现在没有以后赢得到嘛！”

但他即使赢了这么大一笔，也没有告诉其他人，甚至连自己的妻子也没说。他每天趁妻子上网的间隙赌球，被妻子看到了，他就辩解说了解一下NBA各队的详细情况。“我老婆没有看出什么异样，我在父母面前也隐藏得比较深”。

有了钱以后，他就不想正经做生意了，“那个来钱太慢，赌球以后，我对做其他任何事都没了心情。”

4月下旬，黄海明的一个朋友从北京学习归来，据说他回来后的第一个星期就赢了25万元。黄海明心想，他赢得那么快，就因为他的账户大，有20万的授信，他于是找阿敏也要了个20万元的账户，想要开始挣大钱。

借贷

黄海明的第一笔亏空出现在 5 月，当时，他每天投入的金额都要见顶——20 万元。

但好运似乎已经不在他这边，赢来的 30 多万元没多久就吐个精光。

黄海明隐隐觉得出现了危险，但“人已经进入了那个状态，非常痴迷，总认为自己对这个东西有研究，看得准，考虑的只是一时失手，心想肯定还能赢回来。”

接下来还是输，他手头又没钱，怎么办？黄海明终于走出了这一步：把家里的店面房抵押给银行，从银行贷款 20 万元。但很快，这 20 万元也输光了。

黄海明说，那段时间晚上总睡不着觉，人输钱了以后，反应很慢，但就是像吸了毒一样，干其他的事都没有心情了。看球的心情也不一样，以前不赌球，看个开心，现在买了球，如果谁发挥不好，就很暴躁，心想，要是那个球员站在我面前，我就一枪毙了他。

他突然发现自己想缩手，也缩不回来了，“输了老是想赢回来，况且这 20 万元没了，拿什么去补?”

借钱不能找熟人借，实在没办法，他想到了高利贷。先借了 5 万元，月息 16 分，拿到手要先扣除第一个月的利息，才 4. 2 万元，这无疑是杯水车薪，没两天，他又欠了 30 万元。

这一次，走投无路的他只好向父亲的一个朋友开了口，这个朋友低息借给了他 30 万元。

在这个月，黄海明前后给阿敏汇去了 50 万元现金。

5 月中旬，黄海明已经身无分文。又过了两天，他的亏空已经达到了账号的顶值 20 万元。他向阿敏辩解说，自己的钱还没到账，过两天再付。阿敏继续保留了他的账号，但几天后，这个账号亏空 35 万元。

黄海明还想翻本，继续投注，但当他准备继续赌球的时候却发现账号已经被封了。

这个时候，他觉得自己真的完了。

出逃

阿敏催债的电话接二连三。刘桂芳说，他们看了黄海明的电话详单，发现就在黄出逃前，他和阿敏的电话通话每天有七八通之多。

5月25日，如坐针毡的黄海明决定出逃："我听说有借高利贷还不上被砍的。保命要紧。"

为什么当时不告诉父母或妻子，难道不知道家里会急成什么样吗？黄海明深吸了一口烟，辩解道："当时都不想活了，还管得了这么多?"

他想着，如果挣着钱就回来，如果没挣到钱，就不回来了。

25日上午11点，他只身跑到湘潭长途汽车站，随身仅带着一个装着钱包的小包。坐车到长沙后他没有停留，当晚即飞到了广州。他在广州白云机场旁边的旅社找了个80元一晚的单间住了一晚，但整夜未眠，心想广州的熟人太多，得去一个人生地不熟的城市。

第二天，他坐大巴到了珠海。

这时候，他的银行卡还剩有几千元。他在珠海的拱北区租了一间房子，月租1200元。他想着找工作，先是送盒饭，试用期月薪800元，但干了两天他就不干了，"来钱太慢，房租还1200元呢。"接下来又找了份送水的工作，还是干不来，因为在家里养尊处优惯了，哪里背得起那些大桶水。

此后，他还应聘过保安、出租车司机，但都是一试辄止。

接下来的日子，他开始每日在街上游荡，卡上的钱很快花光，他不得不把结婚戒指和金项链都当了，金项链1万多元买的，只当了1000多元。

等到家人找到他的时候，他已经连吃碗面条的钱都没有了。

实在走投无路的时候，他还想到过轻生。

回到租住的房子里，他有时会以头砸墙，觉得对不起父母，“最对不起的就是我老婆，才跟我结婚3个多月，我就跑了。”

还钱

刘桂芳至今认为不幸中的万幸是，在儿子走投无路前找到了他。

借高利贷那些钱，全家想办法还了，其中还包括卖房子的钱。老两口140平方米的房子只卖了26.8万元，“卖得急就卖不起价。”

黄海明赌球，前后才两个多月，除了借的那55万元外，全家为了找他各方打点，又花了10多万元，算下来，一共亏空七八十万元。

本以为可以颐养天年的刘桂芳，又开始重新上岗，在自己入股的酒店里做采购，每个月有1300元的额外收入。

在她看来，在她近一个甲子的人生中，这是最大的一次打击。

她对赌球集团恨得咬牙切齿：“搞赌球的老板好毒，不怕你家破人亡，不怕你倾家荡产。”

直到最近，湘潭警方打击赌球，多个赌球团伙覆灭，黄海明才敢出来做事。

但刘桂芳仍然接到了阿敏的催债电话：“10月底打过两次，11月又打了一次。”

“我们家差点几条命都没了，你还找我要钱。”刘桂芳在电话里对阿敏吼道，“你去找公安局要钱吧！”

他们家每个人无一例外地说，政府一定要加大对赌球的打击力度。“你一定要写上这样一句：我们请求政府加大打击力度，彻底摧毁赌球集团。不然的话，不知道还会有多少家庭出事，这个社会也会因此乱套！”黄学华一脸严肃地说。

（应采访对象要求，本文中所涉及人名皆为化名）

刊发日期：2009年12月7日

湖南百名风钻农民工深圳维权记

□刘　芳

再次回到深圳的徐志辉发现，当年他引以为傲的高楼大厦，现在成了卡在喉咙的骨头。

徐志辉从家乡湖南省耒阳市导子乡到深圳打工当风钻工，闯荡几年挣了钱。然而，这份收入不错的工作，却让他得上了尘肺病。2003 年，他开始咳嗽，治好后没过多久，咳嗽和发烧并发，再后来，连上楼梯都费力。

尘肺病成了和徐志辉一样曾在深圳干风钻工的百余名同乡共同的噩梦。近 4 个月来，徐志辉和几个老乡为了讨说法申请赔偿，在深圳四处奔走。

天天加满班，一个月挣了 1 万元

徐术忠今年（2009 年）35 岁，正该身强力壮的他，胳膊和腿细得离谱儿。几年前他的体重还有 60 公斤，现在只有 30 多公斤。用“骨瘦如柴”这 4 个字来形容，一点也不过分。

住进深圳市职业病医院后，徐术忠的病床边就放了一个超大的氧气瓶，昼夜供氧。实在吸累了，徐术忠就趴在枕头上休息，但不一会儿，他的肺部就会传出浓重的呼气声，头重得抬不起来。

和他同一个病室的徐瑞乃的情况更不乐观。徐瑞乃 43 岁，呼吸很痛苦，像哮喘发作一样难受。

在徐瑞乃的胸片图上，可以清晰地看到他的两个肺布满了白色的点，密集成一张网。以后，这些点会聚集成一块块硬的疤痕，他的肺会像石头一样硬。

1990 年，徐瑞乃跟着弟弟徐瑞宝从老家导子乡双喜村到深圳当风钻工。当年，500 元对于湖南农村的人家还是一笔巨款，但在深圳，在工地上干一天的风钻工，就可以得到这笔钱。

他们干的活儿，就是在深达几十米的花岗岩地下层面，用钻炮眼的方式爆破形成巨大的桩孔，用来灌注水泥打地基。

徐瑞乃兄弟俩开始是两个人一起打一个洞。在井下开工时，弥漫的尘土经常遮挡住视线，兄弟俩基本靠默契作业。后来改良了生产方式，他们才变成单独作业，但尘土弥漫的工作环境依然没变。

高收入激发了他们的工作热情。风钻工是按照工作的土石方数量发工钱的，一般 1 个人一天能干 10 立方米，1 个月满打满算能加 48 个小时的班。有的人为了多挣钱，加到 50 个小时的班。徐瑞宝现在还记得，有一个月他天天加满班，一个月就挣了 1 万元。

不是有特别好的亲戚朋友，他们一般还不会介绍这种“好工作”。也就是以这种带亲戚带朋友的方式，从那时开始，导子乡村民陆陆续续来深圳当风钻工。仅徐瑞宝知道的就有 200 多人。“深圳的风钻工市场是被耒阳垄断的”。

“如果知道干这个活儿有这么大的风险，说什么也不能干了”

干了多年风钻工后，徐瑞乃的病在 2000 年显露。

“咳嗽，发烧，连上楼梯都费力。不能闻油烟味，连空调发出的气味都不敢闻，我哥后来每走三步路就要停下来喘喘气。”徐瑞宝说。

只干了 4 年风钻工的徐术忠，2000 年结束打工生活回家结婚，2001 年就开始患病，2009 年，他的儿子才两岁。

徐志辉说："如果知道干这个活儿有这么大的风险，说什么也不能干了。可当时并不知道，而且觉得这病比起那些在流水线上打工造成的断手断指要好多了。"

收入高让大家忽略了看不到的风险，徐志辉说："我们唯一的防护是戴防尘口罩，口罩戴烂了才换，一般最少戴一个月。有的口罩烂了，粘起来还继续用。"

徐志辉开始以为自己得了"肺结核"，到处求医问药，仍不见好转。

就在徐志辉发病后的第二年，他见证了同乡徐一龙的死亡。

2004 年 11 月 7 日，四处求医不得的徐一龙在地上滚了 3 个多小时，掐住自己的脖子，放开，又掐住，再放开，最后窒息而死。

徐志辉想起，当年和他一起闯深圳的徐龙古也是这样去世的。"从 2000 年算起，仅导子乡一个地方，就有 10 多人这样离世了。"徐志辉说。

4 个月间，百余名风钻农民工到深圳讨说法

2009 年 4 月，徐志辉听说徐瑞宝找到以前做事的爆破公司讨回了看病的第一期费用 10 万元，他也想找自己所在的爆破公司要说法。但得到的答复是，当年他已拿了工资，追讨补偿一事不在讨论范围。爆破公司根本不认账。

消息不断传到耒阳，从 5 月开始，湖南耒阳的百余名风钻民工陆续来到深圳讨说法。

徐志辉的几个老乡也随他一起到深圳。他们前前后后跑了华西、恒坤、和利等几家曾经工作过的爆破公司，但公司并不认可他们的劳动关系。如果劳动关系不被认定，就无法对该病是不是职业病做出最终鉴定。

从那时到现在，从耒阳到深圳，他们前后跑了 5 趟。第一次是做职业病鉴定。之后又来复检，复检后拿结果又去了一趟。为了讨

说法，徐志辉干脆在深圳找了一家叫二杨马店的十元店里住下，开始维权。

到2009年6月初，徐志辉的耒阳老乡共有170余人在深圳市职业病防治院做了检查。正当他们6月12日去医院要结果时，被告知，6月1日前检查的结果都出来了，6月15日可取。然而，15日前，他们就被家乡的人告知，深圳市职业病防治院已经将一份体检结果名单传真到了乡政府。

徐瑞宝交给记者一份《2009年5月22日~6月3日湖南耒阳籍劳务工健康检查资料汇总》，“这里包括150名在深圳市职业病防治院做过检查的耒阳籍民工，其中大部分是导子乡村民”。

记者翻看这些资料计算后得知，他们都患有尘肺病，其中有10人是Ⅲ期带一个加号，23人是Ⅲ期，13人是Ⅱ期带一个加号，9人是Ⅱ期，其余的是Ⅰ期。

徐志辉告诉记者，粉尘造成的尘肺病的病理改变是一种纤维化的改变。每隔数年病情还要升级，合并感染，最后患肺心病、呼吸衰竭而死亡。

记者带着这份名单前往深圳市职业病防治院采访，该院综合业务科主任罗孝文说，尘肺病的发病率在我国目前是排名第一的职业病，而且治好的可能性不大。“就好像皮肤上有一块疤痕，你想把疤痕彻底去干净是不可能的”。

健康检查的结果是否就是鉴定结果？徐志辉说，当时这些农民工希望医院出具职业病鉴定结果，但医院解释说，鉴定职业病需要出具劳务关系证明才能进行。对于那份传到导子乡政府的名单，医院并不承认是他们传真的。

徐志辉说，现在他们一边去职业病医院继续寻求鉴定结果，一边与爆破公司协商，同时，开始与深圳市政府交涉，希望政府能向爆破公司施压以利于解决问题。

职业病维权，难在鉴定，难在制度

徐志辉见到记者后反复说的一句话就是，职业病维权，最难的是鉴定。

徐志辉本人因为有高中学历，凭着多年的工作经验，他早已拿到了由深圳市公安局颁发的爆破员作业证。但他说，像他这样拿到这个证件的同乡很少，他们这100多个人中，只有6人有这样的证件。也就是这个证件，成了徐志辉维权的唯一凭证。

罗孝文告诉记者，尘肺病的职业病鉴定是一项系统工程，首先要求医生和医院有资质，在此基础上，经过一段时间才能做出鉴定。患者必须出示由用工单位开具的证明材料，证明患者和用工单位具有劳动合同关系，才能最终被确定为职业病。

罗孝文说，国家明确规定，职业病是企事业单位和个体经济的劳动者在职业经历中，因接触粉尘、有害物质等因素引起的疾病。职业病的形成，环境、人、职业三方面的因素缺一不可。

罗孝文翻开一大摞专业书籍告诉记者，职业健康监护技术规范规定，接触矽尘工龄10年以下，要随访15年；接触超过15年的，随访21年；接触3年以下的，且接触浓度达到国家卫生标准的才可以不随访。

一位参与维权工作的政府人员透露，鉴定难，难在制度。这批风钻工普遍都是在改革开放初期来到深圳打工的，当时的劳动制度并不完善，很多人来打工都没有签订劳动合同，在工地上干了活儿拿了钱就走人了。

事隔多年，要找到当年的劳动依据确实非常困难。如今，为了维权，风钻工们把能证明自己曾经在深圳工作的物件都拿出来了。比如已经去世的徐龙古，其妻在家里的碗柜中找到一张工作证，以此证明他曾在深圳做过风钻工。而更多的人翻箱倒柜也找不出当年在深圳工作的物证。

徐志辉说，后来的维权结果是，哪怕能找到一张暂住证、工地出入证、工资单或者是饭卡都可以，但一来农民没有法律意识，从没有刻意留下这些生活记录；二来湖南的风土习俗是病者死亡后会烧掉遗物；三来，很多民工都抱有“既然已经不在深圳打工了，就把东西全部都烧掉”的态度。

但徐志辉坚持认为，即使没有这些证据，只要查出有尘肺病，这留存在身体内的病痛，为什么就不能做证据呢？

深圳承诺将通过绿色通道特事特办

维权之始，有关协调会认定，有劳动关系的耒阳风钻民工仅寥寥数人。有爆破证的民工被认定有劳动关系，而盖有公章的工作卡却不能证明有劳动关系。

但据徐志辉透露：“深圳市政府的态度是积极的，这一点我们表示认可。”深圳协调处理小组负责人不久后告知他，在赔偿方面，他们已与相关爆破公司进行了联系。对于不能确定劳动关系的情况，深圳市政府表示“将出于人文关怀，给予一定补偿”。“但至于如何补偿，补偿多少，还有一个过程”。

7 月 30 日下午，在深圳市市民中心，深圳市委政法委副书记翟忠泰对徐志辉等人承诺：“只要尘肺病患者能够提供有关部分证据，深圳市劳动部门将通过绿色通道特事特办，都予以确认劳动关系。”

徐志辉算了算，至少有 17 人被确认了劳动关系，另有 14 人可以提供相关依据，剩下更多的人，几乎没有采集到证据，他们又要返回遥远的故乡，从家中寻找希望。

就在本报截稿前，徐志辉接到深圳市政府对耒阳籍农民工尘肺病患者的处置方案：对于有劳务关系的按法律程序申请劳动仲裁；最终确认不了劳务关系的按Ⅰ期尘肺病和死亡人员每人 7 万元、Ⅱ期尘肺病每人 10 万元、Ⅲ期尘肺病每人 13 万元的标准，一次性支付给患病农民工及死亡农民工家属。

徐志辉说，在外人看来，他们目前需要解决的根本性问题是如何挽救自己的生命，而他自己的愿望只是希望能在活着的时候拿到一点补偿，去偿还多年来治病所欠下的巨债。

现在他会经常告诫自己和别人的孩子："你们还年轻，不要去干这个活儿，不要去走父辈的老路。"

刊发日期：2009 年 8 月 10 日

我在现场

新闻因记者在现场而真实，记者因在新闻现场才体现价值。

直击江苏盐城水危机

□李 超 周 凯 李润文

“这水真臭啊……”

“这水真臭啊……”2009年2月21日，江苏省盐城市幸福社区69岁的张博英（化名）告诉记者。

2月20日早上6点多，张博英起床后拧开水龙头时，闻到一股强烈的异味，“有点像医院里的那种味道”。当天，她脸都没敢洗。

每隔半个小时，张博英就会到自来水旁闻闻是否还有异味。接近中午时，她觉得情况不对，就跑到邻居家去问，结果邻居家的自来水也很臭。

和张博英一样，2月20日，家住盐城市盐都区潘黄镇新日月小区的居民李桂花（化名）也是6点多起床，和往常一样准备做早饭，当她拧开水龙头时，闻到一股浓浓的农药味儿。

“刚开始，我以为是自来水公司氯粉放多了，也没在意。可过了一个多小时后，农药味不但没减，反而越来越强烈。”在李桂花用自来水烧开水、煮稀饭、洗衣服时，屋子里弥漫着一股强烈的农药味儿。

上午8点多，李桂花的小舅妈打电话告诉她，自来水厂的朋友说水被污染了，不能喝。

料理完家务，李桂花跑到小区物业管理处，想问问到底是怎么回事。路上，她听到有不少居民在议论此事，有人说是位于水源地盐都区龙冈镇境内的农药船发生翻船事故所致，还有传说是有人故意投毒。

听说要停水好几天，李桂花把家里所有可用的桶和脸盆都装满了水，她说这些水可以用来冲厕所。可是，水放得多了，整个家里就像喷了农药一样，连气儿都喘不过来。

为保险起见，李桂花马上打电话给在乡下的老公，让他从乡下带些桶装水回来，还嘱咐儿媳妇下班时从超市再买些水回来。

2 月20 日上午，由于给市区供水的城西水厂、越河水厂受到挥发酚类化合物污染，江苏省盐城市盐都区、亭湖区、新区、开发区等地区大范围断水，居民生活、工业生产受到不同程度影响。根据盐城市人民政府提供的数字，至少有 20 万居民的生活用水一度中断。

居民们像赶集一样买水

2 月20 日，家住盐城市毓龙路的王益琴一大早就听说盐城西边的城区停水了，虽然家在东区，但她生怕停水会影响过来，赶紧跑到超市买纯净水。

“我跑了 3 家超市，都断货了，最后在一家小超市买到了水。”王益琴说，“可气的是，这家超市还趁机涨价，我前面的人还卖 16 元一箱，轮到我买时已经涨到 20 元，后面还涨到 24 元，前后不过 10 分钟的工夫。”

“大家都一窝蜂地、整箱整箱地买矿泉水或桶装水，囤在家中备用。”在盐城开出租车的李先生有点后悔，当他准备中午在路上捎一箱纯净水回家做饭时，发现很多大超市的纯净水已经断货了。

有居民介绍，2 月20 日当天，纯净水的价格曾经被哄抬到每桶 30 元，当时居民处于恐慌之中，怕停水时间延续太长，很多人不得不购买高价纯净水。

“昨天早上还没开门，就有顾客在外面等着买水，当时我还奇怪呢，后来才知道是自来水出了问题。”一家超市的负责人张跃说，还没等他反应过来，超市库存的7000多瓶矿泉水已经快卖完了。

张跃赶紧电话联系了南通、海安、泰州等地的兄弟超市，调了约1500箱矿泉水。另外，他又与当地的经销商联系，要了500箱。为核实矿泉水的运输情况，张跃每隔几分钟就要打电话确认一下。

为保证市民的纯净水供应，2月20日、21日，盐城市政府紧急从外地调来15万箱纯净水，并要求盐城市区7家最大的商场、超市将营业时间调整为早上6点至晚11点，保证居民能买到纯净水。消防部门也组织消防车辆送水进社区。

何时恢复正常供水尚无答案

陈惠仙的家里买了3箱矿泉水，十几平方米的房间里，地上、桌上，摆满了各种瓶子。"还好没涨价，每瓶还是1元多。"陈惠仙说，喝水还好办，上厕所就麻烦了，没水冲。

记者在盐马街附近见到53岁的吴汉珍时，她穿着深褐色的花布衣裳，拎着两个水桶，到小区前面的商店里去打水。她介绍，为了不让家里的厕所堵塞，大人们上厕所都要跑到离小区不远的公共厕所，小孩子就用方便面的袋子装一下放进垃圾桶。"因为去的人多，现在市中心的很多厕所都关门了。"

2月22日，盐城市委宣传部向媒体通报："盐城市区居民供水安全稳定，居民基本生活用水得到保障；污水带持续下移，取水口污染物浓度仍在下降，今早8时已检测达标；下游防范工作全面展开；违法排污案件深入侦查；没有发现涉水病例，社会继续保持稳定。"

2月21日中午，盐城市区恢复自来水供应，由水源未受污染的城东水厂负责供水。城东水厂的设计供水能力为10万吨/日，目前实际供水量已达12万吨/日，占城市正常供水量的70%。由于目前实际供水量和用水需求量有一定差额，导致供水水压较低，盐城市仍在组织消防车送水到部分学校、医院、居民小区；并组织纯净水、矿泉水货源，确保居民生活用水。

截至记者发稿时，城西水厂何时能恢复正常供水尚无答案。盐城市委宣传部在通报中称：“水利、环保部门分别加强对污水带下移、取水口原水水质的监测，一小时一报。建设部门组织城西水厂保持试生产状态，彻底清洗生产设施，试生产的水不进入供水管网，直接排入河道，加强进出水水质监测。卫生、建设部门迅速研究提出进出水检测规范和技术方案，22 日下午 4 时前报协调小组研究确定，统一执行，确保城西水厂原水和出水‘双达标’，为恢复正常供水创造必备条件。”

刊发日期：2009 年 2 月 23 日

水污染事件是偶然还是必然

□ 李润文　李　超

2009 年 2 月 21 日，记者沿着盐城市盐都区龙冈镇来到盐宝河，这是蟒蛇河上游的主支流之一，在盐宝河沿岸有一个龙冈生态园区。

具有讽刺意味的是，这个生态园区就是一个产生大量有毒物质的化工园区。据了解，在这个生态园区有七到八家化工企业。

尽管这里是盐城市水源的上游，当地政府却一心想在这里建成一个化工园区。

园区内有个牌坊，上面写着：“为投资者服务，让投资者满意。”

记者走访了生态园区的多家化工企业，由于离这儿不远的盐城市标新化工有限公司偷排污水引发水源污染，当地的化工企业都于 2 月 21 日下午接到政府口头通知，要求他们停工并接受环保部门的检查。

记者采访时，多家企业正在忙着整修。工作人员告诉记者，最近政府查得比较严格，环保部门也要抽查。

据盐城市军昌化工有限公司的一个负责人介绍，沿岸的几家化工厂中有几家是当地政府1999年招商引资进来的，由于龙冈化工园区一直没有批下来，他们现在都要从这里搬迁出去。

记者在走访龙冈镇的多家化工企业时了解到，按照当地政府的计划，多家化工企业将于2009年9月底搬迁出去，到盐城地区的下属县级市阜宁、滨海、响水等地兴建工厂，一些厂家对此不满，准备迁到外省市。

盐城科利达化工有限公司副总经理仓定荣告诉记者，他们准备把工厂迁移到阜宁的化工集中园区，那里对化工企业的管理比较专业，安全管理等也比较到位，离居民区也比较远。

据了解，盐城市原有180家化工企业，按照市政府要求，应关闭、搬迁158家，已经关闭、搬迁142家。2009年是化工企业三年整治中的最后一年，还需要关闭近16家，其中包括盐都区的10家化工企业。

为防止企业偷排污水，当地政府在三年前建设了龙冈镇化工园区废水达标改道排放中心，这个排放中心是当地的盐城市百瑞特精化有限公司、盐城市绿叶化工有限公司、盐城市龙升精细化工厂三家化工企业各出资100多万元筹建的。

记者在现场看到，龙冈生态园区的排放中心结构很简单，只有一幢矮办公楼，旁边是废水处理池。

记者看到，排放中心有4个长方形的蓄水池，水的颜色是深浅不一的蓝色，中间两个标注着“绿叶监督池”，旁边分别是百瑞特和龙升这两家化工企业的。

排放中心的《污水排放管理制度》规定：所有废水必须经过同一管网或下水道进入监督池待处理，不得将工艺废水未经处理直接排放；经处理后的废水必须取样分析达标后方能放入清水池，再排出处理站；如发现不达标废水，应立即停排，并通知该单位将不达标废水抽回处理。

据工作人员介绍，这边经过处理的废水通过地下水道，最后流到龙冈镇与盐城市建湖县交界的河流里，大约有近8公里长。

盐城市龙升精细化工厂董事长高井定告诉记者，他们产生的废水必须经过自己工厂的排污设备处理，达标之后才能排放到废水达标改道排放中心，排放中心也经过严格的检测才能通过地下管道排放出去。这样出去的水保证无污染。

这个污水处理中心处理的污水到底是否达标呢？附近的工厂还有没有私自埋管道偷排污水的呢？这些问题让附近的村民很疑惑。

附近的村民告诉中国青年报记者，2008年夏天，在龙冈镇新岗村许巷庄旁边的一条小沟，有地下水管破裂裸露在外面。

“下午听说有水管破了，我过去的时候，那小河边上根本不能站人，气味相当难闻。破裂的水管喷射出近1米高的水柱，白白的像牛奶一样，喷出的液体落入水中，小沟里的很多鱼虾浮在水面上，都被毒死了。”回忆起2008年的这个场景，龙冈镇新冈村许巷庄村民陆羽（化名）至今还是心有余悸。

陆羽马上打电话报警，两个多小时后，当地政府派人前来修补水管。

陆羽气愤地说：“化工厂排出来的这些水毒性很强，现在他们把管子都藏起来了，我们都找不到在哪里，向环保局举报，也没人管。”

一些企业员工也抱怨政府只收取排污费，不治理污水。

新岗村的很多村民曾多次与化工厂交涉，“不起什么作用，化工厂还派人打我们。一次一个记者去采访，他们把他的摄像机砸得粉碎。”

在许巷庄的西南方向，有三个化工厂，夏天的时候，气味呛人，西南风一刮，气味全部刮进村子里。现在，当地的老百姓每天都要把窗户关得严严实实，不让臭气进入房间。

许巷庄的黄琴芳（化名）向记者哭诉："我们周围这么多化工厂，村子附近的农田被污染了。晚上插下去的秧，到第二天早上起来看，就像被开水烫过一样发黄。稻子麦子都被熏死了，我们有时候能拿到赔款，但是我们再栽一遍，还是活不了。"

据当地村民介绍，在最近的七八年，新岗村初步调查有57个癌症患者，死亡年龄都在50岁到60岁。

2月22日，记者针对这个问题两次致电盐城市绿叶化工有限公司的袁加新经理，他以刚刚到来这个企业，不熟悉情况为由拒绝了记者的采访，随后给了一个该企业相关负责人的联系方式。

记者联系该负责人，电话接通后，他表示应向领导请示，过一会儿给记者回电话。但此后记者多次联系，电话一直没人接听。

"耗子药放在锅台上，早晚会出事。"相关人士私下告诉记者，实际上，此次水源污染事件有其必然性，化工产业是盐城的传统工业，近年来，急于发展的盐城市饥不择食，大量引进被浙江、上海、苏南等地淘汰的化工企业，盐城各区县都有化工园区，在招商引资过程中，河流众多、环境容量大成了政府向企业家推荐的一个重要优势。

随着GDP数字的不断攀升，生态环境恶化的问题也日益凸显。近年来，盐城水污染、化工厂爆炸等事件层出不穷，这成了官员们一个头疼的问题。

记者2008年夏季到盐城采访时发现，即便是在农村，也找不到一汪清澈的水塘，一些村民感叹，他们从小在河流中游泳玩耍，现在已经不敢下水游泳。

2006年，盐城市出台了水污染应急反应预案，此后又不断完善。2008年8月，盐城市政府专门出台《全市饮用水源和通榆河水环境综合整治方案》，制定了三个目标。

水质改善目标：年内实现饮用水源和通榆河水质中的绝大部分指标有明显改善，水质达标率达98%以上，符合国家地表水III类标准。

污染整治目标：2008 年年底前，饮用水源一、二级保护区和通榆河一级保护区范围内达到无化工企业、无工业排污口、无围网养殖项目、无畜禽养殖场、无危化品船舶、无水上加油站、无垃圾堆放、无生活污水排放的“八无”目标。

长效管理目标：完成全市饮用水源保护区调整、划定、审批和立标等工作，完善水污染突发事件应急处理预案，加快县城应急水源地建设进度，建立全市饮用水源保护长效机制。

2008 年 12 月，盐城市政府又出台了《建设盐城“清水走廊”三年行动方案》，由盐城市市长担任总河长，3 名副市长分别担任 3 条主要供水河道（蟒蛇河、通榆河、射阳河）的河长，沿河县（市、区）的政府主要负责人担任本辖区内河段的分河长。总河长对河道整体水环境质量负总责。

市长李强在会场上说的话掷地有声：“让老百姓喝上放心水是最大的民心工程，政府责无旁贷。”

然而，文件仍在纸上，方案还在相关部门，化工厂没有搬走，排污也仍在继续，这包放在锅台上的耗子药最终还是撒进了锅里。

刊发日期：2009 年 2 月 23 日

“标新化工”排污调查

□ 李　超　李润文

2009 年 2 月 20 日，在当地人的带领下，记者来到标新化工有限公司厂区。厂区后面亮着灯，几个人正在忙着修拦截污水河的坝。

这条污水河三四米宽，两个坝之间有六七十米长。

记者顺着厂区后面的一条路，慢慢走近厂区，水沟里弥漫着刺鼻的化学药品气味。

2 月 21 日，记者再次前往标新化工有限公司时，在周边宽广的田野上，停了 50 多辆轿车，化工厂后面兴龙居委员会的 100 多个村民站在标新化工的门口倾诉："恶有恶报啊！"

多位受访村民称，从 2002 年该厂投产开始，原来一直有鱼虾的河沟开始发臭、发黑，不到半年时间，河里就再也看不见鱼虾了。

2006 年 9 月是盐城市龙冈镇兴龙居委会新沟四组张兴春最难忘的一个月，56 岁的他辛苦了半年养殖的鱼全死了。

那天大清早，村里就有人跑来告诉他："兴春……你家鱼都死了……都死了！"张兴春当时正在吃早饭，听到这话，他扔下筷子就冲了出去。

看到河面上白花花的一片，张兴春哽咽着说不出话来。

追来的老婆刘凤英见状嚎啕大哭，站在张兴春前面，用拳头用力地捶打着张兴春的肩膀。

在得知记者的来意后，59 岁的村民周海春热情地带领记者去寻找标新化工的排污口。

周海春领着记者来到工厂的后面，大概指了指工厂的位置，他说："晚上，我们根本不敢开窗，那个气味要是进来，我们都会得支气管炎，我们村里好多人患了支气管炎。我家孩子每天上班骑车的时候要戴口罩，村里人现在体质都不好，很容易得病，不容易好。"

"河里水不能洗衣服，种的油菜花不结果，农田灌溉全部是肥皂泡沫，现在我们用的全部是自来水。"周海春数落着化工企业的不是。

在周海春的带领下，记者逐一找到了标新化工的三个排污口，排污口上都长满了草，茂盛的草从把排污口掩盖住了。

周海春蹲下来，一只手撑在地上，另一只手把草拨开，一个砖头垒起来的洞口出现了。周海春指着洞口方向的水面说："你看，那些都是偷排出来的物质沉下来的。"

直击江苏盐城水危机

在标新化工有限公司的厂区，周海春带着记者跨过刚刚填起来的河坝，从厂区后门进入工厂。他指着地面上的一条笔直的水泥沟，好像找到宝贝似的说：“这就是化工产品加工室排出有毒物质的通道。”

记者顺着水泥沟，一直走到厂区的大门口，之后拐入厂区的加工车间。“另外一些暗沟就在这块平地下面，从这里出去就是刚才草丛下的那个排污口。”周海春说。

据记者观察，标新化工的厂区就建在一片农田当中，厂内的废水通过暗沟直排入厂背后一条通向蟒蛇河的小河，而蟒蛇河的水流向新洋港河，新洋港就是城西水厂和越河水厂的水源地。

标新化工与当地的村民结怨其实是在2002年。由村镇引进来的标新公司投产后不久便遭到村民的反对。

曾3次到南京投诉标新公司的村民周仕珍告诉记者，2002年，标新化工有限公司对外宣称是要生产化妆品。投产后，村民发现空气中有异味，水质比以前差了，于是开始向上级反映，但没有结果。

2月21日，记者在标新化工有限公司总部看到，这是一家生产经营氯代醚酮、工业氯化钾、结晶氯化铝及双氧水等工业原料的小厂，仓库内堆满了这类工业制成品。投产几年来，并没有生产化妆品。

周仕珍说，在阻拦标新化工生产时，他还被工厂的人打掉一颗牙。村民张兆玉称，他和村民多次到厂里反映，结果也被打破了头，打伤了左腿。

在记者采访过程中，一些村民哭了起来，控诉标新对老百姓的摧残。

兴龙居委会新沟四组村民高玉巧告诉记者，标新化工排污不是一天两天的事，附近居民长期不敢使用这条小河里的水，甚至连河边地里长的粮食都不敢吃。2005年，该厂曾因偷排被举报，被罚了一笔巨款。

然而，标新化工仍在排污。令人惊讶的是，这样一个重污染企业还被评为“盐城市十大标兵企业”之一。

标新化工排污多年没得到治理，到底是为什么？记者多次联系盐城市环保局局长吴玉晴，吴均以开会为由，拒绝接受记者采访。

刊发日期：2009 年 2 月 23 日

“绿色宣言”言犹在耳　砍伐林木数以万计

万州盗伐林木现场目击

□ 田文生

小河村林地里，刚被砍伐的树桩上，黏死了几只蚂蚁。

万州城区内一加工厂内，木料堆积如山。◎田文生摄

中国青年报记者日前接到投诉称，近年来，重庆市万州区盗伐林木活动异常猖獗，从砍伐、收购到运输、交易直至加工制造，形成了一个成熟的链条。这个庞大的网络造就了大批富翁，而背后是每年数以万计的树木被非法砍伐。

2008年8月19日，重庆市曾召开历史上规格最高的林业工作会——重庆森林工程大会。会议发出进军大山、营造森林的总动员令，提出用10年左右时间，“开发致富之山，打造宜居之城”，把重庆建设成为“森林重庆”。“森林重庆”工程将是一个投入以百亿元计的宏大手笔，这个“动员令”被广泛称作“重庆绿色宣言”，被认为传递出一个老工业城市的生态发展之梦。

如今，“重庆绿色宣言”言犹在耳，举报人“树木被批量盗伐”的举报是否属实？今年（2009年）2月，中国青年报记者曾深入万州林地展开调查，发现举报基本属实。为慎重，国庆长假期间，记者再度奔赴万州，跋山涉水实地调查。

一平方公里内有尚未运走的百节树干

举报人称，万州区多数乡镇存在严重的盗伐现象，记者选择走马镇实地调查。

2009年10月1日，记者赶赴该镇。次日，乘坐摩的到达当地居民进入鱼背山水库的码头——石夹子（音）。鱼背山水库是为了修建鱼背山电站拦截泗涉河所形成的大型水库，泗涉河是长江的支流之一。

知情人透露，为了保护生态，该水库周边林地山脊以内区域属于禁伐区。但一进入该区域，砍伐迹象便随处可见，记者下摩托车时，发现5名工人正汗流浃背地将数十节锯成两米长的松木从“鱼库1号”机动船装载到一辆牌照为渝F02832的大卡车上。

根据锯口的新鲜程度判断，这批木材应该是在一周内被砍伐的。

记者以准备在附近修建木材加工厂、需实地考察可开发的木材资源情况为由，与卡车司机攀谈起来。点燃记者递过去的香烟，司机说，这些年，当地砍伐得比较凶，20厘米（指底端直径）尤其是25厘米以上的大树已经不多了，但“20厘米左右的还是有的”。

装载完毕，司机指挥着工人小心翼翼地扎拉好篷布，将满满一车散发出淡淡松节油气味的松木掩得严严实实，随即，鸣响喇叭，带着马达的低沉轰鸣绝尘而去。

随后，记者租用一条机动小船，深入库区内部。

记者向李姓船工询问，水库一带还有没有好的木材？他意味深长地看着记者：“你能出啥子价嘛？”

“看木料的质量，每个立方100到150元。”记者报出一个“内行”的价格。

“这些年砍得凶，但还是有的。”

明显熟稔行情的船工告诉记者，经营木材利润空间很大，一个方怎么说也要赚一两百元。

记者选择在一个地名为“麻细湾（音）”的小山坳上山，刚下船，就看到水库边12节被锯成两米长的油松。

这些松树的鳞皮已被蹭掉，显然是被人从山上直接滑下来的，山体被冲出了一条目测宽约4米的光溜溜的大槽，大槽两边，随处是新鲜松树的鳞皮，寸草不生的大槽在两边郁郁葱葱的林地对照下，分外扎眼。

沿着大槽旁杂草丛生的山路，记者步行入山。近3小时的行走中，不时发现横七竖八的松树树干。一棵被砍了一半但尚未彻底砍断的松树松针依旧苍翠，在一株直径为31厘米的树桩上，记者发现了3只蚂蚁的尸体，显然，它们是爬上树桩后，被松脂黏住无法挣脱，直至丧命。记者用手一摸，树桩新鲜溢出的油脂依然黏手，其年轮超过30。

山乡人烟稀少，刚收割完的冬水田已干涸，地里枯死的玉米杆儿在风中瑟瑟抖动，蟋蟀的鸣噪和远方黄牛的哞哞叫声让山林更显空旷。稻草人随处可见，比比皆是的大树桩及干枯的枝桠与山林的恬静安宁很不协调。

眼看快要下雨的正午格外闷热，记者又累又饿，试图找户人家讨口水喝。转过一个山头，记者发现了第一户人家，挂着“小河1

组58号”的蓝色门牌号的房内空无一人，而屋旁就是10余节锯好的油松。底端直径多在25~35厘米之间，年轮多在30左右。

绕过又一个山脊，土狗的嘶叫阻止着来客。记者只得原路折回。一名女孩飞奔追来，在对面山上大声地一次次询问记者是干什么的。

又找到两户人家，饥渴难耐的记者试图买点吃的，但没能成功。这个很少有外人造访的山区对生人保持着高度警觉。

走过这片山林中约一平方公里左右的区域，记者合计发现尚未运走的100节左右的树干。滑树用的槽、随意丢弃的树冠、枯死的树桩显示，这片山林曾遭受过更严重的砍伐。

“他们想赶过来和你‘私了’”

结束在麻细湾的探访，记者乘坐摩的随机进入另一个名叫“芭蕉岩（音）”的林地，这里属于渡河村。

这里人烟相对更稠密，记者一进入村庄，每个人都一遍遍盘问记者是干什么的。

记者不予理会，在林地转悠近1个多小时，并没有发现正在砍伐的迹象。

沿着林地里被蜘蛛网层层笼罩的羊肠小道，记者漫无目的地前行时，突然听到对面山林里传来树木倒地时枝桠生生断开的清脆响声，随后，是大树轰然倒地的闷响！

声音清晰地从溪涧对面的山上传过来：“这一节粗得很，你一个人怕背不起哟！”

“我们两人抬，你要踩稳当。”

“嘿哟，嘿哟！”

……

对面的松树林异常茂盛，阳光很难透过浓密的松针照到地面，记者远远望过去，看不清人，通过声响小心辨认，发现对面至少有10余人在至少两处分别砍伐。

又一棵4层楼高的松树被砍倒，在密不透风的树林中砸出一片缝隙，趁着这个时机，记者看见了几名伐木者。同时，对方也发现了周围没有遮拦、穿着白色短袖的记者，“你们看，对面地里有个人!”

魔术般，对面刹那没有了任何声响。

山涧旁的陡坡无法行走，记者只能选择最近的路，以最快的速度绕道跑向砍树的地点。等记者气喘吁吁狂奔赶到时，现场已空无一人，也没有留下任何砍伐工具，只有半透明的松脂从刚被砍倒的松树断口处慢慢往外渗。

眼看途经走马镇的最后一班公共汽车就要开了，记者不得不离开。乘坐一辆摩的出村约10分钟后，年轻的司机接了一个电话后告诉记者，有人在向他打听记者是干什么的。

几分钟后，他的电话再次响起。他转告记者说，“他们想赶过来和你‘私了’”。

记者本想通过“私了”套出更多内情，但考虑到时间以及人身安全因素，选择了断然拒绝。

“砍树要啥子手续哟?”

在走马镇，找人打听，大多都能就砍树卖树的话题说上几句，这俨然是公开的秘密。

一个老农给自称是“刚入行的木材贩子”的记者指点迷津说，如果木材贩子自己来砍树，每立方米要100多元，如果由当地人负责砍伐和搬运，每立方米就要三四百元。

当地人说，在村级公路修通之前，林区深处砍树的现象并不严重，因为搬运不方便。而今，“村村通”工程实施后，公路通达的地方，砍树的人也就多了起来，第一批倒下的就是那些直径在20厘米以上的大松树、大柏树。

《森林法》明文规定，采伐树木必须办理采伐证，但这里很少有人认为采伐证很必要，“砍树要啥子手续哟，有几个办了的嘛！”

按照国家统一部署，从1998年9月起，重庆开始天然林资源保护工程试点，2000年至2005年为该工程试点的第一期，到2010年结束。这项工程以全面停止天然林采伐和重点生态保护区商业性采伐，积极开展生态公益林建设，妥善分流安置国有林业企事业单位富余职工等为主要任务。

这意味着，天然林采伐是被禁止的。但当地人说，好像听人说过这个事情，但是，“这里树木多得很，砍几棵树，没啥了不起。”

一名曾经参与贩卖木材的年轻人说，前年（2007年）和去年（2008年），走马镇大规模盗伐达到一个小高潮，镇上有10多名贩子长年从事木材收购和贩运。最为猖獗的是2008年年底，每天都有数车木材运出山去。

他说，以一车木材有8立方米计算，每立方米至少需要砍伐3棵胸径在20厘米以上的大树，以高峰时每天运送10车的数量计算，仅仅一个走马镇，一天至少要砍伐大树300棵左右。“砍伐有季节性起伏，平摊下来，一个镇一年将砍掉差不多10万棵大树，再保守一点计算，打个对折，5万棵树是肯定有的。”

他说，走马镇以前大松树、大柏树很多，现在公路沿线只要货车能通行的地方，直径25厘米以上的松树，多数已经被砍掉。

记者无从核实这个令人瞠目结舌的数据，但在记者多日走访的区域，的确很难找到胸径在25厘米以上的大树，树林里，随处可见新鲜的或开始腐烂的大树桩。

加工厂松树树干堆积如山，大多是“境内购材”

人们为什么砍树？这些被大量砍伐的树木到哪里去了？

在走马镇，记者获悉，万州有很多贩卖树木的“木材贩子”，他们的“下家”是万州大大小小的木材加工厂。其中，一家由福建人开设的厂很有名。在进山之前的10月1日，记者已按当地人指点去往这家位于万州区驸马学校旁的加工厂，这里距离万州区政府有5公里左右的路程。

该厂没有公开挂出任何招牌，面积与只有一墙之隔的驸马学校大体相当。在这里，松树被沿着年轮一层层剥开、展平，阳光照射下，反射出金灿灿的光芒。

在加工区，被一层层剥开并晒干的松树块被纵横交错压成木板。这就是该厂的成品了，这些木板将大多在建筑工地使用。

记者注意到，厂里堆积着200多节尚未剥开的松树树干。

一名女工热情地将冒充“谈生意”的记者带去见老板，一名操着有福建口音普通话的年轻人熟练而友好地为记者斟上铁观音茶。一来二去“谈判”后，他给出了价格：“46元1方”。

记者毕竟是外行，很快就被对方察觉，无法问到有价值的信息，不得不道别离开。

10月4日，记者到达万州城区内的一家竹木制品公司，高高的围墙隔开了厂房。记者爬上附近的小山头，看到8堆、数千节松木被整齐堆放在围墙脚下。3辆车正在厂内转运，在一个角落，剥下的松树皮堆成了一座至少20立方米的小山。

在走马镇街上的木材加工厂里，记者看到，用松树加工成的木条整齐摆放成十余堆，均有两三个人高。

有知情人告诉记者，万州的木材加工厂很多，至少有100多家（记者通过另一渠道获悉，可能有300家竹木加工及经营企业——记者注），只有几家是“境外购材”，绝大多数是“境内购材”，这意味着，他们需要万州区内的木材进行加工。

万州区的这数百家竹木加工及经营企业，仅以每家年加工量在1000立方米、每立方米需要3棵树计算，数百家约需要90万棵树，怎么维系这些加工厂的运转？这是个值得关注的问题。

巨大的市场需求让《森林法》的很多规定不能得到切实执行，林区里砍伐出来的树木都被运送到这些加工厂，完成整个链条的最后一环。

利益驱使木材黑市的兴盛

油松在生长的前5年，树高和直径生长较慢，5~20年为生长极盛期。其生长速度受到是否向阳、土质的肥沃程度等多种因素的制约，但一般说来，要长成胸径超过20厘米的树，最少也需要10年甚至20年以上。

为什么这么多人置法律规定不顾，砍伐前辈留下的生态遗产？

知情人一语道破：关键在于其中的暴利。

对于农民而言，卖树能获得可观的收入。当地一般有两种计价方法，一是以底端直径计算，每增加1寸，单价就增加1元。比如，1寸的树，价格为1元；两寸的树，价格则为22 =4元；3寸的树，33 =9元……一棵直径9寸的树，可卖到99 =81元，树越大，价格越高。

随着大树被砍伐，市场大多改用立方米计价，1立方米在100~150元左右。

木贩子支付给农民树木费用后，需要为每立方米木材支付100多元的砍伐费用和100多元的运输费用，而在万州的收购价格则在500元/立方米左右。这意味着，正常情况下，他们每立方米能赚得170元左右，每拉出贩卖一车，就有1000元左右的利润。

“木材贩子”的收入相当可观。传说中，一名1999年入行的“木材贩子”，凭借此道跻身百万富翁行列。当地可能有数百人在这个行当中淘金，成败取决于胆量、运气以及“方方面面的关系”。

除了砍伐环节，有关法规对木材经营各个环节都作出了明确规定，比如，从林区运出非国家统一调拨的木材，必须持有木材运输证；木材运输证必须随货同行；没有木材运输证的，承运单位和个人不得承运。木材收购单位和个人不得收购没有林木采伐许可证或者其他合法来源证明的木材。

这些规定是否得到切实执行，是个巨大问号。事实上，多数木材的运输和贩卖，都没有这些手续。

因为经济利益，木材加工厂对木材有着巨大的客观需求，激发了当地大批“木材贩子”的热情，他们又将这种热情传递给林区的农民，最终形成了砍树流水线。木材“黑市”也在利益驱使下，逐步成长乃至兴盛。

刊发日期：2009 年 10 月9 日

66 小时抓捕　1 人被击毙　3 人被抓获

呼和浩特越狱重刑犯被俘记

□ 李玉波

【记者简介】李玉波，中国青年报社驻内蒙古记者。代表作有：《“禁犬令”为何变成“纸老虎”》、《内蒙古：采矿者摧毁秦汉长城》、《呼和浩特越狱重刑犯被俘记》、《国家级“重点保护”形同虚设，包头一些地方——敢在古长城上盖工厂》等。

2009 年 10 月 20 日 9 时许，听到 4 名越狱的重刑犯一名被击毙，3 名被抓获的消息，呼和浩特出租车司机鲁师傅长舒了一口气。此前有传闻说，罪犯很可能躲藏在市区，这让鲁师傅开车比平时小心了许多，“这几天，天没黑就收车了”。

10 月 17 日下午，呼和浩特市所有出租车上的 GPS 系统都出现一条消息：“有 4 名重刑犯杀害狱警后越狱，出租车司机提高警惕，发现情况及时向公安部门举报。”

“听说这 4 名犯人出逃时抢了一辆出租车，我一小时内就收到 10 多个家人和朋友的电话，让我注意安全。”鲁师傅说。

不少市民在网上发帖表示对安全的担忧，希望公安机关迅速破案。此前有传言称 4 名逃犯杀害狱警抢夺了枪支，内蒙古自治区监狱管理局一位内部人士肯定地说，监狱的管教人员是不配发枪支的。

10 月 18 日下午，中国青年报记者在呼和浩特第二监狱看到，监狱正门有多名武警值勤。记者注意到，监狱外围只有东南侧有村落，其余方向十分开阔，多是池塘和荒地，附近村民很少在监狱附近出现，村民的生产生活并未因越狱事件受到影响。

他命令司机朝可疑的农用车撞了过去

10 月 17 日 14 时许，内蒙古呼和浩特第二监狱 4 名重刑犯在杀害一名狱警后出逃。

事发后，内蒙古自治区监狱管理局立即发布协查通报，对在逃犯董佳继、高博、李洪斌、乔海强进行通缉。

据了解，4 名逃犯年龄最大的 28 岁，最小的只有 21 岁。董佳继因犯抢劫、盗窃罪被判处死缓；高博犯故意伤害致人死亡罪被判处死缓；李洪斌犯抢劫、盗窃罪被判处无期徒刑；乔海强因犯抢劫罪被判处无期徒刑。

内蒙古自治区公安厅副厅长、呼和浩特市公安局局长颜炳强在接受媒体采访时说，从 17 日 16 时开始，公安机关出动 3000 多名警力展开抓捕行动。18 日，发动社会治安综合治理人员和群众做具体查控工作。与此同时，呼市各派出所对辖区旅店、洗浴场所、出租房等场所展开排查。

据介绍，参加封控警力有 7300 多人，武警官兵 5000 余人。

10 月 19 日，根据群众举报，种种迹象表明，4 名罪犯曾在呼和浩特市东南的和林格尔县活动过。

10 月 20 日 8 时 10 分，和林格尔县公安局接到该县舍必崖乡小梁村村民举报，该村有 4 名人员形迹可疑，面孔比较生疏，像是电视上播放的通缉令上的在逃人员。

和林格尔县公安局派出民警到现场核实信息。同时，调集全局民警准备装具，向集结地进发，赶到台几村，把警力分成 3 个组，搜索村子，走访村民，并对村子周边的山区展开搜索。

和林格尔县公安局政委陈青华说：“在搜索过程中，我们发现4名逃犯正在徒步行进。逃犯发现警察在围捕、搜山，正好有一辆农用三轮车从他们身边经过，4名逃犯就劫持了农用三轮车的司机，乘坐农用三轮车沿和林格尔县至托克托县的公路逃跑。这时民警跟着农用三轮车，并通知前方拦截。”

此时的陈青华乘车看见迎面开来的农用三轮车里有四五个人。通常农用车内只有两个座位，陈青华判断这极有可能就是被劫持的农用车。他命令司机朝农用车撞了过去。农用车被掀翻在路基下面，有3名逃犯从车里爬出分3个方向逃跑，民警上前制服了没来得及跑出的那名逃犯，追捕时1名逃犯用刀刺伤1名民警，拒捕被击毙。其余的两名逃犯被增援的武警官兵抓获。

以前曾有两名犯人挖地道越狱，还给地道里通了电

“以前发生过犯人越狱事件，只不过你们媒体不知道罢了。”在内蒙古一所监狱工作了10多年的一名狱警对中国青年报记者说。

但4名重刑犯杀死狱警并从有严密监控和监管的监狱大门成功越狱，在他看来仍然有些“不可思议”。

这位狱警介绍，监狱里犯人越狱方式主要有，翻越监狱围墙、挖地道、绑架人质和从监狱大门逃跑，近几年监狱加大硬件投入，5.5米的高墙，墙上万伏高压电，犯人翻墙逃走的可能性几乎没有。

监狱的监管重点主要是防止犯人挖地道、绑架人质和从监狱大门逃跑。

几年前，内蒙古一所监狱曾发生犯人挖地道逃跑的事件。两名犯人在劳动区挖了半年的地道，没有被发现。最后这两个人以为即将挖通了，逃进地道。但这两名犯人没有算准距离。11天后，当所有人都以为他们逃跑了后，地道储备的食物耗尽，两人出来在监狱里偷东西时被抓获。

更让人吃惊的是，这两名犯人居然还给地道里通了电，他们隐藏的地道口在武警地毯式的搜索下竟然没被发现。

“警力不足的问题在全国的监狱系统是普遍存在的。”这名一线狱警介绍说，由于监狱警力不足，一个狱警少时要带领近 20 名犯人，多时要带领四五十名犯人去劳动区，劳动区通常有几平方公里，一名狱警根本就管不过来。

雇用外来施工人员成为监狱的“惯例”

“犯人能够避开先进的电子监控系统成功逃跑简直是不可思议。”这名狱警说，作为大门这一道最后关卡，按照正常的工作程序，外人要想进入监狱首先得有监狱相关领导的批条，在狱警的带领下到监狱大门处，值班狱警检验批条，再通过电子监控系统给每个要进入监狱的人员拍照，发放磁卡，由狱警带领刷卡进入监狱。再出来时还得进行拍照，值班的狱警进行照片比对，确认进出的人员相符后才能离开监狱。

4 名罪犯是如何突破几道关卡出逃的？此前有众多的说法。

10 月20 日，在由内蒙古自治区人民政府新闻办公室举行的“10·17”越狱案件的新闻发布会上，内蒙古自治区监狱管理局副局长王立军说，4 名罪犯是集体强行冲出监狱出逃的。4 名罪犯在车间劳动时，捆绑了一名值班狱警，拿了他的出门卡，随后将另外一名值班狱警杀害，并将门口的值班人员用长 42 公分的裁纸刀打倒后逃跑。“被杀害的狱警与罪犯进行了殊死的搏斗，根据公安部门的法医尸检，被害民警身中数十刀。”

在新闻发布会上，中国青年报记者追问，罪犯的凶器从何而来？3 名罪犯出逃时的便衣从何而来？呼和浩特第二监狱安装有先进的照片比对系统，进入监狱必须拍照，出来时也要拍照，比对照片吻合以后才能出来，罪犯如何能脱逃？

王立军说，这些问题也是我们监狱管理部门和其他部门下一步要调查的问题，案件发生后我们主要组织警力，配合公安、武警和广大人民群众，全力以赴追捕逃犯，现在罪犯刚刚被抓获，“我们正在调查案件具体过程、发案原因、管理方面的问题，调查结束后我们会实事求是地客观地去定性，到时会把结果通报给新闻媒体。”

此前接受记者采访的那名狱警认为，监狱管理极大的隐患是外来施工人员经常进入监狱干活，会造成值班狱警麻痹大意。

该狱警解释说，监狱经常把装修和修缮基础设施的工程承包给外面的施工队，施工队的工人长时间在监狱里干活，每天由狱警带领他们进进出出，容易使值班的狱警习以为常，放松警惕。同时，外来施工人员长时间在监狱里干活，也会接触到在劳动区干活的犯人，曾发生过外来施工人员利用矿泉水瓶给犯人带白酒等违禁物品的事情，给监狱管理带来隐患。

记者查找有关法律规定，没有发现对外来施工人员是否能进入监狱的禁止性规定，雇用外来施工人员已经成为监狱的“惯例”。

“监狱里有几千名犯人，他们各行各业的都有，监狱的工程完全可以让犯人干，之所以让外面的施工队承包主要涉及到一些人的利益。”这名狱警说。

监狱管理要进一步加强

“狱警得负责在押犯人的吃饭、学习、劳动、睡觉，防止打架、自杀等，由于警力不足，很多狱警一年中有超过1/3的晚上是在监狱中度过的。”

这名狱警说，监狱押犯较多，警力匮乏在我国是普遍现象，要想杜绝犯人越狱，狱警就得了解自己所管监区犯人的情绪变化，由于警力不足，要想完全做到是不可能的。

这名狱警介绍，狱警长期加班加点，每天得工作10多个小时，得不到必要的休息，体力透支，同时大部分加班时间没有加班费。

狱警整天面对的是罪犯，有的还是重刑犯，神经高度紧张，不敢有半点差错。我国大多数监狱地处偏远地区，交通不便，环境较差，狱警基本上都是两点一线的枯燥生活，业余文化生活相对单调。狱警在把罪犯与社会隔离关押的同时，自身也与社会脱节了。

“监狱是个被人遗忘的角落，社会上很少有人关注监狱，如果哪天媒体上出现了监狱的字眼，那肯定是又出漏子了。”这名狱警无奈地说。

王立军认为，这起案件警醒监狱管理部门要充分认明当前监管形式的严峻，少数罪犯的残忍性和改造工作的复杂性，充分认识当前维护监狱安全稳定的重要性。他表示要以这起事故为戒，进一步加强监狱管理工作，完善监狱的设施设备，采取有力措施，确保全区监狱的安全稳定。

刊发日期：2009 年 10 月 21 日

湖北荆州通报大学生救人现场调查情况

渔船没有见死不救 打捞公司敲诈勒索

□ 甘丽华 杨昌洪

2009年11月7日下午，湖北省荆州市政府召开新闻发布会，对“10·24”事件中长江大学学生救人事发现场调查情况进行通报。

针对“船主见死不救”、“海事和消防部门存在不作为”等社会质疑，公布的调查结果显示：事发现场，两艘渔船参与了救援行动；接到报警后，公安海事部门及时作出反应；协调配合施救的渔船与打捞的渔船是不同的船只；打捞英雄遗体过程中船只人员的言行违反社会公德。

荆州市政府新闻发言人在回答记者提问时表示，荆州市计划政府出资在宝塔湾边设立两个公益救助岗位，面向社会公开聘请有救援经验、水性好、熟悉宝塔湾水域环境的人员专门从事江边紧急施救工作。

据介绍，10月31日下午，联合调查组根据调查内容，分成两个调查专班，同时对事发现场相关情况进行调查。调查对象包括救援船只、打捞船只、冬泳队员以及事发现场全程照片的提供者等，共调查37人，包括长江大学教师2人、姜梦琳、高阳等学生21人，现场渔民、实施打捞的人员10人，冬泳队员3人，提供现场照片市民1人。

同时，联合调查组对市公安局、荆州海事局、市消防支队等相关单位履职情况进行了调查。荆州市物价局就有关情况作了说明。

两艘渔船参与了现场救援

通报显示，事发时停靠事发现场的两艘渔船船主有协助、配合长江大学学生、冬泳队员施救落水人员的行为；在其他施救人员将被救人员拉近渔船时，伸了竹竿，并将落水者拉上了船，不存在见死不救的情况。

渔船船主4人除许刚较年轻外，陈选德1940年3月出生，熊绍香1942年1月出生，陈恒云1946年1月出生，年龄均比较大。

调查组根据多方调查，部分还原了当日施救现场情况。

10月24日下午，长江大学文理学院广电5091班、5092班的40多名学生，在长江干堤沙市宝塔河段沙滩上秋游野炊。吃过中餐，部分学生离开现场，部分学生仍在原地游玩。

14时15分左右，在大学生活动地点附近的两名儿童不慎落入江中，长江大学学生在呼救的同时，现场的10余名学生立即展开施救，李佳隆、龚想涛率先冲入水中，徐彬程、方招、陈及时、张荣波紧随其后。

此间，学生高阳用手机拍摄，时长1分20秒。在此游玩的市民陆铭用相机拍摄了近20张照片，但其相机设置时间与北京时间超前55分钟，其拍摄的第一张照片显示大学生下水救人的时间为15时11分，校正后应为14时16分，与高阳拍摄的时间基本吻合。

李佳隆救离岸较远的儿童，龚想涛救离岸较近的儿童。李佳隆施救时体力不支，徐彬程过去接应，把被救的小孩拖向江边的渔船，用肩将小孩托出水面。根据船主的陈述和现场照片显示，获救小孩由船主陈恒云和许刚接应，并将其转送到岸上。

另一边，何东旭、姜梦琳、黄检、孟亮雨、孔璇、李立科、昌子琪、万莉沙、贾云芸等手拉手组成人链伸向江中，何东旭抓住龚想涛所救儿童的手，开始往岸上拉，这时何东旭脚下的流沙塌陷，人链瞬间断开，处在人链前端的何东旭、姜梦琳、孔璇落入江中。

先前下水施救的龚想涛也因体力不支在江中呼救，附近3名冬泳队员闻讯赶来并下水救人。冬泳队员韩德元抓住一男一女往岸上游，一同赶来参与救人的另一名冬泳队员鲁德忠将救生圈扔给韩德元，并游过来一同将两人拖到停靠岸边的渔船边。之后，将救生圈扔向仍在江中的学生，徐彬程抓住救生圈扔给李佳隆，自己游过去同他一起拉着救生圈游到渔船边，李佳隆手搭在渔船边休息，有人抓住他的手，将他从江中拖到了岸上。

休息片刻后，徐彬程再次救起1名同学返回岸上，落水的孔璇在冬泳队员的帮助下游上岸。韩德元在调查时陈述，他又听到岸上有人喊叫“水里还有一人”后，再次入水抓住一名落水者往岸边游，这时停靠在岸边的一艘渔船向韩德元救人的位置移过来并伸出竹竿，韩德元一手抓住撑船竹竿，一手抓住被救落水者，由渔船带到岸边。

韩德元在接受调查时陈述：当时我在江中已经救起两名落水学生……这时我看见附近水域还有一名大学生在往下沉，就赶紧奋力游过去，将他提出水，当时我已筋疲力尽，这时旁边的一条渔船上的人伸过来一根竹竿，我拼命地抓住竹竿，渔船上的人用竹竿把我们拉到渔船边，在船上人的协助下，将那名学生拉上岸……多亏了渔船上的人伸过来的竹竿……

长江大学学生高阳拍摄的视频，记录了当时有人大声说了句“没人了”，而在此期间，长江大学学生昌子琪与万莉莎看到何东旭沉入水中，万莉莎给方招打电话无法接通。长江大学学生高阳和林泉在14时22分至14时25分这一时间段，也发现何东旭失踪。通过清点人数，同学们发现方招、陈及时均已失踪。此时，江面上已经看不到落水人员的迹象。

救援部门反应及时但存有空当

通报称，荆州市公安局110服务台接处警及时得当，荆州海事局、市消防支队均及时赶赴现场，实施了积极的救援行动。

根据陆铭、高阳拍摄及报警时间和公安部门接处警综合推算，学生溺水时间在14时16分之前，14时22分至14时25分发现何东旭等三人失踪，14时23分51秒及14时.31分报警，到接警处警，消防海事人员赶到事发现场的时间为14时36分左右，溺水学生已沉入水中14分钟以上，客观上已丧失施救的最佳时机，加上该水域水情十分复杂，导致警方施救无果。

根据市公安局接处警表显示，10月24日14时23分51秒接到电话号码为8976747的报警求助，说宝塔河沙滩处有人溺水，110服务台在14时25分24秒至14时28分01秒先后调度水上派出所、长航公安局、海事搜救出警。长江大学学生高阳也于14时31分报警，他在接受调查时说："过了5分钟，出警民警就来了，消防人员也很快赶来了，江面已经没有人了，已经看不见人在江面沉浮。"根据市民陆铭拍摄的照片推算，消防人员到达现场的时间应在14时36分之前。

根据荆州海事局10月24日的工作日志和10月28日向市政府应急办提交的工作汇报显示，荆州海事局14时28分接到报警，14时30分海巡31508驶离海事基地，约10分钟赶到现场。由于事发水域水情限制，海巡艇无法靠岸，遂在矶头水域搜寻，未发现落水者，随后在该水域扩大搜寻范围，仍未发现落水人员，于16时20分返回基地，整个搜寻历时110分钟。从冬泳队员韩德元陈述中也得到印证。

荆州市消防支队的报告、冬泳队员杨天林的调查笔录及现场照片显示，市消防支队接到市民报警后，调集两台消防车12名官兵携带保险绳、救生衣等装备赶赴现场，由熟悉水性的战士腰系保险绳、身穿救生衣，多次游入出事水域，利用随身携带的消防火钩进行打捞，均未能搜寻到落水失踪人员。在向校方通报搜救情况并协助制定打捞方案后，消防队员于16时20分返回营区。长江大学报警学生高阳、冬泳队员韩德元也证实，消防部门出警很快。

有媒体在新闻发布会现场提问：根据调查，“八凌打捞公司”在打捞英雄遗体时，消防、海事部门人员已在现场，为什么没有对“八凌打捞公司”的行为进行制止或协调？荆州市政府新闻发言人承认，在施救过程中存在监管方面协调不够、出现空当等问题。

打捞公司敲诈勒索违背公德

通报称，协助配合施救的两艘船与事后实施打捞的两艘船是不同的船只。调查组通过对4艘渔船比对，以及对现场照片（网上搜集）的研判，施救船船主分别是陈选德和陈恒云，打捞船船主为王守海和圣德义。

14时40分左右，长江大学教师史千里接到电话，15时20分左右，他赶到了事发现场。

根据史千里的陈述，他到达现场后发现，有两艘蓝色船舷的铁皮船停靠在岸边。史千里上船请求船主马上打捞落水学生，并保证支付打捞费。船主称要先和老板联系，史千里问得电话号码后，与打捞公司陈波取得联系。

陈波称：“捞一具尸体1.2万元，没捞上来6000元，而且要先交押金。”直到长江大学文理学院汪书记等赶到现场凑齐4000元现金后，打捞船才开始工作。10多分钟后，捞起第一具尸体，因未交足1.2万元打捞费，打捞船只停止打捞。

后经文理学院领导汪书记等做工作，打捞船在20多分钟后，捞起第二具尸体。

之后，打捞船再次停止打捞，中间中断1个小时左右，会计将筹来的两万元现金送到后，打捞船才继续打捞，约半个小时后，捞起第三具尸体。当日18时左右，打捞结束。

事后查明，两艘打捞船船主分别为王守海、圣德义，系荆州市八凌打捞有限责任公司安排到现场的渔船，8名打捞人员均来自公安县埠河镇三八村。

八凌打捞公司从向长江大学收取的打捞费用3.6万元中支付8名打捞人员劳务费5200元。该公司2008年6月注册，注册资本3万元，主要从事沉船、沉物打捞（凭有效资质证经营），法定代表人夏兵，陈波系业务负责人。

调查通报称，长江大学与荆州市八凌打捞有限责任公司打捞尸体的协议系民事行为，但八凌公司打捞过程中的言行明显违背社会公德。虽然尸体打捞价格不在物价部门定价范围之列，但八凌公司明知溺水学生系见义勇为遇难而不及时打捞，特别是因打捞资金未筹集到位而数次中断打捞，明显违背社会公德。

“八凌打捞公司”业务负责人陈波是荆州市公安县埠河镇三八村村民，1990年5月曾因抢劫被劳教过三年，但回来后未发现有新的违法犯罪纪录。

陈波除收取打捞费外，还趁人之危另外索要了价值300元的烟和矿泉水。该行为触犯了《中华人民共和国治安管理处罚条例》第49条，构成了敲诈勒索，公安机关已将其拘留15天，并处1000元罚款。

除陈波外，该公司其他人员在打捞过程中的一些有违公德的行为属道德调整范畴，应受到社会和广大人民群众的严厉谴责。在调查过程中，夏兵、陈波等人都表示了悔过之意，愿意退还打捞费，并向死者家属及社会公开道歉。

刊发日期：2009年11月8日

8条生命的最后拐角

——湘乡校园踩踏事故直击

□ 叶铁桥

致命的楼梯拐角处

12级阶梯只有3.6米长，却是8个中学生此生走过的最后几级阶梯。

2009年12月7日晚9点10分到30分之间，湖南省湘乡市育才中学发生学生踩踏事故，8个花季少年不幸罹难，青春的脚步终止在一个只有5.5平方米的楼梯拐角处。

“我当时就站在第六和第七级阶梯之间。”初一128班的谌健回忆说，晚上9点10分下晚自习后，他在教室里写了几行字，才邀上同学潘鑫一起回寝室。

当晚下大雨，谌健走的是班级门口的那座楼梯，学生都称之为“一号梯”。育才中学的教学楼坐北朝南，呈“E”字型结构，主楼高6层，余下的皆为5层，一号楼梯位于教学楼的东南角。

谌健的班级位于二楼，走出教室门口，他看见黑压压的人群堵在楼梯口，从三楼下来的学生也正蜂拥而至这个楼梯口。

“下了雨，很多人都没带伞，都想通过一号楼梯回寝室，因为这个楼梯离寝室最近。”潘鑫说。

这是座折返式楼梯，从二楼下12级后，再在拐角处转身，走14

级，也就是4.2米，就下到了一楼。

谌健走得比较快，他紧贴着铺了瓷砖的楼梯墙壁，挤到了靠前的位置。楼梯拐角上方还有一个窗户，窗外的绵竹搭到了玻璃上，翠色逼人。在窗外30米的地方，就是灯火辉煌的宿舍。谌健看了一下窗外，估计着雨势，决定下楼后快步跑回寝室。

但人实在太多了，他的右脚在第六级阶梯上，左脚却仍停留在第七级阶梯上。

"我看到前面拐角那里一个女孩子突然弯下了腰，像是要去系鞋带。"谌健说，人群顿时乱了套，前面突然放缓了脚步，但后面的还在使劲往前挤，压力一层一层地传导到他身上，使他的身体不由自主地往前倾。他前面的人突然就堆成一团了，有人开始喊救命，但他在嘈杂中还听见后面有人在喊"快走！快走！"

幸好他的左脚仍屈在第七级阶梯上，小腿肚子被人死死地踩着，他才没被挤下去。

潘鑫相对安全，他在倒数第三级阶梯上，也看到了人群的仆倒，他马上收住了脚，往回撤，在他前面，还站着3个初三的学生。潘鑫说，这3个学生拼命地顶住了后面的人流，大声喊，"莫挤哒！莫挤哒！出事哒！"

但谌健和潘鑫都没有料到，就在这短短几分钟时间里，就在他们眼前的这么一小块空间，竟然会发生一件轰动全国的大事：8条生命，再也没能走过这个拐角。

抱回一群面色青紫的孩子

二楼楼梯口的北侧是初一128班，南侧就是育才中学政教办和团委办。这个办公室的门口就是一号楼梯，从门口到事发的拐角平台也就3.6米。

冯艳是139班的班主任，晚上她正在这个办公室备课，因为第二天整个上午她都要上课。她说，这个办公室里当时还有四五个班主任在备课。

办公室的门虚掩着，外面人声鼎沸，冯艳觉得太吵，就走过去把门掩上了。

没一会儿，门又被汹涌的人流挤开了，冯艳走过去，却看到一个老师抱着一个学生进来，学生的头已经耷拉着，这个老师在嚷："出事啦！出事啦！"

冯艳心里一紧，赶紧走下阶梯，看到有好多学生躺在阶梯上，脸都是青紫色的。她吓得腿一软，差点瘫倒在地上。

办公室的老师全都来了，站在楼梯口，以接龙的方式把学生往办公室递。下不来的老师，就拼命拨电话，给校长叶继志打电话，给120打电话，给其他的老师打电话。

"我全身都软了，根本抱不动那些孩子，这些孩子看起来好惨啊……"冯艳哽咽着，用手捂住了嘴。

129班的班主任周腾当时也在这个办公室，她出来后，帮忙紧急疏散其他的学生。

谌健也是这个时候往回撤的，他知道出事了，但他相信那些同学只是受了重伤，"因为前后没有几分钟"。

然而，周腾却看见好多学生已经休克了，一脸乌青，不省人事。有个女生，胸前的衣服上还有血渍。

到了办公室以后，老师们立刻对孩子们进行急救。"急救知识我们也掌握得不是很好，只是让那些学生把嘴巴张开点，呼吸点新鲜空气，说实在话，当时我很乱，心慌意乱的感觉。"冯艳说。

周腾看到，有些男老师已经把出现休克现象的孩子放到地上，进行人工呼吸。

她抱着一个132班的女生，这个女生的眼睛紧闭着，头也耷拉着，没有任何反应。不知谁说了一句，给她喂点温开水。周腾马上倒了点温开水，缓缓地喂到女孩的嘴里，女孩突然呛了一下，慢慢地恢复了呼吸，眼睛也睁开了。

周腾一下子跪倒在地上，搂着这个女生，泪流满面地说：“孩子，你终于醒来了，没事，老师跟你在一起。”

还有一个女孩，也是毫无知觉，她的班主任叫来班上的女生，站在旁边拼命地喊她的名字，但却始终没得到任何回应。

最早赶来的是湘乡市人民医院的救护车，随后其他医院的救护车也陆续赶到，这些孩子最终全被转移到了医院。

伤者和逝者

14 岁的龚剑躺在一张窄窄的竹床上，身上盖着写有“湘乡市二人民医院”的白色床单。这个眉毛粗黑，鼻子大大的男生眼睛紧闭着，看上去似乎正在酣睡中，一脸的安详，只有面色是黑的。

他已经永远地离开了这个世界。

在医院太平间里，龚剑的爸爸和姐姐失声痛哭，大声呼唤着他的名字。

他是这次遇难的 8 名学生中唯一的初三学生。冯艳说，这次遇难的 8 名学生，还有初一的 5 人，初二的 2 人。8 人中，只有 1 名女生。

李军玲是龚剑初一初二时的班主任：“我特别喜欢他，他很温和，有一米七，班上有需要个子高的人做的事，我们都找他。”

龚剑的妈妈患了乳腺癌，刚开完刀 1 年多，儿子出事后，她身体不支，也被送进了二医院救治。

龚剑的姐姐说，他们是晚上 9 点多获知消息的，11 点左右赶到湘乡市人民医院，人已不治。后龚剑的遗体被转移到了二医院。

龚剑的爸爸龚仁林怎么也想不明白，喜欢运动、尤其喜欢篮球的儿子，怎么会突然遭遇如此不幸。

在二医院的急诊室，还有两个学生正在抢救中。

一位在事故发生后被紧急安排到育才中学维持秩序的东山办事处财政所的工作人员说，这次事故一共造成了 33 人受伤，其中只有 1 位程度很轻，今早出院了。

在二医院抢救的有一名名叫胡梦宇的女生，12 岁，上初一。她在今晨 9 点 40 分有了知觉，这让家人欣喜不已。

胡梦宇的爸爸在武汉做水电安装工作，8 日 1 点接到电话，他连夜坐火车赶到长沙，然后从长沙打车到湘潭。

“她的眼睛能缓慢地睁开，眼珠也能转动了，但我们不敢叫她，医生说要让她多休息。”胡梦宇的妈妈说。这位母亲由于整夜未眠和痛哭，眼睛已经深深地凹了进去。

人满为患的学校

“这里连灯都没有，黑咕隆咚的。”初二 112 班某学生的家长文金莲站在一号楼梯拐角的平台上，指着顶上的天花板说。

踩踏事故发生后，育才中学学生家长和四面八方的群众全都奔向了一号楼梯这个事故现场。

“这个楼梯太滑了。”一个手里拿着个摩托车头盔的矮个子男人用鞋子磨蹭着地面说，“楼梯上连防滑条都没有。”

一个穿黄色户外服的男子发现，楼道里也没有安全警示牌，而这是教育部规定必须设置的。在这个楼道下阶梯的拐角处墙上，只有三条与安全警示无关的标语。

“这个楼梯也太窄了，能过几个人？”一个戴皮帽子的老人质疑。一量，1.34 米，如果学生同时并排走，最多能容三人。

有家长说，这个学校有 3000 多名学生，一共 52 个班，全都集中在这栋教学楼里上课。而这栋教学楼只有 4 座楼梯，且全部跟一号梯一样，宽 1.34 米。

班级人满为患成了所有家长抱怨的焦点。初一 128 班的曾尧宇说，他们班有 70 人。冯艳说，他们班有 69 人。由于人数太多，学生的座位间距窄得不能再窄了，几乎所有教室都是满满当当的。

有家长反映，学生寝室也是人多拥挤，“一个寝室里住 30 多个孩子”。

在这栋教学楼的主楼大厅梁上，有一行标语：“让更多的孩子受到更好的教育”。

“安全都保证不了，何谈教育？学生太多是（造成事故的）根本（原因）！”龚剑的舅舅陈耀明说。他家就住在育才中学旁边，他说，育才中学是当地教育质量颇佳的学校，是一所民办中学，“招生有点招得太过分了！”

正因为教学质量好，许多家长不顾路途遥远把孩子送到这里，出事后，来到现场的，就有来自韶山和湖南浏阳、宁乡等地的家长。

“平时这个楼道有老师值守，怎么昨晚就没了呢？”来自韶山的家长欧湘辉说，她多次来探视过小孩，每次都要等到孩子晚自习结束回到寝室后才回家，看到一号楼梯经常有老师值守。

但谌健说，当晚并没看到老师在现场维持秩序。

“学校绝对有责任。”一个从宁乡赶过来的姓张的家长说，她也是一所民办学校的教师。据她介绍，她所在学校学生下自习后，都由老师送到寝室，交给生活老师管理。“我们每天晚上都送，轮班送，这里即使不送到寝室，也应该送到一楼啊！”

张老师说，这就是责任事故：“楼梯这么少，为什么不按照班级来分好梯子，哪个班级从哪儿下，为什么不规定好？值班的老师和班主任都有很大的责任。”

130 班的万学文同学说，学校其实也分过，“但并没有什么人遵守”。

张老师也看到过学校的危险：“我每次来，看到学生一下课，楼梯间都是人。我还专门提醒儿子说，不要成群结队地走路。”

在一号楼梯的拐角处，不知谁放上了一支红玫瑰。8 日下午 4 点，育才中学分班举行追悼大会，全体学生起立默哀。132 班的李艳阳头垂得低低的，在他们班上，有七八个空位，但其中有 3 个空位，座位的主人再也不会回来了。

刊发日期：2009 年 12 月 9 日

官场现形

别看一些官员平时口口诺言，暗地里却干些权钱交易的勾当，出了事情总是隐瞒真相，政府公信力遭遇空前挑战。

云南省委宣传部“吃螃蟹”，公开邀请网民参与“躲猫猫”事件

真相不能“躲猫猫”

□ 张文凌　杨昌洪

2009年2月20日清晨7时40分，云南省委宣传部新闻处副处长龚飞在他的办公室打开电脑，他发现他的QQ里又增加了几百个要求参加“躲猫猫”舆论事件真相调查的报名者。“从昨天下午我们把公告放到网上，截止到今天早上，通过电话或QQ报名参加调查的人已超过1000名。”龚飞说：“此举社会反响之大，大大超出我们的预期。更没想到的是，省外的网民也这么积极。在1000多名报名者中，有1/3是省外网民。”

2月19日下午3时，云南官方网站刊登了一份由云南省委宣传部发布的《参与调查“躲猫猫”舆论事件真相的公告》，公告称：“玉溪市红塔区北城镇青年李荞明在看守所受伤、不治而亡一事，广受媒体特别是网络媒体的关注。因此事而诞生的‘躲猫猫’一词迅速成为网络热词。为满足社会公众的知情权，省委宣传部将会同相关部门组成调查委员会，于2月20日上午前往昆明市晋宁县具体事发地，对‘躲猫猫’舆论事件真相进行调查。现面向社会征集网民和社会各界人士代表4名，作为调查委员会成员参与调查。”

不料公告刚贴上网不到一分钟，龚飞就接到了第一个网友“风之末端”的报名。在接下去的几个小时里，无论是办公室电话还是手机，不断响起铃声，而他的电脑上，QQ也不断处于跳动状态，许

多人都以“加我为好友”的方式来报名。

对于这样一件从没有过的新鲜事，无论是网民还是媒体，都有些怀疑公告的真实性，特别是电话不断占线，更让不少人以为是网友的“恶搞”。一位省外媒体的记者3次给龚飞打电话，在询问了不少问题之后终于确认公告的真实性，兴奋地连夜乘飞机赶到昆明。

截至当晚8时，报名者已超过500人。经过随机选择和电话联系后，调查委员会的人选最终确定了下来。“在网上的活跃度”和“是否有独立的思考”是确定人选的两个重要标志。

随着公告迅速被各大网站转发，和云南网不断上传的新消息，网民对“躲猫猫”事件的关注度也不断升温，各种舆论在网络上沸腾起来。网民们开始放弃对“躲猫猫”案件中一些细节的争论，转而议论起网民参与调查的各种积极意义。有网民说：“除了公开调查，网民还有什么资源和能力，去调查国家的执法机构?”他们称这一“开全国先河”的举动“反映出云南新闻改革的力度”。还有网友建议“有幸参与调查的网友最好带上笔记本、摄像机、照相机、录音笔，弄个全程直播，让全国其他关心此事的网友也一睹这次‘意义重大’的调查事件”。

第一个报名并成为调查委员会主任的网友“风之末端”兴奋得一夜没睡好。“很意外，没想到有这样的事情。”他说：“我一直在关注网络上对‘躲猫猫’的争论，但我都没说什么。报名参加就是想去搞清楚事情的真相。”他综合自己和网民的疑点，“准备向被调查对象询问10个问题”。

另一个被任命为副主任的网友“边民”认为，参加调查委员会并不一定能搞清楚事情的真相，“因为调查真相需要专业人士”。“但我们这些人去，可以给公众一个知情权。直接和有关人员对话，把看到的听到的公之于众，我认为调查委员会的目的也就达到了。”他说。

记者注意到，这个临时组成的调查委员会，尽管成员们此前大都互不认识，但在一天的调查中，他们已经达成了相当的默契。这些网民代表“出于公民的良知，尽量去了解事实的真相”，让他们显示出足够的责任感。在晋宁县公安局，当听了警方和检察院对案情的介绍后，每个成员都就一些细节问题进行了询问，对于警方不太详尽的回答，他们都做了追问。

虽然是第一次接受这样的调查，但案件发生以来，每天只能休息3个小时的晋宁县公安局副局长阎国栋表示：“对这样的调查方式是欢迎的。”他说：“这也是我们公布事件真相的有效途径。”

“网络舆论对此事件的关注虽然给我们带来了压力，但这些压力不能阻挡我们对这一案件的依法调查。”阎国栋说：“尽管媒体的一些报道与事实不符，但是这样的事发生在我们看守所里，我们就有责任，我们没有完成保护好在押人员安全的任务，如果要问责，我愿意接受处理。”

晋宁县人民政府副县长、县公安局局长达琦明也表示：“虽然检察机关的调查已经显示干警没有失职、渎职行为，但是在押人员李荞明死于看守所中，看守所是有责任的，说明我们的管理还有漏洞。”

“调查委员会前来调查真相，是一种有益的尝试，不仅可以使谣言止于公开，也会在促进我们严格文明执法、加强看守所管理方面起到积极的作用。”他说。

“尽管参与调查的人员大多不是专业人士，但公安机关和检察院在公众的监督下认真履职，就能保证这次调查的公正性。”晋宁人民检察院副检察长韩红兵说。

晋宁县公安局在该局举行了“2·08”案件（“躲猫猫”事件）情况通报会，向15人“躲猫猫”事件调查委员会委员通报了案件情况。

据晋宁县公安局副局长闫国栋介绍：2009年2月8日，晋宁县看守所一在押人员李荞明突发意外受伤昏迷，后经抢救无效死亡。

经晋宁县检察机关和公安机关相关部门调查核实：该事件系在押人员趁民警刚巡视过后擅自进行娱乐游戏时，发生的一起意外事件。

2009 年 2 月 8 日 17 时 50 分，晋宁县看守所值班民警接到 9 号监舍有人受伤报告，值班民警立即赶到 9 号监室查看，发现在押人员李荞明已受伤昏迷。看守所民警立即将李荞明送往晋宁县第一人民医院抢救，经检查李荞明头部受伤，因伤情严重需立即转院。在医务人员和看守所民警的陪护下，立即用救护车将其送往昆明市第一人民医院进行治疗，同时晋宁县公安局向上级部门和检察院报告情况，相关部门立即对事件进行调查。2 月 12 日 6 时 50 分左右，李荞明在昆明市第一人民医院医治无效死亡。

事发后，晋宁县委、县政府高度重视，要求立即进行调查核实，查明真相。同时，晋宁县人民检察院也迅速对事件展开调查，并于 2 月 10 日，将李荞明受伤一事调查情况通报晋宁公安局。

接到晋宁县人民检察院初步调查情况通报后，晋宁公安局刑事侦查大队按照法律规定，立即对该案进行立案侦查。经依法侦查初步查明：晋宁县看守所第 9 号监室内共关押 11 名犯罪嫌疑人，2009 年 2 月 8 日 17 时 50 许，晋宁县看守所在押犯罪嫌疑人普某某、李某某、余某某等 6 人趁民警巡视完毕过后，在第 9 号监室放风间内擅自玩起了“瞎子摸鱼游戏”，6 人以“黑、白、手”的方式决定出由李荞明先当瞎子摸其余 5 人，在游戏过程中，普华勇首先被李荞明摸到，随后李荞明拉着普华勇的手要求换人，普华勇认为游戏还未开始，与李荞明发生争执，普华勇用脚踢在李的胸腹部，又一拳打在李头部左侧，致使蒙着眼睛未能防备的李荞明头部猛撞在监室门框上受伤。整个事件事发突然，造成了李荞明受伤不治身亡的严重后果。

晋宁县人民政府副县长、县公安局局长达琦明表示，该案正进一步调查中，晋宁县公安局正在协调家属处理善后事宜。

刊发日期：2009 年 2 月 21 日

真相不能“躲猫猫”

【补白】

2009年2月27日，云南省检方宣布的调查结果让真相大白：李荞明系被看守所内“牢头狱霸”以玩游戏为名殴打致死，而非晋宁县警方原先所说的与狱友玩“躲猫猫”游戏时不慎撞伤致死。

一时间，舆论哗然。对此，公安部党委要求各级公安机关迅速采取有力措施，杜绝公安监管场所发生在押人员非正常死亡事件。

“躲猫猫”事件带来的震荡，引发了全国公安监管工作的变革。

学者们提出了看守所与公安机关分离的建议。法学家认为，看守所在公安机关与刑侦、预审等部门平行，都肩负着打击犯罪的使命，在共同的目标下，为了节约资源、迅速结案，就会出现超期羁押、默认“牢头狱霸”等一些不正常现象，而律师难以在看守所会见当事人更是一个老问题。正因为此，如何让担负羁押犯罪嫌疑人以保证刑事诉讼顺利进行的看守所保持中立，早已是民间呼声。

河南南阳一处经济适用房变脸幕后

三份合同成权力寻租铁证

□ 刘万永

为了一张房产证，河南省南阳市市民田阳（化名）最近很沮丧。3 年前，她卖掉原来的房子，又拿出家里的 10 万元积蓄，又借了 10 万元，总共花了 30 多万元购买了南阳市风帆·金色世家小区的一套房子，可 3 年过去了，房产证却一直办不下来。

"每平方米 1500 多元的房子，在南阳也算高价了。知道是南阳市住房统建综合开发公司（以下简称"统建公司"）开发的房子，我才放心买的，可谁知道最后还是掉进了陷阱里。"田阳说。

因为单位效益不好，田阳原本想着办好房产证去银行抵押贷款，做点小生意，可统建公司并没有按合同约定"在商品房交付使用后 90 日内办理房地产权属证书"，她的梦想一再落空。

不止田阳一家，在交齐购房款、办证税金和大修基金等费用后，风帆·金色世家小区的 420 户业主，都没有拿到房产证。

业主们开始上访。南阳市房产管理局的答复让他们感到震惊：在向业主收缴办证税金和大修基金 371 万多元后，开发商南阳市统建公司的合作伙伴——南阳市银龙科技发展有限公司（以下简称"银龙公司"）一直没有把钱交到房管局，资金去向不明，房管局不能办证。

在南阳市房产管理局出具的一份报告中，业主们发现了一个更让他们震惊的事实：风帆·金色世家小区本来是河南省原计委批准的经济适用房项目，最终却按商品房出售，土地使用权仅为50年。

拿着购房合同，业主李玉会对记者说："南阳市统建办上套国家优惠政策，下骗老百姓多交钱，这才叫两头通吃！"

统建公司的官方背景

在风帆·金色世家小区的业主看来，南阳市统建办是典型的官办公司，依靠出卖权力获得利益，业主因为相信统建办以官方身份开发的小区，没想到掉进了不能办理房产证的陷阱。

风帆·金色世家小区位于南阳市车站南路，占地96.75亩，建筑面积97000平方米。规划建设14栋住宅，其中建多层住宅12栋，小高层2栋，地下车库5300平方米，半地下室5900平方米，商业用房14700平方米。一期开发建设5栋，于2005年10月交付使用；二期开发建设7栋，于2007年7月交付使用。三期2栋小高层尚未开工。

风帆·金色世家原名车南小区，由南阳市统建公司开发建设。南阳市统建公司还有另外一块牌子——南阳市住宅统建综合开发办公室，现任统建办主任雷胜利也是统建公司的总经理。

南阳市住宅统建综合开发办公室是南阳市房产管理局下属的事业单位。资料显示，统建办成立于1978年，目前主要负责南阳市的经济适用房建设。

《南阳日报》2007年11月的报道《南阳市房管局住宅统建办公室：让中低收入家庭早日圆住房梦》中说：1997年以来，随着住宅制度改革的不断深入与完善，住宅统建办拉开了连续8年的三个批次的经济适用房的开发建设。第一批，承接市委、市政府的经济适用房风帆小区一期工程，建各种结构住房810套；第二批，2002年承建风帆小区二期工程，提供住宅600套；2004年又建设商品房风帆小区三期工程，共建住宅540套。三个批次下来，风帆小区共为社会提供经济适用房1700多套（原文如此——记者注）。

这篇报道提及的风帆小区三期即为风帆·金色世家小区。

南阳市房产管理局官方网站显示，南阳市房产管理局领导班子成员、房改办主任安怀申主管统建办。

在河南省原计委《关于下达经济适用房计划的通知》【2000豫计投614号】文件中，车南小区被列入南阳市经济适用房计划。

然而，2004年7月6日，南阳市房产管理局、南阳市住房委员会办公室联合下发了《关于取消"车南小区"经济适用住房建设计划的通知》，称"'车南小区'原计划为今年我市经济适用住房小区，项目单位为市住宅统建办公室。该项目在实施过程中，因土地属于出让性质，核定预售价格偏高，部分户型设计面积偏大，有违宛政【1999】87号和宛政【2002】55号文件规定"，经研究，并报请市政府同意，取消该项目经济适用房建设计划。

此后，南阳市房产管理局为风帆·金色世家小区颁发了《商品房销售（预售）许可证》，风帆·金色世家面向公众销售。

"政府划拨"变成了"协议转让"

按照国家政策，经济适用房建设用地由政府划拨，目的是为了降低开发成本以拉低房价。在车南小区项目中，原本属于"出让"性质的土地为什么成了经济适用房项目？

车南小区地块使用权原为南阳市石化工贸有限公司所有。南阳市国土资源局提供的档案表明，经南阳市政府批准，根据宛政【1995】196号文件，南阳市石化工贸有限公司获得了该宗土地，获取方式为"划拨"，转让土地面积为50693.3平方米（76.04亩），规定用途一项为空白。

银龙公司1998年4月16日提交给南阳市土地管理局的《土地变更登记申请书》中，说明了"申请变更登记的内容和理由"：由于市石化工贸有限公司征用车站南路划拨地已有几年，现无力开发。

现经市土地局转让给银龙公司，补办出让手续，补交出让金，由银龙公司进行群体商品楼开发。

1998 年 4 月 14 日，经南阳市土地管理局审查同意，该宗地被转让给银龙公司，土地用途为“住宅”，转让年限为50 年。

银龙公司的一份合同显示，银龙公司为取得该土地，花费共计3380 万元。

1998 年 4 月 16 日，银龙公司出具《土地登记法人代表身份证明书》，证明宋宝琴为该公司董事长、法人代表。

同一天，银龙公司委托李兴东全权办理银龙公司车站南路的国有土地使用权的登记事宜。

至此，该宗土地从“政府划拨”变成了“协议转让”。

合同约定利益分成比例

2001 年 7 月 13 日，银龙公司（甲方）与南阳市统建公司（乙方）签订《联合开发经济适用房合同》。《合同》说，联建项目名称为“丽都花园”（风帆三期），又名车南小区（风帆三期）。联合开发形式为：银龙公司提供建设用土地和全部建设资金，南阳市统建公司负责提供开发用经济适用房建设指标和办理报建减免手续。

为鼓励经济适用房建设，国家出台了经济适用房优惠政策，主要是，经济适用住房建设项目免收城市基础设施配套费等各种行政事业性收费和政府性基金。经济适用住房项目外基础设施建设费用，由政府负担。经济适用住房建设单位可以以在建项目作抵押向商业银行申请住房开发贷款。

《合同》规定了双方的利益分配方式。联建项目获得的开发利润全部归银龙公司所有，统建公司不参与分配。统建公司只在联合开发过程中获得一定量的开发代理费和场地使用费，支出形式以代理费、场租费、车辆购置费和人员报酬等名义出现，支付时间可分别在开发始、售房后和开发终三个阶段分次付给。

《合同》规定，统建公司获益的标准为因使用经济适用房计划指标而“节省的前期工程费”额度在：

1. 达到500万元（含500万元）时，由银龙公司按总额的25%付给统建公司（不含车辆购置费）。

2. 达到600万元（含600万元）时，由银龙公司按总额的28%付给统建公司（不含车辆购置费）。

3. 达到700万元（含700万元）时，由银龙公司按总额的30%付给统建公司（含车辆购置费）。

《合同》规定，考虑到在办理项目前期手续时工作量较大，急需交通和通讯工具这一情况，经双方商定，合同签订后由银龙公司出资购买轿车一辆，价值为24万元，由统建公司使用，届时其所有权归统建公司。

那么，南阳市统建公司约定的责任又是什么呢？

《合同》规定，统建公司负责为该项目提供有效的、合法的经济适用房计划指标；负责办理该项目的前期报建手续和经济和费用减免手续（原文如此——记者注）；提供销售场地（三处）、设施和部分销售与工程技术人员；配合银龙公司做好工程质量、进度的管理并协助银龙公司做好销售工作；负责办理房屋的产权，在办理产权时产生的相关税费由银龙公司承担。

《合同》还规定，在三个月内，若受政策因素影响而仍未办妥减免手续，统建公司应承担银龙公司为其提供的车辆购置费和办公费，并承担相应的利息。

2003年12月31日，银龙公司（甲方）、统建公司（乙方）和张英绪（丙方）签订了《关于车南小区（风帆三期工程）急待解决问题的协议》。

《协议》对该项目售房款按如下顺序偿还及分配利润：第一，售房款必须首先偿还银龙公司为取得该土地的银行贷款及土地价款的资金占用费、征地赔偿款共计人民币3380万元；第二，售房款偿还为开发该项目投入的资金和资金占用费及贷款利息；第三，税后利润的分配，银龙公司占40%，统建公司占20%，张英绪占40%。

《协议》还规定，本着节俭求实的原则，急需配置一辆有形象、价位较低的约10万元左右的小车（只含购车费），又考虑到经费的紧张，暂由统建公司和张英绪出资购车，作为股份投入的一部分。

2006年4月22日，风帆·金色世家二期开始公开排号。当地媒体的报道说，在进场前，前来排号的市民已在售楼部门口排起长队，活动开始后，售楼部内人头攒动，火爆异常。

为银龙公司“服务”获利200多万元

2007年2月2日，统建公司（甲方）与银龙公司（乙方）签订了第三份《合作协议》。

《合作协议》约定，双方的合作形式是统建公司提供开发资质、收取有偿服务费，银龙公司出项目所需全部金额，该项目的盈亏及相关责任都由银龙公司单方面承担。

《合作协议》约定，经协商，银龙公司同意统建公司撤出股本金及产生的红利。

那么，统建公司的股本金有多少呢?

《合作协议》说，统建公司前期投入股本金182万多元。其中，统建公司以借款形式支取100万元，双方同意经财务手续将其修订为撤出股本金100万元。经协商，双方均同意对统建公司前期投入的股本金与其产生的红利进行结算。

协商的结果，双方同意统建公司前期投资共分得股本金及红利250万元整（统建公司撤出的股本金100万元除外）。

《合作协议》“其他”项第5条规定，银龙公司在本协议签署前一次性将50万元汇入统建公司账号，余下的200万元由银龙公司以交付门面房产权的形式支付冲抵（门面房价格等同银龙公司销售同地理位置门面房价格，其中一期商铺100万元，二期商铺100万元）。

协议称，协议签订后，统建公司完全退出车南小区经营管理。如银龙公司需要，统建公司须全力配合银龙公司工作。

协议还对双方第一份合同涉及的24万元作出约定：统建办所借银龙公司24万元借款，经双方协商冲抵其他项5条，指现金12万元，余下的12万元冲抵一期商铺。

也就是说，统建公司通过为银龙公司“服务”，获得了200多万元的收入。

协议还规定，统建公司负责办理小区购房户房产证，办理房产证前由银龙公司收取住户办证费用后交给甲方。如银龙公司未及时收取或收取费用后未交统建公司，由此产生的办证逾期等责任由银龙公司承担。

这一规定被业主们称为统建办的“免责协议”。

合同是否执行说法不一

金色世家小区的业主认为，南阳市统建办与银龙公司签订合同，以帮助办理经济适用房指标换取入空股分红，是典型的“出卖权力的合同”。

给安怀申不认为统建办入股存在问题：“统建办和统建公司是两个不同的单位，统建公司有70多名员工，要想吃饭就要搞创业呀！”他还反问记者，“你说，首钢属于官商吗？人家是国有企业。我们同样不存在官商勾结的问题。”

安怀申对中国青年报记者强调，签订合同，重要的是看结果，看是否实施了。“我们和银龙签订的第一份合同基本没有执行，就有一辆车，统建公司撤股时已经还了。”

记者问后两份合同的执行情况，安怀申表示“得去问统建办”。

但是在南阳市统建办，记者得到了不同的回答。

南阳市统建办主任雷胜利对中国青年报记者说，正是因为第一份合同得到了执行，才有后来的两份合同。

雷胜利说，统建公司撤股时，实际分得了250万元，其中有50万元现金，200万元门面房，现在已经卖出了两套。“扣除我们的本金投入，实际上也就是净赚70万元。”

刊发日期：2009年8月5日

【补白】

据南阳当地媒体2010年1月11日报道，2010年1月10日，南阳市委反腐败协调领导小组举办新闻发布会，通报了全市2009年反腐败工作情况。据通报：认真查办严重侵害群众利益的案件。查处了“风帆小区经济适用房”案件，给予市房管局原局长丁玉仓、市住建办原主任安怀申开除党籍、开除公职处分，并移交司法机关依法处理。市纪检监察机关还多方协调，为452户住户办理了房产证。

逯军“替谁说话”事件溯源

□ 叶铁桥　雷　宇

“你是准备替党说话，还是准备替老百姓说话”，河南省郑州市规划局副局长逯军的这句话，经中央人民广播电台报道后引起了舆论的巨大反响，一时间，“替谁说话”事件成了全国公众热议的焦点。

这一事件的起源是，郑州市须水镇西岗村原本被划拨为建设经济适用房的土地上，竟然被开发商建起了12幢联体别墅和两幢楼中楼。在“替谁说话”事件成为全国热点之后，许多人不知道的是，西岗村村民为了维护自身的权益，进行了长期而艰巨的抗争，却一直收效甚微。

这是因为，村民们逐渐发现，他们面对的开发商“不是一般的人”，“人家有钱有权，可以为了利益不择手段”。

土地争夺战

西岗村位于郑州市西部的中原区，紧邻郑州市后备水源地西流湖。10多年前，这里还是华北平原上的一个小村庄，即使现在，走进村里，凌乱的自建楼里还依然有猪圈，村头边边角角的地里，还有村民种的小麦和马铃薯。

近年来，城市的扩张使这片原本宁静的乡土喧嚣起来，持续升温的城市化进程使西岗村日益变成了“城中村”。与所有“城中村”一样，对于这个村庄而言，最大的“摇钱树”还是土地。

西岗村的土地中，6组的一块耕地由于地块大，地势平整，又靠近西流湖景区，成了开发商眼中的“肥肉”。这块土地原本麦菽飘香，果木林立，但在几任村委“开发”的鼓动下，这100多亩土地逐渐荒芜下来，村民也盼着“以地生钱”。

6组的村民最先接受的是“租”。2004年，在西岗村村委会的协调下，该组签订了租赁合同，决定向河南天荣置业有限公司（以下简称天荣公司）出租40.177亩地，租金12万元每亩，租期50年。

但村民们没有料到的是，天荣公司以解决拆迁安置房问题为名，多次打报告，获得了将这块土地作为经济适用房建设的资格。

然而，2007年年初，村民发现，这块“出租地”建起来的房子，并不是当初批准建设的经济适用房，而是套内面积巨大的花园洋房和联排别墅，小区名为“西湖小区”。一套房子的面积甚至达到300多平方米，让人惊诧。

传言开始在本已躁动的村庄流传，终于有人忍不住找到了村支书和村主任，得到的答复是“不清楚”，要去找组长，但组长又把皮球踢回了村支两委，在来回交锋中，终于有村民拿到了一份“土地转让合同”。

然而，这份合同却让村民顿时有了种被骗的感觉。“土地是我们的命根子，当初说的是出租，现在怎么变成转让卖地了？”

自发的维权行动

2007年5月4日，村民们出钱雇了一个铲车，封堵了进入小区的路，并开始向开发商索要《建设用地规划许可证》、《建设工程规划许可证》、《建筑工程施工许可证》、《国有土地使用证》和《商品房销售（预售）许可证》等“五证”。然而，一再声称证件齐全的开发商，却从没向村民出示过这些证件。

由于村民的坚持，事件进入胶着状态，小区内的施工也随之停了下来。

但让村民们万万没想到的是，停工后他们等来的不是胜利。事实上，更加秘密的交易正在私下酝酿。2007年4月，在未履行《村民委员会组织法》规定的民主议事程序前提下，西岗村村委又与天荣公司签订了《土地征用合同》，将西岗村6组130亩耕地出售，每亩售价18万元。

这次，他们采取的是“先上车，后买票”的策略，先将土地出售出去，再组织召开村民大会讨论。

这种做法当然激起了6组村民的强烈反对，有村民凑了3万多元专门委托河南港联土地估价事务所有限公司进行土地使用权价格评估，结果发现，即使按照2006年10月10日的土地使用权价格作为评估基准日，最低每亩价格仍定在了29.3万元。无疑，每亩18万元的价格离评估的最低价尚有不小距离。

在与村里抗争无果的情况下，村民先后向须水镇、中原区、郑州市及河南省几级政府的相关部门反映情况，但最终却没什么进展。

在此情况下，6组村民选出了代表，远赴北京，到国家信访局、国土资源部等国家部门反映情况。

2008年年初，他们终于盼来了第一缕曙光——郑州市国土局对群众反映的问题书面答复称：“在群众和村里的矛盾未解决前，通知相关处室，暂停办理该宗地的土地业务。”

然而，他们没料到，2008年1月18日下午，开发商带领近百名施工人员运来施工工具，要在麦田里建起围墙。村民们听闻这个消息后赶往现场阻止，开发商却组成人墙，不让村民靠近，并且将试图保护自家田地的村民打伤。

村民拨打110报警，苦苦守候5个小时却没有等到要求前来解决问题的村镇领导。闻讯赶来的村民越聚越多，开发商这才悄然溜走。

次日下午，开发商再次带着施工人员进入麦地，随同前来的数十名年轻人衣着装束分外惹眼，这次斗争也是直到警方出面才结束。

一些老上访户开始退缩

让村民伤心的是，连续两天的恶性事件，多名群众受伤，却没有一个村镇领导出现。

2008 年 1 月 20 日，西岗村 6 组村民在一封题为“和平年代的战争——土地”的求助信中，写下了这样一段话，“现在已经是严寒三九天，外面下着雪，很冷，老百姓的心更凉!”

接着，有消息灵通者探听到，开发商决心“春节前要占地，不然奥运会更难办”。

2008 年农历年关，开发商祭出买地“新招”：通知村民可以到村委会领补偿款，每人 3.01 万元。一位村民告诉中国青年报记者，领补偿款现场，村委会专门安排了数十名保安，阵势森严地维持秩序。但由于不满补偿款太低，且分配方式不透明，一半以上的村民拒绝领钱。

2008 年 3 月 27 日，须水镇党委副书记、武装部长等人带着 200 多人，开着 4 辆推土机，浩浩荡荡地从村西头过来，警察和保安里外几层手挽手组成了人墙，沉寂了两个月的土地再次动工。

绿油油的麦子已经出了膝盖，几户人家的菜地里还有蒜苗，一个村民拿着铁锨想把菜抢出来，推土机已经开到身边，“铁锨埋在土里，差点把人都埋在里面了。”

100 多名村民几次冲击失败，站在人墙之外，眼睁睁看着赖以生存的田地夷为平地，垒起围墙，满耳只有隆隆的机器声回旋。

2008 年 6 月 2 日，运砖的车辆把路面轧坏，民愤再一次涌动，有村民拦住了进入西湖小区的车，但没多久，一辆面包车突然开到，有 8 个男子拿着两三尺长的砍刀，见人就砍，拦车的村民不及防备，有三人被砍倒，现场一片哀嚎。

次日，被激怒的100多名村民来到河南省委门口，要求严惩凶手。中原区政法委书记李华云随后赶到，力劝村民回家，表示会严惩凶手，并对土地问题进行调查，给群众一个满意答复，随后，李还去医院看望了伤者。

然而，村民们对中国青年报记者说，此后，他们再难找到这位领导的身影，留下的手机号码怎么打也没人接听。之前承诺凶手被抓后，要开公审大会，这样的大会却始终没有看到。后来，3个被砍的村民，有两人获得了18万元的赔偿，1人获得了1万元赔偿。事件不了了之。

接下来，一些怪事开始在6组上访户中接二连三地发生。

有人办小诊所，新年度行医证不给办了，卫生系统马上打电话要查封；有人生产涂料，就有工商部门来查是否掺水；有人办养鸡场，十多年来都无事，但上访后却频频有工商部门找上门来，要求出示营业执照。而这些村民一旦表示放弃上访，所有这些问题就全都消失了。

慢慢地，一些老上访户开始退缩了。2008年9月3日，奥运会一结束，轰鸣的机器声再次在西岗村上空响起。除了几个铁杆儿，再无村民有勇气和胆量去对抗这个小区的施工者。

刊发日期：2009年7月6日

我们最应该感谢的人就是逯军！

□ 叶铁桥　雷　宇

西岗村村民们逐渐认识到，上访难以解决问题的根源在于，开发商的关系网特别复杂，“他们有钱有权，老百姓告到哪里，都有人藏着，有人掖着”。

一位村民说，自从天荣公司一步步落入更有背景的人手中后，他们打着开发房地产的口号，圈地卖地不择手段。为了利益，坑群众，骗政府，疯狂牟取暴利。

仍有人坚持上访。这群人中，年近50岁的6组村民宋铁桩的身影异常醒目——上访以来，他一直坚持实名举报，并留下自己的手机号，“保证24小时开机”。

但他一直举步维艰。他向中国青年报记者举例说，按照相关规定，2008年3月27日后，占地130余亩的经济适用房于开工前，开发商必须提前进行公示《建筑工程规划许可证》与《建筑工程施工许可证》，但是，直到2008年6月8日，该项目的《建筑工程规划许可证》才获得批准，并于2008年6月12日在施工现场进行公示，而《建筑工程施工许可证》此后很久才进行公示。

而50余亩的花园洋房和联排别墅，同样缺乏上述证件，宋铁桩说，如果政府不查处，说不定这些批文还真能被天荣公司拿到。“为什么这么多家单位管不住一家违规的公司呢?”

不过，他的坚持终于引来了关注。2009年4月20日，这个一辈子在田垄阡陌劳作的汉子第一次走进网络，不会电脑打字的他借朋友之手在当地门户网站大河网发出了一封题为“弄虚作假耕地良田多被占，化公为私集体利益遭侵夺关于尽快收回‘西湖小区’权益的紧急举报”帖子。

这个只有3个回帖的帖子最终引起了河南人民广播电台的注意，该台记者何岩联系他要求采访。之后，中央人民广播电台记者也介入了采访。

这些记者不知道郑州市规划局位于何处，长期上访并有蹲点规划局数日经历的宋铁桩把记者领到了规划局的门口，但他没有进去，自然无从听到副局长逯军那句引起了极大反响的话。

宋铁桩以近乎黑色幽默的口吻说：“我们最应该感谢的人就是逯军!”而这句话，也频频在6组的其他村民口中蹦出来。

2009年6月23日，网上排山倒海般的声讨还没消停，郑州市人民政府新闻办公室发布消息称，郑州市委、市政府成立调查组对此事进行全面调查，郑州市规划局副局长逯军被停止工作，接受调查。

舆论很快从讨伐“为谁说话”的亢奋中走出来，是谁审批了别墅建设，哪些官员从审批中获利，别墅建设之后隐藏着多么严重的官、商、黑勾结问题？人们的目光重新回到侵占了经适房用房用地的别墅上来。

6月25日，新华社记者在深入当地采访后，以通稿形式播发了题为《经适房变身豪华别墅：郑州中原区经适房土地建别墅调查》的报道，直指逯军迅速处理背后，认为问题别墅调查不该“躲猫猫”。

报道同时披露了一个重大事实：即使在郑州市已经成立调查组对上述事件展开调查期间，涉嫌违规建设的问题别墅仍未完全停工。

“我就是弄不明白，既然违规建设已经得到证实，有的部门甚至还表了态，但为什么施工却迟迟没有被叫停？难道我们养的‘猫’都是不会捉‘老鼠’的吗？”面对新华社记者的采访，宋铁桩曾这样质疑。

6月30日，新华社再次播发调查《“异化”的经济适用房——郑州经适房土地建别墅再调查》，调查发现，涉事小区早在酝酿之时就已被“异化”：虽然顶着经济适用房的光环，但其建设初衷却是为了解决拆迁户的安置问题。更加让人担忧的是，由于规划不当，该工程还处于郑州市饮用水源地保护区内。新华社报道认为，“和违规改建别墅相比，这个‘致命伤’更让人担忧。”

7月2日，中国青年报记者在西湖小区采访时发现，别墅区内，很多民工仍在其间做饭，躺在床铺上看书的民工说，“自己只管做事，其他的什么都不知道。”有村民说，近几日白天的确没有看到施工，但晚上却仍有施工者的身影。

7月3日上午，中国青年报记者来到郑州市纪委。宣教室工作人员称，市纪委、土地局、规划局、公安局、建委、房管局等多个部门已组成专案组，“事件目前正在调查中，进展情况不便回答，有结果后会及时向社会公布。”

而在“逯军语录的风暴眼”——郑州市规划局，新闻中心一位工作人员给记者出示的一纸“关于须水镇经适房用地建别墅事件的情况说明”中称，“查处结果由市监察局统一向外公布，各部门无答复权。”

这则没有加盖公章的“情况说明”中，落款时间为2009年6月18日，这正是中央人民广播电台播发稿件次日。

专案组成立20天后，事件调查的进展乃至结果仍是一个谜团。

刊发日期：2009年7月6日

【补白】

记者2009年7月13日下午从郑州市纪委获悉，郑州市政府公布了对“经济适用房建成豪华别墅”事件（本报7月6日报道）的调查结果和处罚决定，依法取消河南天荣置业有限公司“西湖秋韵”小区一期3万平方米的经济适用住房建设计划，并处罚金。郑州市纪委有关负责人表示，官员涉案仍在调查中。

郑州市纪委宣教室证实：经过20多天调查发现，河南天荣置业有限公司于2000年10月和2006年9月分别取得了3万平方米和9.9万平方米的经济适用住房建设计划，但是这个公司在未取得《建设工程规划许可证》和《建筑工程施工许可证》的情况下，在经济适用住房用地上，占地36.098亩，违法建设14栋124套住宅，其中230.91~292.2平方米的住房58套，336.04~499.03平方米的住房32套，甚至还有502.36平方米的住房。

针对河南天荣置业有限公司违法建设事实，郑州市房管局报请市政府，依法取消天荣公司“西湖秋韵”小区一期3万平方米经济适用房建设计划；市规划局依据《城乡规划法》第六十四条之规定，责令其停工、依法依规限期改正，并处违法建设工程总造价5%~

10%的罚款；市建委依据《建设工程质量管理条例》第五十六条、第五十七条等相关规定，对该项目一期工程未取得施工许可证、未办理工程质量监督手续擅自施工的行为，依法予以处罚。

有媒体注意到，当地群众普遍反映的“经济适用房建成别墅”事件背后，存在着郑州市规划局、房管局、国土局和建委等多个政府部门明显的错误甚至违法行为，这一决定并未公布对此的处罚措施。

对此，郑州市纪委宣教室负责人在接受中国青年报记者电话采访时称：“联合调查组分成两块进行立案调查，一部分查事，一部分查人，事就是天荣置业有限公司是否违法占地，手续是否齐全；针对人的调查主要关注批地手续是否合法，是谁批的。”

该负责人表示：“目前是对事实部分的发布，只有把事情查清楚了，再看哪一个人违法了，在其中起什么作用，涉及什么事。”

对于引发公众关注的市长助理是否涉案问题，该负责人称，“正在调查中，调查清楚了该谁负责就谁负责”。

截至2010年8月15日，调查结果未见公布。

湖北麻城官场震荡

——市委书记、一名副市长及多名局长被查

□ 叶铁桥　雷　宇

2009 年 3 月以来，湖北省黄冈市所辖的麻城市陆续有官员被查，先是该市房地产管理局局长陶兴文被黄冈市检察院带走调查，随后，该市建设局局长夏桂松和副局长熊文俭被黄冈市纪委双规。但真正引起震动的事情发生在 5 月 15 日，麻城市委书记邓新生被省纪委双规，5 月 31 日，麻城市委常委、副市长徐圣贤被黄冈市纪委双规。

短时间内这么多官员被查，在麻城市引发剧烈震荡，有官员在接受中国青年报记者采访时，以“麻城官场‘地震’”来形容此次事件对麻城的影响。

据了解，上述官员被查仅在小范围内公布并且语焉不详，当地大多数官员和民众没有得到切实的消息。坊间对于他们出事原因的猜测也开始四处流传、发酵。

由于事涉房地产管理局、建设局，而徐圣贤也分管城市建设，因此，许多猜测都指向了当地近几年来蓬勃发展的房地产行业。一些官员也认为，他们的倒台，或许与开发商向他们行贿有关。

在接受中国青年报记者采访时，麻城市纪委负责人认可了这一说法，至于网上涉及买官卖官的传言则有待核实。黄冈市纪委一位副书记以案件正在调查为由，拒绝介绍情况。

多名官员接连被查

麻城市某局一名不愿意透露姓名的负责人说，麻城官场“地震”的发生，始自房地产管理局和建设局的两位一把手被查。

在这位负责人看来，房地产管理局局长陶兴文的问题明显要严重一些，“因为他是被检察院带走的，没掌握证据应该不会这样吧”。

在百度“麻城吧”，也流传着陶兴文受贿几百万元和私生活不检点的帖子，但多名接受本报记者采访的麻城官员认为这些都只是猜测，可信度不高，真相有待调查部门的认定。

与此同时，建设局局长夏桂松和副局长熊文俭被双规在当地引起猜测，由于建设局和房地产管理局都属于建设领域，许多人怀疑他们被查，与房地产商过从甚密有关。

而真正引发大震动的，是市委书记邓新生被双规。据知情人透露，5 月 15 日，邓新生被通知去黄冈市开会，会议刚结束，他即被湖北省纪委带走。

知情人表示，邓新生被双规早有迹象。陶兴文、夏桂松被查后，上级部门已多次找邓新生谈话。因此，当地一些人士认为，邓新生被查与陶兴文和夏桂松被查有直接关系。

随后的市委常委、副市长徐圣贤被双规，更被当地人士认为，“应该是一条绳子上的蚂蚱，不会是单独的事件”。

据了解，徐圣贤也是被通知去黄冈市开会后被双规的。

由于邓新生是黄冈市委常委，副厅级干部，他的案子由湖北省纪委直接调查。而徐圣贤的问题，则由黄冈市纪委负责查处。

6 月 29 日，记者在麻城市政府官方网站市长之窗栏目中发现，市政府领导名单中，其他所有市长、副市长、调研员、市长助理的照片、分工、简历分列其间，而徐圣贤的名字则踪迹全无，名单中的领导分工中也没有出现建设局和房地产管理局。

麻城市纪委书记周晓华向中国青年报记者证实了上述官员被查

的消息，并表示“既有经济问题，也有违纪问题”，与房地产商的往来也在调查范围之列。

但他同时表示，并没有掌握太多情况，“案情没调查清楚，不好发表太多看法”。

麻城市人大常委会常务副主任陈远亮表示，目前，徐圣贤的副市长职务已经被市人大常委会罢免，但人大代表的资格还没有免。房地产管理局新局长已经到任，但建设局局长夏桂松还没被免职。

他说，由于陶兴文、夏桂松都是麻城市人大代表，在检察院和纪委查这两人时，都经过了市人大的同意，市人大也签署了同意采取强制措施的意见。“他们到底犯多大错误，经济问题到底有多大，（上级部门）还没有下结论，还要等到下一步的进展情况”。

黄冈市纪委有关负责人则直接拒绝了记者采访，表示“无可奉告”。

当地官员对被查者评价不一

由于邓新生在麻城从政10余年，又是当地现任主政官员，他的被查在当地反响强烈。

有官员介绍说，邓新生是由黄冈市所辖的另一个县黄梅县副县长的任上过来的，从麻城市副市长的职位干起，副市长、常务副市长、市长、书记，十多年来一步步走过来，颇为不易。而网络勾勒的图景中则有着这样一些关键词：农村高考出来，从基层一步一步上升，没有任何后台背景……

与邓新生在工作上颇有接触的官员说，他在早几年比较平易近人，当上市委书记后，让人感觉不太容易接近了，但他自己圈子内的人除外。

这位官员如是描述这个小圈子：一部分是官场上邓新生信任的干部；另一部分则以房地产商为主。

有官员说，陶兴文、夏桂松等人就是邓新生圈子内的人，而且是邓身边的“红人”，“这几个人平时就是在麻城官员中比较有争议的人，他们比较强势，也比较得意，不避讳跟一把手关系搞得来”。

与陶、夏同为市人大代表的一位官员说，他们总会有意无意地显示他们与一把手的关系，“比如开会迟到了，他们就会说，是邓书记给他们交代什么事去了。但这样的话他们只说一半，给大家留下想象的空间”。

邓新生在当地的评价不一，某局局长认为他有能力，能干实事，当地一位出租车司机亦有类似评价；但也有人认为他为官不正，“每到他被提拔的时候，总有人写匿名信告他的状，他被双规以后，网上说他有问题的也不少，但大多没有真凭实据”。

6 月 28 日，记者在麻城市政府大楼前的广场看到，一个巨大的红色雕塑分外醒目。这个题名“欣欣向荣”的城市标志性雕塑摆出的“OK”姿势——拇指与食指形成一个圈，其余三指伸出来。一位当地某单位的副局长说，这样一个城标被一些官员演绎成了当地买官卖官的黑色幽默——“要当局长？拿 3 万来就 OK”。但整体而言，这方面的传言并不盛行。

有官员说，当地在“以事取人，以德取人还是以关系取人”上，虽然也有偏向后者的情况，但也并不是特别典型。邓有没有在这方面犯事，还得有赖于纪检部门的调查。

徐圣贤也是从黄梅县副县长的任上调到麻城的，不过他是 2006 年年底调过来的，到麻城工作恰好两年半时间。

中国青年报记者接触的麻城多位部门负责人都对徐圣贤充满了好感，普遍评价他有能力，有思想，能做事，一位负责人还认为他“颇有个人魅力”。

据他们反映，徐工作的思路非常具体、非常到位，很具有操作性，而且敢于拍板，敢于负责，“跟一些身在其位却平庸敷衍的领导完全不一样”。

有官员猜测，徐圣贤分管城建，可能正是他出事的原因。

贫困县的房地产开发争议

麻城位于湖北省东北部，鄂豫皖三省交界的大别山中段南麓，版图面积 3747 平方公里，人口近 120 万。

麻城是有名的红色之乡，是红四方面军和红二十五军、红二十八军的发源地；1927 年 11 月，震惊全国的黄麻起义在这里爆发。此后 20 多年，麻城的革命火种经久不息，全境有 13.7 万多人死于战火，6 万多优秀子弟参加了红军，在血雨腥风的战斗中，煅造出王树声、许世友、陈再道、王宏坤等 41 位新中国第一批授衔的将军和 128 位省部级高官。麻城是全中国革命烈士最多的地方，10 个红军中就有 1 个是麻城人。这个老区目前虽然还顶着国家级贫困县的帽子，但近年来，城市建设、房地产开发却非常红火，融辉、闽达等房地产公司及其开发的项目在当地远近闻名。

融辉第一城是当地最大的房地产项目，位于融辉路与工业路的交会处，融辉房地产开发有限公司的网站介绍，这个楼盘占地 206 亩，总建筑面积 40 万平方米，项目总投资 4.5 亿元。

据该楼盘售楼小姐毛静介绍，目前的市价在每平方米 1800 元左右。记者在售楼处的模拟楼盘处看到，很多楼盘顶上都插着“已售完”的牌子。

这个被网络上盛传与此案颇有瓜葛的楼盘，其所在地原是麻城纺织厂。当地一位官员证实，不少单位对这一说法都有耳闻，这块地拿地较早，价格极为便宜，后随着全国房价的上涨，该楼盘的开发商盈利颇丰。

融辉公司与当地政府关系非常紧密，这一点甚至可以从该公司网站上的大事记窥见一斑。从 2004 年 9 月融辉公司成立之日起，麻城市官员就频繁造访该公司，其中，邓新生有记录可循的造访就多达 9 次，徐圣贤的造访记录也有 4 次，陶兴文、夏桂松的造访次数也不少。

一位麻城市人大代表介绍，融辉公司的老板也是本届麻城市人大代表。

麻城市街头已经风传融辉公司的负责人被控制了起来，但这一点被融辉第一城售楼人员否认，并指为造谣。

当地对房地产的红火也评价不一，有人认为近几年的大兴土木改变了城市的面貌，使城市焕然一新，但也有认为当地属于国家级贫困县，大多数人生活水平并不高，开发房地产只是富了少数人。

有网友将麻城市政府大楼与其他贫困地区的豪华政府大楼一起在网上曝光。

一个官员也对中国青年报记者说："看起来麻城经济有发展，但并没有让大多数人受益。"

刊发日期：2009年7月1日

【补白】

2009年9月22日，湖北省麻城市纪检部门处分了12名党员干部：给予肖少松等5名科（局）级以上党员干部、李静凡等7名党员干部，以开除党籍、撤销职务、党内严重警告、警告、行政降级、行政记大过、调离现岗位等处分。

这次受处分的党员干部中，有的收受贿赂及"红包"，有的违反廉洁自律规定，有的违反财经纪律和非法占有公款，有的乱收费，有的超计划生育和失职渎职等。在此之前的9月3日，麻城市还集中对41名违法生育的公职人员给予开除公职的处分，对抓计划生育工作不力的19名村级主职和两名计生专干给予撤职处分。

2009年7月1日，《中国青年报》独家报道了麻城市原市委书记邓新生、副市长徐圣贤、市房地产管理局局长陶兴文、市建设局局长夏桂松和副局长熊文俭被纪检部门带走接受调查的报道（详见7月1日《湖北麻城官场震荡》）。

据了解，9月初，麻城市委书记、市长调整到位，麻城开始痛定思痛，整顿干部作风，尤其是从整顿党员干部作风入手，先后出台了《中共麻城市委关于进一步加强市委常委领导班子作风建设的意见》等10个文件，从制度上确保反腐倡廉落到实处，从而做到"树正气、压邪气、消怨气、鼓士气、复元气"。

违法市政府《会议纪要》4年不能纠正

□ 刘万永

2009年3月26日，吉林省政府法制办公室向媒体通报了2008年行政执法热点追踪活动八起典型案件，“省法制办纠正四平市政府行政处罚程序案”名列其中。

通报说，投诉人反映，四平市政府依据《市政府常务会议纪要》将其合法经营权转让、处置其私有财产的行政行为属程序违法。省法制办认为，四平市政府行政行为属不当行政行为，依法认定原行政行为无效，并要求四平市政府自行纠正。

实际上，早在2008年12月12日，吉林省政府法制办已向四平市政府下达《行政执法监督意见书》，认定四平市政府2004年7月7日作出的《市政府常务会议纪要》（第五届7次）存在违法及不当行政行为，“望四平市政府接到本意见后，自行纠正，并于2009年2月底前将纠正情况书面报送省政府法制办”。

然而，吉林省政府法制办的《意见书》在四平成了一纸空文——四平市政府至今仍没有“自行纠正”违法的《市政府常务会议纪要》。

这是一份什么样的《会议纪要》，背后又隐藏着怎样的利益纠葛，又是谁在阻碍纠正“错误”？

千万资产被一纸《纪要》剥夺

四平市北国之春小区位于南湖公园东南侧。与建设之前的棚户区相比，这里已今非昔比，拔地而起的居民楼、繁华的临街商铺显示出这里的繁荣。

站在巨大的规划图前，刘铁功感到很辛酸。“这里原先叫海丰园小区，现在早就归九洲公司了。”

刘铁功是四平市海丰园房屋开发有限公司（以下简称“海丰园公司”）董事长，现在的身份是海丰园公司清算组组长。身份转换的背后，是他从身家千万的房地产老总到今天身无分文、官司缠身的“负翁”。

2000 年 10 月 24 日，海丰园公司取得南湖公园东南侧 29. 1 公顷建设用地规划许可证，建设苗圃花园小区。根据设计，可以建筑 108 栋 6 层和 12 层住宅楼，建筑面积约 41 万平方米。2001 年，苗圃花园小区更名为海丰园小区。

2001 年 2 月 15 日，四平市计划委员会下发文件，下达 2001 年四平市房地产开发建设投资计划，海丰苗圃花园小区总投资 3000 万元，总建筑面积 49500 平方米。

刘铁功提供的证据表明，有账可查的资金投入为 3094 万元，包括土地出让金、动迁费、为政府修桥修路的费用。还有部分账目在原海丰园公司财务人员手里，大约 700 多万元。

拆迁、建设工作随后展开，刘铁功看似稳操胜券。然而，四平市政府的一纸《会议纪要》将他彻底击溃。

2004 年 7 月 5 日，四平市市长王克成主持召开市政府第 7 次常务会议，副市长兰宏良、赵洪兴、姚素清、禹治洪，秘书长李纯厚出席会议。会议的议题是“研究海丰园小区历史遗留问题”。

7 月 7 日下发的《市政府常务会议纪要》说：“鉴于海丰园公司在海丰园小区的前期经营过程中违规经营和管理不善，造成巨额亏损，无能力继续投资开发建设，致使该小区的动迁户和购房户无法按时进户，经常到省市集访，影响社会稳定。为此，要积极采取措施，妥善解决海丰园小区历史遗留问题。”

这次会议的主要成果是，取消海丰园公司对海丰园 B、C、D 区的开发权。将 B、C、D 区地块交由四平九洲房地产开发有限责任公司（以下简称“九洲公司”）继续开发建设，并由九洲公司支付 2800 万元用于解决海丰园小区历史遗留问题。该资金主要用于：回迁安置费用；解决海丰园公司销售商品房及动迁面积款；解决海丰园公司出售 B 区部分地块款。

“为补偿处理该项目历史遗留问题所支付的费用”，四平市政府向九洲公司开出了优厚回报，一方面将四平市党校路南侧地块等 4 块地交由九洲公司开发建设，另一方面规定，这 4 块地与海丰园 B、C、D 地块同时享受一系列优惠政策，主要包括：

减免上述建设项目费用。消防设施建设费等 20 项收费全部免除，供热设施配套费减半，拆迁管理费、质量监督费减免 2/3，房产测绘费和房产登记费减免 90%。除表内收费项目，政府相关部门和单位免受其他任何费用。

上述建设项目土地挂牌出让时交纳的土地出让金，1 个月内由市财政全额返还给九洲公司。

上述建设项目交纳的人防结建费，全额奖励或补助给九洲公司。

上述建设项目的营业税、附加税金、所得税、个人所得税、土地增值税及开发企业所缴纳的契税属市财政收入的部分 100% 奖励或补助给九洲公司，并在收取后 1 个月内兑现。

…………

根据这一规定，即使按照海丰园公司当初规划的 41 万平方米计算，四平市政府为九洲公司减免了近 6000 万元，还不包括市政府给九洲公司另外 4 块地的减免。

会议还决定，市政府在九洲公司办理各项手续的过程中要按照特事特办的原则，提供优质高效服务。

“现在看来，这是个巨大的阴谋”

四平市政府2004年7月7日作出的《会议纪要》中，海丰园公司的巨额资产被市政府直接处置，而收益最大的则是九洲公司。刘铁功不理解的是，即使是为了维护社会稳定，四平市政府怎么有权把自己公司的资产直接给了另外一家公司?

更让他疑惑的是，九洲公司自成立到接管海丰园小区的时间，正是自己被刑拘的时间。刘铁功说：“这不是巧合，现在看来，这是个巨大的阴谋!”

2003年年底，海丰园小区4栋回迁楼主体封闭，为四平市公安局建设的12栋警官公寓以及3栋商品楼建完，但此时海丰园公司出现资金困难。

2003年12月1日，海丰园公司向四平市政府递交《海丰园小区基本情况的报告》称：由于招商引资的资金不到位，按揭贷款没有落实，自有资金额度有限，使整个小区的开发建设不能按计划进行，直接影响回迁安置工作，给市政府带来不少麻烦，请求市政府减免、缓交部分费用。

刘铁功对中国青年报记者说：“当时回迁户共280户，4栋回迁楼能安置240多户，交工就能入住。公司资金缺口有1000多万元，我们打报告后，主管副市长研究了解决方案，但2004年市政府换届，以前说的都不算了。”

在刘铁功看来，公司资金出现缺口，并不完全是经营的问题。“市政府让我们修桥修路，花了1000多万元；要我们出400多万元移地建设新立小学，政府答应的优惠政策最终都没有落实。”

正当刘铁功为资金出现困难苦恼时，经原四平市一针织厂厂长陈杰介绍，福建人林晖以招商引资的方式来到了四平。

刘铁功说，2004年年初，通过四平市招商局局长陈国军介绍，林晖多次和刘铁功见面，希望合作进行房地产开发，但没有成功。刘铁功说：“他当时知道我资金出现困难。”

2004 年 3 月 22 日，四平市建设局突然向四平市公安局举报刘铁功挪用单位资金。四平市公安局当天立案侦查。3 月 24 日，刘铁功被监视居住。

5 月 28 日，林晖在香港注册成立香港弘裕投资发展有限公司。

6 月 6 日，刘铁功因涉嫌“挪用资金”被刑拘。

6 月 21 日，四平市建设局向四平经济开发区管委会报送《关于报批四平九洲房地产开发有限责任公司的请示》，称“为发展我市经济，大力招商引资，由香港弘裕投资发展有限公司在我市成立‘四平九洲房地产开发有限责任公司’负责投资开发海丰园小区等房地产项目”。

同一天，四平经济开发区经济发展局批复，“经研究，同意该项目报告”。

7 月 1 日，四平市发展计划委员会向九洲公司下发《关于撤消、调整原海丰园房地产开发建设计划的通知》称，根据市政府 6 月 30 日召开的专题会议决定，因海丰园房地产开发公司已无能力建设，且引起社会不稳定，据此，我委将四计【2001】84 号文件下达给海丰园房地产开发有限公司 9.5 万平方米房地产建设计划予以撤销，按市政府要求，现将原建设计划调整给九洲公司建设。

7 月 5 日，四平市市长王克成主持召开市政府第 7 次常务会议，研究海丰园小区历史遗留问题。

7 月 7 日，四平市政府下发《市政府常务会议纪要》，以《纪要》方式决定将海丰园公司资产转给九洲公司。

7 月 9 日，海丰园公司法定代表人张继军与九洲公司签订《协议书》，海丰园公司同意将海丰园 B 区土地使用权和 23#、24#、25#、26#在建工程相关权益有偿转让给九洲公司，转让价格 2000 万元人民币，该转让资金由九洲公司支付给解决海丰园小区历史遗留问题领导小组，由该小组会同海丰园公司按市政府常务会议纪要及四平市建设局与九洲公司签订的《开发建设合同》约定的内容，用于解决海丰园项目的历史遗留问题。海丰园公司在海丰园 B、C、D 区不再主张任何权益。

此时，被关押在四平看守所的刘铁功对这些变化毫不知情。

7 月 11 日，四平市建设局通知海丰园公司法定代表人张继军第二天去看守所见刘铁功，称“有事落实”。

7 月 12 日上午，张继军与四平市建设局、市公安局经侦支队、市检察院人员及九洲公司总经理刘国梁等一同乘车赶到看守所。

张继军对中国青年报记者说：“市建设局的人拿出转让合同让我和刘铁功签字。刘铁功说要先看看合同，有人说，你签也得签，不签也得签，签了该回家回家。刘铁功没办法就签了。”

由于海丰园公司公章被扣押在四平市公安局经侦支队，当天下午，张继军到经侦支队盖章签字。“没过多长时间，建设局通知我刘铁功被释放了，让我去接。”

张继军和经侦支队民警一起赶赴看守所。傍晚时分，刘铁功被释放，但却被直接带回经侦支队。“公安局说今天晚了，先住一宿，明天办手续。”

但是，7 月 13 日上午 10 点左右，张继军再次到公安局接人时却被告知：“刘铁功放不了了，又带回看守所了。”

7 月 14 日，刘铁功被四平市公安局刑事拘留，这次罪名变为“涉嫌虚假出资”。

刘铁功代理人、吉林东泰律师事务所霍岩平律师在 7 月 19 日给四平市公安局的《控告材料》中认为，四平市公安局经初查认为刘铁功有犯罪嫌疑，同时以挪用（单位）资金罪将其刑事拘留。之后，在法定的提请逮捕时间内并未报捕，而是将报捕时间延长至一个月，后又以虚假注册等罪名提请报捕。四平市检察院受理此案后向四平市公安局发出不予逮捕决定。7 月 13 日，经侦支队依照不批捕决定，将刘铁功从羁押场所提出，但并未予以释放。7 月 14 日，经侦支队在原案证据的基础之上，变换一个罪名对刘铁功再次刑事拘留。

7 月 16 日，四平市建设局与九洲公司签订《开发建设合同书》，双方就解决原海丰园项目的历史遗留问题及有关项目的开发建设事项达成协议。

8 月 8 日，刘铁功被批准逮捕。

9 月 9 日，四平市公安局《起诉意见书》称，“犯罪嫌疑人刘铁功涉嫌挪用单位资金、虚报注册资本、虚假出资、合同诈骗案现已侦查终结，刘铁功供认不讳，事实清楚，证据确实、充分，足以认定”。

11 月 24 日，四平市铁西区检察院向铁西区法院提起公诉，罪名只是刘铁功“涉嫌虚报注册资本”。

12 月 20 日，铁西区法院一审认定刘铁功犯虚报注册资本罪，判处有期徒刑二年，缓刑二年，并处罚金 5 万元。

刘铁功对中国青年报记者说：“现在看起来，抓捕、起诉我是一个巨大的阴谋，目的是配合九洲公司强占海丰园项目。成立九洲公司就是冲着海丰园小区这块肥肉来的。”

2800 万元谜团

根据四平市政府作出的《会议纪要》，九洲公司获得了海丰园小区开发权及另外 4 块土地，此外还获得了四平市政府的超乎寻常的巨额费用的减免，代价是 2800 万元。

但是，令人惊奇的是，2004 年 7 月 9 日，九洲公司与海丰园公司签订的《协议书》却显示，九洲公司用于解决海丰园小区历史遗留问题的费用缩减成 2000 万元，该转让资金由九洲公司支付给解决海丰园小区历史遗留问题领导小组。

四平市政府《会议纪要》说明，领导小组组长为市政府副秘书长张志民，副组长包括四平市建设局局长邢忠等 6 人，领导小组办公室设在四平市建设局，邢忠为办公室主任。

为解决海丰园小区遗留问题设立的领导小组完全排除了海丰园公司的负责人。海丰园公司法定代表人张继军对中国青年报记者说，他曾被四平市建设局叫去签字，“建设局说这笔钱是给施工队的，签字吧！合同、借条等都不给我看！”

张继军说，在他仅有的几笔签字款中，竟然还有一笔200多万元是给九洲公司的。

时至今日，领导小组已经工作了近5年，“遗留问题”理应解决完毕，但是，记者在四平采访时发现，仍有不少海丰园小区的债权人拿不到钱，向领导小组和九洲公司交涉时，都被告知与他们无关。

2001年11月至2002年11月，为开发海丰园小区，刘铁功向张军借款350万元，后刘铁功同意将海丰园小区2、3、4号地已拆迁的73户房屋产权作价350万元偿还。因《会议纪要》，这些财产被市政府处分给了九洲公司。

四平市中级人民法院判决（2007）四民初字第63号确认，张军曾持73户拆迁房屋的所有权证及《房屋拆迁安置补偿协议书》向九洲公司请求安置，九洲公司以已对73户动迁户安置为由予以拒绝。

张军的委托代理人刘卫对中国青年报记者说：“我们找九洲，九洲不管；找领导小组，更说跟他们无关。中院判决生效一年多了，350万元一分钱都没拿到！”

刘铁功说：“九洲公司名义上出了2000万元，但它到底出了多少钱，谁拿了这些钱，我们根本不知道。我们怀疑九洲公司根本没有出多少钱！”

工商登记表明，九洲公司成立于2004年6月，香港弘裕投资发展有限公司为公司唯一股东。

但是，实际情况并非如此。2006年1月11日，渡边月子、渡边彰、松川翔、周国祥（4人为甲方）与林晖、林仲恩（两人为乙方）签订的《股权转让协议书》显示，九洲公司实际股东有6人。

九洲公司投资人何修凤对中国青年报记者说："林晖是空手下赌场——没本钱。（海丰园）项目下来后向我侄儿借了70万元，变成了他的股份。"

建设部2000年3月29日颁布的《房地产开发企业资质管理规定》要求，取得二级资质企业必须具备的条件包括：从事房地产开发经营3年以上。

但是，九洲公司最晚在2006年4月27日已经取得了吉林省建设厅核发的二级资质，这时，九洲公司成立不到两年。

九洲公司与四平市建设局2004年7月16日签订的《开发建设合同》注明，"九洲公司房地产开发资质等级由四平市建设局负责协助办理"。

省政府法制办认定《纪要》违法

刘铁功被判刑后，偶然知道有这份《纪要》，但他根本无法看到。直到2008年5月，他才从市政府拿到了《纪要》。

2008年6月，刘铁功以海丰园公司清算组的名义向吉林省政府法制办提出申诉，请求撤销《纪要》，并要求被申诉人四平市政府赔偿其经济损失。

2008年8月，吉林省政府向四平市政府下发了《行政执法监督通知书》，要求四平市政府调查核实申诉人反映的情况，并将调查核实后的情况及处理意见于2008年8月底前书面报告省政府法制办。

拖延近一个月后，2008年9月24日，四平市政府向省政府法制办报送了材料。

四平市政府称，刘铁功因虚报注册资本罪被判刑，海丰园公司未依法成立，故申诉人失去了合法权益应当被依法保护的权利。

同时，海丰园公司在开发经营过程中违规经营，管理混乱并造成巨额亏损，无能力继续开发建设，并致该小区动迁户和购房户4年多时间无法按合同约定回迁入住，被拆迁房屋得不到补偿，给被拆迁人和购房户在住房、生产、生活方面造成了极大困难，从而导致相关群众在4年多的时间里连续到省市及北京集体上访，严重影响了社会安定。为保护群众利益，维护社会稳定，四平市政府通过常务会议形式研究如何协调处理海丰园公司问题并无不妥之处。

吉林省政府法制办审查认为，四平市政府的《纪要》存在几方面问题：

一是四平市政府在《纪要》中作出“取消海丰园房地产开发公司对海丰园B、C、D区的开发权”的行为主体不合法，建设行政主管部门才是取消开发建设经营权的有权机关。

二是程序不合法。取消开发权的行为属于当事人有权要求听证的重大行政处罚，《行政处罚法》规定，行政机关在作出行政处罚决定之前，有告知当事人作出行政处罚决定的事实、理由及依据，并告知当事人依法享有权利的法定义务，有听取当事人陈述、申辩意见并进行复核的义务，行政机关如不履行上述义务，该行政处罚不能成立。

三是四平市政府用《纪要》这种公文形式作出“取消海丰园房地产看法公司对对海丰园B、C、D区的开发权”的决定形式要件不合法。

四是四平市政府作为一级政府无权处分被申诉人的财产，其在《纪要》中作出的“将B、C、D区地块交由九洲公司继续开发建设，并由该公司支付2800万元用于解决海丰园小区历史遗留问题”的决定存在无权限行政行为的问题。

吉林省法制办认定，四平市政府以会议纪要的形式作出的“取消海丰园房地产看法公司对对海丰园B、C、D区的开发权”的行政行为属于违法行政行为，处分申诉人财产的行政行为属不当行政行为，即确认四平市政府《市政府常务会议纪要》（第五届7次）存在违法及不当行为。要求西平市政府接到本意见后自行纠正，并于2009年2月底前将纠正情况书面报送省政府法制办。

四平市法制办主任公然撒谎

四平市政府为何不对海丰园资产评估拍卖而是直接交给九洲公司，又为何拒绝按省政府法制办要求整改《会议纪要》？

在四平，记者电话联系上九洲公司董事长林晖，希望能就刘铁功反映的香港弘裕为空壳公司、九洲公司涉嫌虚假增资等问题进行采访。林晖拒绝和记者见面，并称他不认识刘铁功。

记者问："现在四平市政府把刘铁功的开发项目给你了……"

林晖说："那是我和政府的事，有问题你去找政府！"

3 月 24 日，中国青年报记者通过四平市委宣传部联系采访。宣传部答复，市委书记王克成（时任四平市市长）在外地招商，市委副书记赵洪兴（时任主管城建的副市长兼公安局局长）在县里检查工作，不能回到四平。

应记者的一再要求，四平市委宣传部工作人员随记者来到四平市建设局。四平市建设局工作人员称局长邢忠刚刚离开，记者电话联系到邢忠，邢忠称自己很忙，其他副局长也不能接待，需要请示市长才能决定是否接受采访，让记者等他电话。他还反问："中国青年报为什么要采访这个事？"

24 日 15 时，在四平市委宣传部，记者经过多次努力终于拨通邢忠手机，邢忠称，已向市长汇报，"没必要接受采访"。电话随即挂断，记者多次拨打手机，邢忠始终不接。

随后，记者通过四平市委宣传部电话联系上四平市政府法制办主任孙一飞。

记者问："吉林省政府法制办要求四平市政府自行纠正《纪要》，市政府是否进行了纠正？"

孙一飞称："材料一个月前已经报送到省政府法制办。"

记者提出希望看一看报送材料，孙一飞说："材料只有一份，已经报上去了"。

记者问："能否说一下整改的主要内容？"

孙一飞说："记不清了。要看你去省法制办。"

孙一飞始终拒绝和记者见面。随后，四平市委宣传部一副部长电话劝说孙一飞接受采访，孙再次拒绝。

记者对该副部长提出质疑："此前，我已经向省政府法制办联系，省法制办答复至今没有接到四平市政府的书面材料。"

副部长认真地说："孙主任说材料已经报送，而且经市长同意、盖上了政府公章，他不会骗你吧？"

3 月 26 日，中国青年报记者来到吉林省政府法制办。法制办主任王启业向记者证实，截至 3 月 26 日，省法制办没有接到四平市政府的任何材料。

王启业说："如果四平市政府拒不纠正这份《会议纪要》，省法制办将上报省政府，直接撤销这份《会议纪要》！"

刊发日期：2009 年 4 月 15 日

从公安侦查到刑事自诉

徐梗荣事件跟帖诽谤案回归法治

□ 叶铁桥　孙海华　雷　宇

在张国庆看来，2009 年 11 月 2 日是自己被“正式平反”的一天。

2009 年 3 月，陕西省商洛市丹凤县发生了刑讯逼供致人死亡的徐梗荣事件，网上议论纷纷，张国庆也跟帖发了评论。评论中，他不但指称商洛市公安队伍存在素质问题，还直指“商洛市公安局党委书记何铁虎在发生该事件期间，顶风违规提拔几名带病干部”。

可是，他做梦也没想到，就是因为这些帖子，他被商洛市公安局商州分局直接从西安抓到商州，处以行政拘留 10 日，并处罚款 500 元。

“我跟王帅一样冤。”2009 年 7 月底，46 岁的张国庆在接受中国青年报记者采访时说，商州分局的做法“肯定错了”，因此他坚持上访反映问题，还一纸诉状将商州公安分局诉至陕西省西安市雁塔区人民法院。

从年初到年末，事情慢慢在发生变化。起诉后，雁塔区人民法院“建议双方调解”，后来，商州公安分局也派人来跟他“协调”。

11 月 2 日，张国庆终于等来了商洛市公安局商州分局给他下发的《关于撤销对张国庆公安行政处罚决定的决定》。他还收到了商州公安分局给的 5300 元，在他看来，这就是“赔偿金”。

几天后，因此事受到牵连而同样遭受打击，被刑事拘留的张国庆的哥哥张佰庆，也收到商州警方送来的“撤销案件决定书”。然而，数月来一直盼望着“冤情昭雪”的张佰庆，却并未在撤案决定书上签字。他说，不知这样的结果是不是真能给这起“言论官司”画上圆满的句号。

果不其然，11 月 19 日，网帖中涉及的 4 名当事人以诽谤为由将张佰庆告上了法庭。

网上发帖导致被拘

3 月 26 日，当 4 个不速之客出现在张国庆位于西安市雁塔区后村的居所时，这个做装修生意的男子以为是“搞计划生育的找上门来了”。他们问张国庆，“有几个孩子，孩子在哪儿，都是干啥的。”

然而对方随即表明身份，说来自商洛市公安局，其中一位还是商洛市公安局商州分局政委樊永生。“他们没有依法出示任何法律文书和相关证件，也没穿警服。”

张国庆这才意识到不久前的一次发帖可能闯祸了。

2009 年 3 月上旬，张国庆在报纸上看到一则消息。该消息称，2 月 10 日，丹凤县商镇中学高中生彭莉娜在县城江滨南路被杀害，丹凤县公安局认为丹凤中学高三（10）班学生、19 岁的徐梗荣有重大犯罪嫌疑，于 3 月 1 日宣布将其刑拘。徐梗荣在 3 月 8 日的审讯过程中猝死。检察机关发现，在长达一周的审讯期间，办案人员对徐梗荣进行了长时间、不间断的疲劳审讯，且有少数民警对徐实施了肉体侵害，致使徐身体极度疲劳，引发心跳骤停死亡。

“这太骇人听闻了！”对于这个 19 岁高三学生的非正常死亡，平时喜欢在网上浏览新闻的张国庆气愤不已，在“百度吧”完成了至今仍让他懊悔不迭的帖子——《从徐梗荣案看商洛公安队伍》。

后来，有警察找到张国庆，让他就该帖子写一份保证书，并告诉他很多评论此事的人都写了保证书。

为了避祸，张国庆写下了保证书：“从今天起，我不再在网络上评论涉及商洛市的任何内容。”

3 月 27 日，商州公安分局又来人了，要求外出的张国庆回来后去西安市的西影路派出所。

晚上 8 点，张国庆赶到西影路派出所，商州公安分局人员要求他到商洛“协助调查”。

当晚 10 点 50 分，张国庆被带到商州公安分局刑警一中队。

接下来，两名警察开始讯问张国庆，一直持续到凌晨两点。“有人不断用脚踢我。”

3 月 28 日下午 3 点多，两名警察开车把张国庆带到商州公安分局旁边的拘留所，办了行政拘留手续让他签字。

这份公安行政处罚决定书称：“现查明 2009 年 3 月 21 日 23 时，张国庆受其哥张佰庆指使，在自己家中，利用自己家的电脑，通过互联网，发布虚假信息，捏造事实诽谤他人。”

就这样，从 3 月 28 日进去到 4 月 7 日早上 9 点多出来。张国庆在里面整整呆了 10 天。

7 月 26 日，记者在西安采访了张国庆。记者问：“你在帖子中提及商洛市政法委书记，你对商洛的情况了解吗？”

张国庆说：“我是听别人说的。”

“公安行政处罚决定书上写着你是受你哥张佰庆指使，是这样的吗？”

张国庆犹豫再三，吐露出一个更让人惊讶的消息——他哥哥张佰庆也因为发帖的问题，被商洛市公安局商州分局刑事拘留过，当时仍处于取保候审期间。

平静生活因一个电话改变

50 岁的张佰庆现任职陕西省人防办离退休管理处，享受正县级待遇。他的履历中有这样一笔：1996 年，从陕西省经贸委监察室主任任上到商洛市挂职锻炼，担任商州市副市长，而商州市在2001年12月更名为商州区。张佰庆还曾任过商洛市人民防空办公室主任。

张佰庆说，从没想过竟会被自己担任过领导职务的区公安局刑拘。

他平静的生活因为弟弟张国庆的一个电话而改变。

3月中旬，张佰庆正在办公室，弟弟打来电话问，“丹凤县的徐梗荣事件你知道不?”

张佰庆随后上网找到了这则消息，并开始关心此事，向商洛公安系统昔日同事和朋友了解情况，还将网上涉及此事件的内容下载收集在邮箱里。

张佰庆不清楚是否发过帖子，“因为复制粘贴不熟练，有时可能有重复的内容出去了”。

他向记者描述了第一次与商洛警方见面的情景：

3月下旬的一个周四，下午5点多，张佰庆正在办公室，门卫转进电话，来人自称是商洛市公安局商州分局的警察刘某，张佰庆在商州市（现商州区）挂职做副市长时还曾见过面。

“领导叫我们查，我们也发现你是跟帖，你不是第一个帖子。我们要跟领导交差，你也别见怪。”“发现你们家电脑也跟过这样的帖子。这是个程序，做简单的一页笔录，也好跟领导交代。”

对方还声称：“这是个屁事啊，西安上网的成千上万。因为你在商洛工作过我们就来问你。”

张佰庆说，自己如实说明了情况，对方表示，此后不再会找他了。

但让张佰庆始料不及的是，4月12日晚9时许，他从河南返家，刚走出西安火车站出站口，两名警察迎面走来，“一个把我提包一拿，一个把我手一拉。”

他后来才知道，在自己两周前离开西安时，就已经被作为逃犯网上通缉，“省公安厅内部可以查到。”

当晚开始，不断有警察审问，他在商州公安分局刑警一中队审讯室里一呆三天，晚上没地方睡觉，就在沙发上躺着，警察轮流值班。

直到第三天下午4点，领导决定“先关起来再说”。

张佰庆就此被拘留，但与他弟弟张国庆被行政拘留的情况不一样，他是被商州区警方以“涉嫌诽谤罪”刑事拘留的。

第7天上午，张佰庆得到通知可以取保候审。记者在这份取保候审决定书上看到，上面写着“我局正在侦查‘张佰庆诽谤案’”，“因犯罪嫌疑人‘取保候审，不足以发生社会危险性’”，故决定对其取保候审，但要交纳保证金5000元。

张佰庆认为交纳保证金手续不规范，他询问律师得知，“法律上有明确规定，保证金应该是省一级财政指定的账户收款；而当时现场交款只有一张收据。”

突如其来的事件虽然没有影响到张佰庆的工作，但却影响了兄弟关系。他的妻子认为全是张国庆惹的祸，要求他与弟弟一刀两断，断绝来往。

“言论官司”能否画上圆满句号

被拘留后，张国庆不断地学习法律知识，经常上访。7月9日，他向西安市雁塔区人民法院状告商洛市公安局商州分局。

10月，他接到法院电话，建议双方调解。

在法院介入下，张国庆先后与商州公安分局方面见过三次面。

第一次见面是在10月10日，张国庆向商州公安分局的代表重申了起诉书中的三个诉讼请求：一．撤销之前对其作出的行政处罚决定；二．在全国各大媒体公开道歉、恢复名誉；三．赔偿被违法拘禁期间的10天误工费1800元、亲属车辆往返费1000元，以及律师预付费等共计5300元。

10月30日，双方第三次会面。“这次，商州分局局长常建荣来了，他向我当面表示道歉。”张国庆说。当天，双方达成口头调解协议。

11 月 2 日，商州公安分局下发《关于撤销对张国庆公安行政处罚决定的决定》，内容为：“对张国庆处罚一案，经本局认真审查后认为：原处罚决定认定事实清楚，证据确实、充分，但在程序上未按照公安部公通字（2009）16 号文件要求先行‘通过治安调解’，故根据《中华人民共和国行政处罚法》第五十四条二款之规定，经分局局长办公会研究决定：对本局 2009 年 3 月 28 日作出的商公州（治）决字（2009）第 39 号公安行政处罚决定书予以撤销。”

拿到这份决定书和退赔款后，张国庆向警方出具了两张收条：一张是行政处罚退款 500 元，一张是其他费用合计 4800 元。按照要求，他还在一张表格上签字，保证“不再上访”。

张国庆说，在原《决定》中，有“证据确凿，适用法律恰当”的字眼。他质疑，既然你们全是对的，那还为什么要撤销行政处罚决定？商州分局这才进行了修改。

他说，他也不满意最终版本的《决定》，但商州公安分局请他“喝了酒”，他也不好再计较了。

11 月 6 日，商州公安分局两名民警在西安找到张佰庆，他们带来的是针对“张佰庆诽谤案”的两份决定书——“撤销案件决定书”和“解除取保候审决定书”。然而，出乎意料的是，张佰庆并未在这两份盼望已久的决定书上签字。

他告诉记者，10 月底商洛警方还曾联系到自己，商州公安分局局长常建荣提出以“私人身份”会面，要“对朋友安慰安慰”。“但是，他不知这样的结果是不是真能给这起‘言论官司’画上圆满的句号?”

徐梗荣事件阴影

对于警方笔录中张国庆发帖是受其哥哥指使一事，张国庆说，讯问过程中，徐梗荣事件留下的阴影让他感到恐惧，“我哥在跟我通电话的时候，确实聊过这方面的事情，所以我就这样说了。”

张佰庆也称，徐梗荣事件让他感觉害怕，笔录中的话不一定全是真实表达，“我在异地他乡，首先要保证自己的安全。”“我对他们说，只要你们觉得过得去，想怎么说就怎么说。”

张佰庆认为，商州公安分局的做法是错误的，“作为公民，宪法范围内保证公民有言论自由。公民对任何人有提出批评和建议的自由。”

而在张国庆看来，他的发帖也不是诽谤，“我出于义愤，同全国人民一样关注发生的丹凤县刑讯逼供致死徐梗荣案件，跟帖而评，是受宪法保障的公民的基本权利”。

他认为，领导管理不严和队伍素质松懈是发生“徐梗荣事件”的原因之一，“这些是事实，是民声、民怨、民意的一部分。”

11 月 19 日，张佰庆再次给记者打来电话，说当天早晨，商州区人民法院两名工作人员来到西安，带给他一份“传票”和 4 份“起诉状”。在网帖中涉及的 4 名当事人将张佰庆告上了法庭。区法院据此传唤张佰庆于 11 月 23 日 9 时到法院刑事审判庭接受“询问”，案由为“诽谤”。

这 4 名自诉人分别为商洛市公安局刑警支队政委李建锋、商洛市公安局巡特警支队支队长张丹、山阳县公安局副局长饶玉明、丹凤县公安局政委王宏伟。

李建锋在其“刑事附带民事诉状”中称，在有关他的网帖出现后，“跟帖中各种议论都有，由于徐梗荣事件在全国引起媒体高度关注，我的亲属、父母、同学、战友从全国各地昼夜打电话关心、询问，他们通过新闻媒体报道知道徐梗荣事件，更在网上看到我所谓的作为‘徐梗荣案件的指导者’，有的在电话中指责我，有的在电话中安慰我，有的在询问事件的真相，一时间，我的生活被打乱，应接不暇，无力应对，任凭我怎样解释，同学、亲朋、战友都不能相信。白天不能安心工作、夜晚不能正常入睡……”

李建锋认为，“这一没有署名的信息在网上的发布，对我产生了极大的侮辱和诽谤，祸从天降，犹如晴天霹雳，使所有熟悉我的人对我产生了误解和非议，对我精神和名誉造成极大的打击和损害，对我的人格造成极大的侮辱，对我在亲朋好友中和社会上的人格形象造成了很大的负面影响，尤其对我父母亲带来的精神打击伤害，心灵创伤今生无以弥补。”

李建锋在诉状中称，此事发生后，自己向商州区公安分局报了案。“2009 年 11 月 6 日，经商州公安分局侦查告知我才知道对我非法侵害的人叫张佰庆”。李建锋向法院提出请求：依法追究张佰庆侮辱、诽谤罪的刑事责任；赔偿自己及其父精神抚慰费各 1 万元。

其他 3 名自诉人，也分别向法院提出了要求张佰庆公开道歉或赔偿精神损失费的请求。

11 月 23 日，张佰庆到庭应诉，被告知法院对立案很慎重，但按照公安局的案卷是可以立案的。法院也告诉他，自诉案件可以调解撤诉。

刊发日期：2009 年 11 月 25 日

立案缘于“诽谤政法委书记”

□ 孙海华　叶铁桥　雷　宇

对于商洛警方的做法，张佰庆和张国庆兄弟充满了疑惑。

张国庆说，商洛警方到他家，没有依法出示任何法律文书和相关证件，没有穿警服，“没有表明他们是合法的执法主体”。“这违背了《宪法》第三十九条的规定，属于非法侵入我和家人的住宅。”

他还认为，商洛警方到西安抓人是违规异地办案。

然而，兄弟俩最大的疑问还在于：他们究竟诽谤了谁？

“是借徐梗荣事件给商洛公安泼脏水”

“张国庆到处告状，说我们异地抓人，不穿警服，不出示证件，讯问过程中出现诱供、骗供、诈供等等，没有一件是实的。”商州公安分局政委樊永生说，我们内部侦查过程中，根据办案需要，可以着警服，可以不着警服，但证件都是随身带着的，“从前到后都是依法处理”。

针对诽谤案属于自诉案件的说法，樊永生 7 月底在接受中国青年报记者采访时说：“虽然诽谤案应属于自诉案件，但有两种情况公安机关可直接立案调查：一是严重扰乱社会秩序，二是危害国家安全。张家兄弟就属于前一种情况。”

对张国庆提及的“市公安局某领导授意办案”的说法，樊永生予以坚决否认：我们办案都是通过正常渠道，商洛市公安局网监支队在对网络的监控中，发现有诽谤他人的不良信息，将情况报给了我们。签字要求查案的，是主管刑侦的领导，而不是帖子里提到的领导。分局审查后认为能构成案子，才予以立案。

樊永生用“心术不正”来评价张国庆。“经过调查，所发帖子的内容全都是针对公安机关的，诽谤我们的 4 名民警和一名市局领导。”樊永生告诉记者，这些帖子没有事实根据，是凭空捏造，“张国庆是借徐梗荣事件，故意在网上搅浑水，扰乱社会秩序。”

樊永生说，张佰庆发帖是为了他的一个乡党（同乡——记者注）。他的乡党党芳瑞是商洛市公安局刑侦支队的一名民警，一直得不到提拔。“张自己的说法，是为这个乡党打抱不平，借徐梗荣事件给商洛公安泼脏水，制造混乱。”“我们调查的结果证实，他诽谤的这几个同志都是优秀同志，都得到了提拔，包括他的那个乡党，也在提拔之列。”

樊永生当时称，商州警方对张家兄弟的处理，是以事实为依据、以法律为准绳的。“张国庆诽谤事实成立，拘留的依据是《中华人民共和国治安管理处罚法》第四十二条：公然侮辱他人或者捏造事实诽谤他人的，情节较重的，处五日以上十日以下拘留，可以并处五百元以下罚款。”

他还表示，“除他二人外，我们再没有追查过其他发帖人，更没有让那么多人写过保证书”。

对于张国庆提出的违规“异地抓人”，樊解释，一般的案件，比如盗窃、抢劫、诈骗等侵财类案件，为属地化管理，涉嫌诽谤如写小字报、发信等，也归发案地管理，但网络案件比较特殊，发帖在西安，但诽谤的是商洛人，所影响的也是商洛的社会秩序，因此也是属地管辖。“我们认为，这就是属地管辖的范围”。

立案是因“诽谤政法委书记”

樊永生把卷宗提供给记者翻阅，在卷宗中，记者还看到了网络上已被删除但却被警方经公证后保留下的帖子，一共3条：

第一条：“丹凤县高中生徐梗荣含冤受审猝死案比躲猫猫事件厉害的（得）多。根本原因在于商洛公安违规提拔乱用人。用的是些流氓、法盲、恶霸。丹凤公安局的政委王孔己是某领导的司机，当时就顶风带病提拔，这样的政委怎么保障公安队伍。”

第二条：“今后比徐梗荣还惨的案子会越来越多。商洛市（委）常委、政法委书记、公安局党委书记何铁虎这两天顶风强行提拔这样几个浑身是病的公安恶魔：一个是山阳县交警队长饶玉明，去年带人逼死农用车司机命案，（受）党内严重警告处分；一个是民怨沸腾的柞水县公安局副局长张军；一个是专门为何铁虎暗算对立面、收拾反对者、这次指导徐梗荣案件的市刑警支队副队长李剑锋（酒后驾车被省厅通报过）。”

第三条：“丹凤警方对负面影响不再躲猫猫。何铁虎不就是我们商洛市（委）常委、政法委书记、公安局党委书记吗？他一心抓钱，给公安局装修办公楼花了两千万，比盖新房花得还多，何铁虎捞了多少？在何铁虎手下发生丹凤徐梗荣事件是必然的……”

商洛警方查明，这些发帖人的IP地址正是张国庆和张佰庆两兄弟家的IP地址。

对于立案原因，卷宗中有如下体现：

其中的一页写着：“2009年3月22日，我局根据市公安局副局长吴清林对商洛市网监支队互联网监控信息的批示，要求对互联网上关于丹凤县徐梗荣死亡事件及诽谤商洛市委常委、政法委书记、市公安局党委书记何铁虎的内容进行查处。”商州公安分局局长常建荣签署了“同意立案”的意见。

其后一份立案书中注明：“上述事实确已发生，故对此案可以立为诽谤案件，根据《中华人民共和国刑事诉讼法》第86条之规定，拟立案侦查。”

在一份文件中，记者还看到商洛市公安局局长李淑娥签署的意见，同样表示同意立案追查。

证明材料所注日期发生在拘留后

至于指使发帖的说法，记者在卷宗中看到了如下笔录：

在对张佰庆的笔录中，是这样写的：“我将这些内容发到网上后，还打电话把这些内容告诉我弟张国庆，让他也把这些内容发到网上。目的就是增加网络上关于这方面的内容扩大影响。”

记者发现，在对张国庆的笔录中，也有类似内容。

在卷宗的后面一部分，主要是针对张氏兄弟发帖内容的情况核实，如对于“丹凤公安局的政委王孔已是某领导的司机”这个说法，警方查明丹凤公安局没有人叫王孔已。

由商洛市公安局巡特警支队支队长张丹出具的情况说明也证明：“柞水县公安局副局长内无‘张军’此人，就我姓张。”张丹曾担任柞水县公安局副局长。

一份《商洛市公安局南北两栋办公楼改造加层的情况说明》则注明，北办公楼2007年6月加层，预标为1650668.50元，决标为2944178.82元。何铁虎当时没有担任局长，跟他无关。南办公楼2008年3月改造加层情况：预标2904037.87元。当时局长为何铁虎，但由一位副局长负责。南北办公楼改造共花掉584.8万元。

“办公楼改造才花了500多万元，根本没有像帖子中所谓的装修办公楼花了2000万元。”樊永生说。

而针对酒后驾车被省厅通报过的市刑警支队副队长“李剑锋”，记者也在卷宗中看到了一份来自“李建锋”（帖子中“李剑锋”的“剑”字有误——记者注）的情况说明：

“2005年7月，由于天气炎热，我同本单位两名同志在名人街一小吃摊前喝稀饭，有一熟人给我倒半杯啤酒……我饮后正欲驾车，正好被省厅警务督察发现，并予以督查。此事发生后，我向市局写了检讨，省厅从未通报此事。”这份说明背后还附了一张训诫纠错的“谈话通知书”。

卷宗中，记者还看到了对党芳瑞的讯问笔录，其中有两段这样的话：

“丹凤事件发生之后，张佰庆给我多次打电话询问有关情况，我没有说违反原则的话，也没有做违反原则的事，我在单位还要求上进。”

“我认为现在言论自由，只要不说反党反社会主义的言论，就是说些违反原则的话也不违法，我认为言论无罪。”

记者注意到，张丹、李建锋等人的情况说明及各种证明材料，上面所注明的日期均显示在张氏兄弟被拘留之后。

11月6日，记者再次与商州公安分局政委樊永生取得联系。樊政委表示，张国庆的网络发帖行为本身构不成犯罪，可以治安处罚处理，但当时分局还没见到公安部发出的16号文件，不知道只有三种情形才能公安介入，所以没能进行治安调解。“见到16号文后，分局才意识到，对张国庆的处理‘程序不符合规定’，所以撤销了处罚决定。”

对张佰庆被刑事拘留一事，樊政委称“也是因为立案时还没见到16号文，现在看到了知道公安部门没有管辖权，就在昨天作出了撤案决定，今天就能送达。”

樊政委说，商州分局同时将撤销结果告知了帖子中涉及的4名当事人。“如果他们愿意，可以到法院走自诉的法律渠道。”

刊发日期：2009年11月25日

影响今天

报纸可能消亡，但新闻永远不会消亡。因为新闻不仅仅是记录，不仅仅是历史的草稿，更重要的是影响今天，甚至影响时代。

习水县多名公职人员嫖宿年幼女生

——贵州省政法委高度重视 外派民警秘密调查破案

□陈　强

【记者简介】陈强，中国青年报主任记者，常驻福建。从一个理工科大学的校报记者起步，历经省级党报再到中央媒体，从业23年，走遍中国32个省（直辖市、自治区）和港澳，涉足五大洲20多个国家。热衷于调查性报道，职业座右铭：激情、良知、勇气。代表作：习水嫖宿幼女案调查（2009）；晋江特大火灾折射劳资关系紧张（1997）；闽东八百教师弃教百余学校关闭稳定教师队伍已成当务之急（1988）。

卖淫地点就在老司法局宿舍的3楼。◎陈强摄

在以习酒闻名的贵州省习水县，这半年来有关“老师强迫学生卖淫”的说法被传得沸沸扬扬。中国青年报记者获悉传闻中的这起案件将于近日开庭审理，在赶赴当地采访后得知，这起未成年人受害案并非由教师组织或强迫学生卖淫，但有6名政府官员、司法干部、教师、县人大代表等公职人员涉案。

遵义市公安局8名民警秘密调查10天

2008年8月15日，习水县公安局城西派出所接到某小学六年级女生李瑜母亲报案称，李瑜被某私立中学初一女生王清骗出后遭人强奸。

长年在浙江打工的李瑜母亲告诉记者，她丈夫开长途货运车经常不在家，13岁的女儿李瑜由在老家的婆婆照料。有一天，李瑜突然对奶奶说：“天天都有人在学校外面抓人，好可怕啊”，在奶奶的追问下，李瑜才说出自己被男人脱了裤子欺负的事。婆婆立即打电话叫李瑜的母亲赶紧回老家，说孩子“出事了”。

在李瑜母亲回习水的当天下午，她看到王清跑到家里来叫李瑜出去玩儿。李母听到两个小女孩在房间里嘀咕，觉得不对头，便揪住王清问个究竟。当李母从王清口中得知女儿确实被人奸污之后，就带着女儿李瑜和王清一起到派出所报案。

李母说，报案后，她曾多次到公安部门催问案件情况，但“他们一直没有给我一个说法”。在等待两个月后，由于担心在当地被人报复，她便带着女儿李瑜到外地去了。

同年11月月初，遵义市公安局马副局长突然打电话给李瑜的母亲，告诉她案件有了重大突破，让她赶紧带女儿回习水来辨认。

李瑜的母亲至今还不知道，此案之所以取得突破性进展，是中共贵州省委常委、政法委书记、公安厅厅长崔亚东作出批示的结果。10月月底，拿到“尚方宝剑”的遵义市公安局专案组8名民警悄悄进入习水县秘密调查取证，10天后才向习水县领导通报“8·15”

案件情况。

10多名中小学女生被胁迫卖淫

经警方调查，2007年10月，37岁的社会无业人员袁莉和14岁的辍学女孩刘某及其15岁的男友袁某3人商量，由袁莉负责提供场所并联系嫖客，刘某、袁某负责寻找女学生带到位于习水县城关老司法局家属楼袁莉的家中卖淫。袁莉按嫖资的30%收取卫生费，剩余嫖资全部归刘某、袁某所有。

2007年10月至2008年7月期间，刘某、袁某先后在县城的3所中学和一所小学门口附近守候，多次将李瑜、康倩、王清等10多名中小学女生（多名女生当时未满14周岁）挟持、哄骗到偏僻处，以要打毒针、拍裸照、殴打等威胁手段胁迫到袁莉家中卖淫。

据现在某中学读初二的受害人王清回忆，初一下学期的一天，她的同班好友康倩带她去见康的“结拜姐姐”和两个社会男青年，他们把她带到矿中路的一个小巷子，康倩借口溜掉，王也想走，但两个男的对她又打又骂。“当时我很害怕，被他们逼着进了附近一家旅社的房间，一会儿来了一个三十来岁的男人，他锁上了门后就动手脱我的衣服，我吓得直哭……后来那男的知道我是初一的学生后，就没敢继续下去，他给了旅社老板娘100元后走了。事后康倩的‘结拜姐姐’威胁我，不能把今天的事说出去，否则要叫人打我。”

“第二天，康倩和我们学校食堂师傅的女儿刘某来找我，他们说我因为昨天的事已经怀孕了，刘某可以帮忙带我去一个地方把孩子打掉。”毫无生理知识的王清听信了她们的话，就跟着刘某来到老司法局家属楼3楼袁莉家中。

在这里，王清被一个叫冯支洋的教师夺走了第一次。“我后来才知道他是习水县第一职业高级中学的老师。他很变态，不用安全套，还玩了许多花样。”完事后，下身出血的王清躲到厕所里哭泣，刘某过来安慰她，并给了她20元。

此后，刘某经常带王清到袁莉家，“如果不去，她男朋友袁某就要打我。”王说。

2008 年 7 月的一天夜晚，刘某再次找到王清，要她冒充处女和嫖客睡觉，并承诺“这是最后一次让我做这事”。为了摆脱刘的控制，王答应了。于是，刘把王带到一家宾馆进了事先开好的房间，待嫖客锁上门后，王进入卫生间洗澡，并按刘某教的办法，把刚打了耳洞的耳朵弄出血来涂到下身。“当我裹着浴巾上床的时候，被对方发现，他问我到底是不是处女，我只好承认不是。”那男的很生气，丢了 100 元在床上就走了。王把钱交给刘，刘给了她 50 元。案发后，王清才知道这个未遂的嫖客是习水县马临工业区土管所所长陈孟然。

警方调查认定，玩弄过王清的还有习水县移民办主任李守明、县人事劳动和社会保障局干部黄永亮等人。

在学校班主任的家中，王清告诉记者，刘某不仅逼她卖淫，还让她去寻找其他女学生。“刘某答应我，只要我帮忙找到另一个女生，我就不用再去做那事了。”

在某小学读六年级的 13 岁女生李瑜是王清找到的“替身”。现在外地读初一的李瑜在电话里对记者说，虽然她和王清不在一个学校，但由于她们俩的家人做同样的生意，且家靠得比较近，所以她们经常在一起玩儿。“有一次，王清骗我去买书包，就和刘某、袁某一起把我带到袁莉家，然后不准我离开……”有了第一次之后，刘某、袁某就经常到学校门口等李瑜。

警方侦查报告显示，嫖宿过幼女李瑜的有习水县第一高级职业中学教师冯支洋、习水县同民镇司法所干部陈村、司机冯勇等人。

袁莉的丈夫胡某告诉记者，袁莉原先在县城开过旅社，也提供过卖淫方面的服务，不过之前做的都是社会上的卖淫女。刘某的男友袁某由于吸毒需要钱，就和袁莉商量找女学生来卖淫，为了隐秘，选择了在家中做这种交易。

习水县多名公职人员嫖宿年幼女生

胡某说，袁莉没有这些女生的联系方式，往往都是袁某和刘某带她们来，然后袁莉再打电话去约嫖客。记者问胡，袁莉怎么有那些前来嫖娼的干部的电话？他说，她开旅社时就认识他们。

胡某还告诉记者，这些受害女生最早是被袁某和刘某强迫来的。“她们很怕袁某，他说不要动她们都不敢动。”后来，有的女生自己放学后就独自过来，要求袁莉帮她找客人，做完一两个后拿了钱就走。

据县司法局的一位家属透露，从农村进城的袁莉虽然住在司法局宿舍，但她和司法局没有什么关系，她买的是二手房。他们之前曾注意到经常有一些背书包的女学生进出大院，以为是来这里找人补课的。“有一次有人在院内的空地上摆结婚宴席，袁莉看见了，破口大骂。现在才知道原来是挡了她的‘生意’。”

县政法委书记：我们不回避问题

中共习水县委常委、政法委书记袁云勤 2009 年 4 月 1 日在接受中国青年报记者采访时表示，我们不回避问题。这些涉案干部的所作所为“已经触及了中国人传统道德的底线”。“如果把这个案件等同于一般的治安案件，那是政治上不成熟的表现。”袁云勤认为，这起案件比杀死几个人还严重。“我们都是为人之父，如果我们的女儿被别人这么搞，我们的感受会怎么样?”

袁云勤说，这个案件暴露出三个方面的问题：一是学校对学生的管理亟待加强；二是公安部门对校园周边的管理力度要加大；三是需要加强对干部队伍的教育。

袁云勤透露，在查处案件中，办案人员遇到了很大的压力。一方面是社会舆论的压力，民间传言很多，说是教师组织学生卖淫，“我可以负责任地说，只有个别老师参与嫖娼，而没有老师参与组织”。另一方面是来自内部的分歧。有的人认为，这是一般的卖淫嫖娼案件，因为嫖客不知道卖淫女是幼女，给予治安处罚就行了。“针对这种糊涂看法，我把公安、检察、法院、司法4个部门的领导召集在一起开会，大家统一认识，一致认为有关涉案人员应该逮捕。”

记者告诉袁云勤，即便现在与受害女生王清面对面接触，一眼也能看出她是小孩。更何况案发时受害人年龄更小。袁表示赞同，他说，为了证明嫖客“明知或者应该知道”受害人是幼年，警方在询问过程中注意了对一些细节的审查，比如受害人“有没有戴胸罩，有没有长阴毛?”

据袁云勤介绍，涉嫌强迫、介绍、容留妇女卖淫罪的犯罪嫌疑人袁莉，涉嫌嫖宿幼女罪的犯罪嫌疑人冯支洋、李守明、陈孟然、黄永亮、陈村、母明忠（县人大代表、房地产开发商）、冯勇等8人已被逮捕，并由习水县人民检察院起诉到当地法院，将于下周三开庭。

根据有关法律规定，在县级人民法院审理的刑事案件，最高量刑将不会达到20年有期徒刑。只有在中级人民法院审理的案件，才可能判处20年有期徒刑或无期徒刑直至死刑。记者注意到，两年前发生在贵州省威宁县的一起“教师强迫学生卖淫案”，首犯赵庆梅因强迫、组织、引诱女学生卖淫被毕节地区中级人民法院一审判处死刑。

这两起同样发生在贵州的案件，受害人都是学生，其中有部分还是14岁以下的幼女。为何威宁案件放在中级人民法院审理，而习水案件却放在县级人民法院审理呢?

对此，习水县人民检察院任炳强检察长解释说，经过检察委员会研究认为，根据被告人的犯罪事实，没有一个被告人的最高量刑可能超过15年有期徒刑，所以决定在县人民法院起诉。记者特地提到涉嫌强迫、介绍、容留妇女卖淫罪的犯罪嫌疑人袁莉，任检察长说，很难有证据证明袁莉有强迫的行为，强迫学生卖淫的是未成年人刘某和袁某。任强调，“我们也想对他们重判，但不能感情用事，必须严格依法”。

习水县人民法院余德平院长告诉记者，他们还在对案卷进行研究。如果在审理过程中发现被告人有可能被判处15年以上有期徒刑，此案将可能提交上级人民法院审理。

另据习水县公安局陶冬局长透露，除被起诉的8人外，警方还依法对嫖娼的违法行为人李某、班某等9人进行了治安处罚。“这些人中，既有煤老板、个体户，也有普通市民、农民等，他们在袁莉家里嫖宿的是社会上的卖淫女。”陶说，对他们处罚的金额从2000元至5000元不等，拘留的期限也从5天到15天不等。陶告诉记者，强迫、介绍、容留妇女卖淫的未成年人刘某、袁某已被送到少年管教所，从事卖淫活动的程某被收容教育。

中国青年报记者4月2日电话联系到了习水县移民办主任李守明的妻子和习水县第一高级职业中学教师冯支洋的妻子，她们都承认目前丈夫的工资还在领。做生意的冯妻认为她丈夫是被人冤枉了，“他只是经常晚上到老板娘家里去打牌”。而在机关单位工作的李妻则认为丈夫是“咎由自取”，在她的心目中“他早就被开除了”。(文中未成年人均为化名)

刊发日期：2009年4月3日

记者手记：揭露真相是记者的天职

陈　强

这是我22年记者生涯中最富挑战性的一次采访。

之所以觉得难，是因为采访线索单一，在网上所能查到的未经证实的信息就这么一句——“习水老师组织学生卖淫”。事实上，在我去贵州采访之前，我的一位女同事已经在习水暗访了3天，但无功而返，因为“根本找不到知情人”。

我和这位女同事开玩笑说，“采访这种事还是男记者有优势，可以扮演嫖客找学生妹，了解当地学生卖淫的情况”。没想到，这个玩笑开大了，报社编辑部果然决定派我去。贵州是中国唯一一个我没到过的省份，我早就有消灭最后一个“空白点”的念头，于是欣然接受这个高难度的采访任务。

听说这个案件将于2009年3月27日不公开开庭审理，我想这是介入采访的好时机。因为届时被告人将出现在法庭上，受害人及其家属也可能出庭作证或旁听，而随着案件的审理，案情将趋于明朗，找到采访对象应该不再是一件难事。

我特地提前一天从重庆乘长途客车，悄然进入位于川黔渝三省市交界的习水县。2009年3月27日，星期五，一大早我来到法院，在周围溜达了两个多钟头，没发现本案开庭的迹象——没有囚车进出法院大门，也没有未成年女孩出入。下午，法院更是静悄悄。而接下来的两天，法院没有上班，不可能开庭。

我顿感迷茫，只能试着大海捞针，在不暴露身份的情况下上街碰碰运气了。问出租车司机，或是向小吃店老板打听，他们都说这里发生过一起“老师组织学生卖淫案”，“抓了一些人，有个煤老板出了20万被放出来了”。

问他们这个案件是如何暴露的？坊间有两种说法：一种说法是说女生怀孕后，被家长发现了；另一种说法更吓人——女孩子被搞得大出血，送到医院抢救……

问起受害女生是谁？他们说，各所中学都有，但说不出一个具体的人来。

通过朋友私下向当地党政机关的工作人员旁敲侧击，他们同样说不出个所以然来。一位中层干部透露，官方渠道从来没有传达过，他也是听别人说的。我深深感到，这里的绝大多数人都“只是看到大象的一条腿，根本不知道大象到底长得什么样”。而记者的调查正是要还原“这只大象的真面目”。

万般无奈，我只好装作是从福建来这里做生意的“风流老板”，到按摩店、洗浴中心、歌厅等潜在的声色场所寻找“学生妹”，试图从中发现线索。一位出租车司机把我拉到车站附近的一家旅社，旅社老板偷偷把我迎进屋，然后带了两个女孩进来让我挑，她们手拿着卫生纸和安全套，谈起价格来显得煞是老练：“‘快餐’100元，包夜200元”。我把其中一个女孩叫到一边，问她是不是在校的学生，她说2008年初中毕业后就没上学了。我当即向老板指出她们根本不是我要找的“学生妹”，然后气冲冲地离开这家“不诚信”的旅社。

走到另一家旅社的门口，一位中年妇女上前拉我去住宿，我随口问她有没有“学生妹”陪睡，她说手上有“学生妹”的电话，但这段时间严打，不敢叫她们出来。

看来没有熟人引路，还不容易找到传闻中的“学生妹”。于是，我找在当地开店做生意的福建老乡帮忙。一位走“上层路线”的老乡打电话给公安局的朋友，了解到“有七八个人因为玩学生妹被逮捕，其中有些是干部”，这使我确信此案不再只是传闻。另一个老乡告诉我，他认识的一位包工头经常玩“学生妹”，于是我就让他把这位包工头约出来吃饭。包工头承认自己之所以喜欢玩“学生妹”，是因为她们年纪小，“比较干净”。有外地客人来，他也常用“学生妹”招待，因为玩“发廊妹”没档次。老乡表示愿意花钱找“学生妹”来款待我，希望包工头帮忙。包工头说，自从出了那个案件后，现在比较难找人了，但他答应试试看。当晚，大家一同上KTV歌厅唱歌。我主动和歌厅老板聊起“学生妹”，他说，手上有“学生妹”，但要提前预约，最好是周六、周日来，她们没上课，比较容易出来。“‘学生妹’很单纯的，你给她100元，她就很高兴。”这位老板说，他常常给熟悉的客人介绍，“学生妹”也很感激他，有时陪他睡觉也不要钱。

第二天晚上，包工头通过我的老乡传话说，有3个读初中的女生今晚可以出来陪我们唱歌，但“不能做那事”。到了约定的地方，包工头正和两个留长头发的男青年在一起嘀咕。不久，3个满脸稚嫩的女孩从出租车上下来，我判断她们应该是学生，但以她们“年龄太小”为由让她们赶紧回家。等我回到宾馆后，包工头又打来电话：“找了个读高中的，你要不要?”我说，“太晚了，就不用了。”

在社会底层“混”的过程中，我终于打听到了一位老家在农村的受害女生王清（化名）的地址。从县城包车到乡镇，再换乘摩托车到村里，才知道王清早已随家人迁往县城。辗转数小时返回县城，好不容易找到王清的父亲，他却否认有这么一回事。“我的女儿和你的女儿一样大，要是我女儿被别人这么欺负，我一定豁出去和他们拼了！”经不住我的言语刺激，王父终于开口说出了原委，并透露了这个案件的举报人。他说，自己之所以有顾虑，是担心以后遭报复。

此案的举报人是13岁女生李瑜（化名）的母亲。李瑜母女现已移居浙江。当我找到在习水县城做生意的李瑜的爷爷奶奶时，他们起初也不承认有这事，还很紧张地问“是谁说的”。我觉得很奇怪，按说受害人的家属是最欢迎记者来揭露真相的，可他们为何不配合记者采访呢？我后来才知道，李瑜家的一位远房亲戚也在中国青年报当记者，他们从没想过要把这件事告诉他。原来，李瑜的家人也怕打击报复，有人扬言不会放过他们。这也是李瑜母女远走浙江的原因之一。

我打手机联系上了李瑜的母亲，也许是长年在外打工长了见识，她倒是很敢说。她告诉我，她和丈夫经常不在家，13岁的女儿李瑜平时就由婆婆照料。有一天，李瑜突然对奶奶说：“天天都有人在学校外面抓人，好可怕啊”，在奶奶的追问下，李瑜才说出自己被男人脱了裤子欺负的事。婆婆立即打电话叫李瑜的母亲赶紧回来，说孩子“出事了”。

2008年8月15日，刚从浙江回到习水的李瑜母亲，看到王清来家里找女儿出去玩。李母听到两个小女孩在房间里嘀嘀咕咕，觉得不对头，便揪住王清要打她。当李母从王清口中得知女儿确实被人奸污之后，就带着女儿李瑜和王清一起到派出所报案，称年幼的女儿被坏人强奸了。

原来，发案的原因并非像坊间盛传的那样，是因为女孩怀孕了，或“下身大出血”。此后采访了在当地某私立中学读初二的王清，也证实了李母的说法。王清哭着说，她是被一位叫康倩（化名）的同班女同学带坏的。当我找到康倩的父亲时，他说女儿已经离家出走将近两个月了……

到习水的第6天，我觉得有必要“浮出水面”以中国青年报记者的身份和当地官员正面接触。当县政法书记得知我已经“潜伏”一周时，显得有点不高兴：“你这是对我们不信任嘛!”我笑着回答说：“遵义市公安局的人来这里秘密调查了10天才告诉你们，我比他们还早暴露4天呢!”

根据我多年的职业经验，如果你不了解情况就去找官方，他们可能会忽悠你。如果你了解了部分点上的情况，再去找官方求证面上的情况，那么把握性就大多了。果然，习水县政法委书记和盘托出，还把一份警方给他的汇报材料复印给我。

2009年4月3日，我的独家调查报道在《中国青年报》特别报道版刊出，率先披露了习水县移民办主任李守明等5名在职公职人员涉嫌性侵犯幼女事件的真相，在全国引起轰动。

4月8日，该案在习水县人民法院开庭审理。检察院以“嫖宿幼女罪”起诉涉案人员，受到公众强烈质疑。两周后，当地传出“检察院撤诉”的消息，官方称“诉讼过程中发现案件事实和证据发生了新变化”，需撤回补充侦查。

5月17日，此案提级审理，遵义市人民检察院以被告人袁荣会构成强迫卖淫罪，以被告人冯支洋、母明忠、陈村、冯勇、李守明、黄永亮、陈孟然构成嫖宿幼女罪向遵义市中级人民法院提起公诉。

6月30日，遵义市中级人民法院依法进行不公开开庭审理。7月24日，法院以强迫卖淫罪判处被告人袁荣会无期徒刑，以嫖宿幼女罪分别判处被告人冯支洋有期徒刑14年，被告人陈村有期徒刑12年，被告人母明忠有期徒刑10年，被告人冯勇、李守明、黄永亮、陈孟然各有期徒刑7年。

此案还有没有漏网之鱼

贵州习水5名公职人员涉嫌嫖宿幼女案开庭审理

□雷　成

【记者简介】雷成，湖南人，毕业于云南大学，曾为中国青年报驻贵州记者站记者，现为驻云南记者站记者。

受害女生父亲未获准旁听

偏居中国西南一隅的习水县人民法院门前从没聚集过这么多人。人们从四面八方涌到这里，希望看到一群“伤天害理”之徒被绳之以法。

贵州省习水县5名公职人员因嫖宿幼女而被逮捕，这个丑闻被上周的《中国青年报》特别报道版曝光，这个县城因此闻名全国。

2009年4月3日见报当天，习水县委、县政府即召开案件情况通报会。4月6日晚，习水县电视台播放了通报会的实况，这起半年前即开始在民间传播的恶性案件在当地才完全明朗。

今天（2009年4月8日，下同——编者注）上午，7名犯罪嫌疑人开始接受法律的审判。在此之前，一场道德的审判早已在拷问着他们。

不过气愤的人们只能守在法院门外。由于涉及到未成年人的隐私，根据法律有关规定，此案不公开开庭审理。

但因要求参与旁听的群众太多，原定于8时30分开始的庭审，不得不推迟了近1个小时。人们试图说服守在门口的法警放他们进去，法警只能一遍遍地解释。

一位坐了40多分钟车从土城镇赶来的农民说，“受害女生的情况是隐私，被告人长什么样，不能让群众看一看吗?”

媒体记者也从全国各地来到这里。尽管从贵阳到习水有7小时车程，从重庆走也是7小时，但至少有6家媒体在开庭前赶到了现场。还有其他媒体记者正在陆续赶来。

4月7日晚上，云集在习水的各家媒体联合要求进入庭审旁听，经过两个多小时的协调，习水县人民法院和遵义市中级人民法院向贵州省高级人民法院提出申请。

今天早上，诸家媒体被告知，只有新华社和中央电视台的4名记者可以进入庭审现场，但不得携带任何器材设备和纸笔。

9时30分左右，法警们在法院的台阶下拉起了一道警戒线。数百名群众和媒体记者被拦在了法院的院子里。

一同被拦在警戒线外的还有受害女生康倩的父亲。在记者联系他之前，他甚至不知道开庭的日期。一大早，他带着身份证和户口簿来到法院，想申请进入法庭，看一看侮辱了她的女儿的县人大代表。

但法院没有理会这位父亲的迫切心情。立案庭的法官莫任利说，

"按法律规定，未成年人的隐私权受到保护。"康父拿出户口簿，试着解释作为未满 15 岁的女儿的监护人，自己应该进入法庭参与旁听。但法官推开他的手，说："你进去，一是影响不好，二是确实违法。判了以后判决书会给你，你可以过几天提起民事诉讼。"

另一位法官向康父解释说，本案分两个案件开庭，与康倩相关的被告母明忠今天暂时不审，所以康父无权进入法庭。

受害女生作证过程不到一分钟

今天上午接受审判的主要是以"强迫、容留、介绍妇女卖淫罪"被起诉的 38 岁妇女袁莉（又名袁荣会）。公诉机关指出，2007 年 10 月，袁莉在习水县佳和市场非法经营旅社期间，认识了 14 岁的辍学女孩刘某及其男友袁某，3 人商量由刘某及袁某负责寻找女学生，带到袁莉位于习水县老司法局宿舍的租住房内进行卖淫，由袁莉提供场所并联系嫖客。袁莉按嫖资的 30% 收取"卫生费"，剩余嫖资由刘某及其男友袁某所有。

而刘某和袁某"寻找"女学生的方式，是守在学校外面等候下午放学和下晚自习的学生，以要打毒针、拍裸照和殴打等威胁手段加以胁迫。据公安机关查明，先后有 11 名女生被胁迫到袁莉家中卖淫，其中未满 14 岁的有 3 人。

从 2007 年 10 月至 2008 年 8 月间，袁莉先后联系了至少 13 人前来嫖娼，其中包括 5 名公职人员和一位县人大代表。

这 5 名公职人员是：47 岁的习水县政府移民办公室主任李守明，38 岁的习水县同民镇司法所干部陈村，28 岁的习水县人事劳动和社会保障局干部黄永亮，27 岁的习水县马临工业经济区国土管理所所长陈孟然和 43 岁的习水县第一职业高级中学教师冯支洋。

因"嫖宿幼女罪"一同被起诉的还有习水县人大代表、利民房地产开发公司经理母明忠和出租车司机冯勇。

据了解，检察院指控的犯罪事实有以下几项：

2008年5月的一个晚上，冯支洋在袁莉的电话邀约下来到租住房内嫖宿幼女王清，支付了100元。次日晚，冯支洋又欲嫖宿王清，由于王清身体不适而作罢。但在王清的要求下，冯支洋支付10元嫖资。同月的一天，冯支洋又来到袁莉家中，嫖宿幼女李瑜并支付100元。

2008年4月的一天，李守明在袁莉的电话邀约下到袁莉租住房内，嫖宿幼女王清，支付100元。

2008年6月某日晚，刘某电话联系陈孟然，谈妥以400元嫖宿“处女”。后陈孟然将王清带至习水县东方大酒店进行嫖宿，因怀疑王清不是“处女”，经与王清还价后，支付100元。

2008年5月某日晚，冯勇到袁莉家中嫖宿幼女李瑜，支付1500元嫖资。

……

今天，受害女生王清在班主任老师及母亲的陪伴下出庭作证。但是“很紧张”地等候了一上午并未被要求出庭，直到下午，她才被一名工作人员带到一间办公室，里面有6名身着制服的人。法官问她“有多大”、“有多高”，并问“和李瑜是不是同班同学?”王清表示否认后，就被带出了办公室，整个作证过程“不到一分钟”。

王清说，她并没有在法院看到其他与本案相关的女生，作证时“有点害怕”，但现在心情比较平静。她的班主任老师也向记者证实，王清的情绪比较稳定。

晚上9时50分，记者致电县人民法院院长余德平，他告诉记者，庭审仍在继续。

到底是“嫖宿”还是“强奸”?

余德平和其他相关人员这几天被媒体问得最多的问题恐怕是：“嫖宿幼女罪”和“强奸幼女罪”到底有什么不同?

此前，习水县人民检察院检察长曾解释说，这是为了更严厉地打击违法犯罪，因为嫖宿幼女罪的量刑起点是5年，相对于强奸罪的量刑起点3年更高。

但此言一出，质疑声不断。有评论认为，这位检察长只向民众介绍了最低刑，而闭口不谈最高刑。因为强奸罪是一个远远重于嫖宿幼女罪的罪种，根据《刑法》及其相关规定，嫖宿幼女罪最高只可给犯罪嫌疑人带来15年的刑期，即便数罪并罚也只能带来20年刑期，而强奸幼女罪则最高可处无期徒刑或死刑。

另一篇评论也同样指出，“所谓量刑起点更高的‘嫖宿幼女罪’很可能是一个道貌岸然的幌子”。

“所谓嫖宿幼女罪是指利用金钱或财物购买的方法与不满14岁的卖淫幼女发生性关系的行为，在这一罪行中，犯罪行为侵害的对象是卖淫幼女，卖淫幼女能够认知自己与他人发生性关系的行为是卖淫行为。而在习水‘8·15’侵犯幼女案中，被侵犯的幼女是正在上学的中小学生，她们在受到刘某、袁某等人‘要打毒针、拍裸照、殴打’等威胁手段的胁迫后与他人发生了性关系，绝非出于自愿，也不是为钱财，有的幼女当时很害怕，有的幼女在被性侵犯后躲在厕所里哭泣——这是‘卖淫幼女’吗?”

记者昨天（4月7日）和今天就这个问题询问了习水县多名与此案相关的人士，他们或语焉不详，或顾左右而言他。

最先参与侦查的遵义市公安局治安支队案件侦查大队大队长陈杰表示，公安机关最初就是以涉嫌“嫖宿幼女罪”对嫌疑人进行提讯逮捕的，因为根据司法解释，是否构成“嫖宿”的两个条件为“明知”和“有经济交往”，办案人员认为二者具备，所以定性为“嫖宿”而不是“强奸”。

遵义市政法委书记要求习水县“深刻反思”

本报独家报道刊出后，在全国范围内引起了不小的震动，也引起了贵州省有关领导的高度重视。贵州省委书记石宗源，贵州省省长林树森，贵州省委常委、政法委书记、公安厅厅长崔亚东分别作出重要批示，要求严肃查处此案。

2009 年 4 月 7 日，遵义市委政法委书记杨舟专程赶到习水，连夜召开案情通报会。

听取了相关人员的汇报后，杨舟说，案件的教训是非常深刻的，至少反映了这么几个问题：

第一，公安机关在查处卖淫嫖娼的力度上要进一步加大。此案在习水发生，不仅仅是一个个案，为什么有黑旅社，为什么会有黑老板和辍学青少年勾结起来，胁迫众多女生长达一年而没有被发现？

第二，为什么涉及公职人员有 5 人之多？在对干部的教育管理方面是有漏洞的。

第三，校园周边环境的整治有问题，为什么幼女才走出校门，就被两个辍学少年拐走骗走？还有，校园内部管理也是有漏洞的。

他要求，习水县各级各部门举一反三，深刻反思此案发生的深层次原因，统一思想，为什么这个案子会发生，客观原因和主观原因在哪里？

杨舟特别提出，在审理此案的时候，“不要仅满足于已经办到的程度”。尽管案件已经进入审理过程，公检法各部门还要再深入了解，此案的犯罪嫌疑人是否已经全部归案？还有没有漏网之鱼？“如果有，一定要加大侦办力度，把犯罪分子绳之以法。检察机关认真查一下，是不是有政法部门的不作为行为？此案中是否有保护伞的问题？一旦发现，一定要坚决打掉。”

习水县委书记李凌表示，近期将开展打击卖淫嫖娼专项斗争和校园周边环境专项整治，加强学校内部管理，加大干部违法违纪案件查处力度。

据悉，此案结案后，遵义市将通报全市，开展干部纪律作风专项教育活动。

刊发日期：2009 年 4 月 9 日

花季泪

来自北京青少年法律援助与研究中心的未成年人遭受性侵害案件分析报告

□崔　丽

【记者简介】崔丽，中国青年报记者，文学、法学双学士。主要从事法治领域报道。曾任中国青年报法制首席记者。代表作：《我结婚需要领导同意吗》、《法律缝隙中的爱》、《一次真正见了实效的监督》。由孙志刚案件引发，采写的《三位法学博士上书全国人大常委会请求对收容遣送办法进行违宪审查》系列报道，促动收容遣送制度取消，出台对流浪人员救助管理办法；云南大学生命科学系学生马加爵用铁锤砍死四名同窗，在他行刑前48小时，与马加爵面对面，采写独家报道《没有理想是我人生最大的失败》，引起巨大社会反响。连续多年参加全国两会报道，2007年参加中国共产党第十七次全国代表大会报道。2008年3月，入选《财经》奖学金，在北京大学中国经济研究中心学习。其作品多次荣获全国法制好新闻、全国人大制度好新闻报道奖。

贵州省习水县多名公职人员参与嫖宿幼女案，经《中国青年报》报道后，引起社会各界的强烈关注。娇弱的花朵还未绽放，就遭受无情摧残，人们痛恨、谴责这些天良丧尽之徒，这一案件也暴露了未成年人遭受性侵害的残酷现实。

北京青少年法律援助与研究中心作为专业的未成年人保护机构，长期关注未成年人遭受性侵害问题，该中心对2006年至2008年媒体报道的340个案件进行了专项调查分析，得出的结论是，贵州习水案件中凸显的问题并不是个案，而是反映了未成年人遭受性侵害案件的一系列共性问题和特点，在这些触目惊心的案件背后，是一个个沉重的社会话题。

熟人实施性侵害案件数量多、持续时间长

高比例的熟人作案，是未成年人性侵害案件的主要特点之一。在340个案件中，熟人作案的比例占到68%。其中监护人作案尤其值得关注。统计显示，在39个监护人实施性侵害案件中，29件发生在特殊家庭，比例高达75%，其中被生父、养父和继父强奸的占监护人侵害案件总数的61%，其次还有强迫、引诱、介绍卖淫等其他类案件。

中国是一个看重伦理的国度，这类案件会发生在什么样的家庭中？归结起来，这些家庭主要包括四类：再婚家庭、母亲缺位家庭、父亲服刑或父母有严重不良行为的家庭和收养家庭。

这类对未成年人性侵害案件持续时间长，总共39个案件的持续平均时间约为4.8年，最长的13年。而且都是经过很长时间才案发，在7起案件中，被害人从来没有考虑过报案，直至案件被其他人发现告发。这也导致此类案件容易成为隐蔽案件。

校园性侵害案频敲警钟

报告分析发现，校园性侵害是一个非常严重的问题，在340个案件中，有50个这样的案件。校园性侵害案件中，有两个明显特点值得关注：农村处于高发状态，有60%的性侵害案件发生在农村；高比例的老师、校长性侵害，在统计中占到校园性侵害的70%。此外，校外人员进校进行的性侵害，占到了16%，学生之间的性侵害也占到了10%。

校园性侵害使被害学生受到的伤害和影响巨大，除了身体和精神的双重伤害外，还面临着辍学、转学、厌学等问题。

习水县多名公职人员嫖宿年幼女生

学校对于教师教育、管理的松散是校园性侵害案件发生的重要原因。学校没有将预防性侵害作为重点工作，法制观念淡薄。例如在一起案件中，10 岁女孩被小学老师多次猥亵报警后，学校将该老师“保释”出来，不仅没有给其任何处分，反而继续让其走上课堂“为人师表”。在发现老师实施性侵害行为后，甚至有 3 起案件中的学校直接作为中间人努力促成“私了”。

学校安全制度的不健全，也是导致校园性侵害案频发的直接原因。这些性侵害案件发生的场所都为教室、学生宿舍、教师宿舍、学校内废弃的房屋以及广播站，甚至一些猥亵案件还发生在讲台上。学校既没有安排教师值班巡查，也没有给学生宿舍配备必要的防护措施，以致校外人员能够进入学生宿舍实施犯罪。在个别案件中，有的学校面对已经出现的“危险”，不但没有亡羊补牢，反而坐视不理。

在一起校园性侵害案件中，在校外人员进入卫生间猥亵女生的案件发生后，学校老师称以前经常有校外青年进入校园，有时甚至在走廊内喊女生的名字。但是学校对此没有重视并采取有效措施，导致 14 岁女孩被猥亵。这些案件提醒，学校的管理制度应是多方面的，不仅涉及到对教师的教育，也包括对学校勤杂人员的管理和对所有校内人员包括在校老师亲属的管理。

校园周边成为未成年人遭受性侵害“重灾区”

与校园有关的还有因校园周边有问题而发生的案件，备受关注的贵州习水案件成为此类案件的典型。在 340 个样本中，有 10 个这样的案件，这说明校园周边安全治理存在重大隐患。

一些侵害人利用校园周边治安不好在学校门口等待学生，通过哄骗或者拦截等方式将其带走实施强奸或者使受害人提供色情服务。贵州习水案中，在 2007 年 10 月至 2008 年 7 月间，犯罪嫌疑人先后在县城的 3 所中学和 1 所小学门口附近守候，多次将 10 名中小学生挟持、哄骗到偏僻处，以打毒针、拍裸照、殴打等方式胁迫他们卖淫。实际上，发生在校园周边的案件是一类案件的共性问题。在一起案例中，20 岁的师范学校学生周某为了赚钱，和另一名犯罪人来到郑州某中学门口，以介绍男朋友、买好衣服、买手机为诱饵，诱骗两名初中女生到酒店实施卖淫。

另一起案件中，犯罪人洪某多次守在学校门口，以抓小鸟游戏为由将一女学生多次骗奸。安徽某小学门口的个体商贩，以 3 名小学生赊账购买零食为由，在长达一年多的时间内不仅自已实施强奸行为，还多次介绍其他人与其发生性关系。这些案件的发生都表明校园周边的治安混乱和安全隐患成为在校未成年学生遭受侵害的重要原因。

在外打工未成年人更容易被性侵害

那些过早离开校园外出谋求生计的未成年人，同样面临着性侵害的威胁。在统计样本中发现，有 35 个案件即 10% 的未成年人是在找工作或工作中被实施性侵害的。因以找工作名义被骗后遭受侵害的案件占到 43%，在打工期间遭受性侵害的案件占到 57%。

从统计分析看，这些被害人的年龄小，平均年龄只有 14. 7 岁，最小年龄的只有 13 岁，不满 16 岁的占到 54%。对于已满 16 周岁的未成年人，其外出打工后的权益保障仍值得关注。用人单位提供不安全的住宿环境等容易导致未成年人在打工地被性侵害。据统计，外出打工的未成年人在打工单位宿舍或者车间等被性侵害的案件有 8 件，这些场所都存在着不安全的因素。例如在一起 16 岁女孩被侵害人闯入工厂宿舍强奸的案件中，该工厂提供的宿舍不仅没有必要的门卫或者值班人员，而且宿舍都没有配置锁具等防护措施。负责住宿的用人单位应当为未成年人提供安全的生活环境，配备必要的防卫设施，但是其却没有尽到义务。

习水县多名公职人员嫖宿年幼女生

留守儿童成为被锁定的“侵害目标”

大部分留守儿童由于得不到有效监护和全面保护，在受到侵害后又不能及时告诉亲人，因此成为一部分犯罪人性侵害的“目标”。据统计，留守儿童遭受性侵害的案件有19件。

贵州习水县案件的10多名受害人中，缺少家长有效监护的未成年人成为主要被侵害目标。受害人康某的父亲在其5岁时进城打工，母亲喜欢打麻将，每天往外跑，康某没有人照顾便开始和学校外的孩子混。父亲发现后管教方式又不当，甚至用锁链将其锁起来。另一名受害女生王某在被记者问及最恨谁，她回答的不是侵害人而是其爸爸。在她4岁时，父母离婚，她小时候一直住在乡下农村叔叔家里，初中到学校住宿后，爸爸除了给零花钱，从来不管她。同样的情形也在其他性侵害案件中出现。

留守儿童一般在农村跟随年老的爷爷奶奶或者其他委托监护人生活，由于身体、经济等各方面原因，委托监护人不能尽到充分的监护义务，使未成年人缺乏全面的保护和管理。而且在性侵害案件发生后，由于父母不在身边，留守儿童也不愿意或者害怕将遭受侵害的事实告诉委托监护人。

除了留守儿童外，流动儿童也容易成为犯罪人的侵害目标。打工子弟学校的学生，她们的父母忙于打工，无暇顾及对年幼子女的接送。侵害人便利用了这个机会实施犯罪行为。因此，外来务工人员和学校应同时加强安全措施，对外来务工人员的子女应做好自我保护的教育，提高防范侵害的意识和能力。

未成年人实施、参与的性侵害问题凸显

在统计的340个案件中，未成年人实施的性侵害案件有42件，占案件总数的12.4%，这个不小的比例令人反思，由未成年人参与实施的团伙性侵害犯罪问题进一步凸显。

未成年人犯罪的原因与其成长环境存在很大关系。这些实施或者参与实施性侵害的未成年人有初中没有毕业即辍学的，有来自离异以及单亲家庭的。色情信息对未成年人的影响应当引起高度重视，统计的案件中有20%的未成年人在看过黄色碟片、浏览过黄色网站后，抱着模仿心理或者难以控制冲动实施了性侵害。这些实施性侵害的未成年人60%都存在包括酗酒等不良行为。

由此可以看出，这些绝大多数具有不良行为以及严重不良行为的未成年人，缺乏有效监护，处于辍学、无业状态，受到色情信息的诱惑和酒精的麻痹，很容易冲动，实施或者参与了对其他未成年人的侵害行为。因此，没有对未成年人不良行为及时关注和矫正是导致其他伤害未成年人受到伤害的深层次原因。

除了男性未成年人直接实施强奸或者猥亵行为外，未成年人强迫、组织其他未成年人提供色情服务的行为也应当引起关注。贵州习水县的案件中，仅有14岁的辍学女孩刘某和其15岁的男友同社会无业人员袁某共同联系嫖客，寻找女学生强迫卖淫。

此外，网络一定程度上成为未成年人遭受性侵害的介质。340个案件中，被网友性侵害的案件达到了21件。网友实施的性侵害方式主要是，未成年受害人通过上网交友等方式轻信网友，通过约见或被骗去外地玩等遭受性侵害；此外，由于未成年人接触了色情淫秽的不良信息，冲动之下对年龄较小、反抗能力差的其他未成年人实施了性侵害。

不满14周岁的未成年人占受害者绝大多数

体力智力发育不成熟、年龄较低的未成年人更容易遭到侵害。他们认知能力、辨别能力以及反抗能力都比较差，所以侵害人对其实施犯罪比较容易。在贵州习水县的案件中，10多名受害女生中有多名未满14周岁。不满14周岁的未成年人被性侵害的案件占案件总数的63.8%。

习水县多名公职人员嫖宿年幼女生

不满14周岁未成年人容易受到侵害的另一个重要原因是由于性知识的缺乏，有的14岁以下未成年人甚至不了解性行为的性质以及后果，成为一些案件中犯罪人的理由。侵害人认为未成年人根本不会想到自己遭受性侵害，自己也不用接受法律的处罚。在统计的案件中发现10件为不满14周岁的人自愿与侵害人发生性关系并同居的案件，其中一起13岁女孩被强奸后，同侵害人谈恋爱并表示不愿意告发。

此外，对男童的性侵害也应当引起关注。在340个统计样本中，有8个是男童遭受性侵害的案件。如果保护不力，有可能造成法外私自报复的恶性循环。

一个14岁的少年外出打工期间被同性同乡性侵害，激愤杀害了侵害人，被判处5年有期徒刑，由被害人转化为加害人。不满14岁男性未成年人遭受侵害后可以按照《刑法》规定的猥亵罪追究侵害人的责任，而已满14周岁不满18周岁的未成年人遭到侵害后则很难得到及时有效的保护。14岁男孩激愤杀人的案件敲响了警钟，对于已满14周岁不满18周岁男童的保护应当尽快完善。

受侵害未成年人被操纵成“作案工具”

在贵州习水案件中，受害人被逼为侵害人寻找犯罪对象令人震惊。涉案人不仅在强奸王某后强迫其卖淫，还让她去寻找另外的女学生，并且告诉她只要帮忙找到另外一个女学生，王某就不用再做了。这不仅使涉案人将魔爪伸向了更多的未成年学生，而且还把未成年受害人操纵成其“作案工具”。

值得警醒的是，这非个案。在统计的案例中，同样存在将未成年受害人变为“作案工具”的案件。曾为全国人大代表的某县政协副主席吴某对该地区20多名中小学生实施强奸，这些受害人中年龄最小的只有12岁。有的未成年人被侵害后转而为吴某“狩猎”其他少女，涉及范围遍及当地7所中学或中专，涉及22名在校未成年学生，其中 4 名未满 14 周岁。

这类案件中受害人受到的伤害更大，他们无形中成了犯罪人的“帮凶”，在一定程度上由受害人转成加害人，犯罪涉及的面也更广，更多的未成年人容易受到伤害。这表明没有及时发现和严厉打击未成年人遭受性侵害案件可能会产生更严重的后果，不仅加深对受害人的伤害，也会使更多的未成年人遭受摧残。

刊发日期：2009 年 4 月 13 日

习水县多名公职人员嫖宿年幼女生

公安局政委女儿冒名顶替上大学

□ 刘万永

【记者简介】 刘万永，1996 年毕业于河北大学，1998 年毕业于中国新闻学院，同年进入中国青年报。学过教育和新闻，曾多年采访教育新闻。近年来致力于调查性报道。曾获腾讯网“2009 年度教育记者”称号。现为特别报道部副主任。

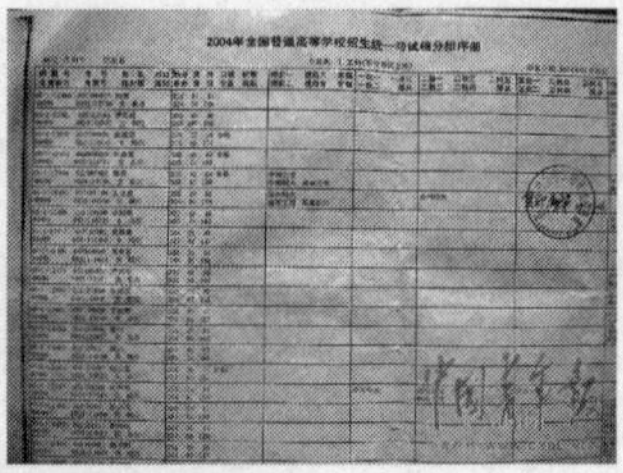

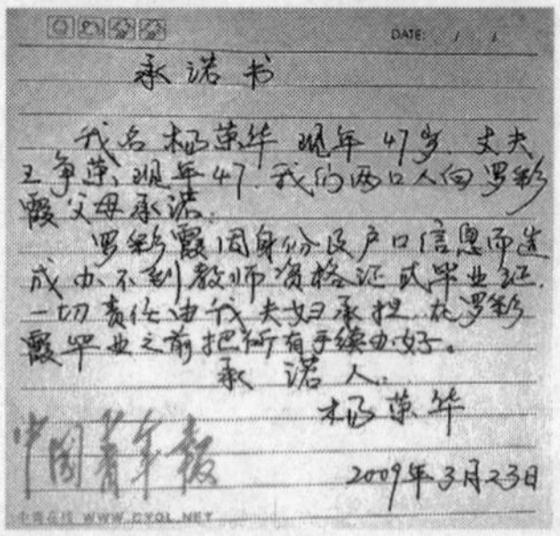

承诺书

我名杨荣华 现年47岁 丈夫王争荣 现年47 我们两口人向罗彩霞父母承诺。

罗彩霞因身份证及户口信息而造成办不到教师资格证或毕业证，一切责任由我夫妇承担，在罗彩霞毕业之前把所有手续办好。

承诺人

杨荣华

2009年3月23日

罗彩霞向中国青年报记者展示同学王佳俊的照片。2004 年，王佳俊冒名顶替罗彩霞被贵州师范大学录取，四年后顺利毕业。◎刘万永摄

如果不是2009年3月的一次偶然，罗彩霞也许永远不会知道5年前的真相：2004年高考后，她没有被任何高校录取，而冒名顶替她的同学王佳俊却被贵州师范大学思想政治教育专业录取。命运由此发生转折，罗彩霞被迫复读一年后考取天津师范大学，2008年，王佳俊顺利毕业。而本应2009年毕业的罗彩霞却不得不面临因身份证被盗用而被取消教师资格证书等一系列问题。

“我不停地问自己，为什么他们选中了我？”2009年5月4日下午，在天津师范大学校园，罗彩霞对中国青年报记者说，难道就是因为我们家没有什么社会背景，王佳俊的爸爸王峥嵘是当地官员？

媒体报道显示，王峥嵘2002年任湖南省邵阳市邵东县牛马司镇镇长，2004年8月，从牛马司镇党委书记的位置调任邵阳市隆回县公安局政委，2004年被评为“全省人民满意的公仆”。2006年5月，因其在担任邵东县牛马司镇镇长、党委书记期间涉嫌受贿，被邵阳市纪委双规。同年6月，被检察机关刑事拘留。2007年2月被邵阳市中级人民法院以受贿罪终审判处有期徒刑3年，缓期5年执行。2007年2月，王峥嵘被免去隆回县公安局政委职务，2008年7月被邵阳市纪委开除党籍，目前王峥嵘仍在服缓刑期间。

不是巧合，是大事

罗彩霞，湖南省邵东县灵官殿镇人。2004年，她作为邵东一中应届毕业生参加高考，考了514分，没有达到湖南省当年531分的二本录取分数线。虽然当年有少数高校降分录取，而且她填报了三批专科院校志愿，但罗彩霞没有收到任何高校的录取通知书。

复读一年后，她考取了天津师范大学历史文化学院旅游管理专业。

四年的大学生活顺利而平静，2009年3月的一件事却让她卷入了漩涡。

3月1日，罗彩霞和几名同学去参加招聘会，闲暇时间一起到建设银行鑫茂支行开通网上银行业务。办手续需要身份证，可工作人员却告诉她信息不对，不能办理。

罗彩霞感到很奇怪，多次输入身份证号也不对。银行电脑显示，与罗彩霞名字、身份证号码完全相同的身份证上，却是另外一个女孩子的头像，而且发证机关是贵阳市公安局白云分局。

罗彩霞对中国青年报记者说，自己第一反应是那个女孩子很漂亮，而且和自己同名。但她感觉这个女孩子像自己的一个高中同学。

回到宿舍后，罗彩霞把这件事讲给同学听，大家议论的结果是，这不是巧合，应该是件大事。

同学的提醒让罗彩霞想到了以前发生的一件事。

2008 年 7 月 9 日，罗彩霞申请办理高级中学教师资格。可后来，负责资格考试的老师打电话问她是不是已经在贵州申请了教师资格证。罗答复："没有。"

几天后，这名老师再次打电话询问身份证号码的问题，并说："身份证号码报的和填的都没有错呀！"

两件事都和贵州有关，这引起了罗彩霞的怀疑。随后，她向天津市西青区学府派出所报案，称自己的身份证信息被盗用。

警察立即找罗彩霞做了笔录。但随后在公安内部网查询，罗彩霞的身份证号码是唯一的，而且信息也很准确。

听罗彩霞说，冒用她身份证号码的那名女孩子很像自己的同学王佳俊，警察提醒她要尽快找到照片，不要放过这个线索。

罗彩霞通过同学找到了王佳俊的照片，并让父亲从老家快递过来高中毕业合影。警察看到照片说的第一句话是："就是这个女孩儿！"

随后，罗彩霞又让家里查询了自己保存的邵东一中月考成绩。罗彩霞向中国青年报记者出示的两份成绩单显示，在 68 名同学中，王佳俊的成绩在倒数 10 名内。

《2004 年全国普通高等学校招生统一考试档分排序册》显示，

王佳俊的高考总分为335分，数学19分，英语53分。

但罗家在当地听到的消息是，王佳俊在贵州师大读书，高中成绩不错。

罗彩霞说："我们掌握的所有线索都指向王佳俊，但不知道接下来怎么办？"

罗彩霞的姨妈是湖南省邵东三完小老师，王佳俊的妈妈杨荣华也是这所学校的老师。

2009年3月9日，罗彩霞的姨妈直接到杨荣华家拜访，询问王佳俊上学等情况。

罗彩霞对中国青年报记者说："我姨后来告诉我，杨荣华当时表情很紧张，当她说'我外甥女罗彩霞被人冒名顶替，不能办教师资格证'时，杨荣华说：'怎么这么严重，不会有事吧？'"

罗彩霞说，几天后，杨荣华和学校校长、邵东县教育局的人约她姨妈吃饭，承认王佳俊冒名顶替上大学的事。随后，杨荣华打电话向罗彩霞道歉，并承诺注销王佳俊的教师资格证，帮助罗彩霞取得教师资格证。

"他是道歉的语言，但不是道歉的口吻"

王佳俊冒名顶替上大学事件查清后，罗彩霞心情反而更加沉重。父亲说："咱们已经被人欺负了，可爸爸不知道怎么帮你！"

"家里越是无能为力，我越是觉得委屈。"罗彩霞说："既然双方已经挑明了，可王佳俊却连声对不起都不说。出事了，我承担了很大压力，王佳俊却始终是她父母出面，这个世道也太不公平了。"

几天后，王佳俊的爸爸王峥嵘给罗彩霞打来电话。罗彩霞说："他的电话很长，一直是他说，不让我说话，总的意思是三五天就可以把我的教师资格证办好。"

罗彩霞说："最让我愤怒的是，王峥嵘竟然说，'小罗，你会发现你认识我……我认识你，是你的荣幸！'你冒了我的名，我还荣幸！他的道歉让你特别不舒服，他是道歉的语言，而不是道歉的口吻！”

2009年3月30日，一个自称是王佳俊的人给罗彩霞发来短信。罗彩霞向中国青年报记者展示的短信说：“你好，我是王佳俊，很抱歉给你及你的家人带来了伤害。我和我的家人不求你们原谅我们，我很愧疚我曾做过的一切，让父母现在还为我奔波，更是伤害到了你及你的家人。我的家人为此事情头发都急白了不少，帮我改这个改那个。现在我们能做和能想的几乎都做了都想了，所以最后只能再次求你，帮帮我们。”

罗彩霞对中国青年报记者说：“我当时正在医院看病，心情很不好。接到这个短信，心忽然软了。可我也想到了我的父母，遇到这种事，算我倒霉，可我的父母是无辜的呀。假如原谅有用，我不知道怎么才算放过她的父母。”

罗彩霞说，当她给这个号码回复短信时，却显示不能发送，手机不通。

2009年3月下旬，王峥嵘等两人来到天津师范大学，见到历史文化学院分管学生工作的副书记杨庆。

5月4日下午，记者电话联系到了杨庆。杨庆说：“王峥嵘承认自己的女儿冒名顶替上大学的事，要和罗彩霞调解，希望我们做罗彩霞的思想工作。我当时的答复是，罗彩霞是受害者，我们尊重她自己的意见。”

4月1日，王峥嵘又和当地派出所贺姓所长及罗彩霞的爸爸一起来到天津。此前，罗彩霞已表明自己的身份证号码不能更改，也不愿意见王峥嵘。

4月2日中午，他们和罗彩霞见面。罗彩霞说：“王峥嵘在路上说，‘小罗，将来想在哪儿工作？回邵东，当老师还是进事业单位，我都可以帮忙。我只有一个女儿，把你当成亲女儿。’后来，我说万不可能更改我的身份证，他的脸色一下子就变了。”

在汉庭连锁酒店，王峥嵘等人继续劝说罗彩霞同意更改自己的身份证号码。

柯婧、秦颖是罗彩霞的同学，两人见证了当时的情况。

柯婧对中国青年报记者说："当时我、许晓飞和王峥嵘在一个房间里，王峥嵘一直说做父母的不容易，希望我们说服罗彩霞改身份证号码。一同去的朋友许晓飞说，你们做错了就要从源头改，不能再错了。"

秦颖等人在另一个房间。她对中国青年报记者说："派出所的所长说，改身份证没事儿。"

罗彩霞对中国青年报记者说："我需要的是一个没有后顾之忧的人生，一旦改了我的身份证号码，我的英语四级证书、毕业证、学位证等都会作废，将来再遇到问题怎么办？我宁可少拿赔偿，也要通过法律途径拿回本来属于我的一切。"

眼看劝说罗彩霞没有结果，王峥嵘等人返回湖南。

王峥嵘承认女儿冒名顶替上大学

罗彩霞向中国青年报记者出示了一份"杨荣华"签字的《承诺书》："我名杨荣华，现年 47 岁，丈夫王争荣（原文如此，记者注），现年 47 岁。我们两口人向罗彩霞父母承诺：罗彩霞因身份及户口信息而造成办不到教师资格证或毕业证，一切责任由我夫妇承担，在罗彩霞毕业之前把所有手续办好。承诺人：杨荣华 2009 年 3 月 23 日"。

从天津返回后，王峥嵘给罗彩霞发短信说："我们已经向贵州师大申请注销罗彩霞（即王佳俊）的毕业证书，贵州师大已受理，并按程序在办理注销手续。但这事的办理还需要你的配合，请予帮忙。贵州师大要你也向他们写一个申请报告，连同你的身份证复印件一起传真给贵州师大招生办赵本喜老师。（越快越好）报告的标题是：关于申请注销罗彩霞（即王佳俊）毕业证书的报告。抬头是：贵州师范大学。内容是：我叫罗彩霞，女，1986年×月×日出生，身份证号码是4305211986267546，湖南省邵东县乡村人，现为天津师范大学×学院×专业2005级学生。要求注销罗彩霞（即王佳俊）毕业证的理由是：2004年我被贵校录取，但因没有收到录取通知书而未到贵校就读。我未到贵校就读的原因是王佳俊冒用我的名字顶替我到贵校就读，她于2008年6月在贵校毕业……由于王佳俊冒用我的名字顶替我就读贵校并先一年在贵校取得毕业证书，从而影响我顺利取得毕业证书。为了使我能顺利拿到毕业证，特申请贵校注销罗彩霞（即王佳俊）毕业证书为盼。”

2009年5月4日晚，中国青年报记者打通了王峥嵘的手机。王峥嵘承认自己的女儿冒名顶替上大学的事实。王峥嵘说：“我们已经申请注销王佳俊的证书，所有东西已经送到贵州师大，贵州师大正在按程序办理。我们处在媒体的包围中，感到很难受，我们也不想生活在压力和痛苦中。”

记者问：“当初决定让王佳俊冒名顶替上大学是谁的主意？”

王峥嵘说：“这个问题在电话里一两句话讲不清楚，我不是怀疑你的声音，现在很多人找我了解这个过程，最好是面谈，或者过一段时间会有结果。”

王峥嵘还认为罗彩霞在网上发的帖子并不完全真实，“她是受害者，我不想再伤害她。我们会尽最大努力承担自己的责任。”

“现在最担心的是家人受到伤害”

2009年5月4日，在接受中国青年报记者采访时，罗彩霞接到律师的电话，律师说，天津的法院不受理她的案子。此前，她以姓名权、受教育权被侵害为由，起诉王佳俊、王峥嵘等人。法院以管辖权等问题为由不予立案。

罗彩霞对中国青年报记者说：“现在自己最担心的是自己家人的安全。上次爸爸和王峥嵘等人到天津来，我心里很难受，他吃不下饭，吃饭时手都在哆嗦，一直说‘这事儿什么时候到头儿呀’。我一直在问自己，我们班级里和我考分差不多的人很多，王峥嵘为什么偏偏选中了我，难道就是因为我家在偏僻的小村子，家里没有任何社会背景?！我认为，自己是被精挑细选选中的。”

罗彩霞说，贵州师大已经向她证实接到了注销王佳俊证书的申请，“哪怕有一点希望，我都不希望错过。”

高校招生录取是一件非常严肃的事情，涉及每名考生甚至其家庭的前途命运。罗彩霞没填报贵州师大为何被贵州师大录取？本来应该给罗彩霞的录取通知书为何被截留？王佳俊是怎样冒用了罗彩霞身份证办理的户口迁移手续？贵州师范大学又是怎样审查王佳俊入学资格的？本报将继续跟踪报道。

刊发日期：2009 年 5 月5 日

记者手记：罗彩霞的话深深触动了我

刘万永

2009 年 5 月 5 日，《公安局政委女儿冒名顶替上大学》的报道在中国青年报刊发后，在社会上引起了很大反响。

作为一名通过高考走出农村的记者，我深切体会到高考对农村孩子的重要———这是贫寒子第改变命运的两条路之一（另外一个是参军）。从这个意义上讲，高考的冒名顶替是断人前途的无耻行为，甚于谋财害命。

罗彩霞是幸运的。作为湖南某偏僻小村的一分子，如果她的家庭没钱或不愿供她复读，她也许成为数以亿计的外出打工妹中的一员，或者辍学后在家乡务农。总之，命运会彻底发生改变。

我介入罗彩霞事件始于“五一”前。2009 年

3月1日，罗彩霞发现身份证被盗用，此后确认盗用者身份，中间经历了很多曲折。后来，她把这一经历发在了天涯网上。“五一”前，我看到了这个帖子。“五一”期间，我的朋友十年砍柴和我说起了这件事，他是湖南邵阳人，熟知一些内情，希望我能报道。

5月4日上午，选题通过，我决定立即行动。

采访对我来说很简单。但罗彩霞的话深深触动了我。

她说起王峥嵘（冒名者之父）在电话中说的话：“小罗呀，你以后会发现，你认识我……（意识到表述有问题，改为）我认识你，是你的荣幸！”

她说：“我一直在问自己，我们班考我这个分的人很多，为什么（王峥嵘）偏偏选中了我，我感觉自己是被精挑细选才选上的。难道就是因为我们家在一个偏远的小村，家里没有任何社会背景?!”

我说：“这很正常。”确实，在一个权力被滥用的地方，没有权力、社会背景的人最容易受到伤害。

她说：“你是和我联系早的记者，现在有很多记者找我，我都不知道怎么办了，你能帮助我吗?”

我说：“媒体关注是好事，能促进问题的解决。以我的经验，报道出来后的几天，你的压力会大一些，特别是提醒你的父母注意安全。”

罗彩霞显得很紧张，因为她最担心的是家人因此受到连累。后来她说起爸爸和王峥嵘等人一起来天津的情况。

她说，那天中午吃饭，爸爸吃不下，吃饭时手都在哆嗦，一直说：“这件事儿什么时候是个头儿呀?”

我心头一阵酸楚，这是一个农民深切的无奈。

罗彩霞说，第二天，她到宿舍取东西，爸爸在楼下等。“看到爸爸的样子，我特别难过，在宿舍哭了一阵才下楼。”

罗彩霞说，让她不能接受的是，出事之后，无论她怎么联系，王佳俊都不回复她，始终都是王的父母出面。

同时，王峥嵘还放风说，只要罗彩霞同意更改身份证号（因为不可能改王佳俊的），工作都由他来做，而且，天津师大的老师也同意了。

我电话采访了接待过王峥嵘的老师，他断然否认，说：“罗彩霞是我的学生，也就是我们的孩子，她是受害者，我们怎么可能同意呢。当时，还有其他老师在场。”

我相信老师的话，因为，罗彩霞一再说，事情发生后，天津师大的老师、学院领导很关心她。

6点40分左右，我见到了罗彩霞的两个同学，她们在外面工作，坐了一个小时的公共汽车赶来。王峥嵘第二次到天津时，她们和罗彩霞一起和王见面，算是见证人。

两名女生说，因为这事儿，罗彩霞中断了找工作。“没有一个单位愿意自己的员工整天打电话忙自己的事。”

在此，我衷心希望能有用人单位聘用罗彩霞，我相信她能胜任教师、导游等工作。

采访后，我请三名同学在校园的小饭店吃饭。因为赶火车，10分钟后我离开。罗彩霞说：“你们记者比导游吃饭还快。我们兼职当导游时，经常吃不上饭。”

我曾经说过，我并不奢望制造“罗彩霞事件”的所有当事人都能得到应有的处理，这虽然是应该的，但也几乎是不可能的，犯罪成本的降低只会让犯罪者越来越没有顾忌。我只期望“罗彩霞事件”尽量少的重演，我也期望别人不再问我：“这还算新闻吗?”

冒名顶替上大学事件内幕调查

□ 李菁莹

【记者简介】李菁莹，中国青年报驻江西记者站站长。

2009年5月6日，中国青年报记者来到湖南省邵阳市邵东县，就2004年罗彩霞被同班同学王佳俊冒名顶替上大学的内幕展开调查。

罗彩霞和王佳俊均为2004年邵东县邵东一中298班应届文科毕业生，当年在填报志愿时，王佳俊在本科二批院校志愿栏填了贵州师范大学，而罗彩霞填的是湖南人文科技学院。

但高考分数出来后，两人的分数均未达到贵州师大最低录取分数线。罗彩霞考了514分，王佳俊则是335分，而2004年湖南省文科本科二批分数线为531分。

根据教育部规定，从高考录取到大学报到有着非常严格的程序。两人都没有达到分数线，罗彩霞也没有填报贵州师范大学的志愿，王佳俊却成功地冒罗彩霞的名，顺利通过了贵州师范大学的入学身份审核并注册了学籍，4 年后取得毕业证书和学士学位证书，顺利毕业。

县教育局：此事与我们无关

来到邵东县教育局招考办（全称为“招生考试委员会办公室”——记者注），中国青年报记者很顺利地见到了招考办主任申晓云。说明来意后，申晓云没有过多的解释，他从隔壁柜子里拿出一份“关于罗彩霞、王佳俊两名考生 2004 年参加高考的情况说明”，上面写道：“从我县当年录取档案资料看，罗彩霞、王佳俊均未被任何学校录取，王佳俊是以什么方式和手段用罗彩霞的身份被贵州师大录取的，具体情况我们不知情，王佳俊的做法纯属个人行为，与邵东教育局无关。”这份情况说明书上，盖有县招考办大红公章。

坐在申晓云对面的一名女士，一直向中国青年报记者强调，这和县教育局一点关系都没有，高考录取都是上级机关的事，县招考办只负责组织报考、收集体检信息、了解录取信息等情况。直到离开，记者才知道这名女士是县教育局分管招生的副局长陈爱珍。

在该县 2004 年高考录取学生名册上，记者确实没看到罗彩霞和王佳俊的名字。

联合调查组：假罗彩霞被贵州师大定向录取

在邵东县教育局采访时，记者意外遇到邵阳市教育局调查小组也在调查此事。经了解，邵阳市已经对“罗彩霞被冒名顶替上大学”一事专门成立了由市纪检委牵头，市教育局、市公安局参与的联合调查组。

调查组成员、市教育局考试院副院长王志雄对邵东县2004年高考录取学生名册上没有罗彩霞的名字颇感惊讶。他告诉记者，邵阳市当年的录取名单上有罗彩霞。

随后，王志雄取来一份传真件，是“湖南省邵阳市2004年高校招生考试录取总名单”。在这份名单上，确实有罗彩霞的名字，并在“录取计划性质”一栏里写着“国家任务定向”。王志雄向记者解释，这说明王佳俊当年是假冒罗彩霞之名，被贵州师范大学以定向生录取的。

王志雄说，2008年国家全面废除了大学定向招生的政策，而此前，大学是有权力定向招生的。那时，很多高校可以在学生家长交了钱后直接把录取通知书交给他们，而定向招生可以下浮20分。当年罗彩霞的高考分数是514分，离本科二批分数线相差不到20分，正好在定向录取的范围内。

罗彩霞的档案成了关键

档案随人走。当考生到大学报到时，电子档案要先行进入高校，纸质档案随后也要调进高校。两份档案必须完全一致。

2004年，王佳俊假冒罗彩霞之名进入贵州师范大学后，纸质档案是否也随假罗彩霞一并进入贵州师大，成为众人关注的焦点，也成为有关教育部门是否参与此黑幕的重要证据之一。

记者注意到，邵东县招考办主任申晓云亲自把罗彩霞2004年的“高考档案”交到调查组手中。

陈爱珍指着贴了封条的档案袋说：“10多天来，我们用铁匣子锁着这份档案袋，生怕弄丢了，丢了我们就说不清楚了。”

记者拿着这份档案袋仔细看了看，档案袋背后有罗彩霞的“签名”。当记者质疑这个“签名”的真假时，调查组的一位人士告诉记者，笔迹可以核对，很难造假。县招考办认为，假罗彩霞要么伪造了一份纸质高考档案带到贵州师范大学，要么就没有高考档案。

在邵东一中，记者见到了罗彩霞和王佳俊当年的班主任张文迪。张老师说，伪造纸质档案几乎是不可能的事，因为档案上除了考生本人的签名确认外，还有班主任的签名、学校的公章和学校校长的印。除非到省考试院，把电子档案下载打印，再做一份纸质档案。

此前，王佳俊的父亲王峥嵘接受有关媒体采访时，坚持说整件事是花了 5 万元找一个中间人做的，而这个中间人目前已经联系不上了。

县公安局：户口迁移证上的公章很可能是伪造的

王佳俊的父亲王峥嵘，2004 年 8 月从邵东县牛马司镇党委书记的位置调任邵阳市隆回县公安局政委。王峥嵘是否利用了自己的权力，动用公安力量为王佳俊造假身份，成为舆论关注的焦点。

邵东县公安局副政委、政工室主任欧阳炎接受记者采访时透露，该局已就此事成立了由县公安局政委、人口管理大队队长牵头的专案组。记者问能否见到专案组负责人，欧阳炎称，专案组成员正在外面办案。

据记者了解，作为专案组负责人之一的县公安局人口管理大队队长唐祁恪，是 2004 年上半年担任县公安局户政股（现人口管理大队）负责人的。而王佳俊冒名顶替罗彩霞的一系列身份伪造正是发生在 2004 年高考后。当记者质疑由唐祁恪担任专案组负责人是否适合时，欧阳炎未置可否。

办理新生入学手续时，校方需要核对学生本人的身份证，还需要提供户籍迁移证。欧阳炎说，假罗彩霞的户籍迁移证上确实盖有邵东县某派出所的公章，但办案人员将它与真公章进行了对比，初步判断，此公章有可能是伪造的。但最终确认真伪，还有待进一步调查。

记者通过网络查询发现，罗彩霞的身份证号码是唯一的，而且信息也很准确，只是照片换成了王佳俊的，这绝非用“花钱请人做的假身份证”能解释通。欧阳炎以“该案件还在调查中”为由，没有给出答案。他表示，如果查实公安部门有弄虚作假的情况，一定严肃处理，把事实真相及时公布于众。

在对此事件的调查采访中，记者一直不停地拨打王佳俊的父亲王峥嵘的电话，昨天还在接受媒体采访的他，今天（2009 年 5 月 6 日，下同）已经“销声匿迹”，所拨的电话那边始终是“暂时无法接通”。邵阳市教育局纪委书记曾广和告诉中国青年报记者，他们目前也没有找到王峥嵘。

隆回县公安局今天向中国青年报提供的材料表明，王峥嵘在隆回县公安局担任政委的时间是 2004 年 8 月至 2006 年 4 月。部分网站转载中国青年报报道时误报为“隆回县公安局现任政委”。

根据湖南当地媒体的公开报道，王峥嵘 2002 年任湖南省邵东县牛马司镇镇长，2004 年 8 月，从邵东县牛马司镇党委书记的位置调任隆回县公安局政委，2006 年 4 月因经济问题被双规。2008 年 7 月 4 日，王峥嵘被开除党籍。

2008 年 7 月 23 日，邵阳市纪委发出通报说，隆回县人民政府原助理调研员、公安局原政委王峥嵘，利用职务之便，收受他人贿赂，为他人谋取利益，其行为已构成受贿罪，被司法机关判处有期徒刑。

邵东一中：我们从头到尾都不知道这件事

邵东一中是罗彩霞和王佳俊的母校，两人当年是同班同学。

现任校长助理刘正湘，是当年罗彩霞所在年级的副组长。他告诉中国青年报记者，学校从头到尾都不知道这件事，直到最近被媒体报道才知道。

他让人找来 2004 年学校的收发记录本，上面显示，邵东一中当年通过学校收发室收到 170 多份高考录取通知书，其中没有罗彩霞和王佳俊的名字。

刘正湘说，从学校掌握的情况看，罗彩霞和王佳俊当年没有被任何高校录取，至于王佳俊后来怎么又被贵州师大录取了，学校并不知情。

两人当年的班主任张文迪则告诉中国青年报记者，王佳俊高中毕业后，从来没有和班主任及其他同学联系过，大家都不知道她去哪儿了。直到 2009 年 3 月，罗彩霞打电话来向他询问王佳俊的情况，才知道王佳俊冒名顶替罗彩霞进了贵州师范大学。

罗彩霞的父母在接受记者采访时，提出两个愿望：恢复罗彩霞的真实身份；通过法律途径讨回公道。

刊发日期：2009 年 5 月7 日

王佳俊冒名顶替读大学路线图

□ 刘万永

2004 年，湖南邵东考生王佳俊以同学罗彩霞的名义进入贵州师范大学读书，2008 年顺利毕业。教育部一直强调高校招生录取要公正、公开和公平，并出台了一系列规章制度规范高校招生工作。那么，王佳俊及其家长是怎样通过造假得以进入贵州师大的呢？中国青年报掌握的证据初步揭开了一些谜团。

2004 年高考，罗彩霞考了 514 分，没有达到湖南省当年二本录取分数线 531 分。罗彩霞在填报志愿时在“三批一”填报了湖南财经高等专科学校，“三批二”填报了湖南省第一师范学校。但是，湖南省邵东县教育局 2004 年高考录取档案资料显示，罗彩霞没有被任何学校录取。

王佳俊 2004 年高考考分为 335 分，其填报的本科二批第一志愿为“贵州师范大学”。

从 2003 年开始，教育部推行网上录取，贵州师范大学 2004 年开始实行网上录取。那么，贵州师大是如何录取王佳俊的呢？

“湖南省邵阳市2004年高校招生考试录取总名单”显示，罗彩霞（即王佳俊）被贵州师范大学录取，“录取计划性质”一栏标明为“国家任务定向”。

据调查，罗彩霞2004年高考成绩并没有达到二本录取分数线，但却被贵州师范大学录取，录取的原因是享受了定向生降分待遇。

贵州师大招生办负责人在接受媒体采访时说，考虑到学校有大约3%的考生已经录取却不报到，为了不让资源浪费，在学生报到前，有可能补录一部分。

贵州师范大学一位不愿意透露姓名的原招生就业处处长对中国青年报记者说，贵州师范大学依据湖南省招生考试中心招生录取系统在网上的档案信息进行录取，这些信息包括姓名、考号、高考成绩、体检表等基本信息，这些网上信息都是罗彩霞的，照片也是罗彩霞的。

他对中国青年报记者说，贵州师大录取罗彩霞时，主要看罗的高考成绩、是否残疾等，罗彩霞符合录取要求。

一位熟悉以往几年湖南定向生录取情况的人士分析认为，定向生向高校交钱，由高校点名录取是公开的秘密。罗彩霞没有填报贵州师大却被录取的原因，最大的可能是王佳俊的家长通过某些关系进行运作，而其成绩符合贵州师大定向生的录取条件，由贵州师大“点招”录取成功。

不管贵州师大最终录取的是不是真罗彩霞，如果录取通知书寄送到罗彩霞手里，王佳俊冒名顶替也可能不会成功。

教育部在《关于做好2004年普通高校招生录取工作的通知》中说：“高等学校要抓紧做好及时寄发录取通知书的工作。录取通知书不得通过个人或中介转递，严防欺诈行为，保护学生和群众利益。”

贵州师范大学原招生就业处处长对中国青年报记者说，考虑到新生马上入学，在个别情况下，也可以由本人来学校领取录取通知书。当时，王佳俊的父亲王峥嵘已经来到贵州师大，他声称自己是“罗彩霞”的父亲，而且出示了自己的身份证。假罗彩霞的档案也标明，她曾用名“王佳俊”，父亲叫“王峥嵘”。为此，学校将通知书直接给了王峥嵘。

贵州师范大学招生办负责人也向记者表示：“该生系调剂录取，又是补录的，因临近开学，考生本人或监护人，亦可委托他人直接到学校领取。”

贵州师范大学原招生就业处处长说：“我们承认，不管多晚，都不应让委托人带领录取通知书，但我们也是以人为本。”

他说，这个问题算是一个环节，但不是问题的关键。

教育部办公厅《关于加强2004年普通高等学校招生录取管理工作的紧急通知》说：“高等学校在新生入学后要加强对考生的资格复查，凡弄虚作假者一经查实，取消违规考生的入学资格，并由有关部门追究相关人员的责任。”

那么，王佳俊是怎样突破高校新生资格复查这一关的呢？

贵州师范大学招生办负责人对记者说，该校对新生入学资格的审查是非常严格的。在新生入学时，不但要审查新生录取通知书、户口迁移证，还必须收到考生所在省招生办的新生录取名册，开学后还要清理审查考生纸质档案。

贵州师范大学原招生就业处处长对中国青年报记者说，王佳俊报到时，称自己就是罗彩霞，而且出示了当地公安机关出具的“户口迁移证”，户口迁移证注明，姓名“罗彩霞”，曾用名“王佳俊”。同时，王佳俊提供的伪造的纸质档案也注明，姓名“罗彩霞”，曾用名“王佳俊”。

该处长说，为了伪造得更加天衣无缝，假罗彩霞（即王佳俊）在纸质档案中把母亲“杨荣华”改为“罗荣华”，父亲名字依然是“王峥嵘”，给人造成她随母亲姓的假象。

该处长说，公安机关是专门管理户籍的机关，贵州师大相信公安机关提供的证明材料，没有权力也没有义务调查公安机关出具证明的真伪。

由此，假罗彩霞（即王佳俊）顺利地成为贵州师范大学的新生。

那么，王佳俊是如何从当地公安机关办理户口迁移证，又怎样伪造盖有公章的档案呢？

邵东县招生考试委员会办公室在接受中国青年报采访时称此事与他们无关。

至此，罗彩霞事件出现更多谜团。

比如，保存在贵州师范大学的“考生登记表”显示，假罗彩霞（即王佳俊）母亲的名字是“罗荣华”，而非真正的“杨荣华”。而这个登记表应该是在高考前填写的，这是否说明，早在高考前，王峥嵘已将被冒名顶替的人锁定为“罗彩霞”或姓罗的考生？

再如，“考生登记表”上有邵东一中的公章，还有校长的确认。这些签字和公章是否为王峥嵘伪造？

相信随着调查的深入，这些疑团将被一一解开。本报将继续跟踪报道。

刊发日期：2009 年 5 月 7 日

对话罗彩霞

“希望找回真实的自己”

□ **刘万永**

因冒名顶替者王佳俊的父亲王峥嵘被判刑，“罗彩霞被冒名顶替上大学”一案再度成为公众关注的热点。从事发到现在，罗彩霞既要准备自己的民事诉讼，又要四处奔波挣钱谋生，她正经历着人生中最艰难的时刻，如影相伴的是彷徨、失望和担心。近日，罗彩霞在北京接受了中国青年报的采访。

问：王峥嵘一审被判有罪，你有什么感受？

罗彩霞：在我看来，不管几年，判刑就是很严重的事了。对王峥嵘判几年我都无所谓，国家公诉就是对我行为的肯定。我最关心的是我的身份问题，可判决上并没有体现。乐观一点说，我的问题得到重视了；悲观一点说，还是杳无音讯。

问：事件曝光后，你曾经“失踪”了一段时间，是因为舆论压力吗？

罗彩霞：媒体曝光后，我感觉自己有救了，但接踵而至的是压力。特别是2009年五六月，报道、评论很多，网上有很多留言，看到鼓励的很欣慰，看到谩骂的很委屈，特别是对我人品否定的言论，那时候基本处于崩溃的状态，到最后电话都不敢接了，只能选择逃避，好在现在平静下来了。

我是幸运的，我的事社会上很关注，但我的幸运是以不幸为前提的。有人说我曾经和王峥嵘谈判要200万元，我和我的家人从来没有提到钱的问题，那时候三证未能取得，身份信息未能恢复，哪敢提钱？而且人对社会的希望和信仰又岂是200万元可以换取的！如果可以选择，我永远选择这件事不发生在我身上。

我们家祖祖辈辈都过着平静的日子。事件曝光后，爸爸接到很多骚扰电话，吓坏了，接受采访时也有人盯着。至今，我只希望他们能平静的生活。但我知道我的人身安全将是他们一辈子的牵挂！

问：你的工作有没有受到影响？

罗彩霞：从天津师大毕业后，我在北京一家私立学校干了一段时间，管初中部的教务。现在辞职回到天津，一方面处理我的官司，一方面兼职带旅游团。还行吧，不管怎么说，先活着再生活吧。

我其实是个很普通的人，扔进人群就看不见的那种。但是，网上的一些评论把我称为正义的化身，我自己也不想让别人失望，所以活得很累。很多人第一次见面就说：“你就是传说中的罗彩霞呀！”

还有人说："罗彩霞做事，要么不做，要做就做最好！"刚参加工作，我也有很多不懂的地方，也会犯错误，我真的希望大家都不认识我，那样我的压力会小一些。

我不想活成别人心目中的罗彩霞，希望找回真实的自己，我也会脆弱、害怕和恐惧，现在我把我的博客留言功能关闭了，就是让大家知道我承受不住了。

曾经不敢在博客上流露我的脆弱与彷徨，因为知道那里有真心关心我的人，也有居心叵测的人。我不愿意某些人知道他们的打击有了效果而得意，于是努力微笑，拼命逞强。

问：你的事件曝光后，据说很多有类似遭遇的人向你求助？

罗彩霞：我接到不下10个求助信息，他们是通过网络联系上我的。我不能给他们提供什么帮助，只能把曾经采访我的记者的联系方式告诉他们。我记得一个山东枣庄的案子简直和我的一模一样，但对方说他没有那么坚强，不希望曝光，学校也答应解决。我希望他们的问题能有个圆满的句号。

现在我经常想，类似问题并不只有我一个遇到，只有把问题彻底查清，才能让大家看到希望，正是基于这个原因，我才追加唐昆雄为被告，我看不惯为人师表的大学教授干出这种龌龊的事。

问：你对接下来的民事诉讼有什么期待？

罗彩霞：我相信会有公正的判决，也期待尽快开庭，最重要的还是希望通过民事判决解决我的银行身份信息问题。

刊发日期：2009年11月16日

【补白】

2009年10月26日，湖南省邵阳市北塔区人民法院对邵东县学生王佳俊冒名顶替同班同学罗彩霞上大学一案作出一审公开宣判。王佳俊的父亲王峥嵘犯伪造国家机关证件罪，被判处有期徒刑两年，与原犯的受贿罪所判处的有期徒刑3年刑罚数罪并罚，决定执行有期徒刑4年。

“罗彩霞事件”曾引起教育部的关注。2009年6月30日，教育部高校学生司发出《关于核实普通高等学校重名重身份证号在校生学籍的通知》，并公布了同姓名同身份证号在校本专科学生数据，要求各高校认真核查疑似冒名顶替的在校生。目前，尚不知道清查出多少冒名顶替者。

2009年5月，罗彩霞以侵害姓名权、受教育权为由向天津市西青区人民法院起诉王佳俊、王峥嵘、贵州师范大学等7个单位和个人。

2010年8月13日，该案在长沙市中级人民法院开庭审理，案件由天津市西青区人民法院合议庭人员异地审理。最初，罗彩霞的代理人向8位被告提出连带赔偿14.2万元，并要求王佳俊停止侵害她的姓名权、受教育权。庭审期间，王峥嵘的委托代理人首先向罗彩霞深鞠一躬，转达了王峥嵘的歉意和悔恨。

经过四个多小时的庭审和调解，原被告达成调解协议：被告王峥嵘给付原告赔偿金4.5万元，原告放弃其他诉讼请求，双方无其他争议，诉讼费300元由王峥嵘承担。

罗彩霞说：“我觉得这件事情结束以后，最好真的完全结束了，然后开始新的生活，做一个完结，今天就是，无论是这件事情上还是在我心理上，我希望是一个终结。”

此案虽然划上了句号，但留下许多没有答案的疑问：唐昆雄是否清白？招录环节是否“无辜”？户口迁移证是偷的？

一个教育局长的“职务后”突击

□ 叶铁桥 来 扬

2009年8月20日，费斌（应采访对象要求化名）走到河北省武安市第五中学的门口，看到校门前围满了黑压压的人群，还有保安在把门。他挤过人群，径直走进校门，然后来到右边的“体艺楼”前，在靠左手边第一个教室的门口，他又看到了黑压压的一群人。

费斌心里很清楚，这些人跟他一样，也是来办调令的。

8月19日，武安市教育局进行了人事变动。当晚8时许，市委副书记郝文明等人宣布，该市交通局原局长祁有山接任已在教育局局长职位上待了12年的冯云生。

然而，多名知情人士证实，冯云生在离任后，并没有选择静静地离开，而是利用手中已不存在的权力，签署了大批调令，将数百名农村教师调入城市。且在离职后的第二天，让武安市教育局人事科科长杨淑斌（一为杨树斌，电话表及多处资料上显示为杨淑斌）、工作人员彭为民等3人在武安市第五中学现场办公，办理调令。

包括费斌在内的几位人士都表示，在办理这些调令的过程中，存在着大量的腐败行为，而且形成了比较一致的“价码”。

网帖称教育局局长退休后仍在批调令

这个消息初现于网络论坛中的一篇爆料帖。

8 月下旬，一篇题为《最牛教育局长惊现武安，退居二线前一天一夜签署调令 150 多》的帖子，在国内各大论坛流传。帖子称：“最近河北省武安市正在进行局级干部人事调整。教育部门也属于调整之列。当教育局局长冯某得知自己被列入退居二线前一天，冒天下之大不韪……招（原文如此，应为“召”——记者注）集人事科和财务科人员加班加点，通宵达旦，仅签署调令就达 150 人之多。”

帖子还称：“有的农村学校因一次调动教师太多，孩子们课程都没法正常安排，有的城里学校虽已严重超编，现在是越加臃肿。”

帖子直指这其中存在的腐败现象：“安排 1 人要价 5 万至 10 万元，有钱户甚至达到 20 万元，进城要 5 万至 8 万元，找市里领导的关系也得给他 2 万至 5 万元。”

帖子发出后，广东《新快报》9 月 3 日对此进行了报道。该报记者向武安市教育局人事科和计财科求证，得到的却是否定回答：“网上都是瞎掰的，没有这样的事情……不知道有这样的调令。”

报道中说：“武安教育局确实出现人事更迭，冯某也确实离任，如此巧合，仍令网友质疑不断。”报道期待“官方声音平息质疑”，“让大家知道真相”。

然而，10 多天过去了，社会公众和舆论所期待的真相却迟迟没有得到展现。相反，反映问题的帖子却不断涌现。在百度吧中的“武安吧”，记者看到，连日来，网友所呈现的相关内容越来越丰富，包括“最牛局长的最牛别墅”、违规安排不符合学历要求的人员进入教师队伍等材料不断涌现。

但与此同时，删帖现象也很严重，不少网站上反映此事的帖子都遭到删除。

真相究竟怎样？

疯狂的调动

“人事任免为什么在晚上 8 点宣布，而不是在常规工作时间宣布？”说起8月19日的人事变动，武安市教育系统一位熟知内情的人士说，这是因为在当天，武安市市委书记组织召开会议，作出了对多个局级单位一把手变动的决定，“可能是为了防止夜长梦多，才决定当天宣布任免结果”。

这位知情人士透露，由于涉及财政局、交通局、林业局、教育局等多个部门，等到来教育局宣布的时候，已经到了晚上8点多。“是在教育局4楼宣布的，各科科长（教育局为科级单位，各科科长实际为股级——记者注）参加了会议，科员们没有参加”。

该人士透露，人员任免决定宣布前后，教育局的院子里已经聚了不少人，“都是听说了任免决定后，来找冯云生办事的”。

多位人士指称，人事任免决定宣布后，原局长冯云生先是离开了教育局，后又回到教育局，一直弄到凌晨两点多。其间，他指示人事科科长杨淑斌将教育局的一批借调人员安排妥当。主要去向为教育局直属部门，如成教中心等。

据了解，这批人员是教育局出于写公文等需要，长期以来从农村学校等教育系统的内部单位借调的人员。他们中的一些人，虽在教育局工作数年，人事关系却一直留在原单位。

知情人士透露，任免决定宣布后，有不少想从农村调入城市的教师来找冯云生，要求签署调令。

这些人得到的答复是，第二天在武安市第五中学办理手续。

2009年8月20日，费斌来到五中，五中门口熙熙攘攘的阵势让他颇感惊讶。“在我看来，至少有两三百人。”费斌告诉记者。然而，当他走到办理调令的那间教室后，门口人群的汹涌景象再次让他吃了一惊。

他说，这些人并非都是来办调令的，其中有不少是“托”。“没有关系是办不成的，所以每有一个人来办，就至少有一两个人陪同他过来办。”费斌说。

费斌在里面看到了很多熟人。“90%都是熟人。大家都知道来干什么了。”

他说，教室门口由五中的办公室主任等人把持。他进去后，看到教育局人事科科长杨淑斌、人事科档案室工作人员彭为民和一个姓韩的小伙子在操弄这件事。桌上放着几个本子，办事的程序是，先跟杨淑斌说，然后到彭为民拿着的名单上查有没有自己的名字，如果有自己的名字，就开具调令，让教师回到原学校去办理财务清单，签字回来后再开调入介绍信。

在办公现场，他看到杨淑斌不停地打着电话，听对话应该是在请示谁能办，谁不能办。费斌说，他虽然没在现场看到前任局长冯云生，但见到了车牌号为“5J696”的广州本田车，那是冯云生的座驾。

教育系统的另一位内部人士证实，20 日晚 10 点多，他散步经过五中校门口时，也看到校门口人声鼎沸，热闹非凡，他在现场也看到了几位办理调令的熟人。

调动规模到底有多大

如此大规模的人员调动，给武安市的教育系统带来了不小的震动。

记者找到武安市教育局人事科科长杨淑斌，他先表示愿意提供材料证实这次人员调动的规模，但随后又说采访须经过宣传部门批准，因此拒绝提供数据。

但他承认，开调令是原局长冯云生的意思，“工作要有延续(性)”。他并没有向新任局长祁有山汇报，新局长当时并不知情。

网上之前流传的帖子称，新任局长祁有山于 8 月 19 日晚与冯云生进行交接后，只收回了财务章，却没收回人事章，致使冯云生等人有操作的空间。

祁有山在电话中向中国青年报记者表示，他在 19 日接任以后，20 日即回到交通局处理交接事宜，因此，财务章和人事章都是在 21

日才接管的。但他不愿意回应这一过程的详细细节。

杨淑斌表示，农村教师每年都有调到城区学校的情况，尤其是近几年来城区学校规制（原话如此，即规模和编制的意思——记者注）在得到扩充后，这种情况更加普遍。至于调动的条件，首先要由教师自己申请，此外，还要求申请人在农村学校待满3年，并且符合调入学校的要求。

教育系统内部人士透露，因为教育系统与其他系统不一样，从农村调到城里特别难，一年能调几十个就很多了，像2009年这样大规模的调动非常少见。

有网友在“武安之窗”论坛的“武安教育”版上留言说，“动荡太大，以至于好多乡镇连正常的教学都开展不了。城里校长头晕了：分来这么多爷爷奶奶可搁哪呀。乡镇校长更蒙了：不是这班没语文（教师），就是那班少数学（教师），所有能用的都用上了，可还有一堆课没人上。”

也有当地教育界人士向记者表示，有些中学，总共十来个老师，一下子调走四五个，这哪行？

由于教育局不愿证实此次调入的规模，记者对一些乡镇学校的调动情况进行了调查。

北安乐乡教育办校长陈华杰证实，该乡2009年有4位教师调入城区。伯延镇教育办校长杨立君证实，该乡为7人。矿山镇刘少华校长证实，该乡为15人，但都为支教教师。

知情人士透露，这次的调入，活水乡和石洞乡各8人左右，贺进镇、团城乡和西寺庄乡各为10人左右。

一位拿到调动手续的人士表示，他的编号已在140号之后，但他还算是办得比较早的，他所透露的总数在180人以上。

但在杨淑斌看来，这样的调动不会给乡镇学校带来师资不足。他说，有两个途径可以解决这一问题：一是有些学校本就超编，教师调走后编制数恰好够；二是有些超编的乡镇可以把多余的教师分流到缺编的乡镇。

大同镇教育办公室校长牛保增介绍，也有一部分教师从城区的学校来到农村支教。

多位校长均在接受中国青年报记者采访时表示，不存在师资不足的现象，通过以上途径可以解决教师短缺问题。

但一位教育系统内部的知情人士透露，教师不断地调入城区，使城区的部分学校人满为患。

武安市有关部门提供的2009年2月的数据显示，全市万余教职工中，有约一半的教职工分布在城区，城区教职工数量5300余人，而21个乡镇及所在乡下直属校在编人数加起来有4900余人。由于市内教职工太多，从而造成大量人浮于事的现象。

他透露，师范附小600多名学生，有近60位老师；第二幼儿园有90余名教工；第三中学有350余名教工，实验中学有250余名教职工，都存在严重超编现象。此外，古楼、白鹤观、北关、十中等学校都存在超编现象。但这些数字尚未获得有关学校的证实。

网上的帖子显示，“实验小学调进39人，师范附小调进20多人，十中五中均调入40多人。”除师范附小调进的人数被纠正为19人外，其余数据均得到了教育系统内部人士的确认。

记者打电话向实验小学校长李便琴寻求证实，她表示，只有经过教育局许可，她才能接受采访。

突击调动背后是否存在权钱交易

据武安市政府门户网显示，截至2008年年底，武安市总人口为75.6万人，现辖22个乡镇、502个行政村。

武安市教育局网站介绍，武安市现有各级各类学校485所，教职工10816人，专任教师8446人，在校学生16.4万人。

据教育系统内部人士透露，近些年来，农村教师人心不稳的现象非常严重，维持农村师资队伍的稳定已成了教育部门的重要议题。

大同镇教育办公室牛保增介绍，该镇每年都会有几个教师进城。这些教师进城的心情很迫切，有些是因为城里有亲属，有些是经济上达到了可以在城里买楼的水准，就会考虑往城里走。“这样的调动肯定会对农村的师资稳定产生影响。跟城里比，缺教师的肯定是农村，而且，骨干教师被城里挖走的现象也很普遍。”

然而，教师调动的权力掌握在教育局手里，谁能调动，谁不能调动，都要由教育局决定。

教育系统内部人士透露，不仅是农村教师调入城市，包括每年本科毕业的师范生进教育系统和代课教师转正，也得通过教育局，“这就为可能的权钱交易提供了空间”。

他还表示，多年来，教师调动从未经过局务会讨论，也没有向社会公开过。

突击调动给了当地一些人猜想空间。是否存在权钱交易，记者得到两种不同的说法。

费斌说，调动要花的钱，“都是明价，已经好几年了”。

他介绍，一个教师从乡下调到市里，多数是需要花钱的，如果市里的领导或其他局的局长打招呼，花 3 万元就够，如果没人打招呼，至少得 5 万元。

他证实，他所知道的一个调动，花了 4 万元左右。

对于为什么要在教育局原局长卸任后办理调令，费斌说，这次宣布非常突然，让被免职人员没有心理准备，只得仓促行事。他分析，这些事是不能不办的，“送了钱不给办，办成了没人说，如果不办……”，“这些老师的钱也不容易，尤其是乡下老师，每一分钱都是牙缝剔出来的，他们除了工资还是工资”。

但杨淑斌告诉中国青年报记者，在调动过程中，“绝对不可能存在权钱交易”。他说，调动的单子都由原局长看过，而且“往年调动的人数要比 2009 年多”。

记者尝试与冯云生取得联系，但拨打他的两个手机号码，一个关机，一个被转到了秘书台。

拨通他家里的电话后，接电话的一位女士表示他还没回家，随即挂断电话。

2009 年 9 月 15 日 19 时许，记者先后拨打了武安市市委书记、市委副书记及纪委书记的电话，但前者的电话被转移到市委办公室的一位工作人员那里，他声称不清楚此事；后面两人的手机多次拨打皆无人应答。

至少两位曾在相关事件中送过钱的教育系统人士向中国青年报记者表示，如果纪委介入调查，他们愿意站出来作证。

本报将继续关注事件的进展。

刊发日期：2009 年 9 月 16 日

记者手记：黑幕刚刚揭开

叶铁桥

从外围开始

作为记者，我一直信奉两点：第一，敌人的敌人最有可能成为朋友；第二，正义感存在于大多数人心中，只要创造出足够合适的条件，它们就能够迸发出来。

特别报道部编辑在网上看到《最牛教育局长的惊现武安，退居二线前一天一夜签署调令 150 多》的帖子后，当即决定操作这个选题。编辑先是把选题分配给了来扬，来扬邀请我一同前往。

这样的选题明显不适合单刀直入，采访不得不先从外围开始。为避免打草惊蛇，我们决定周末开始调查，于是在星期六（2009 年 9 月 12 日）赶赴邯郸，并于第二日一早就悄悄潜伏到了武安市，开始着手外围调查。

这个时候，我又一次开始认真地审视了所有的材料，考虑调查的方向。网上所陈述的事实其实很简单。

在我看来，农村教师调入城市，在我国的哪一个地区都是常见的事，这个没什么特殊性，也容易证实。这个调查真正的难点在于，第一，离任局长是否行使了已经不属于他的权力；第二，行权过程中是否存在权钱交易。我认为，围绕这两个问题所获得的事实，就构成了这次调查的核心事实。

要找到离真相最近的“人”

周日的进展颇为不顺。先是在一个当地朋友的介绍下，找到了曾在武安某乡村学校任教过的教师A，A的家安在武安市区，但任教的乡村学校离家太远，使其根本无法顾及家庭，而家里突遭变故，使其非调不可。A为了回城，走了上层路线，找到了省市领导批字，但拿着批条去找教育局局长，被生硬地拒绝，被告知不能办，没有指标。“谁批的字都没用，国家领导人批的也不行”。

A说，没有指标是胡说八道，武安每年都有不少教师从农村调入城里，都是局长批的，“他们能批，我不能批，说到底，就我没送钱呗！”

A倒是愿意实名举报，但问题在于不掌握核心事实，局长离任后发生的事情也概不知情。然而，A却向我们讲述了当地教育系统的种种怪现状，并且着重介绍了教育系统内人事之间的微妙关系，这样一来，就为我们找到合适的采访对象作了良好的铺垫。

根据A的提示，我们联系上了一个曾在教育局工作、但被认为是因领导职位之争负气离开教育系统的人士B，但B却说，他不知道有这次调动，我们想请他帮忙了解情况，也被他拒绝了。

B拒绝也就算了，但我们后来还掌握情报，B很快暴露了我们的身份，他给当地一个中学的校长打电话，而那位校长则把有记者来武安的消息迅速汇报给了教育局领导，好在领导并没有重视。

接下来我们又联系了几个被认为在当地教育系统内相当敢言的人，但这些人要么离核心事实太远，要么对我们的身份和来路存疑，不肯说出掏心窝子的话。

垂头丧气中，我们把目标锁定在了又一个"敌人的敌人"C身上，这一次，我们终于成功地说服C见面深谈。

他的第一句话就让我们震了一震

但C对我们的身份抱有怀疑，不愿在宾馆见面，而是弄了个车，让我们在宾馆的门口接头。接上头后，迅速地开到一个偏僻的洗车店，把正在炒菜的小伙子赶出去洗车，然后在这个杂乱而破败的洗车店开始了采访。

双方互看了证件后，C的第一句话就让我们震了一震："如果我拿出证据来，肯定能把有些人送进去!"

接下来，C开始讲述19日晚上和20日所发生的事情。讲述怎么办调令，办调令的人有多少，流程是怎样的，并介绍了权力寻租的空间来源：

教师调动的权力是掌握在教育局手里的，谁能调动，谁不能调动，都得由教育局做决定。

说到关键的时候，C犹豫了再三，话几次到嘴边又生生咽了回去，C说，不是我不相信你，但对方真的实力很强大，我们这边有很多人都告过状，纪委也多次调查，但都不了了之，对方很有钱，各方面都能用钱摆平，你们记者也可以。

我们开玩笑说，别担心这个了，钱太少我们看不上，钱太多不敢收，不论怎样我们保证不会被收买的。同时我还说，2008年发生的山西封口费事件，还是我们特别报道版的独家报道呢，我们怎可能干自己批的事情？

C似乎下了下决心，说，那好吧，不管了，实话告诉你们吧，为了办这些事我也送过钱，我还知道谁谁谁送过钱，办这些事形成的价码是，如果市里的领导或者其他局的局长打招呼，给3万元就够，如果没人打招呼，就至少得送5万元。

C甚至表示，如果有上级部门介入调查，愿意站出来作证，拿出全盘证据。

但我能感觉到，从始至终，担心始终萦绕在C的心头，C说，这些担心来源于所了解到的一些事实。

原来，早在2003年，教育局就有几个人实名举报该局长，据说证据很充分，但纪委的调查却是虎头蛇尾，最终不了了之。C说，可想而知，那几个举报人会有什么样的遭遇，想到这些就会觉得害怕。

C的顾虑我完全能够理解，我也深知，像C这样有家有室的人，内心深处虽蕴积着正义感，但有时现实的可悲之处就在于，正义感也需要能放心地安放。

此后，在C的帮助下，我们又找到了几个掌握核心事实的人，他们印证了C所阐述的情况，并袒露了更多让人瞠目结舌的事实，这为调查的方向又提供了更多可能性。

黑幕刚刚揭开

星期二，也就是9月15日，我们面临着一个选题，是迅速成稿，还是继续调查？与编辑商量后决定迅速成稿，以免夜长梦多。如此一来，我们就不得不暂时舍弃已经掌握的大量线索，仅仅围绕核心事实行文。

稿子从下午4点开始写起，到了晚上8点多，开始给市委书记、市委副书记、市纪委书记以及原任局长打电话，可惜，只有第一个电话打通了，但却被呼叫转移到了一个声称不清楚此事的市政府工作人员那里，其余的要么被挂断，要么无人接听，多次拨打皆是一样的结果。

稿子写完后，我们又反复跟采访对象核对了事实和数据，并对稿子中的每句话都进行了字斟句酌的推敲，删除了一些难以相互印证的信息，只留下了有大量证据支持的事实。

出于被采访对象的要求，文中使用了不少匿名消息源，虽然觉得有些遗憾，我认为这种审慎是完全有必要的，就像网友“魑魅魍魉2009”一样，他在2008年巧妙地曝光了江西新余和浙江温州两地官员打着出国考察的名义出国旅游的事实，当时为保护自己费劲了心思，但现在至少他可以安心地操办自己的婚礼。

他在给我的邮件中有这样一句话："如果一腔热血没撒对地方，估计连路边的野花都浇不活。"

我不能让我的被采访对象陷入险境，我很明白，报道做完后，我可以拍拍屁股走人，但他们也许得在那里待一辈子。

晚上10点40分，稿子传回编辑部，部门主任吴湘韩亲自打磨，稿子由他处理从来都很放心，于是安心睡去了。差不多两点，他打来电话，核对了一些情况，顺带说了一句：撤吧，为了安全。

他知道，稿子出来后，黑幕刚刚揭开。

武安市教育局原局长冯云生：

人事调动从未经过局务会 从没收过任何钱物

□来　扬　叶铁桥

2009年9月24日上午，武安市教育局原局长冯云生来到中国青年报社，要求就此次"突击调令"事件向中国青年报记者"介绍情况"。

当局长12年来，所有人事调动都未经过局务会讨论

冯云生首先表示，这次教师调动是一次正常的调动。他说，教育部门每年都会在暑假结束前对教师进行调整。

他强调，他在武安当教育局长十几年，工作一直是这样搞的，2009年也不例外，并没有什么特殊情况。

冯云生将此次调动的大致经过描述如下：由于2009年邯郸市中小学定于8月21日开学，武安市教育局8月14日启动了教师调动工作。由于城区的教师岗位少，因此，教育局15日下通知，让申请调动的教师进行试讲。所有的教师调动工作在8月18日之前就已敲定。

他表示："这是个得罪人的活，我干了12年教师调动工作，假如知道（自己19日要被免职）就不这么干了。"

他还介绍了一些关于调动的情况，记者将他的介绍与武安市委调查组给本报发来的《关于对"教育局长免职当夜调动上百农村教师进城"问题的调查进展情况》（以下简称"调查报告"）比对后发现，基本情况一致。

冯云生承认，尽管涉及253人的调动"应该算是一件大事"，但没有文件规定说调动教师需要局务会讨论。他向记者承认，在他担任局长的12年里，所有的人事调动都没有经过局务会的讨论。

冯云生表示，调查组在上周已对他被免职前后的详细行程进行了询问。另外，他已通过熟人了解到调查组作出的调查报告，但不便透露消息来源。对于调查组的调查结果，他说自己"还没有一个成熟的意见"。

很多时间点"记不清了"

根据调查报告，冯云生是8月19日21时被免职，第二天，200多份调令在五中发放完毕。

调查报告说，2009年8月18日17时30分左右，冯云生将审定后的148名进城人员名单交人事科。调查组由此得出200多教师"并非在冯被免职后才启动调动手续办理"的结论。

但记者发现，"8月18日17时30分左右"这一时间点与冯云生参加的一次大型活动有某些重合。

8月18日，武安市举行了"2009年资助贫困和奖励优秀大学生资金发放仪式”，仪式是在下午15时左右进行的，武安市市委书记、市长及市四套班子领导全部出席。

据武安市一中网站文章介绍，“本次发放仪式与以往不同，采用晚会节目的形式进行”。除发放助学金、受助代表发言外，仪式还安排了小提琴、古筝、舞蹈、歌曲、小品等节目表演和绘画、书法作品展示。全体受助受奖大学生进行了集体宣誓，市委书记王俊祥也作了重要讲话。

冯云生说，他出席了这个仪式。但对于仪式进行到几点，“这个我记不清了”。

武安市教育局一位参加仪式的工作人员告诉记者，这个会开到了大约17时多。

冯云生说，当晚，他出席了晚宴。

记者继续求证他把审定后的名单给人事科的时间。冯云生表示：“准确的时间点我是记不得了，大概就是下班的时候吧。”

他说，教育局18时下班。

但记者通过多位教育局工作人员了解到，教育局下班时间为17时30分。

随后，记者再次与冯就那三天的情况进行核实，他说了一些大致的情况，但在不少关键的时间点上，冯的表示大都是“这个我记不得了”，或者“我想不起来了”。

他说回去后会就那三天的行程列一个详细的清单提供给记者。

“从来没有”收受钱物

记者最后就联合调查组仍在深挖细究的“权钱交易”问题对冯云生进行了采访。

记者先后就此次调动是否存在权钱交易、在任职期间是否被送过钱物、家人是否收受过钱物等问题询问了冯云生，得到的答复都是“没有”。

冯云生还表示，此前纪检部门曾对其财产状况进行过多次调查。对于网上有人反映他在内蒙古有矿，在北京有别墅，他表示：“这些东西完完全全是假的，绝对没有这个事情。”

当被问及目前有几处房产时，冯云生回答，他目前有两处半房产，现在住的一处，第三中学一处，老家还有半处。其中，老家的那处房产是由其弟兄三人拆除老房后翻建的。他作为长子出资18万元，两个弟弟每人出12万元，总共花了42万元。

“我当了12年局长，接受过大型调查4次。”冯云生说。

离开中国青年报社时，冯云生坐上了一辆车牌号为“冀D5J696”的广州本田雅阁轿车。武安市教育局的多位人士证实，这辆车正是冯在担任局长时配的公车。

随后，中国青年报记者电话与武安市市委组织部长赵振有取得联系。他说，自从人事任免宣布以后，冯云生就没有职务了，但“还有科级待遇，相关的福利待遇都有”。

记者问：“他还配车吗?”

赵振有：“车是不配了，不再享受这个了。”

刊发日期：2009年9月25日

【补白】

报道刊发后，引起国家领导人的高度重视和批示，河北省委、省政府高度重视，立即责成省监察厅会同邯郸市政府展开调查，并严肃追究有关人员的责任。对武安市教育局原局长冯云生离职前大量调动教师一事作出严肃处理，将冯云生开除党籍，并移交司法机关处理；免去杨淑兵人事科长职务，并给予其党内警告处分；对涉嫌违规操作的29名教师分别给予退回原学校、调离教学岗位、辞退处理。

据最新报道，冯云生涉嫌受贿案已经移送起诉了，检察机关查实被转移的资金多达400余万元。

记者手记：难在不信任

来　扬

记得在念书时，“法律诊所”课的老师经常给我们强调，“你们在接待当事人的过程中，一定要维系好与当事人之间的信任关系。”

后来，无论是从事法律服务，还是当了记者，我都越来越意识到“信任关系”的重要性。这次我们对“突击调令”事件的调查也不例外。

选题是部门派下来的，但我们部门之前没有人去过武安，我询问了身边的同事和朋友，也没有在武安的熟人。于是，我只能从网上碰碰运气。幸运的是，有一位热心网友愿意帮忙，并在随后的采访中给了我们很大的帮助。

到了武安后，我们尝试着联系了许多可能了解此次调动的人，但头天晚上几乎没有什么收获。愿意说的人都太外围，了解核心事实的人都找不到。那位网友也帮我们尝试联系了一些他的网友，但网络的世界还是有些虚拟，贴吧里的传闻始终没能找到现实的印证。

只好再硬着头皮从蛛丝马迹中碰运气了。幸运的是，本报的声誉为我们赢取当事人的初步信任。在看过盖有钢印的记者证后，当事人向我们披露了一些事实。尽管有所保留，但至少已经帮我们确证了此事的存在。

但在报道刊发之前，几位当事人仍对我们抱有疑虑。因此，在采访进行过程中的信任关系建设，更多的是在考验我们的诚意和当事人的勇气——这种信任关系背后的默契是，我们用做好报道并不披露他（她）们的身份，以换取他（她）们接受我们的采访，为我们联系更多的当事人。

出于审慎的考虑，在把稿件传回报社前，我们一边尝试着给当地主管部门的负责人打电话，一边与当事人联络核对稿件中的各个细节，避免“说过了”或“说满了”。我不知道当事人在核对完所有细节后的当晚是否睡得安稳，反正第二天再联络时，我能感觉到他们已经非常信任我们了。

于是，就有了后续的追踪报道。通过先前当事人的介绍和牵线，我们接触到了更多愿意披露关于此次“突击调令”事件的当事人。其间，一些兄弟媒体也希望我们能代为联络上几位当事人。几经协调后，有一位当事人愿意“出声”。

然而，在媒体逐渐获得当事人信任的同时，也有一些人正在失去信任。关于“突击调令”事件的帖子出现在网络上后没几天，就有媒体进行了报道，但彼时得到的回应是，“网上的东西是不能相信的，她们没有听说过200人的调令，也不知道有这样的事情”，或“网上都是瞎掰的，没有这样的事情”——这与此后当地调查组的调查报告并不一致。至于调查报告引来的质疑和争议，恐怕还需要用更加公开透明的方式才能重新建立起调查组和公众之间的信任关系。

无论如何，做这类选题的心情是不愉快的。媒体需要对事实负责，而当事各方的表述不一致，意味着至少有一方的表述偏离了事实，这一方存在失去信任的风险。如果事后的调查证实其中一方的表述失实，且这些都被媒体呈现在公众的面前，那么，信任关系（或公信力）的重建需要花费较之先前建立时更大的成本。要让他人打消对自己的不信任，往往是很难的。

对我来说，当事各方与我素昧平生，并无直接利害关系。因此，当我们在采访过程中听到不一致的表述时，我们的选择是，尽可能多方求证，平衡报道，将各方的表述呈现在读者面前。至于后续的调查工作，并不是媒体的职责，应当交由纪检部门甚或司法机关查处。

由于调查报告受到了不少质疑，相信调查组也受到了一定的压力。我希望调查组已经做好了被信任的准备，包括被调查对象信任你的调查行动，也包括被公众信任你的调查结果。一旦建立了这种信任关系，离真相也就不远了。

“钓鱼案” 背后的食物链

□ 周凯莉

【记者简介】 周凯莉，中国青年报冰点周刊记者。代表作：《“钓鱼案”背后的食物链》、《被结石撑破的人生》、《温州“民间信访局”走上前台》、《“拼爹游戏”中“贫二代”弱中求胜》等。

上海市闵行区城市交通行政执法大队门口，张军展示他收到的行政处罚单。◎高齐摄

此前，张军从未想过自己会和“官府”打官司。不过2009年10月15日下午，这位上海市闵行区“钓鱼案”的当事人对中国青年报记者表示，他对官司的胜诉充满希望。日前，张军已委托维权律师郝劲松，起诉上海市闵行区城市交通行政执法大队，要求其撤销行政处罚并承担诉讼费用。

同一天，另一场庭审在上海市宝山区人民法院进行。当事人江涛有着和张军相同的经历。2009年6月21日，他因“顺路搭载”一男一女两名乘客，被宝山区城市交通行政执法大队“当场抓获”。事后，他被以“用肢体语言与乘客商定价钱”为由，处以行政罚款2万元。

当天，由于“双方意见不统一”，上海市宝山区人民法院宣布调解失败，择日宣判。

“这很正常。之前的钓鱼执法案件，原告无一胜诉。”张军表示，他的起诉已于10月9日在上海市闵行区人民法院正式立案，不日即将开庭。

小白领成了“大鲤鱼”

连续3天，位于上海市郊的闵行区城市交通行政执法大队大门紧闭。不到中午12点，原本用于“当场抓获”非法营运车辆的3辆面包车，便早早停在院中，处于“淡季”状态。停车场的工作人员表示，“好几天没看到刘队长来上班了。”

而一个月前，深陷“钓鱼案”的执法大队曾就执法方式进行高调回应。该大队在中共闵行区委员会党务公开网发布了《区交通行政执法大队出“新招”整治非法营运》一文。文章声称，该大队二中队面对取证难题积极应对，想出了取证和查处分步进行的执法新招，进行先取证后查处。“灵活应用‘先取证后查处’方法，可有效缓解执法取证难问题，有利于维护客运市场稳定。”

但记者2009年10月15日在上述网站上没有找到这篇文章。

“这是工作秘密。”谈及“先取证后查处”办法的具体内容，大队长刘建强在接受媒体采访时公开表示。

不过，亲历者张军将这一“工作秘密”披露给了公众。一个多月来，这位圣戈班集团中国磨料磨具公司的市场经理带领蜂拥而至的媒体，还原了不下15次现场画面。

2009年9月8日下午1点左右，张军的“长安福特”停在了闵行区元江路与华宁路红灯前50米处。每天上下班，这个30多岁的白领就会驾驶私家车来往于家与单位之间。

漫长的红灯等待时间，他右侧的副驾驶座窗前出现一名30多岁的男子，穿着一件白色T恤，“看上去不像是流浪汉，就是普通市民的样子”。该男子捂住腹部，声称“胃痛”，要求张军搭载一程。

7分钟后，该男子“完全没有了胃疼的样子”，并主动提出，“我给你10块钱”。张军称，他当时立刻表示，“我是私家车，你胃疼才载你的，不要你钱，就放你在前面”。

两分钟后，“长安福特”应男子要求，转弯，停下。该男子试图伸手拔出该车钥匙，随即与张军扭成一团。车外，七八名身穿黄绿色制服的执法人员，开始从东西南北包抄上来。

此后的情形，当事人张军显然“不堪回首”。他被一名执法人员“揪住脖子”，另外两名执法人员则“反扣”他的手臂。他被押入一辆金杯面包车，该车停在北松路1358号上海市中马皮件有限公司的大院内。“长安福特”遭到扣押，那位男乘客则不知去向。

10月15日下午，大院传达室的老师傅向中国青年报记者证实，“这里常有执法大队的面包车，还抓过几个‘黑车司机’。”

之后，上海市闵行区城市交通行政执法大队认定张军为“非法营运”，并处以1万元的行政罚款，交付罚款10天后可取回扣押车辆。而张军对执法大队提出质疑，那位身着白色T恤的男子是“钓钩”，而他正是“被钓的鱼”。

刘建强则拒绝透露事件中搭车者的信息。不过，他在接受媒体采访时声称，执法部门的确存有执法过程的录音，但“不便提供”。

江涛告诉中国青年报记者，他之所以肯定自己是“钓鱼案”受害者，有一个重要原因。2009 年 6 月 21 日，他被“当场抓获”后，曾在同一个地方，重遇一男一女两位乘客。当时，他们正对着一辆桑塔纳要求“搭载”。江涛随即上前交涉，并且两位“乘客”身上有录音设备。

郝劲松律师表示，根据以往经验判断，“钓钩”往往有两个特征：一是引司机到埋伏区，二是“试图拔车钥匙”。另外，“钓钩”往往携带录音设备，既然官方承认执法过程中的录音存在，“那么，上车的人无疑就是‘钓钩’”。

执法大队与“钓钩”双赢

在两天的暗访中，一证件号为“沪，16337”（为保护当事人，此处隐藏了末位数——记者注）的出租车司机引起了记者的注意。这位老司机一直在闵行区地带做生意。他向记者证实，所谓“钓钩”是行业内“公开的秘密”。

几年来，上海市闵行区、宝山区等市郊的城市交通行政执法大队，一直存在着这样一种执法方式。他们往往通过“埋伏”作战，“当场抓获”正在进行“非法营运”的私家车，并处以 1 万至 2 万元的行政罚款。他们在工商银行或建设银行拥有收取行政罚款的专用账号。

“这很正常，真的黑车嘛，很难抓的。那么就找个‘钓钩’来，钓你上钩，让你做黑车，罚罚款喽。”老司机对此习以为常。他告诉记者，整个上海市至少有上千个“钓钩”。

这位老司机告诉记者，每次执法活动开始前，执法大队都会先确定抓黑车的“地带”，然后带着“钓钩”前去踩点，一般一个区至少设置五六个点，一个点要抓至少 5 辆车。

另一位“钓鱼案”的当事人陈瑞勤肯定了这一说法，他是上海市爱慕园林绿化公司的职员。两年中，这个小个子男人已两次将上海市闵行区城市交通行政执法大队告上法庭。

2008 年一个炎热的夏天，他驾驶公司面包车经过闵行区一片宽阔地带。一个 20 多岁的年轻男子以“热晕了”为名，要求“顺路载上一程”。5 分钟后，这个男子拔出他的车钥匙。同时，陈瑞勤被几个身穿便衣的男子“当场抓获”。

“当时，我根本没看出来他们是执法大队的，我要他们出示证件。”陈瑞勤对记者说。而这一要求，使他遭致了这伙人的毒打，他们自称是“闵行区交通行政执法大队”。

而令他震惊的是，他在执法大队的办公室里，遇到了一伙社会闲杂人员。为首的是 30 多岁的男子，个子在 1 米 8 左右，“穿着很干净，也不说脏话”。他还带了七八个小弟，这些小弟将陈瑞勤再次暴打了一顿。事后，陈瑞勤得知，这个 30 多岁的男子便是和执法大队来往密切的“钓头”，他手下至少有几十个“钓钩”。

陈瑞勤告诉中国青年报记者，他在两年的密访中发现，“钓头”和执法大队的关系非常密切。仅在闵行区，就至少有 3 个“钓头”，手下有 100 多个“钓钩”。“钓头”和“钓钩”往往是一个村子出来的老乡，一呼百应。

而更让人震惊的是，在闵行区，“钓钩”每“钓”到一位私家车司机，便可获得 300 元人民币，“钓头”则提取 200 元。宝山区给“钓钩”开出的价格也是 200 元，南汇区 250 元，奉贤区则是 600 元。“钓钩”用这些钱准备录音笔等工具。一个成熟的“钓钩”，月收入少则两三千元，多则五六千元。而“钓头”每个月能净赚 1 万至 2 万元，一年可达十几万元。甚至有的“钓头”开的是尼桑，“在上海早就买了房”。

同时，另一份文件引起了公众的注意。在《闵行区交通行政执法大队 2007 - 2008 年度创建文明单位工作总结》中提到，在两年时间里，该大队“查处非法营运车辆 5000 多辆”，“罚没款达到 5000

多万元”，“超额完成市总队和区建管局下达的预定指标任务”。

据知情人士透露，这便是上海各大交通执法大队与“钓头”之间的“双赢”状态，正是“先取证后查处”的具体内容。

采访中，中国青年报记者试图联系一名江姓“钓头”，但他的手机一直处于无人接听状态。

除了“钓鱼”，还有“养鱼”

和所有大城市一样，黑车问题一直是上海市容的“毒瘤”，尤其在闵行、宝山等郊区，或张江高科等交通不便的区域。即便不是上下班时间，QQ、捷达、桑塔纳2000、金杯等黑车也密密麻麻地占满了地铁口、人行道，甚至绿地。

这些黑车往往明码标价，有着自己的标准。比如从闵行区莘中路搭乘黑车前往莘庄地铁站，6位黑车司机均告诉记者“10块钱”。而在闵行区老工业园区周边，皖字开头的牌照则是黑车的“身份证”。

“我啊，被抓进去3次了，一次罚1万元。”暗访中，闵行区的黑车司机老于告诉记者。更有黑车司机被闵行区城市交通行政执法大队抓了23次，放了23次，总计被罚20多万元。

这个皮肤黝黑的男子表示，其实他很少承载陌生人，看到“面善的”才做一做生意。他强调，几乎百分之百的黑车都遭遇过“钓鱼”。

他悄悄透露，他一个朋友的弟弟就是传说中的“钓头”，这一带一般是安徽阜阳人在做这一职业。黑车司机如果被扣了车，一般只要给“钓头”塞两条中华烟，就可以“早点取出车”。“钓头”跟执法大队长打个招呼，大队长签了“同意”就可以了。而张军的车则是在被扣押十天后才取到的。

另外，执法大队开始行动之前，“钓头”偶尔会透露消息给关系好的黑车司机，这样黑车司机便可逃过一劫。

“我还知道招‘钓钩’的标准呢。”老于说。他和陈瑞勤的说法不谋而合。“钓头”在招募“钓钩”时不分男女，一般有三个要求：一是长得干净，不猥琐，但也不容易被记住；二是衣服得穿得干净，至少得像个普通市民；三是容易被信任，“最好胖一点，和蔼一点，憨厚一点”。

在记者亮明身份后，老于警告：“不要惹他们，出过命案的。”并且，他自称“出于保护”记者的安全，拒绝透露更多信息。

“也就是说，黑车是执法大队养的鱼，我们是被钓的鱼。”张军愤怒地说。

2009年10月15日，中国青年报记者走访了相关政府部门。针对“有的黑车不到10天就解除扣押”这一问题，上海市闵行区信访办的一位女同志承认，“规章制度中的确存在漏洞”。

面对媒体的诘问，上海市闵行区建设和交通委员会交通科“如临大敌”。作为闵行区城市交通行政执法大队的上级监管部门，该科的一位办公人员表示，“有关‘钓鱼案’统统问办公室”。办公室的工作人员则表示，“我们交通方面的发言人去市里开会了”。

针对“钓鱼案”背后的潜规则，王姓工作人员表示，“我不拒绝采访也不接受采访，我们不提供任何看法”。在记者出示有效证件后，该工作人员以“媒体来得太多，无法证实你的记者身份”为由，要求记者与区委宣传部先行联系。

截至发稿时，区委宣传部的电话一直处于无人接听状态。

据一名不愿透露姓名的官员说，正是因为之前应对媒体的高调态度，“说错了话”，才处于被动位置。因此政府部门决定采取保守状态，“不说话是最好的表态”。

一个多月来，张军一直处于身心疲惫状态中。不过，他表示，他已经联合了十几位“钓鱼案”受害者，打算将官司进行到底。

尽管江涛的案件尚未宣判，但等待开庭的郝劲松表示，“不要怕，我和张军都支持他。以前没胜过，并不说明以后也不可以！”

刊发日期：2009年10月16日

【补白】

2009年11月19日，上海市闵行区人民法院公开审理了张晖（即文中的化名张军）状告闵行交通执法大队案，当庭判决被告的行政处罚决定违法。

同年年底，原南汇城市交通管理行政执法大队对驾驶员孙中界非正常执法取证的“10·14”事件发生后，陆月星作为浦东新区负责“10·14”事件处理的副区长、吴福康作为浦东新区城市管理行政执法局的主要领导，没有对该事件的事实真相深入核查，轻信了基层执法大队对该事件的情况报告，并同意根据这一报告撰写新闻统发稿向媒体发布，以致公布的调查结论与事实真相不符，误导了社会公众，损害了政府形象。他们对此负有领导责任。上海市监察局决定给予陆月星、吴福康行政警告处分。

2009年12月21日，中共中央政治局委员、上海市委书记俞正声在上海市经济工作会议上表示，公正廉洁执法、维护社会公平正义，是执政的生命线，是保障各项经济社会事业顺利推进的基础。在开放、透明、信息化条件下，执法活动越来越受到社会各界和媒体关注，错误的执法方式和行为很容易成为群体性事件的导火线，引起民怨甚至民愤，严重影响党和政府的公信力，影响党和政府与群众的关系，“钓鱼”事件的发生就说明了这一点。

俞正声分析指出，错误的执法方式和行为，有些源于执法人员自视“高人一等”的封建意识，有些源于不顾民生的错误的发展观，更多的是制度设计指导思想的偏差和管理的松懈。

“我们应该重新审视各种执法行为和方式的合法性，并使之有合情合理的操作。”俞正声说，我们应该少一点埋怨，多一点思考和创新，寻找在开放、透明和信息化的条件下，在全社会法治意识大大增强的情况下，更具可操作性并为群众接受的执法方式；我们应该细化执法标准，严密执法程序，做到全程可以监督，后人可以复查；我们应该大力推进阳光执法，除法律规定的情况外，执法依据、程序、过程、结果都应公开，并应明示当事人的权利；我们应该分期分批全员培训执法人员，除学习本职岗位应具备的法律知识外，还应使其具备尊重执法当事人的品德，应有的文明素养、法律语言和应对媒体的能力。

俞正声指出，上海是执法行为比较规范的地区，但如果发生制度性偏差，这种规范就会南辕北辙、适得其反。

2010 年 6 月，《上海市人民政府关于进一步规范和加强行政执法工作的意见》和《上海市行政执法人员执法行为规范》出台，后者可以看作是对行政执法人员的提出的“三大纪律，八项注意”，这在全国省级政府中是第一家。

记者注意到，《上海市行政执法人员执法行为规范》明文规定，行政执法人员调查取证时，应当全面、客观、公正。不得以利诱、欺诈、胁迫、暴力等不正当手段收集证据，不得伪造、隐匿证据。《上海市人民政府关于进一步规范和加强行政执法工作的意见》则规定，保证执法手段的合法、正当，通过非法手段获取的证据不能作为认定违法事实的依据。

两份新文件还明文规定，行政执法人员不得以任何形式截留、私分或者变相私分罚款、没收违法所得或者没收非法财物通过拍卖或者变卖等方式所得的款项。对行政事业性收费和罚没收入全部实行“收支两条线”管理，行政事业性收费和罚没收入按规定全额上缴国库或者财政专户，行政执法经费全额纳入部门预算管理，严禁将行政事业性收费或者罚没收入按比例返还行政执法单位，作为行政执法经费或者奖励经费使用。这也被认为，截断了“钓鱼”执法的源头。

记者手记：第一次感受媒体的力量

周凯莉

事实上，这是偶然之间采写的一篇调查性报道。当时，我刚刚参加工作3个月，具有新闻采写的巨大热情，同时还有初生牛犊不怕虎的无知无畏。

毋庸讳言，在2009年10月，关于“钓鱼案”的报道已经铺天盖地，这一事件的热度貌似渐渐过去，新鲜感乏陈。当时不过是想对当事人张军（化名）做一个普通的人物采访。

在采访过程中，张军带着笔者还原现场，其间笔者遇到一些人，比如黑车司机、路人、当时的见证者等。他们无一例外地显示出彼此之间貌似无关联但又丝丝相扣的线索。而这些深度的背后的东西，并没有记者在“钓鱼案”的报道中提到。小小的灵机一现，笔者决意跟踪调查，调查加上写作一共花费3天。对“钓鱼案”当事人的采访、和黑车司机的接触，以及和“钓头”的交涉等。

之后，关于“钓鱼案”引起的第二波热潮，笔者并未预见到。不过，各大媒体对于这一案件的报道，在很大程度上推动了上海市乃至全国的制度改革，显示了媒体的巨大力量。对新闻工作者来说，这是最值得欣慰的一件事情。

由于时间仓促和经验所限，采访中存在很多漏洞，对政府态度的获取也不够到位，写作很是粗糙。如果再有类似机会，希望做得更好。

《商场现代化》敛财“有道”

□ 叶铁桥　田国磊　马慧娟

“《商场现代化》4年内版面费收入就以数千万元计！”近日，一名举报者给中国青年报发来电子邮件，声称“自从2004年起，这个刊物开始疯狂敛财。”

“现在他们每月出版3大本，以所谓旬刊的形式，每期近400页，每期200多篇文章，每篇文章就一两页。”这名举报者写道，“仅在2006年，《商场现代化》就登载论文7961篇（期刊网随便一查便知），按当时每篇上千元的版面费计算，仅在2006年，该刊就敛财上千万元。”

举报者认为，虽然对期刊收取版面费的现象存有争议，但如果是为了学术期刊的生存，还在情理之中。然而，如果大肆增刊扩版，通过版面费可能存在的争议卖版面敛财，这种做法断然不可取。

根据举报内容，记者展开了调查。

投稿后，多位编辑回复“可以发表”，并标明价格

按照《商场现代化》网站提供的邮箱，中国青年报记者以在校研究生的身份，向《商场现代化》的数名编辑投递了论文。

两天内，记者共收到该社王编辑、鲁编辑等5封“可以在本刊发表”的邮件回复。5封回复均提到了发表论文的收费标准：“经济

类文章每版 600 元 2400 字（以字符数不计空格为准，不含图表）；非经济类文章（涉及教育、教学、高职、师生类文章）每版 800 元 2400 字。开发票另交 8.5% 的税。”

2009 年 3 月 27 日，中国青年报记者以在校研究生的身份，以直接到编辑部交钱为由，与《商场现代化》的王海涛编辑取得联系，暗访了位于中商科学技术信息研究所院内的《商场现代化》杂志社。

该社的办公地点在北京西城区三里河二区 11 号楼的二层。在一间标有《商场现代化》字样的办公室里，记者见到了王海涛编辑。

“一个版面 600 元，你的文章要用两个版面，一共 1200 元。现在交钱的话，就可以把发表通知单给你。”王海涛将一个盖有“商场现代化”印章的“发表通知单”递了过来。

记者表示版面费太高，探询降价的可能性。

王海涛说，现在已经够便宜的了，以前确定是全国核心期刊的时候，收费标准是每个版面 1200 元，“如果我们以后有机会再成为核心期刊的话，我们的价格还是会升回去的。”

“现在为什么便宜了？”

“感觉这次评上核心期刊的希望不大，我们打个对折，算是过渡期。”王海涛说。

“为什么预感评不上？”

“呵呵，咱们这个期刊挺厚的。”

当被问及为什么会有这么多人投稿时，王海涛称，“这些作者大都是研究生和年轻教师，这些论文不是为了研究，而是为了毕业和评职称，很多人也就是凑合着弄一篇意思意思。”

她说，核心期刊的版面一般都很少，被一些专家作者占满了，没有那么多空余的版面给你们这样的作者留着。如果没有特别硬的关系，你就是直接到编辑部把钱给他们，他们也不一定给你发，花钱还得找人，“说得俗一点就是，他们是认人不认文章，而我们是认文章不认人。”

当记者询问期刊的发表标准和审稿程序时，王海涛解释道，“首先论文要符合我们期刊的定位，也就是说论文的主题要和市场经济有关联，在符合这个大前提的情况下，我们会对来稿进行‘三审’，主要看存不存在抄袭的情况，现在从网上直接抄袭过来的稿件太多了，如果一个作者是把别人的文章全文复制下来的，肯定是不能发表的。”

可事实上，记者在暗访之前，从论文网随便搜索了一篇关于房地产发展的论文，直接复制发送到了王海涛的邮箱，3 月25 日8 时40 分发的邮件，当天9 时50 分就收到了“论文已通过审核，可以在本刊发表”的回复。

此后，中国青年报记者又通过多人的多次尝试，将在网络上搜索的论文发到《商场现代化》的投稿邮箱，标题、格式、甚至署名都不用改，得到的都是“可以在本刊发表”的邮件回函，并标明了价格。在未得到作者的回复两天之后，又会有一封邮件告诉作者可以发表，请尽快和编辑联系。

记者随后联系到在《商场现代化》2009 年4 月上旬刊（总第571 期）上发表论文的石家庄某职业学院教师崔某，他向记者证实他的占了一页半版面的论文花了900 元，但没开发票。

被指“钱稿交易，见文就发”

对于《商场现代化》是否通过2008 年核心期刊评审的问题，该杂志社的王海涛先是称，“评审结果原应在2008 年9 月发布，可能受奥运会的影响而推迟了，现在结果还没有出来。”

随后他又说：“北大那边的一审二审我们都通过了，三审是邀请全国各地知名度较高的专家教授、院长进行评审，在这一环节我们的希望就不大了。”

而另一名自称姓翟的编辑也坦承，“杂志现在已经不是核心期刊了，2008 年版北大核心期刊的评价结果，杂志社也已经知道。”但在翟编辑发出的“通过审稿”的邮件中，仍有这么一段文字：“2008版的核心期刊目录网络版还没有公布，请您汇款时考虑周全。”

在记者收到的5封来自《商场现代化》编辑的邮件回复中，仅有鲁艳敏编辑的邮件中，明确有“我刊（指《商场现代化》——记者注）现已调为国家级普通期刊”的声明。

鲁编辑后来也表示，是“因为杂志太厚了才被调整出核心期刊的”。

全国中文核心期刊评选项目主要负责人、北京大学《中文核心期刊要目总览》主编蔡蓉华教授向中国青年报记者证实，新一期的核心期刊评选已经结束，2008年版《中文核心期刊要目总览》一书也已对外公开发行。

“《商场现代化》没有被收录到最新的核心期刊目录。它是被专家评审拉下来的，理由就是钱稿交易，见文就发。”蔡蓉华说。

蔡蓉华介绍，一般情况下，在专家评审环节被拉下来的刊物很少，“拉下来的都是做得太不像话了。”

尽管没有入选2008年版《全国中文核心期刊要目总览》，但2009年出版的10期《商场现代化》的封面上仍都有“全国中文核心期刊”的醒目标识。

蔡容华对此的反应是：“这是期刊自身的行为，我们也无法监控。”

而所谓的“本刊编审指导学术顾问”也受到了质疑。一位被列入《商场现代化》学术顾问的学者对中国青年报记者说：“在一个关于期刊的年会上，《商场现代化》的负责人说他们正处于快速发展阶段，需要得到我的支持，请我做个学术顾问，他们说不用参与具体的工作，与杂志的业务管理和经营也没有任何联系。会上都是熟人介绍认识，也不好推辞，具体让我们做什么工作，由于这段时间比较忙，我也不知道。”

是合理收费还是借版面费敛财

一位编辑在“商场现代化”的博客上发表了“杂志社诚征兼职代理”的日志，并留下了即时通讯联系号码。在与记者的网络联系中，此人表示，“杂志对外公开的版面收费标准是700块钱一个页面，能拉到论文在《商场现代化》发表，代理者就可以挣取一定的提成。”

与此相印证的是，5名《商场现代化》编辑在邮件回复中提供的汇款账号各不相同。而如果通过邮局汇款的话，各个编辑也强调一定要把收款人填写为指定的某个编辑。对此，该期刊黎编辑称，“杂志实行的是编辑负责制，谁给你审稿谁就收你钱，而在杂志封面公布的银行账号只是留作广告业务用的。”

这种收取版面费的行为是否合理?

在《商场现代化》的网站（www. shangchang. com. cn）主页上，记者看到，其中列有一个名为“我国关于论文发表费的部门规章及政策文件例证”的栏目。点击进去以后，记者发现，里面一共列举了6个文件，收取版面费相关条款也一一罗列在表格中。

如序号1文件《能源部、水利部〈水利电力系统自然科技期刊管理办法〉》罗列的相关文件是“十二、……对科学技术成果在期刊发表，编辑部可适当收取一定的发表费”；序号2文件《机电部关于科学技术期刊管理办法》后面，罗列的是“第三十九学术性科技期刊刊登科技研究论文，可适当收取发表费”；序号3文件《中国科学院科技期刊收取发表费暂行办法》，罗列的是“……科研经费本身包括科研论文发表所需的费用。科技论文的发表是一种有偿服务。”

“机电部都不存在了，这个文件怎么会一直有效”，上述举报者称，罗列的文件存在许多问题。“他们对这些文件断章取义！我看到过《中国科学院科技期刊收取发表费暂行办法》相关条文，第三条对收发表费的范围是这样规定的：‘只对国家基金项目和属研究单位的研究成果文章收取发表费，对纯属个人的研究成果文章一律不收取发表费'，第四条原则和办法也规定：'一切来稿均需经过审稿程序进行严格评审，确认符合发表标准后，方能通知收取发表费。不得以收取发表费方式变相出售版面。'"

记者随后与《商场现代化》副社长李凡通过电话取得了联系，当得知记者采访的是版面费问题，李凡说："收版面费的现在不是多着吗？你应该去新闻出版总署了解一下，现在很多学术期刊，包括学报什么的，都收版面费。"

"月刊变旬刊和增加页码是怎么考虑的？"

"期次增多这是新闻出版总署批的呀，我们是正刊，又不是非法期刊，……旬刊也是新闻出版总署批了的。"李凡说。

记者问："新一期的'全国中文核心期刊'没有你们，为什么还标注在封面上？"

"那个书没出版呢，你看到那个书了吗？你没有拿到书不就行了吗！……现在我们从内部打听的结果，没有我们。"

"《商场现代化》主页上'我国关于论文发表费的部门规章及政策文件例证'是你们收集的关于收版面费的依据吗？"

"网站上要有就是吧，我不知道，没注意网站。"

当被问及2008年《商场现代化》的整体收入时，李凡说"你这个管得了吗？这个你也问啊？"，随即挂断了电话。

刊发日期：2009年4月22日

“公关”与“反公关”

——核心期刊评审背后的利益格局

□ 叶铁桥 田国磊 来 扬 马慧娟

近日，一名举报者给中国青年报发来电子邮件，声称“自从2004年起，《商场现代化》开始疯狂敛财，4年内版面费收入就以数千万元计”。

以前是核心期刊时，收费标准是每个版面1200元，现在从核心期刊的序列中拿下来了，每个版面降到600元，打了个对折，《商场现代化》一位编辑告诉中国青年报记者：“如果我们以后有机会再成为核心期刊，我们的价格还会升回去的。”（见本版4月22日报道）

一本学术刊物，仅仅因为封面上有无“全国中文核心期刊”8个字，境遇竟如此不同。“核心期刊”评选为何有如此大的影响力？在“核心期刊”评选的背后，又是怎样的利益格局？对此，中国青年报记者展开了调查。

“不少人以为它是一项国家标准”

《商场现代化》封面上注明的“全国中文核心期刊”，源于北大的《中文核心期刊要目总览》(以下简称《总览》——记者注)。为了表明身份，《商场现代化》有时还将《全国中文核心期刊入选证书》影印在期刊上。

“确实会出现不恰当地理解和使用评价结果的情况”，《总览》主编之一、北京大学图书馆蔡蓉华研究馆员说，《总览》中所呈现出的核心期刊研究成果，只能作为参考，如果不恰当地扩大其作用，就会产生负面影响。

蔡蓉华说，编委会甚至多次把这一点写进《总览》前面部分的“研究报告”中，表示“核心与非核心只是一个相对的概念，任何过分夸大核心期刊的作用，不恰当地使用核心期刊的做法都是错误的”，“呼吁社会各界正确理解核心期刊的概念，合理使用核心期刊表，避免因不合理使用核心期刊而产生负面作用”。

在2000年版《总览》的研究报告部分，编委会还用黑字标出着重强调：“尤其在评定职称的问题上，一定要依据评定的专业范围、学术级别等具体情况定出适合于本单位的‘重要期刊表’，而不应不加选择地搬用核心期刊表。”

该“研究报告”还提到：“不同级别、不同性质的专业人员都用同一个核心期刊表评定职称，显然也是不合理的。核心期刊表的价值在于它能面对有各种不同需求的不同层次的用户，而用户们‘参考’核心期刊表，经过甄别后选定自己需要的期刊，才是正确使用核心期刊表的方法。”

中国社科院办公厅的邢东田编审对北大版《总览》进行过深入研究，他认为，在当前我国学术界“以刊评文”的大背景下，这种呼吁不见得能起到效果。

他说，有相当一批科研单位规定，只有在“核心期刊”上发表的论文才算考核成果。“这样的规定毫无道理，因为期刊的等级与论文的水平并无必然联系。但这种典型的‘以刊评文’的做法，却是我国学术评价的现实。”

华中科技大学《高等教育研究》编辑部主任曾伟也认为，现在评职称等同于看论文，而论文质量等同于所发表的刊物水平，而学术刊物的水平则等同于是否入选了“核心期刊”。

邢东田说，这是因为，某篇论文到底是什么水平，尤其是那些一时无法检验的理论性成果，往往很难认定。“但如果以发表在什么样的刊物上来评估，则一目了然，操作起来十分方便。”

“有这样简便易行的办法，科研管理部门求还求不来呢，现成的工具岂有不用之理?”邢东田说，《总览》不是国家标准，而仅仅是一项“文献计量学”的科研成果，但对文献计量学知之甚少的绝大多数学人，根本就不知道核心期刊是怎么选出来的。

“无论执行部门还是被评定者，都把它作为了一个强制性的评价体系，不少人甚至以为它就是一项国家标准。事实上‘核心期刊’已经成为我国学术评价的基础性指标。”邢东田说。

每到评审时节，主编们频频公关

南通大学杂志社的钱荣贵在其专著《核心期刊与期刊评价》一书中指出，在现时条件下，一家刊物是不是“核心期刊”，直接关系到刊物自身的生存和发展。如果哪家刊物被选为“核心期刊”，稿源、财源就会纷至沓来。但如果没有被选上，随之而来就是优质稿源日渐稀少，优质作者群逐渐萎缩，整个编辑出版工作也会变得举步维艰。

既然核心期刊的评审结果会产生如此大的影响，其评审过程难免受到相关利益群体的干扰。

“作为一种民间研究行为，北大图书馆做这么一个评价并无不妥，北大有北大的标准，其他机构也可以有别的标准，谁也无权去干涉谁。但关键是，如今的学术评价体制使核心期刊与很多现实利益挂钩，客观上使核心期刊评价机构的功能和影响扩大了，就存在‘权力寻租’的可能。”上海交通大学教授熊丙奇对中国青年报记者说。

蔡蓉华承认，每4年一次的核心期刊评审，都是一系列“公关”与“反公关”的过程。

每到评审时节，就有不少学术期刊的主编们纷纷找到课题组，动员同学、同乡、师友等各路人马说情。因为对他们来说，刊物能否进入“核心期刊”的序列，是可能关系到刊物“生死存亡”的问题：一旦上榜，则身价陡增；而如果刊物本在“核心”序列中，却被新一版《总览》“除名”，则有如坠入深渊。

《商场现代化》因未能被列入2008版的《总览》序列，版面费随即缩水一半，《总览》所能引发利益纠葛的规模可见一斑。

“他们（指各学术期刊的主编们——记者注）一遍又一遍地找我们，我们要几个人接待才行”，蔡蓉华说。但她同时也指出，最后几个月课题组就会封闭起来，谁也不接待。

ISSN中国国家中心副研究员安秀敏告诉中国青年报记者，2008年年末，正值《总览》（2008版）出版前夕的最后修订期，她经常接到朋友的电话，甚至一位朋友用几近哀求的语气对她说，评不上核心，单位就不让办了，单位也不拨钱，我就该下岗了。

安秀敏说，面对这样的情况，很多期刊想方设法往核心期刊的圈子里钻。

一本在工业经济界颇有影响的期刊，之前一直在《总览》的“核心期刊”序列，但2008年最新版的《总览》中被拉了下来。该期刊主编向中国青年报记者展示了某大学教授发给他的一条短信：“主编，没想到你们期刊竟然没有被评为核心期刊，这出乎大多数人的意料，这对我们工程管理学科的发展将是灾难性的，你快想想办法补救一下吧！”

编委会曾收过入选刊物的赞助费

《总览》背后蕴含的巨大经济利益，甚至在盗版市场也有所体现。

2008 年年初，该书还没有出版时，网络上却已开始流传“2008 年版所遴选出的核心期刊表和图书征订启事”，以致编委会不得不于 3 月 11 日在北大图书馆主页上发布特别声明：“该成果从未在网上发布，目前网上流行的各种版本的《中文核心期刊要目总览》都不是本项目组发布的……目前网上公布的所谓 2008 年版，完全是无中生有，纯属欺诈行为。”

据了解，2008 年版《中文核心期刊要目总览》虽然不到 1000 个页码，价格不菲，标价 360 元。

蔡蓉华声称，课题组不会受到干扰，因为那些想要公关的人来找课题组也没用，不能解决任何问题，课题组只负责收集整理数据，“数据是个过去时，谁也没办法改变”。

由于“核心期刊”的评价分定量评价和定性评审两部分，蔡蓉华承认，在定性评审部分，也就是由专家进行评审的部分，具有一定的不可控性，“有可能钻空子”。“我们会给大量专家发出参与评审的邀请，但基本上到最后只有四分之一的专家愿意参加评审，具体是哪位专家，其实我们也不完全清楚。”

她说，在评审过程中，会有期刊社来打听，是哪位专家参加评审。“如果参与评审的专家被期刊社行贿，那我们也无能为力。但为了防范这一点，我们已经采取增加参评专家数量的方法。一个杂志社没有能力贿赂超过一半的专家吧?”

蔡蓉华说，在评选中确实有期刊主动提出要给赞助，但编委会都回绝了，“拿了别人的钱又没把别人评上，不太好。”她强调，在后期，“我们工作人员都进行了隔离，关掉手机，不接待来访的期刊社。”

《商场现代化》敛财“有道”

但她坦承，前几次评选中，评委会曾经收取过部分核心期刊给的赞助费，但数目一般不大，而且都是自愿的。至于这些杂志社提供的赞助费的具体金额，蔡蓉华并没有进一步说明，只是说，“作为回报，我们会赠送对方一本《中文核心期刊要目总览》”。

她说：“也有很多期刊不理睬我们，但在每次的评选中都还位于核心期刊之列。”

至于经费支持问题，蔡蓉华告诉记者，课题组没有专门的经费拨付支持，但北京大学图书馆和参与评选的高校图书馆会有一定的支持。经常性参与研制工作的人有好几百个，大都是高校图书馆的工作人员。他们大都是无偿做研究的，只有靠《总览》发行的收益每人分几百元。

蔡蓉华说，因为现在核心期刊的评审备受关注，所以压力很大，不仅是经费压力，还有社会方面的压力。“以后要严格自己，让评审结果经得起推敲。”

“核心期刊”的变异

“现在学术期刊非常直接地与现实利益挂钩”，曾伟说，现在核心期刊很多，不只北大一个，评不上这个核心，还可以评另一个核心，“弄到一个核心就可以收取版面费，生意就好”。

据了解，除了北大版的《总览》外，清华大学图书馆、中国学术期刊（光盘版）电子杂志社以及中国科学文献计量评价研究中心的《中国学术期刊综合引证报告》，南京大学开发的《中文社会科学引文索引》（CSSCI），以及中国社科院研制的《中国中文社会科学核心期刊要览》等，也都在做类似的评价。

除此之外，部分教育科研机构在参考各个版本的“核心期刊”的基础上，另行制定了符合各自要求的“核心期刊”。

邢东田告诉中国青年报记者这样一个故事：

他曾工作的中国社科院世界宗教研究所有一份期刊名为《世界

宗教文化》，该刊物的定位是：面向普通大众和各个宗教信仰者的普及性、知识性宗教文化刊物，是当前我国唯一一份由学术界主办的通俗性宗教文化杂志。

让他惊讶的是，他去拜访某著名高校一位教师时，赫然发现《世界宗教文化》也在该校认定的“核心期刊”序列中。

“这样的知识性刊物怎么也会是核心期刊呢？”邢东田觉得这非常荒唐，于是给该校科研处打电话，结果获知是由该校宗教系报上来的。

但他所拜访的这位教师则大吐苦水：“我们学科领域刊物很少，如果不报上去，考评会很吃亏。考评不合格，牵扯的是我们的饭碗问题。”

“就这样，制度逼着他们把“普及性、知识性”刊物纳入了核心期刊范围之列”，邢东田感叹道。

刊发日期：2009 年 4 月 27 日

多少权钱为加分而动

□ 田国垒

2009 年 7 月 2 日上午，重庆市高考文科状元何川洋的父亲何业大告诉中国青年报记者，北大方面已经发来短信，称“北京大学已经决定不录取何川洋”。

何业大对记者说：“我的娃（何川洋）把自己锁在屋里哭了整整一夜。”

对于这样的结果，何业大带着哭腔对记者说：“现在整个家庭都快被搅散了，自己有种崩溃的感觉，不知道该如何面对孩子。”

记者从重庆市招办证实，此次重庆市共查出 31 名违规修改民族成分骗取加分的考生。但对于有媒体报道的“31 名违规考生中巫山县就占了 19 名”的说法，重庆市招办宣传科的工作人员没有正面回复。

刚刚从巫山县招生办主任位置上被免职的何业大称：“‘巫山县有 19 名民族成分造假考生’的消息我也是通过新闻报道看到的，自己并不知情。”但据何分析，这些考生可能都是在外地就读报考的巫山县人。

重庆市教委宣传科一名祝姓工作人员对此的回应是，“此事现在还在继续调查之中，结果出来了肯定会公布。”

何业大对记者说，既然调查组查出了有 31 个考生民族成分作假，那就应该将他们的家庭信息完整地公布出来。“为什么独独盯着何川洋狂轰滥炸地调查、报道，难道就因为他考了一个状元吗？有没有想过这么大的事情他一个人能承受得起吗？”

民族成分造假的考生，除了已经公布的巫山县招生办主任何业大之子何川洋和石柱土家族自治县副县长汤平之女汤蕤外，其他29人是何种背景？还有多少造假的权势家庭潜伏在加分名单中？造假考生应该承担怎样的后果？

这些问题引起社会的广泛关注。

还有多少加分造假的“权贵”家庭潜伏？

从2009年7月2日起，重庆市招生自考办公室再次通过招办公众信息网，向社会公示2009年普招加分信息，逾7万考生榜上有名，占该市报考总人数的37%左右。

根据公示名单，在剔除31名少数民族加分存在问题的考生后，有1万多名考生享受聚居区少数民族考生加分照顾。

根据《重庆市2009年全国普通高等学校招生实施办法》相关规定，重庆市少数民族自治县（含民族乡）的少数民族考生可享受20分的高考加分照顾；散居在汉族地区的重庆少数民族考生、少数民族自治县的汉族考生，如报考重庆高校，则可享受5分的高考加分照顾。

“在考生成分中作手脚，如通过更改民族成分获得加分照顾，是一种远离考场，难以察觉的隐形作弊。”21世纪教育研究院副院长、知名教育问题专家熊丙奇对记者说。

其实这种考场外的隐形作弊并非易事，更改民族成分至少需要过5道关：1. 出示父亲或母亲的民族成分证明；2. 通过民族事务主管部门的审查；3. 经公安部门审批；4. 更改考生的户口簿和身份证；5. 在高考报名点老师的监督下，报名参考，获得加分资格。

有网友分析说：“一般老百姓哪里有能耐通过那么多机关的层层审批啊，能随意修改民族成分造假的人绝非普通人。”

以此次重庆民族成分造假事件为例，重庆市组织的调查组共查出31名违规修改民族成分骗取加分的考生，其中被外界称为“造假状元”的何川洋，其父系巫山县招生办主任，其母为巫山县委组织部副部长、编办主任。

2009年6月25日，重庆市石柱土家族自治县副县长汤平也公开承认，其女汤蘩的民族成分确实被改动过，“后来发现犯了错误，又改回了汉族。”汤平认为是“办手续的工作人员出于好心，帮我和女儿把民族成分改成了土家族，还申请了少数民族加分”，他同时认为，因及时改正且没有造成后果，故没有形成违规违纪事实。

看似层层严密、环环相扣的关卡在权钱面前是那么脆弱。重庆市招办主任邱可在接受新华社记者采访时总结了此次大规模民族成分造假的原因：一是个别家长和有关人员法纪意识淡薄，违规从异地迁移考生户口到聚居地并更改民族成分；二是少数区县个别户籍管理单位把关不严，违规将散居地民族考生户口迁移到民族聚居地报名参考；三是个别区县有关部门把关不严，将不符合条件的少数民族地区的汉族考生民族成分变更为少数民族；四是个别县的少数民族乡成立时间短，制度不完善，有关部门对政策的理解和把握不准，审批不规范。

何川洋与汤蘩出自“权贵之家”，其他29人是何种背景？除去这31人，还有多少潜伏的造假人员没有被揭出？

何业大认为，不公布其他作假考生的家庭信息只处理何家的做法非常不公平，“为什么单独关注我的娃，社会要讲公平，但不能只处理我一家人，其他人的信息现在都没有公布，而我们家却承受了这么大的压力，这也叫公平吗？”

重庆市招办表示，欢迎社会继续就违规享受高考各类加分资格的考生进行举报，一经查实，将依据教育部和重庆市有关规定严肃处理。

敲开加分俱乐部大门的还有金钱

轻而易举敲开高考加分俱乐部大门的敲门砖，除了权力，还有金钱。

2009 年 6 月中旬，辽宁省盘锦市的王先生致电中国青年报，称“孩子的老师曾给我打电话，问是否愿意给 2009 年参加高考的孩子办个体优生，说花 3 万块钱就可以弄到一个指标。孩子当时也征求过我的意见，我的想法是：不就是 10 分嘛，多下点工夫学习就能考过来了。所以就没办。”

几天后，王先生就听儿子说，班上一个连走路快了都气喘的胖学生也成了足球项目体优生。

王先生上网查询“2009 年辽宁省普通高考体优生测试合格名单”后发现，孩子就读的盘锦市某重点中学有 47 名考生在合格名单之列，而该中学 2009 年参加高考的考生总数也不过 800 多人。

孩子还没进考场就先落后了别人 10 分。这令王先生非常生气，“高考不是孩子们之间的竞争，而成了父母之间的竞争了”。

高考成绩公布后，王先生的孩子考了 615 分。在辽宁，这个分数能够上一个不错的学校，“但专业就不能够保证了”。王先生并不后悔当初没有花 3 万元钱买体优生资格，“对这个东西，我从一开始就是憎恨，社会上存在很多凭借手握的特权和金钱而牟取利益的事情，但当这样的事情发生在高考中时，我还是感到非常气愤。”

王先生认真研究了共计 1865 名的“2009 年辽宁省普通高考体优生测试合格名单”后，认为体优生合格名单存在以下分布特点：

一、在经济相对发达的地区，体优生人数较多，而经济不发达的地区，体优生人数相对较少。如沈阳 352 人、大连 226 人、鞍山 174 人、本溪 148 人、盘锦 97 人，而铁岭和葫芦岛分别只有 18 人和 14 人。以盘锦和铁岭两市为例，盘锦市总人口 127.1 万人，此次通过体优生测试的有 97 人；铁岭市总人口 302 万人，而此次体优生测试合格的只有 18 人。

“体优生怎么都跑到经济发达地区去了？”王先生反问道。

二、经济发达地区测试项目繁多且大都为不好准确评估的项目，而经济不发达地区测试项目少、多是可以准确测试和评估的田径项目。

盘锦市有35名考生凭借田径项目获得体优生称号，其余62名考生的项目均为车辆模型、航海模型、无线电测向、健美操、乒乓球、足球、象棋、散打等，而铁岭市的18名体优生中除了4名参加的是散打、健美操、篮球项目外，其余均为传统的田径项目。

三、位于中心城市的重点高中获得体优生称号的人数众多。

以本溪市高级中学为例，2009年该校有77个考生获得了体优生称号，这个数字甚至大于铁岭和葫芦岛两个地级市获得体优生称号的考生的总和（32人）。

在本溪市高级中学77名获得体优生称号的考生中，仅有3名考生是凭借传统的田径项目获得的，其余74名考生的项目多为航海、航空模型，足球，篮球和国际象棋。

在辽东地区一所重点高中执教的教师向记者透露，每年该校的校领导都会亲自出动，将学习成绩排名前50的学生家长找来谈话，只要家长愿意出1万~2万元不等的费用，学校就会让其子女获得二级运动员证书，凭此就可在高考时加10分投档。

是否应该取消造假考生的录取资格？

在“百度重庆南开中学吧”，有人贴出了何川洋的高考成绩：语文121，数学145，外语131，文综262，总分659。

何川洋此前称，他已与北大重庆招生组签下了预录取的协议。此前，北大招生办公室主任刘明利在接受记者采访时曾表示，“北大将坚决支持重庆市招办的决定，绝不姑息错误的行为。目前，北大招生办正进一步关注事态的发展，慎重对待每一位考生，力求不姑息、不冤枉，以此教育学生健康成才。”

而何家7月2日凌晨收到的短信意味着，何川洋2009年已与北大无缘。

依据国家民委办公厅、教育部办公厅和公安部办公厅《关于严格执行变更民族成分有关规定的通知》（以下简称《通知》）的规定，“对于弄虚作假、违反规定将汉族成分变更为少数民族成分的考生，一经查实，由省级教育行政部门或其委托的招生考试机构取消其考试资格或录取资格，并记入考生电子档案。已经入学的，取消其学籍。”据此《通知》规定，何川洋尽管考出了令人羡慕的优异成绩，一旦被取消录取资格，也有可能面临无学可上的窘境。

重庆市教委宣传科的祝姓工作人员对中国青年报记者称，“是否会取消何川洋的录取资格还在研究之中，一旦有消息就会通过新闻发布会的形式公布”。

在接受中国青年报记者采访时，何业大反复表示，三年前修改何川洋的民族成分时，自己还不是巫山县招办主任，妻子也非巫山县组织部副部长，既然现在组织上已经做出了免职停职的决定，“我们有错就让我们来担责，希望放孩子一条生路”。

何业大对记者说：“我这个娃既然能考这么高的分数，以后肯定也是一个对社会有用的人，让一个还不满 18 岁的孩子（据何业大透露，何川洋为 1991 年 12 月生）承受这么大的压力，这是何必啊！”

那么究竟该谁为此付出代价，承担责任？

新华网的一篇评论认为，考生大多已经年满 18 岁，应该能够清楚意识到弄虚作假更改民族成分行为的性质与后果，作为成年人理当为自己的行为与选择承担责任。如果发生考生弄虚作假更改民族成分事件后，以主要是家长责任为由而不取消考生录取资格，势必会对弄虚作假更改民族成分行为起到助长作用。

熊丙奇并不赞成将“高考移民”、“变更民族成分”等违规行为的惩处指向考生的做法。熊丙奇对记者说：“不建议将惩处指向考生并非同情心泛滥，不分是非，而是因为这些行为往往是家长操作，孩子被动跟随。考生的被动行为，与高考主动作弊是完全不同的性质。”

熊丙奇分析道，如果仅仅是取消加分资格，而其父母也安然无恙，这样的违规几乎等于“零成本”，必然难以服众，也会鼓励更多后来者。如果取消其高考成绩，而对其父母没有任何惩处，何川洋在内地的高考计划招生之外，并非没有出路，根据他的裸分成绩，他完全有可能被境外名校录取，就如香港城市大学当初录取在内地被取消上清华大学资格的“高考移民”一样。

熊丙奇认为，何川洋已经在高考前取消加分资格，比较适宜的惩处是，开除其父母的公职。“以取消受教育者升学考试资格的方式治理高考违规，是不理性的。只有加大对公权力的约束，即对公职人员的子女上学情况进行监督，进而对公职人员本人问责，才能既保障学生的受教育权利，又维护公平公正的考试秩序。”熊丙奇说。

刊发日期：2009 年 7 月 3 日

加分对录取的影响有多大

□ 田国垒

“裸分状元”只超北大投档线 1 分

记者拿到的一份“2008 年北大文科在渝录取情况统计”表格显示，2008 年北京大学在重庆共录取了 22 名文科考生，其中获得加分投档的有 17 人之多，加分类型多为“二级运动员”和“少数民族聚居”。其中，“二级运动员”13 人，“少数民族聚居”4 人。

2008 年北大文科录取的第一名陈涛，原始成绩 656 分，投档成绩是 676 分，加分投档的理由是“二级运动员”，录取的最后一名是江林峰，原始分数为 645 分，享受“二级运动员”加分投档后的成绩为 665 分。

值得深思的是，2008 年重庆市文科状元并非陈涛，而是一名叫刘超然的考生，刘超然当年高考成绩是666分，但他没有任何加分。当年北京大学在重庆市的投档线为665分，当时就有人意味深长地感叹"为什么重庆的高考状元只超北大录取分数线1分"。

刘超然最终还是就读于北大，但这并非得益于他名列第一的原始分数，而直接得益于北大在重庆比原计划多投放了4个文科招生计划。据了解，2008年，北大在重庆录取计划是文科20人，但是只有高考裸分的刘超然并不在前20名之列。据当地媒体报道，北大重庆招生组的负责人当时对媒体表示：增设机动名额的原因是报考的优秀生太多。

"高考状元只超北大录取分数线1分"的怪现象其实已经看出加分对排名和录取的影响力之大。正因为如此，许多地方许多中学为尖子生考名校加分想方设法，高考考生加分的人数越来越多。

以北京市为例。2009年4月，北京大学招生负责人做客人民网时曾透露，根据往年的统计，北京大学近几年在北京录取的考生中40%以上都存在加分投档的情况。

有教育界人士对2008年北京市高考考生成绩分布表（文史类）分析后得出，在考取600分以上的所有599名考生中，得到加分照顾的考生达到了214人，这个比例高达35.7%。

该人士依据人数变化率插值（插值是离散函数逼近的重要方法，利用它可通过函数在有限个点处的取值状况，估算出函数在其他点处的近似值——编者注）计算得出一个惊人的结论：一个没有加分的考生如果要报考清华、北大，需要考进北京市前400~500名，有10分加分的考生只需要考进全市前900名，而得到20分加分的考生只需考进前1300名就可以了。

在高考大省湖南，加10分最多可超越近九千考生

俗话说"分，分，学生的命根"。在竞争异常激烈的高考中更是如此。但加分投档对考生排名的影响究竟有多大呢？

湖南是高考大省。中国青年报记者从湖南省教育考试院公布的《湖南省2009年普通高考（理科）档分5分段统计表》发现，在最高分段和最低分段，分布的考生人数较少，但在中间的分数段，分布的考生人数众多。在高分数段每隔10分，虽然相差人数相对较少，但这对高分数段的考生冲击清华、北大等名校却至关重要，如655分的考生可排在全省第86名，这个成绩几乎无缘清华、北大，但如果能够获得少数民族加10分投档的待遇就可以冲进前30名，清华、北大瞬间变得触手可及。在中档分数段，每隔10分相差的人数更是惊人，例如2009年湖南省本科二批（理科）的分数线是471分，一个470分的考生排在全省的71021名，如果不降分，就无缘二本院校，但如果加上10分投档，就可以排在全省第62462名，一举超越8559名考生。

网友“窗外麻雀”在其博客中以北京市为例，对“加分对考生排名的影响”做了详尽的分析。

他排名预估的两个基础数据一个是考生的其他（如一模、区统考）排名表，另一个就是高考分数分布表。他发现，2008年一个高考裸分排名北京市第731名的考生，如果没有加分，那么他最终会排名934名，如果加20分他最终排名为316名，前后居然相差618名！

高考竞争激烈，关键时候，相隔一分或意味着将被不同档次的高校录取，或意味着将就读与填报的志愿不符的专业。

辽宁王先生孩子的高考成绩为615分，经过权衡，准备报考北京航空航天大学。他坦承，如果有体优生称号而享受加10分投档的话，就会转而报考上海交通大学或北京理工大学，“在这个分数段，差10分就不得了，好则可以上一个更高档次的学校，至少也可以上一个更好的专业。”

刊发日期：2009年7月3日

私刻公章签署协议伪造批示干扰办案

衡阳国有资产流失案的背后

□伐　杰　洪克非

湖南省衡阳市石鼓区桑园路76号。残酷的回忆仍让蜗居在地下室的71岁老人廖名发惊恐不已。这里曾是他的栖息之地，如今却已断瓦残垣，与周边拔地而起的大厦高楼形成强烈反差。“包青天您在哪里”——插在断墙上的黑色标牌，或许是还原当时情景最好的印证。

暴力拆迁

2008年11月8日凌晨，衡阳市石鼓区桑园路76号两栋居民楼的居民正在熟睡之中，一伙身份不明的暴徒突然破门而入，将居民们强行从床上拖起，用出租车运走。

挖土机随后将这两栋居民楼夷为平地，居民的财物全部被埋在废墟中。

更令人发指的是，从床上被拖起的居民要求穿件衣服御寒时，竟遭到暴徒的毒打，以至被迫穿着短袖睡衣和短裤，在寒风中冻了数小时，其中有包括廖名发在内的两名70岁左右的老人、两名妇女和一个只有3岁的小孩。当时，这两栋房屋共有8人居住。房屋被拆后，这8人无家可归，连身上的衣服，都是天亮后找人临时借的。由于担心埋在废墟下的财物丢失，几个居民每天轮流值班。

这一恶性事件很快被湖南当地的媒体披露曝光。衡阳市委、市政府非常重视，市委书记张文雄、代市长张自银多次过问，安排人员向市公安局和石鼓区委、区政府下发督办函，要求迅速查办。

此后，非法强行拆迁案犯罪嫌疑人段宜勇、符国庆、邓云通、段军、何国华、唐曙光，被衡阳市检察院以涉嫌故意损毁公私财物罪和非法侵入他人住宅罪批准逮捕。另一名犯罪嫌疑人阳福生在逃。

有关部门通报的情况是，段宜勇等人联合开发"衡阳市汕林花园项目"时，在未经衡阳市房产管理局许可的情况下，通过做工作，与50余户拆迁户达成拆迁协议，但因赔偿金额问题，一直未能与桑园街76栋、84栋的居民达成协议。11月8日凌晨1时许，上述人员带人在现场用锤子和撬棍，强行破门进入桑园街76栋、84栋房内，将正在睡觉的居民从床上拖出实施暴力拆迁。

然而，这一暴力事件背后的故事远非如此简单。

"一女二嫁"埋祸根

事情源于一个城市建设开发项目。

1995年，为加强衡阳市城区道路建设和提高城市防洪能力，衡阳市人民政府成立双桥南堤路街结合工程建设领导小组暨指挥部。相关文件指出，双桥南路工程建设是集堤、路、街为一体，与旧城改造相结合的综合建设工程，为政府的重点项目。领导小组由主管城建的副市长牵头负责。

与当前大多数城市扩改建工程的操作模式颇为相似，该项目政府不另行投资，只给予政策优惠，在建设好该工程后，允许开发商在旁边进行地产开发获益。之后，政府研究确定将该工程委托给雁城房地产综合开发公司（以下简称雁城公司），由其自筹资金，实行滚动开发。这个总面积约500亩的综合开发项目，一直到2000年才接近尾声。骨头啃完了，到受益的时候了，剩下的地产开发项目——汕林花园开始让很多人惦记。

国土部门实地勘测，该宗地产开发项目土地红线范围内面积为9269.3平方米，合13.90亩。该地段东临湘江，并与古四大书院之一的“石鼓书院”为邻，是市区繁华之处。当时，这算得上衡阳的大型项目，投资上亿元。衡阳市政府也给予了相当大的扶持力度——近30项优惠减免政策。

负责开发的雁城公司当时为衡阳市城建局下属集体所有制企业。“虽然注册的是集体所有制，实际是国家的资本，后经调整改革，2000年归并到衡阳市建设局。”衡阳市建设局副局长仇益华说。

事实上，雁城公司只是手上有项目资源，自身的开发实力却很弱。该公司人士称，多数项目是与人合作，有的甚至只参与协调。双桥南路工程的建设，大部分是私人老板垫资出力。更为重要的是，该公司几任领导因身体原因频繁更替，其中引发的混乱，给后来工程的管理留下了很大隐患。

双桥南路工程的建设中，出力甚多的是陈友明。几年下来，雁城公司欠其工程款达数百万元。

2003年3月28日，雁城公司与陈友明就该项目的整体开发签订协议。陈友明将此项目设计为三块：一块靠河边，设计两栋高楼，将来用于商业开发；第二块是衡南县商业大院地段，称为二号楼，作为日后的安置居民楼；第三块为双桥路，也是安置楼。总面积近6万平方米。

依据先安置后开发的原则，陈友明在实施“三通一平”后，由于前期投资修路还有部分资金没有回笼，一时资金周转困难。为缓解资金压力，2004年4月2日，陈友明将衡南县商业大院地段以398万元的价格与段宜勇合作开发。

事实上，双桥南路（衡南县商业大院段）就是汕林花园项目中的一部分（简称二号楼）。一号楼因地处临江地理优势，汕林花园的开发将是雁城公司用来收回前期投资的最佳途径。

为保证自身利益，以防投资陷阱，段宜勇提出，需与雁城公司再签订一份合作协议。2004 年 4 月 7 日和 8 日，雁城公司在原与陈友明签订的协议书上，简单地更换了一下乙方的名称，便草草签下协议。

段按建筑实际面积 60 元每平方米定额上缴雁城公司，作双桥南路建设摊销费。项目由段独立核算、自负盈亏。

事后看来，雁城公司的“一女二嫁”行为，也成了事后经济官司的导火索。

初尝甜头

由于领导更迭、管理混乱，加之该项工程关系甚重，雁城公司的情况引起了衡阳市政府的重视。

2004 年年底，衡阳市政府成立了解决雁城公司遗留问题领导小组，由主管副市长任组长，市各有关部门领导参加。领导小组办公室设在衡阳市建设局，由建设局党委书记专职负责处理遗留问题。雁城公司所有公章和权力由处理遗留问题领导小组办公室接管。

2004 年 12 月 16 日，衡阳市政府开会研究雁城公司双桥南堤工程建设有关拆迁安置的遗留问题，并对雁城公司的财物状况进行审计。此时，雁城公司已经债台高筑，仅欠陈友明的工程款就有 300 多万元。

此外，雁城公司遗留问题领导小组审查发现，雁城公司先前与段宜勇、陈友明分别签订了合作协议，因后者主体资格不符合法律规定，提出重新签订合作协议，前提条件需满足三个：1. 须是有主体资格的，具有开发资质的法人企业；2. 要交纳 300 万元押金；3. 要承担雁城公司遗留问题的处理。

因以上 3 个条件限制，段宜勇选择自动弃权。而考虑到自己与雁城公司仍有债权债务关系，依据要求，陈友明与衡阳福康房地产开发公司协商，由福康公司授权陈友明与雁城公司签订合作开发协议。2005 年 6 月 3 日，雁城公司与福康公司签订《合作开发汕林花园项目协议》。之后，雁城公司在授权给陈友明的委托书中申明：公司原有所有授权汕林花园开发工程项目的手续及合作开发协议一律作废，不产生法律效力。

鉴于段宜勇前期在工程上所作的贡献，陈友明将衡南县商业大院地段的安置楼交由段进行施工建设。但双方很快分裂。

原因是，2006 年 11 月安置楼竣工。按理说，该房产应由段交给福康公司，出售再由福康公司交给雁城公司。可当多数被拆迁的居民等待搬进新房时却意外发现，这栋安置楼已被段宜勇在没有办理相关手续的情况下私自卖出。

经衡阳市建设局调查，段私刻了一枚雁城公司汕林花园项目部的椭圆形公章，与买主私下签订了买卖协议。而雁城公司的行政公章实为圆形。得知这一消息后，雁城公司在《衡阳日报》等媒体上发出公告，称段的售房行为为非法售房，让购房者尽快与雁城公司取得联系。

感觉受到蒙骗的拆迁户们纷纷来到建设局要求解释。衡阳市建设局领导深感愤怒，但由于牵涉到众多买房者的利益，这一事件的处理由原来声势浩大的准备强拆，变成后来的不了了之。

2007 年 7 月 6 日，衡阳市建设局召集段宜勇、陈友明等开会商议处理事宜。在会议纪要中，确认雁城公司及陈友明与段宜勇签订的协议是无事实基础的无效协议，所进行的拆迁是违法违规的，必须承担一切后果。该会议纪要后被中级法院认定为："超越职权行为"，被撤销。

窃取国有资产的途径

一波未平一波又起。2007 年 8 月 30 日，雁城公司经理蔡怀玉收到衡阳市中级法院的民事裁定书，内容让其目瞪口呆。

裁定书称，汕头花园整体项目由衡阳市国泰房地产综合开发有限公司（简称国泰公司）承接。不久，属于雁城公司的 9269.3 平方米土地使用权也被衡阳市国土局办理给了国泰公司。这意味着，雁城公司损失财产达4000余万元。

“蔡经理一屁股坐在凳子上，摇摇头说，‘这个项目没有了’”。雁城公司一员工回忆说。醒悟过来后，蔡怀玉迅速将情况转告了雁城公司的法律顾问——湖南南舫律师事务所罗万里。罗听闻后，反复追问蔡怀玉是否听错了？

在罗万里看来，“这样的情况绝对不可能发生”，不管项目是到段宜勇手里，还是到其他公司名下，都必须通过审判程序。按照常例，一、二审打下来，诉讼标的这样大的案件，至少要了解1年以上，而且终审肯定要到湖南省高级法院。

雁城公司向衡阳市中院申请撤销执行裁定。2007年11月19日，申请被衡阳市中级法院驳回。看似不可能的却变成了铁一般的事实。百思不得其解下，雁城公司开始调查这一突变的来龙去脉。

调查发现，2007年5月10日，段宜勇以雁城公司汕林花园项目部总负责人的名义与国泰公司打了一个借条，向国泰公司借款1950万元，“如到期不还款，本人同意以"汕林花园"作为清偿”。段所加盖的公章也是一枚椭圆形私刻公章。

那么，段又拿什么来获得国泰公司法人代表阳福生的信任、能借到1950万元的呢？雁城公司掌握的情况是，段宜勇凭的是一张2004年4月8日雁城公司的《特别授权委托书》。该授权书提到，雁城公司已将“汕林花园”整体开发权转让给段宜勇，段可以以项目部名义全权负责一切开发事宜。

有了这一授权书，2007年7月30日，段宜勇与国泰公司再次签订还款协议，承诺在2个月内将1950万元全部还清，否则，段无条件将“汕林花园”交给国泰公司处置。此后，段宜勇将借条和《还款协议》到衡阳市公证处进行了公证。到了约定时间后，国泰公司以段宜勇没有如期还款为由要求公证处依法强制执行。

同年8月14日，衡阳市公证处下达了《强制执行公证书》。次日，国泰公司以《强制执行公证书》向衡阳市中级人民法院申请强制执行，并立案。8月23日，衡阳市中级法院《民事裁定书》，称段宜勇与雁城公司在本项目所签订的合同权利和义务，由国泰公司承接。

经侦部门调查事情的发展越来越糟。

接着，衡阳市中院给衡阳市国土局发出两份执行函，要求市国土局将雁城公司名下的土地办理给国泰公司。仇益华说，因涉及巨大的国有资产流失，衡阳市建设局非常重视，在得知衡阳市中级人民法院的民事裁定书发出后，随即以雁城公司遗留问题领导小组名义向各个部门函告或者电告事情详情，但不久后，国泰公司仍然顺利地取得了土地使用权证书。

通过梳理这一过程，他们认为段拿出的所谓拥有“汕林花园”项目所有权的“特别授权委托书”极有可能系伪造。理由是，查阅公司的文档，并没有发现这一天发出的授权书。此外，在数度进行的有关开发“汕林花园”的权利处分、建设安排等会议上，段宜勇等从未提及和拿出过该授权书主张自己的权利。

随后，雁城公司向衡阳市委、市政府及公安机关和检察院等进行举报，衡阳市公安局经济犯罪侦查支队开始进行调查。公安机关将该授权书的复印件拿到湖南省公安厅进行鉴定，结论为伪造。

因段等人拿出的是授权书复印件，办案民警要求段宜勇和国泰公司负责人阳福生交出授权书的正本。对方的答复总是设法拖延，最后竟然传出授权书可能被小孩损毁的消息。

伪造省委主要领导批示

正当办案部门准备进一步采取措施时，事情突然急转直下。一张湖南省政府主要领导的“批示”让调查工作陷入停滞。

原来，衡阳市一位十七大代表向时任衡阳市委转交了一份段宜勇与国泰公司负责人投诉衡阳市政府部门破坏地方经济发展环境、危及企业发展问题的函件，并称衡阳市建设局“个别领导目无法纪”。几乎同时到达的还有一份湖南省委两位领导的批示：“请衡阳市委主要领导依法公正、给予民营企业一个良好的环境”。

“当时我看了那张领导批示后，就产生了怀疑。”衡阳市建设局副局长仇益华说，“那根本不符合格式”。由于没有充足证据，他只能猜测。有了省委领导的“批示”，衡阳市有关部门对此进行了调查。

仇益华回忆，之后他突然接到衡阳市某部门的电话，让他去一趟。“过程基本是反过来对我们进行调查了。”受委托办理相关问题的雁城公司工作人员唐炳国告知记者，经侦部门压力很大，他们开始担心原来的调查搞不下去了。

为确证先前的怀疑，雁城公司将这一情况报告给了衡阳市公安局，并到衡阳市委办公室查询有无收发文件的记录。在得知没有该项记录后，唐炳国等立即赶赴长沙了解事情原委。通过层层关系，他们接触了做“批示”的其中一位省委领导的秘书，证实了当初的怀疑。随后他们正式向湖南省有关部门提请核证该份领导批示。

2008 年 3 月 8 日，湖南省委办公厅回复：经审查认定，该份中共湖南省委常委收文审批单系造假行为。原因有三：1. 省委办公厅有关处室均无此样式审批单；2. 处室中无“秘书一处”机构；3. 经有关领导认定，“领导批示”栏内容及字迹属伪造。

“对于特别授权委托书怎么来的，怎么制造的，在接受公安机关审讯中，段宜勇态度十分强硬，拒绝交待。”办案人员告诉记者，伪造省委领导批示的主要犯罪嫌疑人已被劳教。唐炳国说，对方给出的理由是，单位里面办事的人造假，拿了几万元在外活动，谁知道竟然搞出了份假的。“我们都明白，这显然是找了个替罪羊。”

完璧归赵

在为伪造批示、授权书等事奔波的同时，衡阳市建设局、雁城公司向湖南省高级人民法院申请对衡阳市中级法院执行进行复议。得到的答复是驳回申请，让他们以民事诉讼的方式主张权利。就在雁城公司和衡阳市建设局彷徨无计之时，震惊全国的“11·8非法拆迁事件”发生了。新任衡阳市委和市政府领导十分重视，衡阳市纪委牵头组织公安、检察等部门人员进行深入调查，真相渐渐清晰。

2009年1月20日，衡阳市公证处下文称，衡阳市公安局经济犯罪侦查支队已查明以下事实：查清了雁城公司2003年3月开始启用的行政公章（属新型网络编码印章）的刻制、使用情况，证实该公司的这枚行政公章是唯一的……经过省公安厅委托省人民检察院鉴定，认定该《授权书》上雁城公司的印章与雁城公司的唯一行政公章不统一。综合以上材料，可以证明段宜勇、国泰公司提供给市公证处、市中级人民法院的这份2004年4月8日的《特别授权书》以证明“汕林花园”项目属段宜勇个人所有的重要证据有伪造的嫌疑，即该份《特别授权委托书》上的印章涉嫌伪造。

据此，衡阳市公证处撤销了《公证书》和《强制执行公证书》。

2009年2月3日，衡阳市中级人民法院下发执行裁定书，将汕林花园土地使用权及项目开发权执行回转给衡阳市雁城房地产综合开发公司。经历几个轮回后，事件又回到了原点。

刊发日期：2009年3月18日

野蛮拆迁背后的司法迷雾

□伐　杰　洪克非

国有财产得以回归，然而，衡阳市建设局、雁城公司及相关法律人士认为，事件背后的司法迷雾仍然没有揭开。

“公证员既没有认真核实有关财务资料，也没有到银行调查，仅凭段宜勇和国泰公司出具的借据就认定借款事实存在，是严重不负责任的表现。”雁城公司法律顾问罗万里说。

衡阳市建设局副局长仇益华称，在得知公证一事后，衡阳市建设局局长罗安民等联系公证处有关人员前来了解情况，在认真听取建设局意见后，公证处方面表示，最终的结论已经作出。“这显然不是来了解情况的，因为来之前已经作出了决定。公证处方面准备错误到底。”

在得知即便有充分证据、申请撤销执行裁定仍被衡阳市中级人民法院驳回，雁城公司“汕林花园”项目将被转到衡阳市国泰公司时，衡阳市建设局局长罗安民表示，“就算把建设局大楼卖了，也要把事情弄个水落石出”。

雁城公司认为，该案中，衡阳市中级人民法院没有对公证机关赋予强制执行效力的债权文书尽审查职责，以执行权代替审判权，剥夺了雁城公司的诉权。

雁城公司曾就公证问题向衡阳市雁峰区人民检察院提出控告。衡阳市建设局随后向衡阳市政府提交报告，请求依法查处段宜勇和国泰公司利用虚假公证和枉法裁判诈骗雁城开发公司巨额财产的问题，指出雁峰区人民检察院在接到控告后迅速进行调查，发现段宜勇从国泰公司借款1950万元的事实纯属虚构。

据此，衡阳市建设局认为相关公证员涉嫌玩忽职守罪，承办法官涉嫌枉法裁判罪，请求市政府依法处理。类似的报告也送交了衡阳市公安局、衡阳市检察院、湖南省公安厅等有关部门。

2009年2月26日上午，记者来到衡阳市公证处。该处一曹姓负责人称，“我们主要是在形式上进行公证，法律上没有赋予我们侦查的职能。”

对于记者提出的在公证过程中，是否需要将相关当事人叫到现场这一问题，该负责人称：“要看具体情况”，并建议与承办的公证员阳某联系。记者询问到电话拨打时，阳某的手机已经关机。

衡阳市建设局副局长仇益华告诉记者，在“11·8”事件后，该局向专案组提出了追究相关公证员、承办法官涉嫌违法犯罪的问题，但目前进展不明朗。

2月25日，记者在衡阳市石鼓区人民检察院了解到，衡阳市公安局已经对段宜勇等5人提请检察院进行公诉。

罗万里律师认为，最高人民检察院2002年10月24日《关于通过伪造证据骗取法院民事裁判占有他人财物的行为如何适用法律问题的答复》中明确指出：以非法占有为目的，通过伪造证据骗取法院民事裁判占有他人财物的行为所侵害的主要是人民法院正常的审判活动，可以由人民法院依照民事诉讼法有关规定作出处理，不宜以诈骗罪追究行为人刑事责任。如果行为人伪造证据时，实施了伪造公司、企业、事业单位、人民团体印章的行为，构成犯罪的，应依照刑法第二百八十条第二款的规定，以伪造公司、企业、事业单位、人民团体印章罪追究刑事责任；如果行为人有指使他人作伪证行为，构成犯罪的应依照刑法第三百零七条第一款的规定，以妨害作证罪追究刑事责任。

他认为，应以该《答复》精神追究段宜勇等人的刑事责任。

刊发日期：2009年3月18日

【补白】

2008年11月8日凌晨1时30分，衡阳市石鼓区桑园路76号两栋楼的居民正在熟睡，一伙身份不明的人突然破门而入，将居民们强行从床上拖起，用的士运走，随后用挖土机将这两栋居民楼夷为平地，财物全部被埋在废墟堆中。这桩令人发指的野蛮拆迁案，在媒体不断的报道和有关部门的调查下，其背后隐藏的一宗精心设计的侵吞国有资产案及一批幕后“操盘”的国家公职人员，开始见诸阳光下（本报2009年3月18日曾报道）。

2010年年初，湖南省衡阳市纪委对这起野蛮拆迁、故意毁坏公私财物事件所涉及的违法违纪案件进行了审议，并作出了处理。

案件涉及的13名国家公职人员中，4人被移交司法机关，11人受到不同程度的党纪政纪处分，其中3人被开除党籍，另两人正在处理中。被侵占的国有资产“汕林大厦”项目已依法执行回转，恢复原状，房子被野蛮拆除的居民也得到了安置。此前，涉案的两名开发商阳某、段某，分别以涉嫌职务侵占、伪造公文罪、非法侵入住宅罪和损坏公私财物罪被批捕。

经过专案组的深入调查，衡阳市中级人民法院立案二庭原副庭长黄某、市中级人民法院执行局正科级执行员舒某、市公证处办证一科原科长阳某及石鼓区法院执行局原副局长刘某等人一一浮出水面。

衡阳市蒸湘区人民检察院指出，开发商与法官串通，策划了通过虚构债权债务关系，再走假公证和法院强制执行的非法程序，将“汕林花园”项目转到另一家公司名下，转移国有资产1950万元。该公司非法取得了土地使用权后，强行拆迁民房，才酿成“11·8”暴力拆迁案。

记者了解到，移送司法机关的4名公职人员中，黄某因犯受贿罪，被衡阳市蒸湘区人民法院一审判处有期徒刑5年，并处没收财产1万元。阳某因犯滥用职权罪、受贿罪，获刑1年8个月。

手机“黄祸”背后的利益链

□ 田国垒

2009 年 9 月 1 日中午，李强走出北京市东城区人民法院。经过两次开庭后，法院仍未作出判决。李强对记者说，“打这个官司的目的就是要运营商认识到这个问题的严重性。”◎田国垒摄

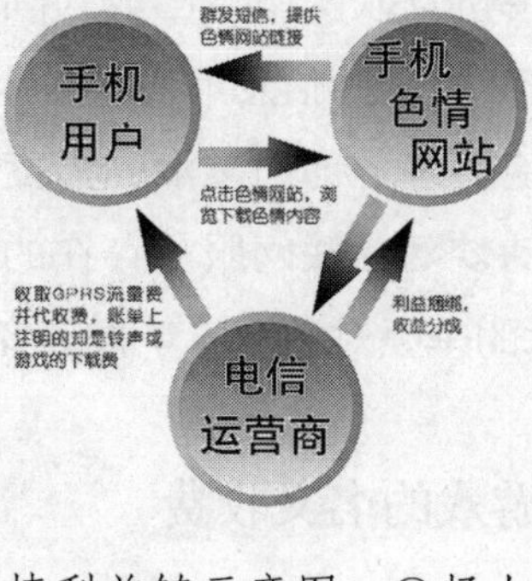

手机色情利益链示意图。◎杨大昕制图

2009年9月1日，中国科学院科技政策与管理科学研究所博士李强状告中国移动通信集团北京有限公司一案在北京市东城区人民法院第二次开庭。

2009年3月3日，李强收到一条短信，内容为一个手机上网的链接和一条淫秽的标题，他当时并未在意。3月20日，他在更换手机SIM卡时，无意间点击了这个链接，先后打开了5个手机WAP（Wireless Application Protocol，无线应用协议，简称WAP）色情网站，“不仅可以浏览色情图片和黄色视频，还可以下载，内容淫秽不堪。”

“通过一个链接轻而易举就可以浏览大量淫秽色情信息，这些信息要是被孩子们看到会给他们的身心造成多大的负面影响啊！”当时身为一名初三学生家长的李强决定将对手机WAP色情网站的调查作为一项课题来研究。

6月8日，李强一纸诉状将中国移动通信集团北京有限公司告上法庭。

从3月到8月，李强仅从这一个域名链接出来的淫秽色情WAP网站就达144个。8月，李强万余字的《移动梦网（CMWAP）互联网服务调查报告》（以下简称《报告》）出炉。李强在《报告》中指出：“淫秽色情网站和邪教法轮功组织正通过移动梦网在传播不良信息和进行反动宣传，手机互联网服务已成为国家网络安全的巨大隐患。”“充斥着淫秽色情和反动信息的WAP网站历经严打而难以根除，甚至越来越多，绝不是各部门整治的力度不够，其根本原因在于运营商没有针对移动梦网互联网服务存在的问题进行有效的接入控制。”从事信息技术的李强对中国青年报记者说。

色情服务被伪装成游戏的名义收费

2009年3月20日9：40～9：50，李强用尾号为8859的151手机号码使用移动梦网服务链接到了一个淫秽色情WAP网站。据李强提供给记者的手机截屏图片显示，当时这个网站主页充斥着淫秽色情的文字和图片。

“主页上的链接能够自动下载、安装恶意程序，点击该程序图标，就自动进入下载页面。”李强说。

但蹊跷的是，李强在北京移动某营业厅打印出来的2009年3月的代收费账单显示，该号码在2009年3月20日9：44下载了由北京五洲金源提供的名为“梦幻大富翁”的手机游戏，北京移动为此代收费10元。

李强随即拨打中国移动10086服务热线询问，“梦幻大富翁”是在哪个WAP站点下载的、该站点有什么内容、通过什么操作可以下载、下载的程序是什么，但北京移动均以“无法提供”回绝，并认为“业务计费正常”。

2009年3月29日和30日，李强再用尾号为3309的138手机号码通过链接访问另一个淫秽色情WAP网站主页，通过5次点击操作后，下载了一段色情视频。

但从营业厅打印出的该手机号码的收费账单显示，该手机在2009年3月29日和30日分5次下载“热铃？流行原创铃”，每次下载收费2元。

李强的两部手机从2009年3月20日到4月6日十几天的时间里，拨通并测试北京移动各种增值业务，共被收取代收费28元、GPRS流量费303.51元，但是这些代收费的账单都显示是诸如“梦幻大富翁”、“热铃·流行原创铃”、“盘点劲爆畅销金曲”、“影视预告”等各种各样的名目。“实际上我测试浏览的都是淫秽色情文字、图片、视频、音频。”李强说。

运营商已与SP和WAP网站结成了捆绑利益链

李强在《关于淫秽色情WAP网站问题的调查报告》中称，一些SP（手机增值业务提供商）与各大基础电信运营商签订代收费协议，不法 SP 架设色情内容服务器，限定为只有通过 WAP 网关才能访问的模式，将客户群锁定为手机上网用户，群发色情网站宣传短信；只要手机上网用户点击色情网站的链接，基础电信运营商就能收取 GPRS 流量费并代收费。基础电信运营商和经营色情 WAP 网站的不法 SP 都能从中获利。

“简单来说，一条手机色情信息内容的发布，一般要经过三个环节：运营商（主要是指各种手机图片、铃声、视频、文字、游戏等内容发布平台和渠道的提供者）、SP 和 WAP 网站。”北京邮电大学一个曾长期关注移动增值业务的人透露，“SP 在运营商和 WAP 网站间牵线搭桥，三者已形成捆绑各方的利益链，一旦获利，三方都有收益。”

一位曾与某运营商合作、提供彩铃等业务下载的网站负责人对记者说，目前正面内容都由运营商自己做，只有擦边的东西才让内容商提供，而用户下载的费用肯定是先到运营商账上，然后双方分成。

在中国移动2007 年 1 月发布的《移动梦网 SP 合作管理办法总则（V3．0 版）》中明确规定了中国移动与 SP 的三种商务合作方式。

这三种合作方式以及相对应的中国移动与 SP 的结算模式为：

一、普通合作型。中国移动提供网络通道、业务管理平台，代计代收信息服务费，配合 SP 提供客户服务。与 SP 应收信息费结算比例为 3:17。

二、半紧密合作型。这种合作方式与前一种不同的是，负责客户服务。与 SP 的结算比例为 3:7。

三、紧密合作型。在第一种合作方式的基础上，中国移动自主进行业务营销宣传，提供全部客户服务，并享有该业务的响应知识产权。与 SP 的结算比例为 1:1。

2008 年 12 月19 日，北京市西城区人民法院以传播淫秽物品牟利罪，判处北京轻点万维电信技术有限公司罗某等 4 人 3 年至 5 年有期徒刑。法院认定，4 名被告为增加公司手机 WAP 网页点击量，上传 28 张淫秽图片，点击量达 8 万余次。

轻点万维公司原业务主管罗刚在接受记者采访时说，他们需要借助通信运营商的平台才能把手机内容传播出去营利，因此运营商对他们也有业绩考核，排名靠后的 10% 的供应商将被淘汰，而在页面内容上选择有诱惑力的图片和文字，是增加点击率的重要办法。

罗刚向公安机关供述，他曾告诉下属，在点击量和浏览量比较低、政策也比较宽松时上一些有“色”的信息，提高点击率和浏览量。

曾供职于上海某知名网站无线部门的周青对中国青年报记者说，色情文字、图片在 WAP 网站上曾经相当普遍，点击量也相当大，“一线 WAP 网站每日总点击量都在 5000 万以上，其中色情信息的点击量最高时能超过一半。即使排除网站自己刷点击量的部分，实际点击数仍然非常可观。” WAP 网站的广告价值主要取决于有效点击量，这样网站就有更大的驱动力上传淫秽色情内容。

“运营商出于自身利益考虑，纵容和包庇不良信息通过移动梦网互联网服务传播。运营商通过移动梦网互联网服务不仅可以得到 GPRS 流量费收入，还可以与增值信息服务提供商（SP）分成，SP 为吸引用户又由大批淫秽色情 WAP 网站进行广告宣传，这样的利益关联是当前不良信息通过移动梦网互联网服务肆意传播的根本原因。”李强说。

“手机 + 色情”：3G 时代的网络毒瘤

2009 年 7 月 16 日，CNNIC（中国互联网络信息中心）发布《第 24 次中国互联网络发展状况统计报告》，报告显示，上半年我国网民规模已达 3.38 亿，其中，使用手机上网的网民也已达到 1.55 亿，约占我国网民总数的一半（46%），半年内增长了 32.1%。

上述数据表明，以手机为载体的移动互联网已经开始步入高速发展的快车道，然而近年来，淫秽色情信息逐渐向手机 WAP 网站蔓延。赤裸裸的色情内容和新闻资讯一样，只要通过手机上网就唾手可得。

从 2005 年起，手机上网开始流行，手机网站便增加了很多具有诱惑性的图片。如果用户点击图片，并想继续看下去，便会被收费。随后，互联网上又出现很多 WAP 网站，通过吸引手机用户的点击量获利。

但当时 WAP 的色情没成什么气候，网络色情和手机色情都有各自的不足，限制了其发展——网络色情有电脑终端，屏幕大、下载快，但收费是难题。而手机色情可以解决收费问题，却存在网速、视频等其他技术问题。而当两者在合适的条件下相交时，巨大的“威力”顿时显现。

“2008 年年底正式批准启动 3G 牌照发放工作，手机网络的数据传输速度将达到 180kbps 以上，是 GPRS 的 3 倍。这使得数据的传输速度增加，也就为手机视频的发展提供了强力支持。虽然 3G 手机还没有真正的普及化，但随着第三代移动通讯技术的研发和开展，网络色情从业者已经对这个庞大的市场虎视眈眈。”一位手机业内人士如此解释。

这意味着：网络色情商业链的最后一环最终打造完成了。3G 时代到来了，通过手机上网不但能快速浏览图片和文字，还能快速观看视频图像。

“如果任由淫秽色情和低俗内容在手机 WAP 上泛滥，不对一些手机网站进行更严格的监控查处，那对社会带来的毒害将越来越严重。”李强对中国青年报记者说。

刊发日期：2009 年 9 月 2 日

手机“黄祸”为何屡打不绝

——四方利益环环相扣

□ 田国垒

四家分蛋糕

手机色情利益链条上的四方主要是电信运营商、SP（电信增值业务提供商）、广告联盟和WAP网站。

其中电信运营商主要提供互联网接入和代收费服务，SP为用户提供彩铃等电信增值业务，电信增值业务的推广和代理则主要靠广告联盟这样的代理机构完成，而传播的最主要平台就是我们熟知的WAP网站。

中国人民大学新闻学院教授匡文波认为，在这个利益链条上，主要的受益方是电信运营商、SP和一些广告联盟。这三者之间是一环扣一环的关系，比如一个WAP网站，它的访问量提高了，广告收入也会提高，移动运营商得到的流量费分成也会更高。

从事手机WAP网站经营5年之久的吴先生告诉中国青年报记者，手机WAP访问量实际很大，有的可以达到每天数万，数十万。吴先生直言：“淫秽色情网站的流量很大，因为满足了某些人的需求。”

据记者调查，一个手机淫秽色情网站每年的经营成本不足万元，却能为运营者带来数十万元的纯收入。

比如手机用户每下载一个两元钱的淫秽色情彩铃，提供内容的网站就可以得到1元的收入，而广告联盟、SP和电信运营商也会按照比例分配剩下的1元钱。吴先生告诉记者，为了增加收入，有些广告联盟和电信运营商内部人员甚至暗地里希望网站涉黄，以吸引访问量。

中国科学院科技政策与管理科学研究所的李强博士在跟踪调查中发现，2009 年 4 月，中国联通北京通泰大厦 IDC 机房，中国移动上海公司怒江 IDC 机房，中国电信上海 IDC 机房、杭州 IDC 机房、九江 IDC 机房，四川成都天府热线机房等在为多个没有备案的淫秽色情手机网站提供接入服务。

同时，某些电信运营商提供的接入服务的备案网站中，也有一些充斥着淫秽和色情的内容。

“按照规定，已经备案的网站内容是经过相关部门审查的，但我们在抽样调查中发现，有 28 个备案的网站充斥着淫秽色情的内容，占到我们抽样的手机 WAP 网站的总量的 20%。”李强说。

值得注意的是，李强此前所做的相关调查显示，在 2009 年 9 月公安部开展“手机网站集中清理整治”之前，抽样发现的 144 个淫秽色情手机网站中，从境外接入的只有 37 个，占 25.7%；而中国民主建国会中科院一支部提交给相关部门的《关于“手机网站集中清理整治”期间电信运营商顶风违法的调查》显示，发现的 167 个淫秽色情手机网站中，服务器架设在境外的有 140 个，比例高达 83.8%；与此同时，在本次整治期间，通过“绿色通道”传输内容的淫秽色情手机网站数量为 131 个，比例高达 78.4%，而整治之前这个比例只有 20.8%。

手机淫秽色情网站被举报关闭后又重新开启

调查中记者发现，某些电信运营商和 SP 甚至直接通过广告联盟在淫秽色情网站上推广一些电信增值业务。

2009 年 9 月 11 日，李强拨打某电信运营商的客服电话，举报其在淫秽色情手机网站上投放“12530 彩铃业务”广告。李强播放的录像显示，当他点击了 yes6hc. cn 域名后进入了一个淫秽色情网站，画面为一个裸体女性图片，图片下方是一个“看淫图不如听淫铃声（完全免费，绝对无外链，整整1000首）”的链接。打开链接进入网页，李强发现该网站的IP地址是四川绵阳移动。淫秽色情网站上的链接怎么会直接接到四川绵阳移动的网页上呢？

李强发现，在举报后不久，该电信运营商就切断了该色情网站的运营通道。该运营商给李强的答复是：“该网站是淫秽色情手机网站，但没有我们‘12530彩铃’业务的广告，您说的那个IP地址是盗链。”

调查中记者还发现，一家名为广州滚石移动的SP——电信增值业务提供商的12530彩铃业务，也出现在淫秽色情手机网站上。记者点击了这个链接，便进入了彩铃下载页面，点击下载后，就被扣去了2元话费。当手机用户对此进行投诉时，该SP也同样声称，在淫秽网站上推送的业务与其无关。广州滚石移动客服人员称：“这个网站盗取了我们公司一些业务的链接。”

“难道说色情网站在偷偷地免费为电信运营商的增值业务做义务促销？”李强质疑道。

2009年11月13日，中国移动技术部的一名王姓工作人员接受中国青年报记者采访时也称：“在手机淫秽色情网站出现‘12530彩铃’业务的广告，是这些色情网站进行了偷偷地盗链。”

调查中，当记者向移动公司投诉他们非法在淫秽色情手机网站进行业务链接和促销后，电信运营商便很快切断了被称为是“盗链”的这个淫秽色情网站通道，但数天后，同样的通道和同一条链接，又很快恢复了原样，畅通无阻。

《关于“手机网站集中清理整治”期间电信运营商顶风违法的调查》中写道：8月份，我们就向移动举报了移动的这个（12530彩铃）业务在淫秽网站的促销，两个多月过去了，这个业务依然存在。从我们抽样调查的结果看，在167个抽样的淫秽色情网站里面，移动的这个业务在8个淫秽网站广告联盟、33个淫秽网站做了促销。

李强认为，盗链只是借口，手机淫秽色情网站在举报后被关闭又重新开启的事实表明，是电信运营商为色情网站提供了服务代码。

电信运营商的双重身份备受质疑

有专家认为，从扫黄的角度讲，运营商在整个产业链中既扮演着扫黄者又扮演着经营者，双重身份使他们遭受质疑。

李强认为，扫黄最为关键的就是电信运营商，如果在WAP接入的时候就不给这些非法网站提供接入，这些淫秽的东西肯定接不进来。

“很显然，网站越多，推的业务越多，运营商收的钱就越多，他从里面拿的提成就越多。从扫黄的角度来讲，他本身是扫黄的人，但实际上他就是个经营者。”李强说。

知名电信专家项立刚指出，目前一个很大的问题是管理滞后。首先什么是黄色网站，谁能够给它进行定义？对这些网站有没有一个分层分级管理？手机上出现这样的事情到底由哪个部门来管？这些都还不明确。这在客观上给了不法网站以可乘之机。

中国移动数据部副总经理马力认为，要从根本上杜绝网络上的淫秽色情，需要从服务器端入手，在服务器端把这个网站关掉。他认为，“第一是要有一个常态的机制去发现这些有害的内容和网站；第二是怎么样去封堵和查处这些网站；第三是怎么样给这些内容进行界定。”

李强认为，手机淫秽色情网站大行其道，并不是政府“扫黄打非”决心不坚，也不是相关部门的打击力度不够大，根本原因在于部分既是“监管者”又是“被监管者”的电信运营商唯利是图——淫秽色情手机网站的接入、传输及其推广的业务都是电信运营商的财源。

中伦律师事务所律师孙巍认为，除了政府应该承担起应有的责任外，我们要发动网民对网络进行监管。我们也要发动电信运营商对他的合作伙伴进行监管，鼓励电信运营商用他们现有的技术和财力扫黄打非。扫黄是一个公益性质的行动，相关企业应承担其应有的社会责任。

刊发日期：2009 年 11 月 20 日

【补白】

本报报道引起有关部门的高度重视。

自 2009 年 9 月 23 日开始，公安部组织开展了为期 1 个月的手机网站集中清理整治行动。此次行动集中整治重点，一是清理违规开办的手机网站；二是严厉打击手机网站传播淫秽色情犯罪活动；三是强化对接入服务单位、网络广告代理商、第三方支付企业的监管。集中清理后，仅四川省就有 70 余人落网、400 多家淫秽色情网站被关闭。

2009 年 11 月 16 日，全国“扫黄打非”办公室下发了《关于严厉打击手机网站制作、传播淫秽色情信息活动的紧急通知》，要求就手机网站制作、传播淫秽色情等有害信息活动进行专项治理。通知指出，这次专项治理的目标是遏制手机网站淫秽色情信息蔓延的势头，切实保护青少年身心健康。

政改脉动

虽然政治体制改革近年来敏感到少有新闻人愿意触及，但一些地方、一些人的勇敢尝试，我们不能不投去关注的目光。

25 岁副处任职始末

——一次任前公示引发的网络热议

□ 戴袁支

【记者简介】戴袁支，1951 年生，大学文化，高级记者。1979 年被选调到中国青年报社从事新闻工作，1985 年 3 月任该报江苏记者站副站长，1986 年 7 月起任站长至今，个人和新闻作品曾分获省、部委奖。2000 年 5 月起，研究方向为“沦陷之初南京栖霞两座万人难民营”，与学者合编了《南京大屠杀史料集》第 26、30 卷，第 28 卷亦有其贡献，出席过两次南京大屠杀史料国际学术研讨会并发表论文，在《民国档案》上发表过关于南京大屠杀史的调查证言和编译资料多篇，其他 100 多篇相关文章散见于报刊杂志，有的已译成外文。2009 年 11 月，应丹麦驻华使馆邀请，曾赴丹麦哥本哈根、奥胡斯和德国汉堡作学术访问。代表著作有：《1937～1938 人道与暴行的见证—经历血雨腥风的丹麦人》等。

牛年正月初一，孙靓靓拟任共青团江苏泰州市委副书记（女）的公示结束。

这次从戊子腊月至己丑正月，原本“在一定的范围内进行（的）公示”，经网络放大，实际上扩大到境内外。孙靓靓以其性别（女），年龄（1984 年出生，25 岁），工作年限（2006 年毕业，参加工作两年半），拟任岗位职级（副处级），引起热议。专家认为，网民通过对公开选拔公示的质疑，使舆论监督进一步进入组织人事领域，其意义深远。

警觉的网民深究有无“猫腻”

2009 年 1 月 19 日，团江苏省委十三届二次全体扩大会议在南京结束，以团省委候补委员、团盐城市亭湖区委书记身份出席这次会议的孙靓靓回到盐城。

第二天，《泰州日报》一版公布了《领导干部任前公示（2009）第 1 号》和《公示人选基本情况》；当天，泰州新闻网公布了中共泰州市委组织部的这两个文件。

公示的 14 名人选中，孙靓靓引人注目。

盐城、泰州，是江苏的两个省辖地级市。2008 年 11 月 24 日，泰州市公开选拔领导干部工作领导小组公布了《公开选拔领导干部公告》和《公开选拔领导干部简章》。这两个文告说，市委研究决定，面向全省公开选拔两名市（区）长助理和包括团泰州市委副书记（女）在内的 12 名副处级领导干部。凡江苏党政机关、人民团体、事业单位、现任副科及以上职级、第一学历为全日制本科及以上学历、中共党员、30 周岁以下（1978 年 1 月 1 日以后出生）的女性，都可报名参加团泰州市委副书记（女）的公开选拔。

孙靓靓等 20 名女青年报名竞聘，她们中有团江苏省委的主任科员、副主任科员，泰州市委办公室和泰州市财政局的副主任科员，泰州市高港区组织部干部教育科干部等。12 月 14 日，她们和其他应试者一起参加了笔试；12 月 16 日公布的笔试成绩，孙靓靓名列相同职位的第五名；12 月 27 日，孙等进入面试；12 月 30 日公开选拔领导干部综合成绩出炉，孙的综合成绩跃居相同职位的第一名，进入体检等程序。

2006 年夏，孙靓靓毕业于南京中医药大学经贸管理学院公共事业管理（医药法学）专业，是江苏省委组织部 2006 届选调生。有网民通过“人肉搜索”，公布了孙靓靓的资料，包括她在大学所填表格、影视作品等，以及“孙靓靓的照片”。1月23日中午，“孙靓靓”发“自辩帖”，该帖很快以《“80后”竞聘官员孙靓靓向广大网民的表白》等为题，在多个网站上张贴，引起新的一轮热议和网络搜索。由于该帖披露了孙靓靓父亲的姓名，新的搜索很想弄清孙靓靓有何家庭背景。

有人统计说，几天之中，几家网站点击量高达15400人次。

一些网民质疑时，援引了《公务员职务任免与职务升降规定(试行)》第四章第十九条：“晋升县处级以上领导职务的公务员，应当具备《党政领导干部选拔任用工作条例》和有关法律、法规、章程规定的资格”。而《党政领导干部选拔任用工作条例》第七条规定：“提拔担任党政领导职务的，应当具备下列资格：……（三）提任县（处）级以上领导职务，……由下级正职提任上级副职的，应当在下级正职岗位工作三年以上”。

还有网民质疑时，援引了《江苏省选调干部暂行办法条例》第四章第二十一条：“选调生应在基层至少工作两年，其间不得借调到县级以上党政机关工作”。有传媒援引网民的话，称孙靓靓“一回来就是正科级”，署名“jjww1234567”的网民发帖说：“这个女的在地级市里一回来就是区团委书记（正科级），不够三年就到副处级，在一个地级市里绝对是不可思议。算是专门的选调生，请问这两年这位同志下基层锻炼了吗?”

还有的网民质疑本次“选拔的计分”，认为笔试成绩比例太低。

网络上的声音并不单一

“没有规矩，不成方圆”，张轶水在新民网发表《破格提拔孙靓靓违反了哪条“规定”?》的帖子，认为“选拔任用领导干部……‘规矩’便是《党政领导干部选拔任用工作条例》。对照这个‘条例’，……网友们对孙靓靓‘直升机式’提拔的质疑不是没有道理的。但同时这个‘条例’又规定‘特别优秀的年轻干部或者工作特殊需要的，可以破格提拔’，所以又可以说，孙靓靓这次可能属于破格提拔，不足怪也”。

人们注意到被网民张贴上网的《江苏省选调干部暂行办法条例》，是从2008年12月10日开始实施；这回泰州市公开选拔领导干部工作、公布《选拔简章》含“资格条件”，则开始于2008年11月24日；12月上旬，700多报名者已通过资格审查，孙靓靓被认为符合报名条件。

以“无色梦境”署名的网民说：“孙竟是我认识之人，……我可以负责任的（地）告诉大家，孙靓靓并不像网上所说的由选调生直接就变成正科了。她其实是作为选调生从乡镇到区团委副书记，再到区团委书记，这样一步一步走上来的，……我……特地到亭湖区（团委）网站（http：//？www. thyouth. org. cn——记者注）去查了一下，可以看到自她担任区团委书记以来，亭湖区团委的各项工作都创了史无前例的最佳业绩，并在年终各单位考核中名列前茅……”。

网民“罗瑞明”在其《25岁女孩任团市委副书记无可非议》的帖子中说：“利用关系进入团干的人有，但毕竟是极少数，绝大多数优秀的青年都是通过正常渠道，靠自身的努力而胜出，从不少团干部出身的优秀领导干部就可证明这一点。至于说孙靓靓的背景如何，……笔者认为此点并不重要，只要个人表现好，按照程序办事，不论她出身是官是民，不论其背景是硬是软，都应一视同仁予以任用。……25岁的女青年担任团委副书记，不论从团组织年龄的特殊性，还是干部年青化的要求，不论其历来的表现，其考试、考核的成绩，还是其经过的组织程序都是正当合法，因而无可非议”。

一名称自己是外省选调生的网民发帖，作了分析比较后说，“我想，孙靓靓的最终胜出，评委和组织部门更多地还是从工作的连续性考虑，毕竟团区委书记提拔为团市委副书记更加顺理成章，对工作也更熟悉。……有的时候网友挺奇怪的，如果一个应届毕业生（比如博士）直接当副处级干部，就会说什么‘学而优则仕’啦，‘有学历没能力’啦。而这回面试结果颠覆了笔试结果，又有网友质疑不公正，呵呵，咋做才算对呢？”有网民检索了《泰州市公开选拔领导干部笔试、面试合成成绩一览表》，认为：“根据《泰州市公开选拔领导干部简章》的规定，……一目了然，孙靓靓由最初公布的笔试第五名，一跃而成为最终的排名第一，从分数的合成角度看，是无可非议的。”

署名王志顺的帖子《干部年轻化可扫除机关暮气》说：“仅从孙靓靓拟提副处来看，如果事实证明拟提程序是合法的，尽管其工作经历不长，资历有点浅，领导能力不免欠缺，但这不正符合小平同志曾讲的‘把年轻人提起来，放到重要岗位，管的业务宽了，见识就广了，就能更好地发挥作用’的意图吗？……再则，从《共青团章程》来看，团的组织和团的领导干部主要担负和从事的是年轻人的事业。选拔并任用年轻人为团的领导干部，不仅符合年轻人的性格特点，也利于团……开展工作。”

重视年轻干部，看准了，不拘一格

春节前后，本报记者两次采访了中共泰州市委组织部主要负责人，转述了网民的疑问。这位负责人回应，网民热议是好事，存疑也很正常。

关于公开选拔团泰州市委副书记的资格条件，这位负责人介绍，根据中央有关文件要求，以及干部人事制度改革的总体方向，同时结合泰州干部队伍实际和共青团岗位特点，《泰州市公开选拔领导干部简章》对报考团市委副书记（女）职位的年龄、学历、任职资历等资格条件进行了明确规定。孙靓靓的各项条件，符合报名要求。

这位负责人证实了网民“无色梦境”关于“孙靓靓并不像网上所说的由选调生直接就变成正科了。她其实是作为选调生从乡镇到区团委副书记，再到区团委书记”的说法。

关于公开选拔的考试，这位负责人介绍，这次笔试、面试的试题，均由江苏省委组织部考试中心统一抽调专家命制，命题、阅卷过程全封闭，面试还特邀了5名省级专家和5名省级机关部门有关负责人担任考官。笔试、面试都有纪委同志参加。笔试结合了各个岗位的专业特点安排了专业知识考试内容。面试除采用常见的“结构化面试”方式外，还首次采用“无领导小组讨论”方式。后者分个人发言、自由讨论、阐述各自观点和推荐代表发言4个阶段，旨在更好地考查面试对象的综合素质和实际能力。一组考生讨论结束后，考官根据各人的现场表现评分。此次考试，既考虑到考试的客观性，又不仅仅只选那些“会考试”的，注重了对运用理论知识解决实际问题的能力，包括组织领导能力、分析判断能力、决策指挥能力的考察。按笔试成绩占40%、面试成绩占60%的比例，计算综合成绩。然后，根据综合成绩按职位从高分到低分分别确定体检人选，体检人选与选拔职位的比例为3:1。体检合格者确定为考察人选。

这位负责人说，孙靓靓笔试94.5分，面试84.42分，合成成绩为75.85分，列报考泰州团市委副书记（女）职位人选第1名，体检合格，被列入该职位差额考察对象。

这位负责人还公开了对孙靓靓考察的过程。他说，负责泰州团市委副书记职位的考察组，专门赴盐城市亭湖区进行了考察，认真听取了相关方面的意见。因孙靓靓在现岗位工作不满两年，按照有关规定，考察组还作了延伸考察，到她曾挂职的乡镇听取了相关人员的意见。考察组有1名纪检干部参加，对考察工作的全过程进行监督。考察结束后，考察组认真分析团市委岗位素质要求，同时对考察对象的现实表现、测评情况和笔试、面试情况等进行了比较分析，并通过投票的方式，考察组5名同志一致建议，将孙靓靓作为泰州团市委副书记（女）职位的初步人选之一。

据这位负责人介绍，泰州市公选领导小组、组织部部务会听取了考察情况汇报，本着“好中选优、优中选强”的原则，按1:2的比例，经组织部部务会票决，确定了14个职位拟提交市委常委会差额票决的28名人选。孙靓靓名列其中。在中共泰州市委常委会上，所有票决人选全部按姓氏笔画排列。常委们在听取组织部考察情况汇报后，观看了各票决人选的录像，以无记名投票的方式进行了票决，孙靓靓被确定为泰州团市委副书记（女）拟任人选，进行公示。

这位负责人对中国青年报记者说，地级市团委副书记既是重要的领导岗位，也是重要的学习岗位，它给好的年轻干部以锻炼、提高的机会。市委重视年轻干部的培养、锻炼，符合培养条件的、有好的精神状态、有发展潜力的年轻干部，看准了，不拘一格，大胆培养使用，以推动地方经济和各项社会事业的科学发展。

当中国青年报记者转述网民们关心孙靓靓家庭背景时，这位负责人说，除网民检索到的网上资讯以外，据了解，孙靓靓父亲，中共党员，1986年从部队转业到盐城市财政局工作；孙靓靓母亲，中共党员，现已从基层单位退休。

这位负责人告诉中国青年报记者，泰州的这次公开选拔，无论是报考条件，还是考试、考察、表决等程序，都是到位和经得起推敲的，“整个公选工作在市纪委全程监督下进行，没有什么需要隐瞒的，没有任何不能说清楚的”。

2月3日，参与这项工作的泰州市纪委负责人，向中国青年报记者证实了该市组织部主要负责人的介绍。

刊发日期：2009年2月4日

法官若犯事　终身靠边站

——本报记者与重庆高院院长钱锋面对面

□ 田文生

2008年1月26日，时年43岁的钱锋被选举为重庆市高级人民法院院长，这位全国最年轻的高级法院院长顿时成为舆论焦点，被别人报道；而在13年前，他是有近10年新闻生涯的记者，报道别人。

自此，这位有博士学位的少壮派院长，受到了各方的广泛期待：在提振正持续下降的司法公信力方面，他会给出怎样的答卷？

院长邮箱是钱锋带来的重庆法院系列新政的一环。在此起彼伏的“作秀”质疑中，他的“邮箱”开通第一周内，收到282封邮件，平均每天40件。而今，邮箱每天收取5至10封邮件。

院长邮箱打开了一扇窗，不仅“一把手”得到了第一手材料，而且在一定程度上增强了法院的自身免疫力。

邮箱运行体系已基本达到期望值，可打85分

中国青年报记者：为什么推出院长的个人邮箱而非法院邮箱？

钱锋：各项工作，一把手重视与否，结果不一样。叫其院长邮箱，并使用院长的个人邮箱，是想传递这样一种信息：处理这些邮件是法院“一把手”的工作职责之一。

如果叫法院邮箱，院长就可能偷懒，安排办公室工作人员去看，效果可能打折扣。

中国青年报记者：该举措的初衷是什么？

钱锋：推出该邮箱，是想在网络时代找到一条加强法院和民意沟通的途径，这是个中庸而非激进的办法。司法工作有其特殊性，讲究证据和逻辑，书面材料比单纯的口头表达更有效。因此，法院系统公开邮箱比公开手机等办法更有可操作性。

法律是纠纷解决机制的最后一道防线，也是维护公平正义的最后一道防线。推出邮箱后，当事人足不出户就可表达诉求，如果发个E-mail就可以解决，何必去重庆、上北京上访呢？时间和金钱都节约了。

中国青年报记者：怎么评价它一年来的运转？您为它打多少分？达到了最初的期望值吗？

钱锋：一年来，邮箱运行体系已成型，已基本达到期望值，可打85分。

遗憾就在于未得到的这15分。一是督办的问题，审判必须以事实为依据，以法律为准绳，院长不能影响，也不能干预案件审理的法定程序，督办必然有个周期，运转的时效与社会的期望可能还有距离；另一个遗憾是部分邮件信息残缺，只宣泄情感，缺乏对事实的明晰描述，还有部分发件人不及时看回复，又不留下联系方式，甚至使用匿名，无法联系，没能产生应有的效果。

了解一线真实信息是很重要的

中国青年报记者：给您的邮件，您都亲自看吗？能处理过来吗？

钱锋：我都是自己阅览、处理，一般情况下，我每天处理邮件的总时间在1小时左右，一年如一日。每天起床后和晚上休息前会看邮箱，白天有空闲就看，随时回复，出差时也带着手提电脑处理邮件。到目前为止，处理得过来。

这事就得老老实实去做，这是高科技条件下的笨办法。自己固然辛苦点，但总体上衡量，是以较小的代价获得了较大的效益。

我的回复率稳定在90%～95%。法院建立了一套督办运行系统，确保每封邮件都能及时得到回复，反映的问题都得到关注。如果46个邮箱全部运转良好，形成合力，是能产生很大作用的。我一年收2000封左右的邮件，按此计算，一届任期就是1万封，这意味着什么？谁都算得出来。

中国青年报记者：从外部形式上看，院长个人邮箱是靠“一把手”的监管起作用的，靠一个人的力量去推动庞大的司法运行体系势必会触及部分人的利益，有阻力吗？您看好该邮箱的前景吗？

钱锋：阻力是有的，最初，内部也有人怀疑。

邮箱运行一年来，效果是非常好的，这是法院公开的有效载体。该工作现已没太大的阻力了，内部很认可，尝到了甜头。

从内部管理上看，有了这个信息通道，法院对干部的监管更加有效，如果有人想“闯红灯”，就得掂量掂量，诉讼当事人很容易就能向上级法院反映情况。

中国青年报记者：您这一级的领导有这一级的工作菜单，花很多时间去看邮件，会不会影响到其他重要工作？有人甚至说，搞邮箱是“不务正业”。

钱锋：毛泽东讲过，领导者的责任，归结起来就是出主意、用干部。法院院长的工作菜单也是这两项。法院院长花一些时间在邮件上，是值得的。

出主意的起点和归宿都是一线工作，了解一线真实信息是很重要的。真正来自一线的邮件，没有经过逐级报告可能产生的信息衰减，对于了解情况很有帮助。耳聪目明，个案看多了，总结出有共性的东西，用制度加以规范和约束，这就推动了工作。

在推出邮箱之初，反映立案法官作风问题的邮件比较集中，经调查，这是个有共性的问题。于是，我集中批示了很多这类投诉，并采取了一些办法和措施，这类投诉随后就明显少多了。

法官如果违法违纪，将被“终身禁业”

中国青年报记者：审判应该是独立的，院长也不应干预，您并

未参加审理，只看一方的材料会不会偏听偏信？您的批示及后续督办如何把握人治和法治的度？

钱锋：所有反映个案的邮件，我只作程序性的批示，告知我的处理情况。对所有咨询，因涉及个案，告知向律师咨询。我不会对正在审理中的案件进行表态，更不会进行干预。

督办中对案件也不作评价，不会给出任何倾向性的意见，只是要求各法院和法官重视并给我回复。这么做的目的，就是为了保证审判按程序依法进行。但对反映法官审判作风等邮件，我一般会作出具体批示。

中国青年报记者：关系案、人情案、金钱案巨大地销蚀了司法的公信力，在邮箱中接到这类投诉后，您会如何处置？能动真格吗？还有哪些配套的治本措施？有具体案例吗？

钱锋：如果法官利用手中的审判权进行权力寻租，最好的办法就是剥夺他的审判权。对法官的腐败行为必须实行零容忍！在重庆，法官如果利用审判权和执行权违法违纪，将被“终身禁业”。

重庆的院长邮箱有配套的制度设计：建立了“无缝”办理网络，确保批则必办；完善“一揽子”办理制度，确保办则必果；狠抓关键办理节点，确保复则必快。

院长邮箱也是重要的投诉平台。几天前，一法官开庭迟到，审判作风出问题，我们进行了处理。没有邮箱举报，当事法官和法院向上级瞒报是很容易的，我可能永远不知道。

有人用院长邮箱举报说，一法官的家属在他审理的案件中做代理人，不执行回避制度。经查证属实后，这名法官被调离审判岗位，终身出局，此后不得再从事审判工作。

一名硕士学历的书记员违反纪律给当事人介绍代理人，有人向邮箱反映情况后，我们马上查证。在此过程中，这名书记员主动辞职。

刊发日期：2009 年 7 月 27 日

法官若犯事　终身靠边站

本溪暴力拆迁命案加害人获缓刑

——专家建议最高人民法院将此案作为指导性案例

□ 宋广辉　王　晨

【记者简介】 宋广辉，中国人民大学新闻学院98级本科生，2004年中国人民大学中文系硕士研究生毕业后，到中国青年报工作至今，主要从事要闻编辑工作。2009年9月~2010年2月在中国青年报辽宁记者站做记者，现为中国青年报总编室副主任。

有期徒刑3年，缓刑5年——辽宁省本溪市中级人民法院2009年9月4日的一纸判决，让张剑走出了他已待了400多天的本溪市看守所，重获人身自由。

10天的上诉期风平浪静，公诉机关和被告人所在方都保持了沉默。备受舆论关注的张剑杀人案件，就此“妥善”落幕。2009年10月8日上午，张剑和母亲白艳娇赶到北京才良律师事务所，向为他们代理此案的律师当面道谢。

在一群不速之客多次强行拆迁的背景下，当自己遭到一群不明身份的人入室殴打，家人也受到威胁时，张剑拔出了水果刀……

在部分法律界人士看来，张剑杀人犯罪但未抵命，是我国新时期拆迁纠纷中出现的首例判决。该案向社会释放出积极信号，可成为我国法律保护公民私权的典型案例。

但住宅防卫权是否无限，在法律界仍存在争议。

人在家里坐，祸从天上来

张剑冲出家门，一口气跑进了平顶山的林子里。他当时还不知道自己是否杀死了人，他无法判断他的刀刺在了行凶者的哪个部位。他只记得那张面孔和他的年龄相仿。当时是2008年5月14日上午8时左右。张剑离开之后，家里的房子便被夷为平地。

一大早在家里好端端地坐着，生性文弱的张剑无论如何也没想到会惹来这场无妄之灾。迎接他的，是一个月提心吊胆、东躲西藏的日子。

张剑是本溪市明山区东兴街道办事处长青社区22组居民，28岁，失业。他所在的社区，是本溪城区最后一片大型棚户区。2005年4月，本溪市政府下发通知，把长青社区列为该市采煤沉陷区治理择址建设用地，要求居民限时腾空房屋。这片棚户区改造项目通过商业开发的模式进行：本溪市华夏房地产开发公司（以下简称“华夏公司”）获取了长青社区所在大片土地的开发权，盖起了名为“山水人家”的豪华别墅群。

包括张剑家在内的15户长青社区居民成了“钉子户”。他们认为在自己世代生活的土地上盖起的是天价别墅，并非公共事业，要求得到一笔合理补偿。

谈不拢，可以通过合法程序强制拆迁，但华夏公司走的不是这条路。

2007年至2008年，华夏公司员工多次带人找这些“钉子户”的麻烦。尽管本溪市政府拆迁办2006年就明令禁止其非法拆迁，但华夏公司的员工并没有对“钉子户”们收手，他们依然打人、砸东西、强行扒房。张剑那一刀，就发生在家人被一群不速之客围攻的情形之下。

儿子拿刀捅人逃跑后，白艳娇打听得知，被刺中小腹的拆迁人员叫赵君，受雇于华厦公司。半个月后，她在辽阳找到了儿子，并带去赵君已经死在医院的消息。

2008年6月16日，在律师和母亲的陪同下，张剑到北京市宣武区陶然亭派出所投案自首。

“补充侦查”用了4个月

2009年3月9日，本溪市人民检察院对张剑提起公诉。

起诉书称：“2008年5月14日9时许，被告人张剑在本溪市明山区天门路长青社区的家中，与前来解决动迁事宜的本溪市华夏（原文如此，应为“华厦”——记者注）集团工作人员发生争执，继而厮打。在厮打中，张剑拿起炕席下的尖刀朝工作人员（被害人，男，28岁）胸部、腹部连刺数刀。”

3月底，本溪市中级人民法院开庭审理此案。为张剑做代理的北京才良律师事务所律师王令认为，张剑的刺杀发生在暴力侵害、并有可能继续面临暴力侵害的情况下，他是为保护私人财产免受破坏和自己及家人免受人身侵害而采取的自力救济行动，属于正当防卫的范畴，应免于刑事处罚。

面对律师的辩护，检察官当庭发表“山水人家”项目是重点工程，是“惠民”工程，要求被拆迁人不要“漫天要价”的意见时，引起旁听席上一片议论声。

4月初的一天中午，王令接到本溪市中级人民法院有关人员的电话，说本溪市有关领导对该案比较重视，决定建议检察院撤回起诉，针对违法拆迁等问题进行补充侦查。相关法律规定，补充侦查法定时限为1个月，然而，张剑一案的“补充侦查”却用了4个月。

8月20日，本溪市中级人民法院再次开庭。庭审结束后，法官宣布择日宣判。

9月4日，本溪市中级人民法院作出判决，认定：“5月14日上午8时许，王维臣、周孟财、赵君、矫鸿伟、王伟等华厦公司工作人员进入张志国家居室内，躺在炕上的张剑以为王维臣等人来强行拆房，起身让妻子信艳抱孩子离开，信艳欲出屋时遭王维臣阻拦，张剑见状下地穿鞋时被其余华厦公司工作人员摁住并施加殴打，张剑遂拿起炕席下的尖刀朝赵君臀部、胸部、腹部等部位连刺数刀后逃离现场，王维臣随后调用挖掘机将张志国家房屋全部拆除。”

判决书认定被告人张剑犯故意伤害罪，判处张剑有期徒刑三年，缓刑五年。

9 月 21 日，记者在本溪市中级人民法院采访了该案的审判员李颖。她表示，张剑的行为已经构成故意伤害罪，根据他的行为和现有证据，法院认为当天张剑遭到殴打的事实是客观存在的，但殴打并不是以剥夺其生命为最终目的。张剑在遭受不法侵害的情况下，为保护自身权益不受侵犯而刺死被害人，构成防卫过当。鉴于他有自首行为，法院决定对他从轻或减轻处罚，而且鉴于他本人的自身情况和表现，法院认为判其缓刑不会对社会构成危害。

“我并不完全满意，但能够接受。”9 月 21 日，在接受记者电话采访时，王令表示，这一判决体现了本溪市中院在消解社会矛盾、促进社会和谐方面作出的努力。

据王令介绍，该院对张剑一案很重视，开庭时庭长和分管院长都认真旁听了庭审。判决“虽然留有遗憾，却已殊为不易”。他说，“法院承受了来自各方面的压力”。

是否会成为中国的“亨利·史威特案”

在一家知名网站对该案的网民调查中，有 7.5 万多人（占总投票人数 93.20%）认为，刺死人的张剑无罪。

“尽管张剑当时已经刺伤了赵君，但仍没有效地阻止不法侵害行为的继续，张家的房屋最终被强拆了。基于此，张剑的行为不属于防卫过当。”东北大学文法学院讲师赵进华在接受中国青年报记者采访时表示。

北京盛廷律师事务所律师杨念平认为，华夏公司对长青社区“钉子户”的拆迁属于非法拆迁，张剑的行为构成正当防卫。现行刑法中对正当防卫规定所作的修改补充，主要立法精神是适当放宽正当防卫的构成条件，除原则性地规定正当防卫行为不负刑事责任外，还对某些特定情况下的正当防卫不负刑事责任作了特别规定。这就有利于公民大胆地运用正当防卫的法律武器同不法侵害行为作斗争，震慑犯罪分子。因此，如果过于严格限制正当防卫的认定，就违背了设立该制度的初衷和本意。

在王令看来，这是新时期拆迁纠纷中杀人没有抵命的首例案件，但其意义并不仅仅在于此，它至少在司法实践层面有效破解了被拆迁户自力救济的方式和程度的司法难题，敲响了暴力拆迁者的警钟。北京大学法学院教授姜明安也表示：“建议最高人民法院把此案作为指导性案例。”

“假如说 1926 年黑人亨利·史威特枪杀骚扰其住宅的白人一案，无罪判决一举确立了美国的住宅不受侵害以及公民在家中行使无限防卫权的法律准则，我希望张剑案成为中国的‘亨利·史威特案’，奠定我国公民私权利法律保障的基础。”王令说，本溪市中级人民法院对张剑案的判决，是对法治精神的有效实践，可成为我国保护公民私权法治进程中的里程碑。

但在一些学者看来，被张剑刺死的赵君也是一个受害者。人的生命是宝贵的，正当防卫也应当有一定限度，杀人不宜提倡和鼓励。住宅的无限防卫权，并不符合我国国情——值得人们反思的是，张剑与赵君素不相识，平时都是“好人”，为什么会出现“好人杀好人”的现象。

如何避免悲剧再度发生

对于张剑一案中出现的本溪华夏公司强行拆迁行为，本溪市政府拆迁办有关负责人明确指出，这是企业行为，政府也曾向该公司下发《关于立即停止违规拆迁的通知》。张剑一案的发生，说明华厦公司并没有很好地执行政府的法规政令。

9月21日下午，记者在本溪市政府拆迁办了解到，该办已经起草了《关于禁止违规违法拆迁的紧急通告》，即将提请市政府通过。该《通告》将明确禁止非法拆迁，加大管理和处罚力度，并在诸多细节上进行了强调。

有网友称，要从源头上杜绝野蛮拆迁，除了要重申公民权利外，更重要的是救济权利。这需要通过行政程序来规范权力，改变政绩考核标准等，另一方面还需要司法机关的中立，使公众权利在受到侵犯时，能够从司法程序中获得必要的救济。

中国政法大学法学院副院长焦洪昌教授在接受中国青年报记者采访时表示，在全国各地努力践行科学发展观的今天，被拆迁户遭到房地产开发商组织的殴打和非法暴力拆迁时，当地政府应尽职尽责，保护公民的人身安全和合法财产权。

刊发日期：2009年10月19日

记者手记：还会不会出现第三个“张剑”？

宋广辉

张剑杀人，是正当防卫，还是防卫过当，法学界仍有不同的意见。

如果判他死刑，恐怕会让天下人寒心。

张剑是在一帮暴徒闯进家门、亲人受到围攻的情况下才拿起水果刀。

在此之前，他和家人已经不只一次被暴徒上门殴打。

遭遇这种情况的，不只张剑一家。

张剑所在的村子，乡亲们已经饱受违法拆迁暴行的蹂躏。

派出所几乎近在咫尺。乡亲们几十次报警，却不见有人出警保障他们的人身和财产安全。

暴徒有恃无恐，胆子越来越大。一家又一家的房子被强行推倒，他们赖以为生的林木也被违法砍伐。

在别墅群里采访“钉子户”时，记者深深地感到老百姓的悲痛与愤怒。他们是被侮辱和被损害的，有人说自己的眼泪已经哭干。

在辽宁省委宣传部的会议室里，面对振振有词的本溪市委宣传部某领导，我问道：你到过那些被拆迁的人们的家里吗？你到过一线做实地调研吗？凭什么就相信“有关部门”的“情况说明”？

稳定局面的最大威胁，不是弱势群体维护自身利益的冲动，而是部分官吏关照无良商企的私心。

还好，本溪市中级人民法院的判决，照顾了方方面面的情绪，已经殊为不易。

毕竟，张剑杀人，是出于紧急情况下的无奈，出于对当地某些公权力部门的失望。

之后，2010年4月，辽宁抚顺又出了一个“张剑”。

难道，“此恨绵绵无绝期”？

首家中央级媒体停办始末

□ 田国垒

2009年8月28日，一则“关于《中华新闻报》社清算公告”出现在《中国新闻出版报》头版。此前一天，这则公告张贴在中华新闻报社的一面玻璃墙上。

这份创办了16年之久，发行量曾达到10多万份的《中华新闻报》走到了终点。中央人民广播电台记者从新闻出版总署获悉，这是迄今为止第一家中央级新闻报纸倒闭。

据中国青年报记者了解到的情况，《中华新闻报》没有通过新闻出版管理部门的年检，按规定尚有一段运行时间，但其主办单位没有等到限期，提前主动申请停办清算，停办的原因是：“经营不善，严重资不抵债，无法继续正常出版”。

“报社怎么就这么没了”

“报纸倒掉了？真的？”8月27日中午，原《中华新闻报》法制版编辑孙立（应其要求用化名）接到一个朋友的电话，还以为朋友在和她开玩笑。当她确认报纸停刊是真的时，感到非常震惊，“报社怎么就这么没了！”

她的朋友是从当天上午召开的会议上获悉报纸停刊这一消息的。

那是中华新闻报社的最后一次会议。《中华新闻报》的主办单位，中华全国新闻工作者协会（以下简称“中国记协”）两位负责人和北京市法度律师事务所两位律师来到中华新闻报社，召开职工大会。会上宣读了由中国记协申请、经新闻出版总署新出审字【2009】319号文件批文，正式停办《中华新闻报》。

会上同时宣布成立《中华新闻报》清算小组，处理报社债权、债务清算及人员安置解散等善后工作，并办理报社注销登记手续。

据悉，当天在报社的员工基本上都参加了这次会议，听到停刊的消息时，绝大多数人的反应是：震惊。

“这间原先是我的办公间，现在什么都没了，这么多年的一张报纸，就这样退出历史舞台了。”9月15日下午，在中华新闻报工作多年的王名（应其要求用化名）推开一扇门，指着灰尘满地的办公室说。

北京市朝阳区南磨房路29号旭捷大厦8层，是原《中华新闻报》的办公地。整个8层的大平面被玻璃门隔断成数间办公室，大多数房间中已无任何办公物品，只有几处房间的玻璃门上还贴着“视点观察部”、“专刊专题部”等字样。“以往这个时间，是报社最热闹的时候，现在人去楼空。”9月15日中午，孙立告诉中国青年报记者。

一位知情人向记者透露，《中华新闻报》的停刊“与年检没有通过有关”。几位受访的原《中华新闻报》职工也向记者证实该报在2008年度的报刊年检中没有通过。

“其实近几年报纸年检都非常靠后，但通过努力都还通过了，这一次，是真的不行了。”原中华新闻报社行政部门职工王美（应其要求用化名）说。

自称知情的王美透露，年检没有通过主要是卡在经营方面。“这一年来，报社的经营状况越来越差。”《中华新闻报》安全版编辑郭国荣也证实说。

“很多员工都是四五个月没有领一分钱工资，有的员工甚至一年都没有领过工资了。”“困难的时候，采访等日常的开支都是我们部门的员工自行垫付的。”一些原《中华新闻报》员工向中国青年报记者反映。

“作为‘自筹自支、事业编制’的媒体单位，很多报纸的生存状况都不是很好，大都硬撑着，但没想到这一次我们却走在前头了。”王美说。

她认为，没有找到适当的盈利模式是报纸难以为继的主要原因。

“我们一直没有放弃这份报纸”

“我们一线采编人员一直没有放弃这份报纸，我们中间的很多人，为了报纸能够顺利发展，付出了很多心血。”郭国荣说。

据该报一些员工介绍，近些年来中华新闻报社经济状况一直不是很理想。报社上下也都在努力改变这种不利的境况，“2008 年的总收入比以往还略微多一点。”

但 2009 年的经营情况却急转直下，与 2008 年同期相比，收入出现大幅度的下滑。“（从）大的方面说是受金融危机的影响，直接的原因就是报社 2006 年创办的专刊被砍掉了。”郭国荣说。

专题专刊是中国行业报独有的报道模式，它常常是为一些需要宣传的企业或单位进行集中报道，同时这些企业单位以各种形式支付一定费用。由于许多报纸运行经费不足，这种模式被广泛使用。《中华新闻报》曾创办有 12 个专刊。王美透露，专刊部人员都有不等的盈利任务，因此存在违反新闻职业规范的巨大风险，“主管单位果断停掉专题专刊是对的。”

就在《中华新闻报》宣布停刊的前几天，《山西日报》上刊登的一则消息引起社会的关注：8 月 16 日，两名假记者涉嫌敲诈被山西省繁峙县警方刑事拘留。经查，这两名自称中华新闻报社记者当中，一人叫张文辉，持中华新闻报社的工作证，自称为报社行风编辑部副主任；另一人叫张海峰，无任何新闻媒体证件，自称为报社行风编辑部编辑。

王美承认，专题专刊的收入占报社总收入的相当大一部分，“专题专刊没了，收入就受到了很大影响。”

面对困境，报社一直都没有放弃自救的努力。

最近的一次改革是在2009年5月，《中华新闻报》来了新总编，进行了新一轮改版，对报纸内容进行了重大调整。“改版的时候大家都积极向上，想以全新的面貌大干一场扭转报社的颓势。”王美说。

改版的同时，报社实施“竞聘上岗”，一个栏目（版面）只保留3名员工，10多人下岗分流。中华新闻报社试图通过竞聘的方式，分流一批员工，以减轻沉重的经济压力。

经营部门停办专刊后也还在与企业开展合作，试图以更正规的方式争取收入。在搜索引擎中搜索“中华新闻报”，便可以发现很多该报经营部门发布的合作广告。最近的一条是：“为庆祝中华人民共和国成立60周年，报社将举行一系列大型活动，诚邀广告公司和文化公司的加盟与合作。”

但《中华新闻报》还没有撑到国庆节那一天便突然停刊了。

2009年8月21日，星期五，《中华新闻报》出版了最后一期。

“收拾好东西，我们抱在一起痛哭了一场”

“9月7日前须将物品清理完毕”，2009年7月请了长假的孙立9月2日回到报社时，在她的办公室门口看到这样一份敦促员工清理物品的通知。当时报社“已经没几个人在了，一片冷冷清清”。

“当大家收拾好各自的东西要离开报社时，很多同事抱在一起哭了一场。”王美说，“我们很多员工从创刊开始就在报社工作，工作时间短的也有五六年了，我们预知到报社可能撑不下去了，但没想到会这么快。”

《中华新闻报》停刊清算后，留下众多急需解决的善后问题。中国人民大学新闻学院教授喻国明称，最主要的问题是两个：一个是“人”，另一个是“财”。

据记者调查了解，2009年5月中华新闻报社实施竞聘上岗后，该报共有职工30人（不含社长、总编辑和记者站人员）。

从7月25日至今，包括副总编魏铁群在内的7人陆续被调至中国记协工作，部分人员暂时没有着落。

8月24日，责编王美玉、张舒、甄学宝等11人被通知参加面谈会。会上，一份“协议书”摆在了他们面前。一位与会的原《中华新闻报》员工称，他们对“协议书”上制定的补偿标准并不满意。

对此，记者致电原《中华新闻报》社长肖东升，肖称：“因为身体原因，已经有一年时间没有主持报社的事务，不清楚报社破产清算后人员安置的具体事宜。”

“如何给预先整年付费订阅《中华新闻报》的用户退费，事先和企业商谈好的广告合同如何处理？报社的资产和债务如何处理？这些问题都亟待解决。”王名说。

根据8月27日发布的“关于《中华新闻报》社清算公告”的规定：“报社债权、债务清算及人员安置解散等善后工作由成立的《中华新闻报》清算小组负责。债权、债务方及相关业务单位在公告发布后90天内，向清算组申报债权、债务，提供相应资料，以维护自己的权益。”

9月15日，记者致电清算小组常设办公室北京法度律师事务所，清算小组负责人武雪梅以“清算事宜正在处理中”为由，拒绝透露任何信息。

报刊改革挺进深水区

“刊号怎么处理？”关注文化产业改革的清华大学新闻与传播学院副教授王君超一获悉《中华新闻报》停刊清算的消息就打电话到清算组询问。

“客观地评价，《中华新闻报》在沟通新闻界信息、刊登新闻理论文章、报道媒体经验和批评新闻界不正之风等方面都曾做过独特的贡献。在版式改革方面，该报也做过不少有益的探索。”王君超在接受中国青年报记者采访时说。

《中华新闻报》曾被誉为“媒体中的媒体，新闻中的新闻”。其自我定位是：立足传媒界、报道传媒界、服务传媒界、开拓界内外。

见证了中华新闻报社由盛到衰的王美认为，《中华新闻报》的停刊，其实是“自收自支、事业编制”模式不适应目前报业发展的结果。“据我了解，很多部委机关办的机关报，体制僵化，思路陈旧，内容死板，几乎没有读者，经营也步履维艰。”

“许多行业类报纸不但不能为主管单位带来利益，反而已成为其累赘。在这样的情况下，让它们倒闭不算是坏事。”原《中华新闻报》的一名编辑说。

《中华新闻报》的倒闭，演绎的是报业市场“优胜劣汰”的法则。

长期致力于新闻体制改革，人称“媒介军师”的喻国明分析称，目前很多报刊都是计划经济时代的产物，遵循条块分割的模式存在，但这种配置模式与市场和社会的需求并不对应，刊号资源的配置模式在市场化的冲击下势必会有所改革和调整，“《中华新闻报》的停刊就是报业改革的先声”。

喻国明认为，因为涉及到了报纸的所有制层面，可以说这一次报业改革是近年来最为深刻的一次。喻国明提醒，改革必然会涉及各种利益的博弈，“报业改革中不要有过多的权力因素干涉，要更多地向社会需求和市场化的方向倾斜。”

他说：“某些领域的行业报纸，如果自我改革得当，还是有其生存空间的。”

王君超认为，第一家中央级新闻报纸倒闭后，会不会引起多米诺骨牌效应，甚至出现“纸媒倒闭潮”目前还很难预料。“但有一点可以肯定的是，‘市场不相信眼泪’，报业市场优胜劣汰，‘劣币’最终会被‘良币’驱逐。”

刊发日期：2009 年 9 月 21 日

湖南新田：猛药整治“太平官”

□天　明　洪克非

有人玩电脑游戏、有人炒股、有人对老百姓表情傲慢，有人上班时间睡得很香……这一个个特写镜头，并非电视剧里的表演，而是一段长30分钟、暗访拍摄的干部作风录像。

屏幕中的影像让在座的干部们笑得前仰后合，似乎忘记了这是全县优化经济发展环境大会的会场。

然而笑声很快就戛然而止，全场变得鸦雀无声—大家都意识到，自己所在单位的故事很有可能在随后的录像中“上演”。

一名与会的局长后来向记者回忆：“当时，心里都很慌，都在想下一个镜头会不会是自己当主角。”他说，出人意料的是，这段录像居然在当地电视台播出了。

多部门干部被当场免职

2009年8月10日，湖南省永州市新田县优化经济发展环境大会以一种前所未有的方式召开。

新田县城管局局长陈庆文说，与以往不同的是，当天全体县级领导、副科级以上单位党政主要负责人、各乡镇党政主要领导、部分县人大代表和政协委员、部分企业主代表300多人与会，整个会议大厅被挤得满满当当。

会议第一项内容是进行“测评”。测评由临时通知前来开会的100名与会者作为评委，对19个窗口单位进行投票。

“游戏规则”是，测评结果出来后，位居末位者将被当场免职，此言一出，会场一阵骚动，有人甚至惊讶地叫出声来：“真的，还是假的?”

过去，类似的测评每年都举行，“当场免职”还是头一回，这让许多干部觉得并不可信。

陈庆文告诉记者，他之前根本不知道有个测评会，他与其他前来开会的各部门负责人一样，只知道县里要开一个与经济相关的会，内容重要，不得缺席。

坐在前台的县委常委、纪委书记夏剑平再次说话了。瞬间，会场又恢复寂静。很多人眼睛鼓得老大，挺直了腰，一动不动地盯着前台。

会上，组织部部长刘玉林上台宣布，县里的一些“太平官员”，这次将被改变命运：县中医院副院长、县史志办副主任被免职，被当场点名批评的还有司法局、税务局和某中学等单位。9名长期不上班的国家工作人员被通报，处理方式包括解聘、辞退和免职。

最后，宣布对该县港资企业“美林公司”纠纷的调查结果：决定对该事件负有直接责任的招商局党委书记免职，其他负责人均受到不同程度的处分。

整肃风纪的片子在当地电视台播出后，新田县沸腾了，有老百姓拿出鞭炮燃放，以示拥护。大街小巷，讨论热烈。一名不愿具名的官员在接受采访时说：“这次搞得太突然，免职也就罢了，新田县地方小，还要在媒体上曝光，全县都知道了，真让人很没面子。”

新田县纪委书记夏剑平表示，回望过去，作风建设虽然一直在抓，也提出了很多具体要求，下发了很多文件，召开了很多会议，举办了很多活动，但形式大于内容，效果不佳，甚至阻碍了经济的发展，“不得不下猛药，出重拳，才能让这些干部警醒。”

8月下旬，记者在新田县采访时，该县正在以此为契机，研究如何避免作秀，真正建立起一种有效模式，加强党员干部的作风建设。

“港商出走”事件引发反思

这场轰轰烈烈的整治干部作风行动，很多人认为与2009年年初发生的“港商出走”事件有关联。

新田县位于湖南南部，毗邻郴州，是国家级贫困县。近年来，为寻求经济发展，该县官员前往全国各地招商引资，以期刺激当地经济。“香港美林”就是在此背景下引进的，老板系香港人。县委书记和县长为吸引该公司在新田县办厂，费尽周折，多次奔赴深圳、东莞和香港。

最后，县里的诚意硬是把该公司70多岁的老板感动了。老板表态，赚钱已经不重要，关键是政府的诚意让他对新田充满信心。

但是，2008年发生的一起事故，令这名港商拂袖而去，让县委书记和县长的心血付诸东流。

据新田县县委一名负责人介绍，港商对口服务的县招商局党委书记在此事上态度一直含糊不清，直接导致港商被迫离去。

2008年，时任招商局党委书记的邓某介绍自己同乡到美林公司在新田工业园建厂房的工地上做临时工。2008年10月，美林公司的厂房基本竣工，美林公司辞退了包括党委书记的同乡在内的5名工人，并进行了工资结算。

但是，这位邓书记出于对老乡的照顾，允许其继续住在厂里。有一次，该男子借了公司一辆摩托车出行，后出车祸死亡，交警部门调查认定，因死者没有驾驶证，驾车技术不符合要求而发生交通事故，摔倒在地上，属单方交通事故，对该项交通事故负全部责任。

但是，死者家属对处理结果不满意，开始到厂里闹事，这家外来企业一度陷入瘫痪。县委、县政府为此出面与其家属协商，并达成协议，由政府先出4万元，将其安葬，其家人不再去厂里闹事。

县纪委相关负责人介绍，问题处理过程中，招商局党委书记对死者是否还是厂里员工的问题，态度一直含糊不清，葬礼办完后，死者家属又开始在厂里闹事。

2009年年初，刚上班的第一天，其家属再次去厂里闹事，这名香港老板对眼前的场景非常忌讳。而招商局党委书记在处理此事过程中，一直没有明确态度，导致事件进一步扩大，香港老板觉得政府不能妥善处理，无奈之下，只好偷偷地撤离了。

而招商局在老板走后半个月，未向县里报告，当县里调查时，负责人对事情却“不知情”。

“在这么一个贫困县，因为我们的工作问题、服务态度问题导致一项引资项目夭折了，以后谁还敢再来新田投资？”一名县领导如此描述，此事对县委、县政府触动非常大。

随后，纪委书记夏剑平责令“优化办”组成一个班子，把上述事件列为2009年最大的一个案子，彻底调查，对责任人彻底处理。

调查结果出来后，问题丛生，其中牵扯到交警部门，鉴定结果两个月没出来；招商局、工业小区管理会，都对港商的离去不知情；县经委作为管理部门，却没有调查处理此事。

“效率不高，环境不如意，配合支持力度不大，在我们一些工作中出现扯皮现象，公共权力部门化，部门权力私有化，这样怎么能干成事？”面对出现的问题，新田县县长唐烨认为，发展要有好的思路，否则就做不成事；发展还要有务实的作风和优良的环境，否则也做不成事。

基于这种认识，县委县政府痛下决心，把2009年定为“作风年”，要在转变干部作风、狠抓工作落实、优化环境方面来点硬的。

“每次整治，打招呼的特别多”

新田县纪委书记夏剑平说，要从根本上解决问题，就要让干部从内心感觉到，不作为、乱作为和慢作为都行不通。“港商出走”事情发生后，新田县痛定思痛，大规模展开调查暗访。

首先是整治“酒风”。新田县自古以好酒、好客闻名，一些官员饮酒后就把持不住，每每上班了，还是醉醺醺的，闹出不少笑话。

新田县对此下文，新田县政府工作人员除接待任务外，午餐一律不许饮酒。

之后，县纪委对此进行了一系列明察暗访。多年的饮酒问题，虽然有所改观，但依然有人绕弯子，“你不让我们中午喝酒，我就早上开始喝，一直喝到中饭前”。

作为干部作风建设的主要操盘者，县纪委把调查到的问题制成录像，以备日后县常委会讨论时参考，必要时，对情节严重者要做出相应处分。

可是，让夏剑平想不到的是，前来打招呼的各方人士踏破门槛，自己的电话也被“打爆”。

执行工作，举步维艰，方方面面的阻力和压力接连袭来。一方面，被处分的干部纷纷来说情；另一方面，冷嘲热讽的旁观者也不少。

“但是我认为，只要在这个位置上一天，就要整治干部作风一天。我对事不对人，问心无愧。”夏剑平表示，这个压力他事先就想到了，只希望能够得到理解，“我和这些测评不满意的很多单位负责人也很熟，但谁能上榜，就看平时表现，谁也不能单独做主。”

因为前来打招呼的人太多，明察暗访工作根本无法开展，唯一的办法就是敢于把处理干部的规定严格执行，“就是要触及他的饭碗、他的乌纱帽，把全县所有的职能单位拿出来，进行民主测评。”夏剑平说，为了公平起见，首批接受测评的单位有19个，夏剑平主动把自己分管的单位全部列入名单，占总数的近三分之一，“此次测评，其中被亮黄牌的城管局，是我分管的，这次排倒数第二名，我也很没面子。”

这样一来，也就告诫了其他人：被测评的单位，不管是谁主管都同样对待。

没有预告的游戏规则

8月26日，记者在该县县委办下发的通报中看到，这次整肃的对象涉及多个部门，以及该县下辖的多个乡镇。

“这个事情，刺痛干部的原因是，民主测评是比较公正的，体现了民心不可违。”夏剑平说，“以前只要和领导搞好关系就可以，现在不行了，关系再好，你的工作没做好，乌纱帽也保不住。”

“县交警大队居于此次测评的末位。”县委书记龚新智说，交警大队队长、政委只能承担相应的后果。

因为考虑到单位太多，县里最后决定，主要针对与经济环境相关的窗口单位，选出 19 个服务单位作为第一批试点。

参与测评的方式是，随机通知开会、临时抽取评委、当场公布结果、当场宣布处分决定。

“我们这一次的活动很保密，基本上杜绝了打招呼、说情，有效防止以前打电话、请客的现象。”夏剑平说。

记者了解到，评委由人大代表、政协委员、全县 82 个重点项目中的代表，以及部分企业主组成。

测评的前一天晚上，县纪委在 700 人中抽选 100 人作为评委，评委名单封存，然后于次日开会前，临时通知。

县纪委一名工作人员说，他主要负责电话通知评委参会，此前，无人知晓这 100 名评委都是谁，就连县委书记和县长也不知晓。

在当天的测评会议中，县委、县政府主要领导均列席，由县纪委承担验票工作，在名单出来后，夏剑平抽出 5 分钟与县委常委商议：是否还有异议？很快，夏的工作获得县委常委们的全部支持。

测评结果，排名末位的是交警大队，县委组织部部长当场宣布对该部门的主要负责人免职。另有多个单位受到了警告。

县交警大队相关负责人在接受中国青年报记者采访时说，交警部门也有困难，新田县交警大队现在缺编严重，警力十分有限。但是该负责人又表示，尽管如此，他们对县里这次整治作风的决定没有异议，他们会在日后工作中，全力以赴，服务群众。

多数官员有了强烈的危机感

新田县县委书记龚新智说，测评对全县机关干部都有促进作用，不仅对受到处分的单位负责人有触动，更大的意义在于让其他官员也有了危机感。

记者了解到，一些部门在测评结果出来后，连夜开会，列出了多项整改意见。

另外，新田县城管局被黄牌警告。局长在接受中国青年报记者采访时说，城管局在测评结果出来后连夜开会进行整顿，写出了整改意见，并表示，接受老百姓和媒体的监督批评。

此外，还有多个单位主动写了工作计划，以示决心。

“对干部的监督由原来的政府实施转变成由全社会共同实施，有效防止了一些部门用非正常手段拉票的现象，确保了优化环境、作风转变以及测评的公正性和公平性，也扩大了测评的层面。”新田县县长唐烨说。

夏剑平认为，关键问题是要用制度来管人、管事，这次临时测评，采取随机抽取评委的制度，进行得很顺利，避免了人为干扰。“干部作风的转变，关键是制定制度，但更关键的是执行制度。”

2009 年，中纪委《关于加强地方县级纪检监察机关建设的若干意见》通过后，中纪委相关负责人表示，县级纪检监察机关处于纪检监察系统的基础地位，直接面对基层、面对群众，是将反腐倡廉各项任务落实到基层和农村的关键环节，在反腐倡廉工作体系中起着承上启下的重要作用。

新田县一些老百姓认为，现在找职能部门办事容易多了，服务态度也大有改善。

一名司机告诉记者，在街上，现在看到很多交警每天都在认真执勤，服务态度有了很大转变。

刊发日期：2009 年 9 月 7 日

江苏睢宁向“官话、套话”挑战

正确的废话，打住！

□ 王国强

【记者简介】 王国强，中国青年报特别报道部记者。2003 年起进入媒体，曾供职于华商报、中央电视台，至今发表新闻作品 1000 多篇，曾获陕西新闻一等奖等奖项。近年代表作有：《一道小关卡，年入数千万》、《一举报者遭遇“不该有的灾难”》、《江苏睢宁严管干部风暴》、《正确的废话，打住》等。

“官话”、“套话”是一些领导干部与群众之间的一堵无形的墙。自成一体的官方话语体系很难为群众所喜闻乐见，更难让干部和群众打成一片。不仅如此，这套话语体系也让一些参加会议的干部感到“很痛苦”。

工作名称大白话，压缩会议时间，江苏睢宁发起的行政语言和行政行为改革，是对“官话、套话、大话、废话”的一次大胆挑战。改革以连续下发红头文件的形式进行制度化推动，在国内极为罕见。

目前，这项改革仍在探索当中，但所取得的效果，已远远超出他们的预想。

从 2008 年开始，江苏睢宁发起行政语言和行政行为改革，拿会议和干部讲话“开刀”。长期以来，睢宁县的会议大多冗长沉闷，效率低下，干部讲话中充斥着“套话、废话”。

“讲套话、废话没有风险”，睢宁县委书记王天琦说。“但这种做法反映了干部在回避责任，使职能部门工作效率低下，可称之为‘正确的废话’，睢宁对此的态度就两个字——‘打住’!”

前不久，睢宁发布《关于会议讲话强制终止制度的意见》，这是该县发起行政语言和行政行为改革开始后，第五次出台相关红头文件。

会场里的革命

长期以来，对于睢宁县的干部而言，开会是件很考验“功夫”的事。“一个人就能说一个半小时，讲得大家都到外边去抽烟、聊天。”

“很多人都练出来了，屁股坐得住，但就算这样，也有实在撑不住的时候。”一位干部回忆，在 2002 年的一次干部动员大会上，当时的县委书记从上午 8 点一直讲到下午两点多，“他实在太能讲了，光开场白就讲了 40 分钟。我们实在扛不住，饿极了，中午大家就轮流从后门悄悄跑出去吃拉面。”

睢宁县委常委、常务副县长赵李引用两个来自互联网的资料对此进行批评：一是中国官员讲话频率最高的 12 个词，分别为“有关部门、高度重视、重要讲话、严肃处理、有效措施、不尽如人意、一定的、基本上、阶段性成果、力度、负增长、工作需要”；二是一位网民所列的官话套话：“开会没有不隆重的；闭幕没有不胜利的；讲话没有不重要的；鼓掌没有不热烈的；领导没有不重视的；成就没有不巨大的；工作没有不扎实的；效率没有不显著的；人心没有不振奋的……”

“这些官话、套话疏远了我们和人民群众的距离，以至让人民群众感到厌烦，成为网民的笑柄。”赵李说。

“大家很厌烦听那样的讲话，但自己讲的时候，有时也是那样，又让别人烦。”一位干部说，这种现象也不是只有睢宁有，各地都存在，只是程度不同。

从一年多以前开始，随着一项改革的提出和实施，在睢宁的各个会场上，传统的“套路”开始发生改变。

在随后出台的一系列措施中，会议和干部讲话被强制要求“减肥”，干部讲话超出规定的时间将被强制终止；各级各类文件的字数，也有了明确规定。

强制性措施起到了明显效果。冗长沉闷的会议越来越少，“不说废话，不浪费时间”的会议越来越多。

在县里，年度和半年度经济工作会议是比较重要的例行会议，“以前一开就是一天半，领导最起码每人说三四个小时，有时候用一天时间讨论，最后全是废话；现在比较重要的会，开会时间也不到半天。”参加过多次经济工作会议的一位县发改委干部对这种变化感受明显。

2009 年 9 月 25 日，睢宁组织了一次行政语言和行政行为改革动员会，会议本身就体现了改革的要求。包括县委、县政府领导班子在内的全县所有职能部门和各乡镇负责人几乎都到齐了，前后十多位领导和干部发言，会议一共才进行了 70 多分钟。

在这次会议上，每位干部发言不得超过 6 分钟，每个上台的人开始发言后，会场大屏幕就开始倒计时。其中，王集镇党委书记陈良的发言因超时被强行终止。

“原来开会，手机乱响，有时都得拍桌子。现在的会，干部都很认真，不是纪律要求高了，而是会上‘干货’多了，怕漏掉。”王天琦说，现在开会只有两点要求：一是“捞干的”；二是对于“只推磨不出糊子”，就是没有实质内容的讲话，要求立刻停止，不再浪费大家的时间。

2009 年 7 月 18 日，睢宁县举行“突破睢宁”战略和县委权力公开运行制度探索报告会，王天琦有一段开场白：今天上午这场报告会，只需要大家认真听、认真领会就可以了，不是安排任务，不需要大家像平时开工作会一样一、二、三、四记下来。如果大家坐累了，可以仰在椅背上闭目养神听，只要不打呼噜就行。

“整场报告会没有一个睡觉的，也没有手机响，大家听得都很认真。”县委和县政府督察室主任彭燕说，“内容虽不是安排任务，但都是跟工作密切相关的。”

王天琦说，改革行政语言和行政行为，简单说就是三个方面：话怎么说、会怎么开和事怎么办。“话怎么说”，就是指要讲有用的，说爱听的。讲有用的，就是让人在最短时间内知道你的意图重点、目标方法、路径措施；说爱听的，就是一些会议，比如庆祝活动，领导到会主要体现礼仪，这时要说对大家心情有好处的话，增加干部的魅力。

“会怎么开”，就是指除了要时间短、发言废话少外，还要“开放、互动”，根据会议的不同性质，有的对党内开放，有的对社会开放。

在9月25日的这次动员会上，县委领导现场拟了6个不同的问题，分别写在6张纸条上，然后请嘉宾任意抽取6位参会干部的名字，上台随机抽取问题进行回答。

此时，会场上气氛显得很活跃。一位参会干部说，有点担心自己被抽上，遇到棘手的问题，或许会在大庭广众之下尴尬，但也觉得“这样挺有意思，对提高水平有帮助”。

目前，在睢宁，县委常委会、全委会已实现全程电视和网络直播，并且每次会议都专门设一个小时的时间，让干部和群众现场互动，任何人可以现场提问。这在国内非常罕见。

“党内质询，党外提问，这对干部能力是一种考验。搞好了，干部魅力就上去了；搞不好，这个干部的威信会一落千丈，就下去了。干部敢这样做，是需要底气的，不但语言表达要好，还需要廉洁自律，操守比较好。”王天琦说。

63 句禁忌语言

与“话怎么说”、“会怎么开”相比，“事怎么办”则反映了行政行为的改变。对此，睢宁县县长王军用 12 个字进行概括：按规矩、凭良心、讲诚信、高效率。

王军说，要把嘴上说的、纸上写的、会上定的变成具体的行动、实际的效果、人民的利益。将群众的冷暖放在心头，多干暖民心的事，多办利民生的事，多办惠及长远的事。

在睢城镇城东村，有一座架设在小延河上的桥。2003 年下半年，这座桥倒塌了。由于村里经济状况不好，一直没有修，经常有车栽到桥下。村里一连打了几次报告，也没有解决。

2008 年年底的一次会上，城东村村民魏为正现场向领导提出这个问题，几天后，就有相关部门派人到现场考察。2009 年 3 月，正式开始动工；8 月，这座桥就修好了。

“这个桥比以前的还大，还好。”魏为正说，最近一两年来，明显感觉县里的官跟群众说大道理、大政策的少了，都说具体的事情，而且说到做到，不说大话。

很长一段时间以来，睢宁群众上访之风很盛，县政府大门被堵的情况时有发生。这次睢宁行政语言和行政行为改革，使信访工作“直接受益”。“事怎么办”在信访工作中收到了超出预料的效果。

睢宁县信访局副局长王耀先说，以前，上访群众一般情绪容易激动，一些矛盾被激化，跟干部的说话和处理方式有很大关系。结果，睢宁信访量居高不下，群众甚至围堵政府大门。

王耀先说，近两年，县委、县政府对信访工作提出要求，对信访工作中的干部语言和办理方式制定了标准，接访干部与群众交流时，很少再出现“野蛮”、“冷淡”的情况。

睢宁县信访局内部有一个小册子，是县委、县政府要求制定执行的。在这本小册子上，除了“处理信访事项应当遵循的原则”和

“文明用语”外，还有一项“禁忌语言”，一共有63句话，是严禁接访干部对群众说的：“不知道，你问我，我问谁”、“你快点，我还有事”、“我的态度就这样，你能怎样”、“你愿意上哪告，就上哪告”、“我解决不了，愿意找谁找谁去”、“谁说的你找谁”、“等你把文件看懂了再来办理”、“就这么处理，告哪也没用”……

“为什么一部分干部不敢担当？比如接待来访，有的干部说的话让来访者半天听不懂，模棱两可，含含糊糊。这就是这些干部说的话不符合人性特点，不符合生活规律，不符合工作需要。”王耀先说。

事实上，王天琦每次接访的情景，也对其他干部产生了不小的影响。

21岁的王秀婷是睢宁县姚集镇马营村村民，母亲早年离家出走，父亲带着她们姊妹三个和大伯的一个遗孤一起生活。2008年4月，王秀婷的父亲被查出患了白血病，这个家庭面临着极大的困难。无奈之下，2008年7月，王秀婷到县政府上访，遇到了正在接访的王天琦。

“他坐在那里很和气，一点都没觉得他是那么大的官。”王秀婷说，王天琦管她叫“秀婷”，感觉很亲切，先是询问她家的情况，然后说“你还这么小，让你承受这么多压力，不公平”，并鼓励她“坚持下去”。

后来，县民政局、慈善会分别对王秀婷给予了经济上的帮助。王秀婷父亲的治疗费用也可以在医保框架内报销，大伯的遗孤被定为“五保”，由政府供养。

这次改革的推行，让睢宁在两年多时间里摘掉了“睢人好讼”的历史帽子。

大白话的工作名称，另类的招商会

在这场改革的影响下，睢宁与政府工作有关的各个方面，都发生着变化，出现了许多颇具特色的表述和社会动员方式。

2008年，睢宁开展了一次“城区排水整治工程”。这个工作名称被王天琦“毙掉”了，后来被改为“今年家里不进水”。

“‘城区排水整治工程’是原来的名称，老百姓听着别扭不说，关键是不明白这到底是什么工程，他们对这件事就会不关心，不关心就谈不上对政府工作的支持。改成‘今年家里不进水’这个名称，好懂多了，与群众的日常生活也紧密多了。”王天琦说。

同时兼任睢宁县委宣传部长的赵李说，行政语言改革有三大特色：一是好听，二是好记，三是好用。“好听，就是要让群众爱听，讲群众听得懂的话，让我们的语言体现民生（声）。比如现在动不动就说什么‘健康工程’、‘健康计划’，我县进行的一次全县范围的体检就叫‘政府出钱我体检’。好记，就是让我们的语言高度浓缩，琅琅上口，像‘今天，睢宁再一次出发’就展现了广大干部群众寻求突破的强大决心。好用，就是让我们的语言有执行力，比如‘我们的城市像花园’。这些语言看似主题语，实则是工作部署和效果评估。”

睢宁经济长期落后，招商引资是一项重要工作。最近一年多来，睢宁在外地的招商会“不走正道”，令人耳目一新。

2009年6月，睢宁在台州的一次招商引资会，名叫“共创事业行动会”。县纪委书记唐健参与组织了那次活动，他说被邀请的客人一拿到请帖，就有了一份好感。

在这个“共创事业行动会”上，第一个讲话的是睢宁人朱雪琴，3个农民工全国人大代表之一。她的出现让大家眼前一亮，因为一般先讲话的都是县长、部门负责人或书记。

朱雪琴讲了不到5分钟，讲自己的经历，讲家乡如何好。“这传递出什么信息呢？”唐健说，“说明这个地方劳动力资源丰富、劳动力素质高，这对招商引资太重要了。”

接下来是看一个小学生的录像片，叫“有个大项目才有完整的家”，催人泪下。大意是，爸爸外出打工，他是留守儿童，他希望建成一批大项目，爸爸就不用外出打工了。

唐健说：“先让他们心动，再让他们感动，然后才是县长出场。”

接下来，主办方又放了一段严管干部的资料片。大家一看当地政风这么好，软环境这么好，都很有信心。

最后出场的是王天琦，只说了5分钟，题目很简单，“用心，用力”，意思也很简单，“用心为你着想，用力为你服务”。

睢宁的“花样百出”，也带来了直接的效果。2008年年底，睢宁真正结束了没有工业产业的历史。全国民营前100强的一家家电企业，从签订合同到建成投产只用了97天，投资达4亿元，2009年二期工程又追加了4亿元。

金融危机发生以来，全国很多地区经济都受到影响，睢宁却逆势增长，财政收入增幅每个月都保持在40%以上，在江苏省排入前5名。

刊发日期：2009年10月26日

记者手记：正面的负面报道

王国强

《正确的废话，打住！》看上去是一篇正面报道，实际上是一篇负面报道，表面上是肯定江苏睢宁行政语言改革思路，实际上选取的“干部开会套话、废话连篇”等细节，都是在反映长久存在于我国一些政府部门、事业单位里的一种不好的风气。当时在采写这篇报道时，记者采访了大量江苏睢宁的细节，发现该县行政语言改革还在探索阶段，有一些措施还值得进一步讨论完善，但总体而言，这次改革所针对的问题和初步取得的效果，都是非常积极并具有普遍意义的。这篇“正面报道”见报之后被各类媒体、研究机构大量转载，并引发热烈讨论，跟“正确的废话”在国内存在之普遍、人们感受之深不无关系。

《西藏一年》从 BBC 到 CCTV 的幕后

□王　尧

2009 年 7 月 27 日晚 11 时多，《西藏一年》第一集在中央电视台播出结束。这个 5 集的电视纪录片，2008 年率先在英国广播公司（BBC）等西方 40 多个国家的主要电视台播出。

2006 年，该片的制作人兼导演书云为拍《西藏一年》，在西藏自治区江孜县城租了居委会的房子，和 10 人摄制组在那里生活了一年多。

2009 年 7 月 6 日，中国青年报记者第一次在北京听她讲到央视的播出计划。10 天后，书云发来手机短信："《西藏一年》的新闻发布会在今晚'新闻联播'进行了播出，（纪录片）近期在央视播出，书（指同名中文版）将同（时发）行。"

据书云说，中国政府高级领导、西方主流媒体，都表示过对《西藏一年》的认可。如今在央视播出后，书云说："在当代这个社会，不可能让所有人都赞同你。我了解到的藏族，是个善良谦卑的民族，他们性情温和，不愿意与别人发生冲突。我希望看到国内观众的评价。"

"非常好，我不想动任何地方"

2008 年 3 月 6 日，BBC 第四台播出《西藏一年》第一集，60 分钟。

播出前，BBC 第四台台长骑着自行车赶到伦敦书云的工作室审片，看完了《西藏一年》，他说了一句："非常好，我不想动任何地方。"

书云告诉中国青年报记者，只有BBC的法律顾问在片子播出前，就法律问题提出了小小的修改意见。

BBC播出第一集没几天，西藏发生"3·14"暴力事件，之后，这个片子在西方得到了更多的关注。

这个片子遇到过批评，来自"自由西藏"（Free Tibet）组织。第一集播出的前一天，他们看了播出预告后公开批评说，这个片子"粉饰"了中国政府的做法，"BBC掉进了中国政府的陷阱"。

但是，BBC坚持每周一集，播完了全部5集。BBC新闻发言人说，《西藏一年》作为一部观察性纪录片，其宗旨是为了更多地了解当下真实的西藏人鲜活的日常生活，并不打算把它做成西藏历史或政治的详尽分析。

BBC播出《西藏一年》后，英国主流媒体都给出了评价。

"《泰晤士报》、《卫报》、《每日电讯报》、《独立报》、《金融时报》都在关注，每份报纸都至少有3篇以上的介绍和报道。"书云说。

其中《泰晤士报》2008年4月3日评论："如果你没有看《西藏一年》，这个让人超越、让人享受的专题系列片，那就是你的不对了。我们对每一集都提前预告了，现在是你最后的机会了。花一个小时和小僧人次平在一起，跟他在他脾气很大的师傅顿珠的指导下学佛。或者你可以把你的念珠拿出来，祈祷英国广播公司重播《西藏一年》。这是今年（到目前为止）最好的电视系列片，没有什么可以和它媲美。"

"BBC播出后，《西藏一年》又被美国、加拿大、法国、德国、西班牙、挪威、阿根廷、伊朗、沙特阿拉伯、以色列、南非、韩国，以及覆盖整个非洲的非洲电视广播联合体、覆盖整个拉美的拉美电视广播联合体、覆盖整个亚洲的发现频道等40多个国家和地区的主流电视台订购与播放。"这是新华网的报道。

书云的一位朋友开玩笑："西方没有一个部门可以下文件统一订

购一个电视片，然后批发给各个电视台。”书云说：“他们买了并播出，就意味着对片子的认可。”

在达赖喇嘛方面，书云辗转收到了一个邮件，英文发信人是《西藏生死书》的作者索甲仁波切，信中转达了达赖喇嘛私人办公室的邀请，他们请书云出席一个宗教活动，并且说，达赖喇嘛也会参加。

书云转述，他在邮件里说：“你的工作对于增进我们对当前西藏的了解很有价值。”“我得到信息，达赖喇嘛说从这部纪录片中看到了现在普通藏族人的生活。”

我所能做的，就是客观，再客观

为何能得到多方面的认可？书云说：“我们没有要任何政府的一分钱；对于西藏这样一个敏感的题材，我所能做的，就是客观，再客观。”

她解释：“这个片子从开始，我就下定决心，严格用西方独立制片的操作方法。这个片子我们是和英国一家独立的纪录片公司七方石（SEVENSTONES）合作的，七方石公司用国际通行片子预售的方法融资。国内由北京地平线文化公司出资。这种做法，就像出版社和作家的关系，出版社看好这个作家的一个作品，提前预付稿费，但不会把这个作家养起来。”

书云说，我们在江孜拍了一年多，加上后期制作费，一共花了不到700万元。比起现在国内动辄上千万元的大制作，我们用钱很节省。

书云说：“在这个互联网发达的全球时代，我们的解说词被热心的网友下载后比较不同版本的差别。你说，如果掩饰一些东西，怎么会不被观众谴责？”

她举例说，在西方争议最多的第一集里，纪录片主人公——白居寺的次成法师精心准备迎接11世班禅喇嘛来视察。“关于解说词怎么表达，我们修改了无数遍。”最后确定的BBC播出版本是：“他在1995年被中国政府确定为十一世班禅喇嘛。在中国政府选择他的同时，达赖喇嘛选择了另一个转世灵童。目前十一世班禅喇嘛在北京接受佛学教育，他的父母是共产党员。”

书云说：“如果你不说这里存在的争论，所有的观众都会谴责你。用客观的新闻表述方法，会得到主流的认可。这就是我们处理的标准方法，客观，再客观。”

中国藏学研究中心总干事、藏学家拉巴平措，肯定片中十一世班禅额尔德尼·确吉杰布在白居寺进行佛事活动时受到僧众敬仰和百姓爱戴的真实场面。他说：“这有力地抨击了境外分裂集团的污蔑不实之词，赢得了西方民众的理解和尊重。”

中国藏学研究中心副总干事格勒博士表示：“书云导演的电视纪录片《西藏一年》和她的《西藏一年》这本书，都是在没有预设立场的前提下，用在西藏亲历的经验和亲身的观察，记录了一些普通藏族农民一年四季中的真实故事。但是即使是普通农民的普通生活，例如其婚姻制度、丧葬习俗、信仰与风情，在很多人眼中，依然陌生而遥远。难能可贵的是，作者绝无猎奇心态，更无夸张和渲染，只是以客观与公正的学者眼光，平静而敬畏地远远审视。”

到西藏考察过的英国资深评论家彼得·高登说：“《西藏一年》给我这样一种感觉：西藏似乎并不像关于西藏问题任何一方所宣称的那样黑白分明。90%的藏族人居住在乡村和牧区，他们依然保持着传统文化，保持着千年不变的信仰，这是真实的西藏。西藏又是这样一个地方：乡村医生报酬极低，自己没钱看病，于是找法师做法；天葬——肢解死者让秃鹫吃掉——是另一个古老的传统，但天葬师却被视为肮脏的职业，没有人会请他们吃饭。”

这个纪录片曾被一些中国年轻的网民用“电驴”等工具下载过，就像他们下载美国很多流行的电视连续剧一样，还有志愿者主动翻译出了中文字幕。

书云说：“最初知道这个消息，我很惊讶，也很感激，虽然盗版不是好事。这说明大家渴望了解西藏，渴望听到传统宣传之外的声音。真希望这些网上志愿者能成为我的助手。”

央视版比 BBC 版每集删了 12 分钟，但变化不大

7 月 27 日《西藏一年》的第一集在中央电视台播出后，书云说：“他们很仁慈，动的不多。”

她说，国内版和国际版都是她编辑的。英国 BBC 整个电视台不允许做广告，所以 BBC 版本的长度是 60 分钟。国际通行版本是 50 分钟。中央电视台播的是 48 分钟。

在编辑央视版之前，书云告诉一些负责的领导：“中文版应该和国际版一致，原则上不应改动。否则，我们这个片子在国际上获得的好评都将化为乌有，只能授人以柄。”

书云说，央视版比 BBC 版每集删了 12 分钟。“其实，变化不大，只是根据中国观众习惯，我把一些国内观众可能熟悉的过场镜头去掉了，加快了节奏。另外，还在解说词方面做了几处微小的调整。”

尽管审片过程比拍片的过程还要长，但书云把能播出看做积极的变化。

其中有个小插曲，片子经领导审过后，书云请了一位懂汉藏双语的女士，看看片中藏族人说话的汉语字幕是否译得准确。这位女士边看边评论：“这些应该删掉。你们怎么拍这么多反映西藏落后的东西？那么多好的东西为什么不拍？”书云说：“我请你来是看翻译的，不是让你来审片的。”这位女士说：“我都通不过的，领导怎么能通得过？”书云说：“看到她，我真同情中国的导演。”

书云说：“央视播出的第一集里，剪了一个关于主人公建藏的故事。”

剪掉的故事是说，当地政府官员验收过建藏的家庭旅馆后，要给这里挂个三星。建藏不让挂。他的理由是，到这里来住的客人多数是自助旅行的外国人，一来看到是三星，以为要几百美元一天，客人会被吓跑的。

政府官员坚持：“挂个三星，对你饭店有好处。现在青藏铁路一

通，内地来的游客对饭店的星级有要求。”双方僵持很久后，找到了折中的办法：三星的牌子给建藏，如果政府的客人来时，或者上边检查时，建藏要把牌子挂出来，平时自己管理。

“这个故事没有敏感的内容，减掉是因为我担心分支太多，冲淡了主题。”书云说。

书云介绍：“片子里面有一段是摆拍的，是唯一的一段。”

她说，那是乡村法师次旦做法事“驱散冰雹”的镜头。因为县政府给当地买了驱散冰雹的高射炮，炮筒上系着哈达。“乌云一来，就驱散了。”这让世代都是“冰雹喇嘛”的次旦失业了。

他很久不做这种法事了。“我们请次旦重新演示了一遍。不过，我们在解说词里做了说明。”书云说。

演示究竟是在室内还是室外，书云在西藏请的助理边巴有了不同意见。这个助理是社科院的研究员。他说：“如果次旦法师的咒语真的灵验，那就会刮风下雨，电闪雷鸣，在室外拍，就拍不成了。”

书云说：“边巴担心的事，我没有想到；更没有想到，他会有这样的担心。”

“我希望在人心之间架个桥梁”

《西藏一年》在西方播出，定价20英镑（当时约300元人民币）的书在西方出了。书云说，在澳大利亚，一位女士听完她的演讲，看了《西藏一年》后说：“我已经为‘自由西藏’组织工作6年了，原来藏族人的生活是这么回事。”

牛津的公务员、老太太简爱·默瑞斯在BBC看了《西藏一年》后，打电话找到书云，捐了10多万元手术费给片中一主人公生病的侄子欧珠，并且改了自己的遗嘱，要把一部分钱捐给这个藏族小孩做他的教育经费。“欧珠一辈子的钱都有了。现在的读书钱都是简爱出的。她说，既然他能活下来，就该好好活下去。”书云说，“简爱的电话，是我一生中接到的最幸福的电话之一。”

中国青年报记者问："国际上已经反响不错了，为什么你还希望能在中央电视台播出？"

书云回答："我们很多人一直指责西方不了解西藏，歪曲西藏，而在同一个国家里，我们对西藏和藏族人又了解多少？家里夫妻吵架，说了伤心过头的话，大家把对方过去的好，把对方做对的事，都忘了。我希望大家看了片子后，自己判断片子里的西藏和你想象中的西藏，有多大差别。"

她说："作为一个导演，我解决不了政治家该做的大问题，但是我希望在人心之间架个桥梁，让大家多些对不同文化的尊重和理解。在文化方面，泰戈尔说过，不要毫无生机的统一，而要生机勃勃的不同。如果走向现代化的路，只有一个标准，会很危险。西藏在现代化的同时，又保留了特色的传统文化，这是大家都希望看到的。"

【书云简历】书云毕业于北京大学英语专业，现是生活在英国的独立制片人和作家。

1986年北大毕业后她曾经想去西藏工作，却因家里反对没有成功。

1988年，她考上了牛津大学，读国际关系专业。在牛津，她阅读了大量关于西藏的著作，并师从著名藏学家迈克·阿里斯开始学习藏语。

书云在牛津大学的硕士论文是关于1949年~1954年间英国政府对西藏政策研究。

刊发日期：2009年7月31日

记者手记：一篇起死回生的稿件

王　尧

在中国新闻界可能有个"潜规则"：事关民族问题的报道，最好碰都不要碰。因为已经有无数大小媒体主编在民族问题的稿件上出事。

2009年7月，我所供职的《中国青年报》，至少在这类文章上打破了这个“潜规则”，是个小突破。这突破的背后，是包括总编辑在内的一群媒体人的担当。

2009年7月的一天，《西藏一年》导演孙书云老师约我，谈谈她的片子。之前，我和她在英国牛津大学的文学节上有一面之缘，彼此交换了联系方式。

7月6日19点55分，见她的路上，我的手机接到了中国移动发来的短讯：新疆“7·5”事件死亡已达140人，其中57具尸体是从背街巷道发现的，受伤800多人。出处是新华社，这是中国官方媒体证实民间的消息。这条短信我保留至今，没有删除。这的确是2009年中国最大的事件之一。历史是要纪录的。

在书云北京临时的住处，她告诉我，已经在英国广播公司（BBC）播过的电视纪录片《西藏一年》，中国中央电视台（CCTV）也要播出。

我的第一个反应是：这，可能吗？第二个反应：如果中央电视台敢播，我就敢做深度采访；我相信我所供职的中国青年报是国内少有的敢刊登这篇文章的媒体。

《西藏一年》这个片子，我曾经看过。那时2008年，我在英国牛津大学读书，在BBC上看到过这个纪录片，当时我很震惊：这是一个关于西藏的好片子。

那时，正是北京奥运火炬传递在西方国家因

西藏问题遭遇阻挠，西藏问题成国内外热点；当时，看着国内互联网上中国网民的议论，看着国际媒体上的报道，我深切感到负责任媒体的公正客观报道对消除公众（无论中国还是西方）的偏见有多重要。

后来，《西藏一年》在中央电视台（CCTV）真的要播了。我和所供职的中国青年报一个编辑沟通后，报了选题；这位编辑回复说，要写一个版的特稿。

采访很顺利，稿件初步完成。央视播第一集的当天，为了赶稿，补充播出后的观众反应，我把在家照顾生病母亲的书云导演和他的朋友叫到家里，一起看。看后给远在西藏的片中人物做了电话采访，几乎一夜未睡，完成了1万多字的稿件，传给了这位编辑。

结果，我得到的消息是，这篇稿件不能用。这个编辑的答复大意是，这个稿件的写法不符合这个版的特点。我们之间的交流不算愉快。但我理解，编辑有毙稿的权力，无论理由是什么。

知道毙稿的当晚，我把此稿给了本报特别报道部，同时传给了北京有影响力的新闻周刊。我希望这篇稿件出来，无论在哪里。

给该部主任吴湘韩发去稿件的第二天上午，7月30日，得到他的手机留言，拟用，已报川总审阅（川总是我们对报社总编辑陈小川的称呼）。下午2点，他的短信只有5个字：川总同意发。

我给川总发出短信后，川总来短信说："你的稿子吸引我一次读完。大胆设想，小心求证，变成我们的话就是：大胆地采访，小心地编辑。前者是您，后者是我。”

我赶紧给准备要发此稿的某新闻周刊主编说，抱歉，我们中国青年报要用；不能给你们了。

7月31日，中国青年报特别报道用一个版见报了。吴湘韩主任在中12点多短信说：张凌编的，川总说反响很大。

有个细节，一周后，副总编例会评报，这位副总编没有提到这篇文章。他了解这篇稿件后对我说，我原来以为这是上边布置的任务。

之后的故事就是一路顺利了。多个渠道反馈，这篇稿件的内容被一些官方决策者用在了政府内部文件里。

让我感到高兴的是，一群在北大读书的关注西藏的学生注意到了这个片子和这篇中国青年报的报道，他们办了一个小的讨论会。书云、我的博士生导师徐泓教授、北大在互联网圈里知名的胡泳老师，还有我，站在一起和学生们交流。

我的发言大意是，在座的你们可能毕业后在政府机关，从“小鬼”开始做起。不要做难缠的小鬼处处设置障碍，要做有担当的人：为包括汉、藏、维吾尔等所有民族在内的中国人的长久和谐相处做正确的事，在人心之间架桥。

希望这篇文章能在一些人心间架个桥。民族之间的暴力要靠彼此尊重的人心来消融，无论时间多长，因为我们都是兄弟姐妹。

后记

岁月悠悠　感恩长在

吴湘韩

生命由时间组成。一篇新闻作品、一个版面、一张报纸的生命是有始终的，甚至是短暂的，但如果倾注足够的时间、情感、思想，虽然不能使其不朽，但也是能延长其生命周期的。

——题记

记得“部妈”谢湘离开记者部时，泪流满面，依依难舍。因为她为记者部的工作倾注了10多年的心血和感情，“人非草木，孰能无情”。

当我写这篇文字时，回忆起特别报道的点点滴滴，竟也情不自禁，概因特别报道已成为我生命中的一部分。

一

“特别报道是干什么的?”接过我的名片后，总是有人这样问我。

对于外行，我会这样回答：“做国内外重大新闻事件的。”对于新闻同行，我会回答得具体详细些。

在这里，似乎有必要追索其历史，让读者更明白些。

2004年，本报改扩版时，酝酿新辟“焦点新闻”版，以进一步开发新闻信息的深度和广度，加大信息整合与配置的力度。但考虑到新闻来源、报社的实际执行能力等方面的局限性，该版最后敲定为“具有日报特色，体现日报优势，有一定深度和广度的重大新闻报道专题版”，并更名为“特别报道”版，以加强《中国青年报》作为综合性日报的深度报道，保证有充分的版面对重大新闻事件作多角度多侧面深入的报道。最初定为周一至周五，每日一期，一般刊发在第三版。

我当时在湖南驻站，鬼使神差参加了当年 4 月的特别报道编辑室负责人竞聘。当年 5 月初就被召到北京，因为 6 月 1 日是特别报道版的“预产期”。最初只有 4 个人，周珣，头儿，我和罗旭辉协助周珣工作，还有一个美丽机灵的女孩，张凌，团队成员的平均年龄 30 岁出头。

周珣当时要张凌在报社附近找房子，想租一套房子大家一起住，当时她的设想是至少有 3 个月时间白班夜班连轴转，一周 5 天之内是无法回家的。可见她当时的“雄心壮志”。也许是张凌没找到短期出租的房子，也许是我和旭辉觉得没必要，也就没发生“男女生同居的故事”。

除了睡觉、吃饭，就是高强度的工作，大约运转了一个月左右。周珣感到大家都熟悉了情况，也感到这样“打疲劳战”也不是长久之计，于是分白班、中班、晚班“三班倒”。

当时旭辉的父亲因患癌症晚期正在北京肿瘤医院住院，也坚持日夜上班，日见消瘦。

陆续有一些人来见习，“见习”实际上是为进人做准备的。这是双向选择，有的是头儿不满意，让他走了；有的是对报社待遇不满意，另栖高枝；最后留下来的是北大应届毕业生张伟。

不管怎样，这段创业的岁月让每个人铭记。当时在本报见习、后来在人民日报社国际部工作的辛本健去英国之前也不忘与老特别报道的人小聚，谈得最多的是这段苦中有乐的时光。

二

“快疯了!”“（操作这样一个版），确实需要良好的心理素质。”2007 年 7 月，我出差成都期间，在家主持工作的万永（刘万永，现任特别报道部副主任）不断给我私聊。

他有他的苦衷：“没人写稿呀!”我可以想象他那焦急的模样。

周珣在担任特别报道主编那一年时间里，也没少急过。她是一个性子急的女人，经常在办公室里看到她为选题焦躁不安。而我是一个“天塌下来也不急”的人，经常安慰她：“不要急！”

那些日子，她不是为有重大突发事件而着急，而是为没有而着急。她总是希望第二天有事发生，有几次还很“灵验”，第二天真的发生了大事。于是，她又多了一个“巫婆”的绰号。

我当主编是2005年11月以后的事。虽然特别报道已减为每周三个版（遇有大事可临时调版），也有为稿荒着急的时候，有几次周珣还跑到我的办公室善意地揶揄：“你也有急的时候。”

实际上，特别报道版的定位决定了其工作特点：选题广泛，要求编辑有比较宽广的知识面和开阔的视野；重大突发事件随时都可能发生，要求编辑时刻保持对新闻的关注；几乎每个版都需要专题策划，前期查阅资料和策划的工作量比较大；重大突发事件当天策划当天组稿当天制作版面，单位时间内工作强度大。

如今，无论是第二天没有稿子，还是凌晨1时来稿上版，甚至选题临时被毙，我都能做到镇定自若，毕竟这样的事我都遇到过，久经历练，心理素质也提高了，应急的手段也多了。万永直叹“你的心理素质好”。

每一次重大突发事件报道，每一期特刊，都是一次体力的消耗、智力的付出、积累的掏空。但我们积累了经验和教训，一起与特别报道成长。

张凌曾在自己的年终工作总结中写道：“特别报道是一个属于探索的团队，在去年的几个比较重要的报道中，我学到很多，也感受到创新的乐趣，并体会到团队作战的力量。”

三

最近4年，特别报道版在报社编委投票决定的新闻版面排名中名列前三（大多居第二），这一评价是建立在每月读者调查基础之上的。据本报社调中心主持的读者评估报告，特别报道版的版面阅读率稳定在80%左右，居新闻版面前三名（大多居第二名），综合排名居前三名（大多居第二名）。

2006年年底，特别报道被报社评为“最有影响力的版面”之一，并有两篇报道被评为“最有影响力的报道”，是获奖最多的部门之一。

如今，特别报道的影响力上至高层（包括中央政策研究室）、下至百姓，乃至成为业界新闻评论的议题、新闻学界的研究对象。

这些成绩，虽然是在我的任职期间取得的，但我从来不认为是我个人的成绩。在现代编采流程中，每个人的工作都是生产新闻产品的一个环节。这些成绩，是特别报道6年来累积的结果，是所有参与特别报道的记者、编辑、领导努力的结果，是报社所有关注、支持特别报道的同事努力的结果，是读者大力支持的结果。

“铁打的营盘，流水的兵。”“美女主编”周珣、“海归”袁铁成、“文字干净顺畅”的唐勇林先后离开了报社，张伟、李洁言、罗旭辉、谭辛鹏也先后到报社其他部门工作。他们曾经为特别报道奉献了青春和智慧，倾注了心血，挥洒了汗水。本书的近一半文章是辛鹏值夜班编辑的。

特别报道现有团队成员中，除张凌和我外，刘万永、叶铁桥也算资格老的了，来扬、田国垒、王国强都是最近一年加入的。张凌依然一丝不苟，像呵护自己的孩子一样认真对待每一篇稿子；万永、铁桥依然充满职业激情；3位新成员各有所长，积极跑动，他们都在用自己脚和思想持续扩大特别报道的影响力。

“2010年7月29日上午，记者从栾川县城搭上了开往潭头镇的汽车。汽车刚开出县城，就可以看到一辆辆拉着水泥管道等救灾材料的车辆不断驶过。受连日暴雨引发的山洪和伊河水位猛涨的影响，从栾川县城通往潭头镇的S248道路多处出现塌方。其中，写字涯附近一处道路坍塌严重，双行道的公路靠近河道的一侧坍塌了一半。汽车行驶到嵩县旧县镇就无法再朝汤营村方向前行，只能雇黑车继续前行，走过一段十多里的山路，才能到达与汤营村隔伊河相望的对岸。伊河水流湍急。连接汤营村与外界的唯一一座大桥已经坍塌，村民外出购物只能乘坐救灾官兵驾驶的一艘冲锋舟。”这是田国垒写的《悲伤笼罩汤营村》被我删去的段落。读者从他们的新闻作品中很难了解记者现场采访的艰辛。

这使我想起许多记者“有惊无险”的往事：洪克非在追寻湖南新邵溃坝真相时差点摔下悬崖；张国半夜在山西矿难现场被警察冲散，“救上来一个”、“两个……”他用手机发送救援的消息，没车回县城，只好在旷野上挨冻了一个晚上；去重庆武隆滑坡现场的路是机耕路，且被封锁，田文生费尽千辛万苦仍赶到现场；万永参加“退休高官”的庭审，差点挨打……在社会利益多元、矛盾日趋激化的今天，记者的人身安全难以得到保障。说实话，每当有记者去采写调查性报道，我深深担忧他们的安全。

从2005年11月至今，特别报道安全生产了1700多天（指没有政治风险和诉讼风险）。除了领导严格把关外，一个人的名字不能忘记。那就是“老板”——本报前任常务副总编周志春，他满头白发，虽已退休，仍然在发挥余热。前几年每有调查性报道，川总总是请经验丰富的他把一道关，看有无法律风险。说起来不好意思，由于时间急，有时我们交给他的是没有经过编辑的稿件，他是那样认真，那样敬业，拿一支笔，连错别字都批改。看完后，他将自己的书面意见打印好，郑重签上自己的名字。

非常感谢语文出版社社长王旭明先生、编辑李勇先生、孙博雅女士，是他们的慧眼、催促才有特别报道系列丛书问世。《开掘真相》第一集出版时，王旭明先生还亲自作跋。本书是第二集，非常感谢中国青年报社党组书记兼总编辑陈小川、副总编辑毛浩作序，感谢实习生金丹（武汉大学）、周薇（华中科技大学）、程枝文（厦门大学）、张晴（武汉大学）协助整理书稿。

岁月悠悠，感恩长在。

图书在版编目(CIP)数据

开掘真相.2/吴湘韩,刘万永编.—北京:语文出版社,2010
ISBN 978-7-80241-356-6

Ⅰ.①开… Ⅱ.①吴… ②刘… Ⅲ.①新闻报道—作品集—中国—当代 Ⅳ.①I253

中国版本图书馆 CIP 数据核字(2010)第 192293 号

书　　名	开掘真相 2
编　　者	吴湘韩　刘万永
出 版 者	语文出版社
地　　址	北京朝阳门南小街 51 号　100010
经　　销	新华书店
印　　刷	河北新华第一印刷有限责任公司
规　　格	787×1092 毫米　异 16 开本
印　　张	26.25
字　　数	373 千字
版　　次	2010 年 11 月第 1 版
印　　次	2010 年 11 月第 1 次印刷
印　　数	1-5,000 册
定　　价	39.00 元